BOSS GESUCHT

EINE ROMANCE ZWISCHEN CHEF UND ASSISTENT

SYNERGY
BUCH 4

MICHELLE MCCRAW

HINWEISE ZUM INHALT

Boss gesucht ist eine heiße Romance mit expliziten Intimszenen und derber Sprache. Diese Geschichte enthält auch Gewalt und Alkoholmissbrauch sowie häusliche Gewalt (off page, in der Hintergrundgeschichte) und Obdachlosigkeit (off page, in der Hintergrundgeschichte).

Wenn jetzt nicht der richtige Zeitpunkt für dich ist, eine Geschichte mit diesen Elementen zu lesen, solltest du dieses Buch vorerst überspringen. Bitte pass gut auf dich auf.

1

BEN

DAS UNHEIL KAM in Form von breiten Schultern.

Selbst vornübergebeugt, wie sie seinen gesenkten Kopf umrahmten, waren sie breit und muskulös, und sein Bizeps passte kaum in ein hauchdünnes Vintage-T-Shirt der Rolling Stones, das an seiner schmalen Taille in eine Jeans gesteckt war. Seine aberwitzige Gürtelschnalle aus Austin, Texas, war so groß wie meine Hand.

Wenn ich in den Kaffeepausen mit den anderen Assistenten abhing, schwärmten sie von Jackson Jones' draufgängerischem Aussehen und seiner koketten Art.

Ich nicht. Das überließ ich meinem Boss.

Moment, Verzeihung, habe ich das gerade laut gesagt? Wie auch immer, ich wusste, dass Jackson Jones Ärger bedeutete.

Er schlurfte zu meinem Schreibtisch und richtete seine blutunterlaufenen Augen auf mich. »Ist er da?«

Gott, ich wünschte, er wäre es nicht. Oder dass ich lügen und meinen Boss vor der neuen Hölle bewahren könnte, in die Jackson ihn gleich hineinziehen würde.

»Kann ich Ihnen irgendwie helfen?« Ich stand auf und strich

meinen marineblauen Pullover aus Merinowolle glatt. Ich war kein großer Mann, aber im Stehen musste ich meinen Hals nicht zu Jackson hinaufrecken.

Er kicherte. »Nicht, es sei denn, Sie haben ein Wundermittel gegen den Infekt, der mein Kind, meine Frau und das Kindermädchen außer Gefecht gesetzt hat.«

»Tut mir leid, ist mir gerade ausgegangen – oh. Sie sollten doch heute nach Boston fliegen.«

»Ja. Diesbezüglich ...«

Ich zuckte zusammen. Mein Boss war erst in der Woche zuvor von einer Reise aus Asien zurückgekommen. Er hatte keine Zeit gehabt, sich vom Jetlag zu erholen. Und Jackson wollte ihn gleich bitten, wieder in ein Flugzeug zu steigen, quer durchs Land zu fliegen und seine innere Uhr erneut durcheinanderzubringen.

Aber Jackson hielt Cooper Fallon für Superman, dafür, dass er alles schaffen konnte – seinen eigenen Job als Chief Operating Officer und Jacksons Job gleich mit.

Es half auch nicht, dass Cooper nichts tat, um diesen Eindruck zu zerstreuen. Wenn Jackson ihn bat zu springen, fragte er, wie hoch. Laut der Vorstandsassistentin von Synergy, die schon fast von Anfang an dabei war, war das ihre Dynamik, seit sie das Unternehmen vor über einem Dutzend Jahren gegründet hatten. Sie waren Partner, aber es war alles andere als 50:50. Eher 80:20. Und Cooper zog bei diesem Verhältnis immer den Kürzeren.

»Also, kann ich reingehen?«

Mir war nicht aufgefallen, dass ich mich vor die Glastür zu Coopers Büro gestellt und seinem Partner den Zutritt versperrt hatte. Ich wünschte, ich könnte Nein sagen, um Cooper vor Jackson und vor seinem eigenen übermäßigen Engagement zu schützen, aber Cooper wollte nicht vor Jackson geschützt werden.

Obwohl er es nötig hatte.

Ich senkte bewusst meine Schultern, die mir bis zu den Ohren hochgerutscht waren. Ich drehte mich um und klopfte an die Tür, bevor ich sie aufstieß und meinen Kopf durch die Öffnung steckte. »Mr. Fallon?«

Als er sich von seinem Monitor abwandte, erhellte das blaue Licht sein Gesicht und ließ seine normalerweise goldbraune Haut grünlich blass erscheinen. Seine Augen waren ebenfalls gerötet. Nicht so schlimm wie die von Jackson, aber ich konnte erkennen, dass er zu viel Zeit mit Tabellenkalkulationen verbracht hatte. Er hob eine Hand zum Übergang zwischen Hals und Schulter und knetete den dortigen Muskel. Ich wünschte, ich könnte das für ihn tun, aber das hätte gegen unsere unausgesprochene Berührungsverbot-Regel verstoßen.

»Ben, wie oft habe ich Sie schon gebeten, mich Cooper zu nennen?«

Ich ließ einen Mundwinkel nach oben zucken. »Etwa einmal am Tag, seit ich vor sechs Monaten hier angefangen habe, Mr. Fallon.«

»Also ungefähr einhundertzwanzig Mal. Und wie oft muss ich es Ihnen noch sagen, bis Sie darauf hören?«

Das Schnippische in seinem Ton hätte vielleicht jemand anderen erschreckt. Cooper Fallon war berühmt für seinen unbarmherzigen Ehrgeiz und sein schnelles Temperament. Ich wusste, dass er diesem Bellen niemals einen richtigen Biss folgen lassen würde. Vielleicht bei einem leitenden Angestellten wie Jackson, aber nicht bei jemandem auf meiner Ebene. Ich hatte ihn beobachtet, wahrscheinlich mehr, als gesund war, und ich wusste aus vielen Stunden sorgfältiger Beobachtung, dass sein Ton zwar scharf war, er aber den Zorn, der in seinen blauen Augen aufblitzte, normalerweise im Zaum hielt.

»Oh, ich höre schon zu«, sagte ich.

Hinter mir räusperte sich Jackson, und das Lächeln schmolz von meinem Gesicht. »Jackson ist hier, um Sie zu sprechen. Haben Sie eine Minute Zeit?« *Bitte sag Nein.*

Er fuhr sich mit der Hand durch sein sonnengeküsstes Haar und stand auf, sein ein Meter neunzig großer Körper entfaltete sich mit athletischer Eleganz. »Schicken Sie ihn rein.«

Ich unterdrückte ein Seufzen, stieß die Tür ganz auf, trat ins Büro und sagte förmlicher als nötig: »Er kann Sie jetzt sehen.«

Jackson schlurfte an mir vorbei. »Hey, Coop.«

Cooper ging um seinen Schreibtisch herum und klopfte Jackson auf die Schulter. Sie waren ungefähr gleich groß, zwei umwerfende Prachtexemplare von Männern, aber nur einer von ihnen brachte mein Innerstes durcheinander, wann immer ich in seiner Nähe war.

Ich blieb dort stehen, an die Tür gepresst. »Kann ich Ihnen etwas bringen? Kaffee? Ein Sandwich?« Hatte Cooper zu Mittag gegessen? Ich war mit Jacksons Assistentin, Marlee, in der Cafeteria gewesen, aber ich war mir nicht sicher, ob Cooper seinen Schreibtisch verlassen hatte.

»Würden Sie mir bitte einen Kaffee holen?«, fragte Jackson.

»Sicher. Wie wäre es mit einem grünen Smoothie, Mr. Fallon?« Er würde die Antioxidantien brauchen, um bei Kräften zu bleiben, wenn er wieder auf Reisen ging.

Sein Blick schnellte zu mir, und Hitze überflutete meine Haut. Aber seine Worte waren eiskalt. »Ja, bitte. Danke.«

Und dann verließ ich, so sehr ich es auch hasste, sein Büro und schloss die Tür hinter Jackson Jones und Cooper Fallon.

———

ICH RIEB mir die pochende Schläfe und rückte in der Schlange vor dem Kaffeekiosk in Synergys himmelhoher Lobby vor. Mein Blick wanderte den gläsernen Aufzugsschacht hinauf in den sechsten Stock.

Wenn ich die Anspannung um Coopers Augen richtig deutete, litt er unter seinen eigenen Kopfschmerzen. Nicht, dass er jemals zugeben würde, menschlich genug zu sein, um Schmerz zu empfinden. Vielleicht könnte ich ihm zusammen mit dem widerlichen grünen Smoothie eine Schmerztablette zustecken.

Smoothies: mein kleiner, aber wichtiger Beitrag für das Unternehmen. Cooper trank mindestens einen pro Tag. Es war schneller, effizienter Treibstoff für seine Aufgaben als Chief Operating Officer von Synergy Analytics. Cooper hielt Synergy am Laufen, und indem ich seine Smoothies holte, leistete ich meinen Teil.

Ich fuhr mir mit der Hand über das Gesicht und starrte durch die Lobby. Wen wollte ich hier verarschen? Ich tat es nicht für Synergy. Ich tat es für ihn.

Ich tat es für das Aufflackern in diesen kühlen, blauen Augen, wenn ich ihm den Becher reichte und sagte: »Ihr Smoothie, Mr. Fallon.«

Ich tat es wegen des Herzklopfens, das in meinem Bauch flatterte, seit dem Moment, als ich ihm an meinem ersten Arbeitstag vor sechs Monaten die Hand schüttelte. Und während wir zusammenarbeiteten, als ich den ehrgeizigen Manager kennenlernte, der alles für seinen Partner und besten Freund tun würde, der das Unternehmen aus einem Geschäftsplan, den er in ihrem Studentenwohnheimzimmer in ein Spiralbuch geschrieben hatte, aufgebaut hatte, der Stiftungen unterstützte, die gefährdeten Kindern halfen – da nistete sich dieses Flattern direkt in meinem Herzen ein und ging nie wieder weg.

Meine Schwester Mimi sagte, ich trüge mein Herz auf der Zunge und würde mich in jeden verknallen, der mir auch nur den Hauch einer Gegenliebe signalisierte.

Nicht wahr.

Cooper Fallon hatte mir keinerlei Signale gegeben. Er war immer kühl und höflich. Er sagte: »Danke, Ben«, am Ende jedes Tages. Er hatte mir zu den Feiertagen einen teuren, aber unpersönlichen Käsekorb geschenkt. Er fragte mich manchmal nach dem Studium, aber das musste er wahrscheinlich, da die Firma meine Studiengebühren bezahlte.

Dennoch verschlang ich diese Hitzewallungen, wenn ich ihm seine Smoothies überreichte.

Eine Frau nahm ihren Kaffee und ging vom Kiosk weg, und ich trat vor, immer noch zwei Personen vor mir in der Schlange. Ich schaute auf mein Handy. Zehn Minuten, seit ich Cooper mit Jackson allein gelassen hatte.

Warum hatte ich versucht, Zeit zu sparen, indem ich nach

unten zum Kiosk gegangen war? Das Café die Straße runter kannte unsere Bestellung. Aber ich hatte nah genug bleiben wollen, um Cooper zu retten, falls er es brauchen sollte. Ha. Cooper Fallon würde niemals zugeben, dass er Rettung brauchte. Oder eine gottverdammte Pause davon, die Welt zu retten. Ich rückte in der Schlange vor und tippte mit der Spitze meines Chukka-Stiefels auf den Boden, um die nervöse Energie abzubauen, die mich dazu brachte, jemanden schütteln zu wollen.

Jackson, der eigentlich Coopers bester Freund sein sollte, zog diesen Mist ständig ab. Es gab immer einen Grund, warum er eine Reise nicht antreten oder vor dem Vorstand nicht präsentieren konnte.

Als ich frisch eingestellt wurde, hatte Cooper das ohne Probleme bewältigt. Aber seit Jacksons Baby im Februar geboren worden war, wirkte Cooper irgendwie blasser. Nicht nur seine Haut, sondern er als Ganzes. Als wäre ihm ein Teil seiner Lebensessenz von dieser Maschine aus *Die Braut des Prinzen* abgesaugt worden. Seine Bewegungen waren kleiner. Sein Lächeln – schon in den besten Zeiten eine Seltenheit – war jetzt nicht mehr vorhanden. Sogar das berühmte Fallon-Temperament war abgekühlt, als wäre nichts mehr wert, sich darüber aufzuregen.

Vielleicht war es nur eine saisonale Sache, und Cooper würde wieder zum Leben erwachen, wenn die Tage im Sommer länger und heller wurden. Aber ich hatte das Gefühl, dass es das nicht war. Es war eine Jackson-Jones-Sache. Ich bohrte meinen Fingerknöchel in meine Schläfe. Verdammter Jackson Jones und sein Bullshit.

»Hey, Ben.« Die Stimme des Baristas riss mich in die Realität zurück. Endlich war ich vorne in der Schlange.

»Hey.« Ich kam nicht oft zum Kiosk, aber ich vermutete, der Barista machte es sich zur Aufgabe, jeden Namen zu kennen.

»Kris.« Er zwinkerte mir zu, sein dunkles Haar fiel ihm über ein Auge.

»Oh, richtig, wusste ich. Entschuldigung, Kris.« Wusste ich das? »Habt ihr Blaubeeren?«

Kris blinzelte. »Ähm, sicher.«

»Könnt ihr bitte eine Handvoll davon in einen Grünkohl-Smoothie geben?« Ich schaute auf mein Handy. Fünfzehn Minuten und keine SOS-Nachricht. Das musste ein gutes Zeichen sein. »Und kann ich auch einen schwarzen Kaffee und einen Skinny Latte haben? Plus einen Caramel Macchiato für Marlee. Bitte.«

»Verstanden.« Er schaufelte frisches Kaffeepulver in eine French Press. »Du kommst nicht so oft hierher. Nicht so oft, wie ich es gern hätte.«

Ich ließ meinen Blick von seinen Händen, die ich gedanklich angetrieben hatte, sich schneller zu bewegen, zu seinem Gesicht wandern. Er hatte einen Harry-Styles-Look mit diesem wuscheligen Haar und den hinreißenden Wangenknochen. Total mein Typ.

Außer, dass er es nicht war. Nicht mehr. Mein Typ waren anscheinend emotional unerreichbare, blauäugige Milliardäre. Fick. Mein. Leben.

Mein Handy summte in meiner Hand.

MARLEE

Notfall. Brauche dich SOFORT.

»Scheiße, sorry, vergiss das alles.« Ich warf Kris ein kurzes Lächeln zu. Seine Mundwinkel zogen sich nach unten, kurz bevor ich durch die Lobby zum Aufzug rannte. Ich hämmerte auf den Knopf und wirbelte herum, um die Aufzugstüren hinter mir abzusuchen. *Auf, auf, auf.* Ich hüpfte auf den Zehenspitzen, als würde das den Aufzug schneller kommen lassen.

Endlich ertönte ein Pingen, und ich eilte dorthin, um mich vor die Tür zu stellen. Der Aufzug war voll, und es kostete mich jedes bisschen Selbstbeherrschung, mich nicht an meinen Kollegen vorbeizudrängen und sie dann hinauszuschieben.

Als der Fahrstuhl sich endlich leerte, huschte ich hinein und drückte den Knopf für den sechsten Stock, dann schlug ich meine Handfläche auf den Tür-schließen-Knopf. Es war nicht das erste

Mal, dass ich für meinen anspruchsvollen Boss zu meinem Schreibtisch hetzen musste. Aber heute hatte ich ein schlechtes Gefühl. Verfluchter Jackson Jones.

Ich beobachtete, wie die Stockwerke auf dem Bildschirm über der Tür aufleuchteten und atmete tief durch. Vielleicht war ich unfair zu Jackson. Marlee mochte ihn. Jeder mochte ihn. Einschließlich Cooper. Tatsächlich –

Ich rieb meine Hand über das nur allzu vertraute Brennen in meinem Bauch. Ich musste aufhören, mich so für Cooper zu interessieren. Wie die meisten Leute, in die ich mich verknallt hatte, war er außer meiner Reichweite. Außerdem war sein Herz anderweitig vergeben, und je eher ich über meinen lächerlichen Schwarm hinwegkam, desto besser.

Endlich öffneten sich die Türen im sechsten Stock, und ich trat mit einem Kloß im Hals hinaus.

Laute Stimmen durchbrachen die übliche Ruhe der Vorstandsetage. Sie kamen aus Coopers Büro. Eine Menschenmenge hatte sich in der Nähe der Tür versammelt.

Marlee trabte auf ihren rosa Kitten Heels auf mich zu. Die Hände ringend flüsterte sie: »Du lieber Himmel, Ben. Sie streiten sich. Also, sie schreien sich wirklich an, und sie haben nicht geantwortet, als ich geklopft habe. Du musst da reingehen und sie zum Aufhören bringen. Alle starren.«

»Ist Weston da drin?« Der CEO war Jacksons Erzfeind, und keiner der beiden Männer nahm ein Blatt vor den Mund, wenn sie uneins waren.

»Nein, nur Jackson und Cooper. Aber ich bin sicher, jemand wird es Weston erzählen.«

Die Anspannung in meiner Brust ließ nach. Jackson und Cooper wurden manchmal laut, aber es dauerte nie lange. Wenigstens war der CEO nicht persönlich Zeuge davon. Cooper konnte es später erklären. Er hatte bei seinem Boss ein magisches Händchen.

Ich musste mir etwas von dieser Boss-Magie für mich selbst aneignen. »Zurück an die Arbeit, alle zusammen. Hier gibt es nichts zu sehen«, verkündete ich, während ich zu Coopers Büro ging. Einige Leute kehrten an ihre Schreibtische zurück. Westons Assistentin, Julie, blieb dreister in der Nähe stehen.

Ich zog eine Augenbraue hoch, und langsam drehte sie sich um und trottete zu ihrem Schreibtisch zurück. Sie setzte sich nicht dahinter, sondern blieb stehen und starrte, bereit, Zeugin von dem zu werden, was ausbrechen würde, wenn ich die Tür öffnete.

Ich klopfte, aber sie schrien zu laut, um etwas zu hören. Ich drückte die Klinke, aber sie rührte sich nicht. Warum war sie abgeschlossen?

Widerwillig hielt ich meinen Ausweis vor den Sensor. Er war nur auf Coopers ID, Jacksons und meine programmiert. Das Licht wurde grün. Ich holte tief Luft, drückte die Klinke herunter und öffnete die Tür.

Cooper, mit rotem Gesicht und hervorquellenden Augen, brüllte: »Ich habe die Schnauze voll von deinem Bullshit!« Er schlug mit der Hand auf seinen Schreibtisch.

Es geschah alles so schnell. Als ich die Szene später in Gedanken noch einmal abspielte, meinte ich, mich an ein Ping zu erinnern, als hätte dieser große, hässliche Ring, den Cooper immer trug, auf die Glasplatte getroffen, die das Holz schützte.

Unabhängig davon, was die Ursache war, gab es ein Knistern wie bei einem Feuerwerk und dann Stille. Nach einer Sekunde fiel eine Glasscherbe über die Kante und bohrte sich in den dicken Teppich. Ein paar kleinere Stücke folgten ihr. Cooper starrte auf die Oberfläche seines Schreibtisches. Dann schaute er auf und musterte seinen besten Freund von Kopf bis Fuß.

Eifersucht loderte in meinem Bauch auf. Warum war Coopers erster Instinkt, Jackson zu schützen, selbst wenn dieser seine Verantwortung auf ihn abwälzte? Was würde ich nicht alles dafür geben, dass diese Sorge, diese Fürsorge, mir gelten würde.

Scheiße, das war nicht die Zeit, meinen Boss anzuhimmeln. Ich musste etwas tun, um das in Ordnung zu bringen. Aber meine Füße klebten am Boden fest. Ich war mit seinem Temperament bestens vertraut, aber soweit ich wusste, hatte er noch nie auf etwas geschlagen.

»Coop – alles in Ordnung?« Jacksons Stimme war totenstill. Es war das erste Mal, dass ich ihn regungslos sah.

»I-Ich bitte um Entschuldigung, Jay. Es war ein …«

Ich wollte zu ihm eilen, nachsehen, ob er nicht verletzt war, aber die Spannung im Raum war greifbar genug, um mich an der Tür festzunageln. Ich schloss sie hinter mir. »Ist hier alles in Ordnung?«

Offensichtlich nicht. Die Oberseite von Coopers Schreibtisch funkelte von zerbrochenem Glas. Sein Gesicht war so weiß wie die ordentlich gestapelten Papiere in seinem Postausgang. Als ein Tropfen Blut auf den Schreibtisch klatschte, hob er seine Hand und betrachtete sie, als wäre er sich nicht sicher, ob sie ihm gehörte.

»Sch… Ich meine, hier. Lassen Sie mich helfen.« Meine Füße lösten sich vom Teppich, und im nächsten Moment stand ich neben meinem Boss. Seine Handfläche war von Schnittwunden durchzogen, aus denen Blut quoll.

Ich griff in meine vordere Tasche nach meinem Taschentuch und schüttelte die Falten heraus. Ich zögerte einen Moment – diese Berührungsverbot-Regel –, aber das war ein Notfall. Er würde es hassen, wenn ich seine Arbeit unterbrechen müsste, um einen blutbefleckten Teppich zu entfernen.

Ich faltete das Taschentuch zu einem Drittel und drückte es sanft auf seine Handfläche. Sein Kiefer spannte sich an.

»Tut es weh?« Die Schnitte sahen nicht tief aus, aber ich hatte sie nicht gut sehen können.

»Nein.« Das Wort hatte nichts von seiner üblichen Bestimmtheit. Stand er unter Schock?

»Setzen Sie sich.« Mit der Hand, die ich nicht benutzte, um Druck auf seine Wunde auszuüben, griff ich nach oben und drückte auf seine Schulter, bis er in seinen Stuhl sackte.

Endlich sah ich Jackson an, dessen Mund immer noch offen stand, während er seinen Freund anstarrte. »Was ist passiert?«

Mein Ton war nicht so respektvoll, wie er im Umgang mit dem Mitbegründer der Firma hätte sein sollen, aber alles, was mit Blut zu tun hatte, waren mildernde Umstände.

Jackson sprang zum Schreibtisch und fegte die Scherben aus zerbrochenem Glas zu einem Haufen zusammen. »Cooper hat seinen Standpunkt etwas zu energisch vertreten. Ich schätze, er hätte sich für das gehärtete Glas entscheiden sollen.«

Fuck, wenn er so weitermachte, hätte ich bald zwei Bluter an den Händen. »Jackson, hören Sie auf. Ich rufe die Hausmeisterei an, die kommen dann hoch und –«

»Verdammt!« Als Jackson seinen Daumen in den Mund steckte, stieß sein Ellbogen gegen die Tritonshorn-Muschel auf Coopers Schreibtisch. Diejenige, die ich einmal pro Woche abgestaubt hatte und mich jedes Mal gefragt hatte, warum er dieses eine dekorative Element auf seinem Schreibtisch behielt. Ich musste mich nicht mehr wundern. Sie fiel vom Schreibtisch, prallte einmal auf dem Teppich ab und zersprang, als sie auf den Holzboden krachte.

Die darauf folgende Stille war noch lauter als die, als Cooper den Schreibtisch zerbrochen hatte.

»Tut mir leid, Coop, ich –«

Schmerz zuckte über Coopers Gesicht. Es war derselbe Blick, den er an dem Tag hatte, als Jackson sein Baby in einem dieser Rückentragesysteme mit ins Büro gebracht hatte. »Vergiss es. Ich – ich muss gehen.«

»Jetzt?« Ich hob eine Ecke meines Taschentuchs. Die Blutung hatte sich verlangsamt. »Sie können so doch nicht zu einem Meeting gehen.« Nur Cooper Fallon würde seinen Arbeitstag fortsetzen, als wäre nichts geschehen, nachdem er sich aufgeschnitten hatte. Ich wickelte die Enden des Tuchs um seinen Handrücken und band sie über seiner Handfläche zu einem Knoten.

»Die Leute sind es gewohnt, dass ich völlig fertig auftauche. Du nicht.« Jackson fuhr sich mit der Hand durch sein dunkles Haar. »Hör auf Ben. Setz dich und ruh dich eine Minute aus. Ich habe etwas Whiskey in meinem Büro. Wir können –«

Sobald meine Finger den Knoten am Taschentuch losließen, riss Cooper seine Hand weg. Seine blauen Augen waren nicht so eisig wie sonst, als er sie auf mich richtete. Wahrscheinlich wegen des Blutverlusts.

»Ich muss – raus.« Er erhob sich und trat um mich herum zur Tür. Mit der Hand auf der Klinke drehte er sich um.

Gott sei Dank, er würde sich hinsetzen und vernünftig sein. Ich machte einen halben Schritt auf ihn zu, für den Fall, dass er auf dem Weg zurück zum Stuhl ins Wanken geriet.

Aber er blieb dort stehen und umklammerte die Klinke. »Ben, informieren Sie die New England Entrepreneurs' Society, dass ich Jacksons Platz als Hauptredner einnehmen werde. Und buchen Sie seine Hotelreservierung auf mich um.«

Jackson nahm seinen Daumen aus dem Mund. »Coop, das musst du nicht tun.«

Cooper schenkte seinem besten Freund ein schiefes Lächeln. »Ist das nicht genau das, was du mir gesagt hast, was ich tun müsste, bevor – bevor das hier passiert ist?« Er wedelte mit seiner taschentuchumwickelten Hand auf das Chaos in seinem Büro.

»Aber –«

Er streckte seine Handfläche aus. Sie zitterte. Er musste eine enorme Selbstbeherrschung ausüben. »Verschieben Sie alle meine Termine auf nächste Woche.«

Was zum Teufel geschah hier? »Ja, Mr. Fallon.«

Er öffnete die Tür und ging hinaus, schloss sie sanft hinter sich. Keine Sporttasche, kein Mantel, kein Laptop. Blieb er im Gebäude? Hatte er einen geheimen Abreagierungsraum im Keller?

»Schon gut.« Jackson ließ den Kopf hängen. »Sie können es ruhig sagen. Ich bin der schlechteste Freund aller Zeiten.«

Ich konnte nicht anders. Ich lächelte den Idioten an. Er war irritierend bezaubernd. »Das sind Sie absolut. Aber er liebt Sie trotzdem.«

Er riss den Kopf hoch und grinste. »Das tut er, nicht wahr? Ich bin der glücklichste Kerl in ganz San Francisco.«

Mein Lächeln schmolz von meinem Gesicht. Das war er verdammt noch mal. Was würde ich nicht alles dafür geben, auch nur ein Prozent dieser Liebe zu empfangen. Jackson war zu selbstverliebt, um es zu bemerken, aber ich hatte es seit meinen ersten Tagen in der Firma gesehen. Cooper sehnte sich nach seinem besten Freund. Seinem ahnungslosen heterosexuellen besten Freund.

»Sie sollten von hier verschwinden«, sagte ich mit flacher Stimme. »Ich rufe die Hausmeisterei an, um das hier aufzuräumen.«

»Danke, Ben. Ich lasse Coop eine Stunde oder so schmoren, und dann rede ich mit ihm.«

Wenn ich meinen Boss kannte, brauchte er mehr als eine Stunde. Und ich vermutete, die würde er auf seiner Last-Minute-Reise nach Boston bekommen. Die ich jetzt planen musste.

Verdammte Hölle.

Ich würde einen Weg finden, nach ihm zu sehen, selbst in Boston. Denn vielleicht war es Jackson Jones scheißegal, wie sehr er Coopers Leben durcheinandergebracht hatte, aber mir nicht.

2

COOPER

ALS ICH DEM Großraumkonzept für den sechsten Stock unseres Gebäudes zugestimmt hatte, rechnete ich nie damit, einen anderen Ort als mein Büro zu brauchen, um mich wieder zu fangen.

Ich hatte hart daran gearbeitet, mein Büro zu einem Ort der Ruhe zu machen, einem Ort, an dem ich mich an den Frieden und die Sicherheit der Insel erinnern konnte und an dem keine der schlechten Erinnerungen eindringen konnte, Erinnerungen an den Mann, der mir meinen Namen gegeben hatte.

Trotzdem war mein Büro der Ort, an dem ich gerade die Beherrschung verloren hatte.

Trotz des Schmerzes durch die Schnitte sehnte sich meine Hand nach einem Stressball oder einem Boxsack, irgendeiner Möglichkeit, die Anspannung aus meinen Muskeln zu bekommen und die Wut abzukühlen, die in meinen Adern brodelte. Wenn ich den Mut gehabt hätte, in einen Spiegel zu schauen, wäre ich sicher gewesen, dass mein Spiegelbild mich an das Gesicht meines Vaters erinnert hätte, purpurrot vor Wut.

Irgendwie landete ich vor Westons Büro. Das ergab Sinn, denn seit den frühen Tagen, als wir Synergy an die Börse gebracht hatten, hatte er sich mir gegenüber fast wie ein Vater verhalten und mir die Art von Ratschlägen gegeben, die mein eigener Vater nicht weise oder nüchtern genug war, um sie mir zu geben.

»Ist er da?«, fragte ich und blieb vor Julies Schreibtisch stehen.

Sie starrte mich mit großen Augen an, bevor ihr Blick auf das blutige Taschentuch fiel, das um meine Hand gewickelt war.

»Er telefoniert gerade.«

»Ich brauche ihn.« Ich schritt an ihrem Schreibtisch vorbei und direkt in Westons Büro.

»Aber –«

Ich schloss die Tür und unterbrach damit ihren Protest.

Weston blickte über seine Schulter. Seine makellosen Slipper ruhten auf dem Sideboard vor dem Fenster. Im Gegensatz zu meinem war sein Blick auf die Bucht nicht durch das Nachbargebäude versperrt. Graues Wasser wurde unter den tief hängenden Wolken aufgewühlt.

Er hob einen Finger und nahm die Füße herunter. »Ich muss dich später zurückrufen.« Er zog seinen Ohrhörer heraus und legte ihn auf den Schreibtisch.

Sein Blick fiel auf meine mit dem Taschentuch umwickelte Handfläche. »Was ist passiert?«

Ich bedeckte sie mit meiner anderen Hand. »Ein Unfall.«

»Verstehe.« Und das tat er. Seine klaren Augen sahen direkt in mein aufgewühltes Inneres. Er stand auf und deutete auf das nietenbesetzte Ledersofa.

Ich ließ mich darauf nieder. Westons Möbel waren nicht bequem genug, um darin zu versinken. Außerdem vibrierte mein Körper immer noch von dem Adrenalin, das durch mein Blut raste.

Er setzte sich in den hohen Ohrensessel neben dem Sofa und schlug die Beine übereinander. Ein paar Zentimeter schlichter schwarzer Anzugsocken waren unter dem Saum seiner Wollhose zu sehen.

Meine Stimme klang zu ruhig, selbst in meinen eigenen Ohren.

»Ich fahre zur Konferenz der New England Entrepreneurs. Für Jackson.«

»Du hast dich freiwillig gemeldet?« Seine dunklen Augenbrauen schossen über den Augen in die Höhe, die zum tiefen Blau seiner Seidenkrawatte passten.

»Nicht direkt. Seine Frau und das Baby sind krank. Er muss sich um sie und ihr anderes Kind kümmern.« Es klang vollkommen vernünftig, als ich es sagte. Warum war ich ihm gegenüber explodiert, als er es mir gesagt hatte? Ich umklammerte meine zerschnittene Hand mit der anderen.

»Bist du nicht gerade erst aus Asien zurückgekommen?«

»Ja. Ich nehme an, du willst nicht nach Boston fahren?«

Er kicherte. »Tut mir leid, ich habe diese Woche Phoebe.«

Ich warf einen Blick auf das Foto auf seinem Schreibtisch. Weston stand neben seiner Tochter in ihrem Reithelm und -mantel, die Arme um ihre Schultern gelegt, während ihre kleine Hand die Lederzügel des fuchsfarbenen Pferdes an ihrer anderen Seite hielt.

»Du könntest immer absagen«, sagte er.

Mein Kiefer spannte sich an. »Synergy sagt seine Verpflichtungen nicht ab. Nicht gegenüber Kunden, nicht gegenüber unseren Mitarbeitern, nicht gegenüber anderen Unternehmern. Und nicht in letzter Minute.«

»Sie würden es verstehen. Lass Jones sie anrufen.«

Das war genau das, was Jackson brauchte, eine weitere Delle in seinem ohnehin schon angeschlagenen Ruf. »Nein, ich mache das.«

»Du würdest alles für ihn tun, nicht wahr?« Die Worte waren leichthin gesprochen, aber sein Blick war schwer von Bedeutung.

Ich wünschte, ich könnte ihm mein Herz ausschütten. Dass ich ihm erzählen könnte, was ich für Jackson Jones empfand, seit fast dem ersten Moment, als er in unser Wohnheimzimmer in Stanford getreten war. Davon, meinen lächerlichen Schwarm jahrelang für mich behalten zu haben, weil ich wusste, dass Jackson hetero war und unsere Freundschaft nicht mit einem Geständnis ruinieren wollte. Davon, wie mein Herz in zwei gerissen war, als er sich verlobt hatte – mein bindungsscheuer Freund, der sich geweigert hatte, Geld in etwas zu stecken, das keine Räder hatte, mit denen er wegfahren konnte, verlobt! Und dann zerfiel es vollends zu Staub, als er mir erzählte, dass seine Verlobte schwanger war.

Ich wusste, dass er niemals meiner sein würde, aber diese kleine Bohne auf dem Ultraschallbild, das er mir unter die Nase hielt, war der letzte Buzzer in dem Spiel der Illusionen, das ich mit mir selbst gespielt hatte.

In der Nacht ihrer Geburt war ich derjenige, der im Krankenhausflur stehen blieb, als die Krankenschwester mir den Weg versperrte und sagte: »Nur für Angehörige.«

Jackson war mein bester Freund, aber er würde niemals meine Familie sein.

Ich brauchte Dr. Pradhi nicht, um mir das zu psychoanalysieren. Die Erinnerung, die er mir heute Morgen gegeben hatte – dass er seine Familie dem Unternehmen vorzog, das wir gemeinsam aufgebaut hatten –, war es, was mich hatte explodieren lassen.

Als könnte er meine Gedanken auf meiner Stirn lesen, sagte Weston: »Ich glaube, du könntest etwas Abstand gebrauchen.«

»Aber ich –«

»Denk darüber nach. Ich kümmere mich hier um alles. Du solltest dir überlegen, was du willst. Für dich selbst und für Synergy.«

Was wollte ich? Ich hatte Jackson so lange gewollt, dass in mir eine Leere klaffte, wo all dieses Wollen früher gelebt hatte. Sogar Synergy fühlte sich leer an. Er hatte es aufgegeben, genau wie er mich aufgegeben hatte.

»Willst du darüber reden?« Er stützte die Ellbogen auf seine Knie, sein Ernst legte seine Stirn in Falten. Er sah aus wie der Vater, den ich mir in Phoebes Alter gewünscht hätte. Wie einer meiner Tíos damals auf der Insel.

Ich vertraute Weston, seit er Synergy gerettet hatte, als Jackson mich im Stich ließ. In der Nacht, bevor wir uns mit den Investmentbankern trafen, gingen Jackson und ich auf ein paar Drinks aus, um die Tatsache zu feiern, dass unsere siebenjährige Partnerschaft sich endlich in großem Stil auszahlen würde. Nachdem ich ins Hotel zurückgekehrt war, legte Jackson sich mit einem Polizisten an. Er erschien zu unserem Treffen zerknittert, mit einem blauen Auge und roch wie die Hölle.

Die Banker bestanden darauf, Jackson als CEO durch Weston zu ersetzen. Und da Jackson aussah wie mein Vater an den Vormittagen, an denen ich ihn aus der Ausnüchterungszelle abgeholt hatte, stimmte ich zu. Jackson, wie er nun mal war, ließ mich für eine Jacht voller Bikini-Models sitzen, aber Weston blieb. Er führte Synergy – und mich – durch den Prozess, ein börsennotiertes Unternehmen zu werden. Und half, es zu dem Software-Giganten zu machen, der es wurde.

Obwohl wir die letzten sieben Jahre zusammengearbeitet hatten, habe ich Weston nie erzählt, was ich für Jackson empfand. Ich hatte es niemandem erzählt. Niemals. Obwohl meine andere beste Freundin, Jamila, es von selbst erraten hatte.

»Nein, mir geht's gut.«

»Tatsächlich? Ich mache mir Sorgen um dich, Fallon.«

Mein Nachname, der, den ich mit meinem Vater teilte, ließ mich blinzeln. Sein Name war nicht das Einzige, was ich geerbt hatte. Das habe ich heute bewiesen.

Als würde ich es von einer Videoaufnahme abspielen, sah ich mich vor mir, mein Gesicht rot, Speichel flog aus meinem Mund, als ich die Glasplatte meines Schreibtisches zerschmetterte. Ich hatte nichts davon gespürt, weder den Aufprall noch die Schnitte. Wenn mein Vater früher nach billigem Whiskey riechend nach Hause kam, erinnerte er sich nie daran, warum seine Fingerknöchel rot waren, bis er den dazu passenden blauen Fleck auf meiner Wange sah.

Trotz der Tatsache, dass Weston mit den grauen Sprenkeln in den Schläfen und in seinem kurzgeschnittenen Bart aussah wie das Stockfoto eines teuren Psychiaters, konnte ich ihm nicht sagen, was ich getan hatte oder warum ich es getan hatte. Diese blauen Augen würden hart werden oder, schlimmer noch, sich mit Mitleid füllen.

»Mir geht's gut«, wiederholte ich. Cooper Fallon ging es immer gut. Zuverlässig. Fleißig. »Ben verschiebt meine Termine. Kannst du ein Auge auf die Dinge haben, während ich in Boston bin?«

»Natürlich. Kommt Ben mit dir?«

»Ben … mit mir?« Ich blinzelte. Das war eine schreckliche Idee. Als er direkt nach Jacksons Hochzeit zur Firma gestoßen war, war ich verletzlich gewesen, offen. Das war die einzige Erklärung für das Prickeln, das ich gespürt hatte, als ich ihm zum ersten Mal die Hand schüttelte. Die Wärme in meiner Brust, wo früher mein Herz gewesen war, bevor es kalt und dunkel wurde. Mit Ben zu reisen, wäre eine zu große Versuchung. »Nein.«

»Du könntest die Unterstützung gebrauchen. Du musst nicht alles allein machen, weißt du.«

»Muss ich das nicht?« Ich entblößte meine Zähne zu einem grimmigen Lächeln.

Er spiegelte den Ausdruck. »Du hast recht. Und es könnte schlimmer werden, wenn Jones beschließt auszusteigen und sich auf seine Familie zu konzentrieren.«

Meine Muskeln wurden so steif wie der Ledersessel. »Aussteigen?«

»Wir sehen beide die Zeichen an der Wand, Fallon. Sein Herz hängt nicht mehr daran. Er hat andere Prioritäten.«

Andere Prioritäten als ich und die Firma, die wir zusammen aufgebaut hatten. Warum hatte ich das nicht gesehen? Vielleicht hatte ich es unterbewusst, und deshalb war ich in meinem Büro ausgerastet.

Verdammt.

Ohne Jackson wäre Synergy eine schmerzhafte Erinnerung an alles, was ich verloren hatte. Es würde keinen Spaß mehr machen. Es wäre Arbeit.

Westons Augen bohrten sich wie ein Bohrer in meine und schürften nach meinen Geheimnissen. Dann streckte er die Hand aus und umfasste meine Schulter. »Denk darüber nach. Nimm dir etwas Zeit, wenn du sie brauchst. Nach Boston.«

»Das werde ich«, erwiderte ich, während ich aufstand.

Ich schritt aus seinem Büro direkt zum Treppenhaus, ohne jemandes Blick zu begegnen, aus Angst, die Fassade aus Kunststein zu sprengen, die ich über meine unbeständigen Emotionen verputzt hatte. Zum ersten Mal seit Monaten verließ ich das Büro, während die Wintersonne noch über dem Horizont hing.

———

ALS ICH DURCH meine Haustür trat, warf Norma mir einen Blick zu und bekreuzigte sich. Sie verdrehte ihre braunen Augen, murmelte etwas – ein Gebet, da war ich mir sicher, denn sie betete immer für irgendetwas – und hielt dann ihre Hand hin.

Es war sinnlos, sich zu wehren, also legte ich meine Hand mit der Handfläche nach oben in ihre.

»Schon wieder geboxt?«

»Jiu-Jitsu«, erinnerte ich sie. »Und nein. Ich –« Ich konnte es ihr nicht sagen. Sie würde meiner Mutter in der Kirche etwas erzählen. »Ich habe mich bei der Arbeit geschnitten.«

»Du arbeitest am Schreibtisch.« Sie schnalzte mit der Zunge, als sie das blutige Taschentuch musterte. »Nicht in einer Fabrik.«

»Es ist ein Papierschnitt?«

Sie lächelte nicht einmal über meinen schwachen Witz. Aber ich würde der sachlichen Norma – meiner Angestellten, für die ich verantwortlich war – niemals erzählen, dass ich meine Hand auf meinen Schreibtisch geschlagen hatte, weil mein bester Freund meine Abwehrmechanismen durchbrochen und meine Gefühle verletzt hatte. Gefühle, von denen ich dachte, ich hätte sie nicht mehr.

Sie beugte ihren Kopf über meine Hand. Kein einziges Haar entkam ihrem festen, grauen Dutt, aber ihre Finger waren sanft, als sie an dem Taschentuch zupfte.

Ich spannte meine Hand darum an und umklammerte den Stoff. »Alles gut.«

Ihre Lippen pressten sich zu einer blassen Linie zusammen. »Wir müssen es auswaschen. Und einen frischen Verband anlegen. Es ist nicht tief genug für Stiche, oder?«

»Nein.« Dennoch folgte ich ihr in die Küche und ließ sie Bens Taschentuch über dem Waschbecken abwickeln. Bestimmt, und nicht sanft, wusch sie meine Hand mit stechender Seife. Ich starrte auf das blutverschmierte Taschentuch, das sie so achtlos neben das Waschbecken geworfen hatte. Es war nichts Besonderes, nur die Art, die man im Kaufhaus im Pack kauft. Und doch *war* es besonders. Weil es seins war. Ich musste es zurückgeben.

»Wäschst du das für mich?« Ich deutete mit dem Kinn auf das Tuch. »Ich habe es mir von jemandem geliehen.«

»Ja, ja. Genau wie all deine stinkenden Trainingsklamotten und die Bettwäsche, in der du kaum schläfst.«

Sie tupfte meine Hand trocken, also sah sie nicht, wie ich mit den Augen rollte. Sie ließ mich für eine Sekunde los, um den Erste-Hilfe-Kasten unter dem Waschbecken hervorzuholen. »Wenn du dich ausbrennst, kannst du nicht mehr arbeiten. Und was passiert dann mit diesem Haus?« Sie wedelte mit der Hand durch die Gourmetküche, die sie benutzte, um meine Mahlzeiten zuzubereiten, in das elegante, angrenzende Esszimmer, das ich nur für Geschäftsessen mit Catering nutzte. »Du musst zuerst auf dich selbst aufpassen, Lito.«

Ich machte mir nicht die Mühe zu erklären, dass ich, selbst wenn ich heute kündigen würde, dank meiner Synergy-Aktien und anderer Investitionen immer noch ein wohlhabender Mann wäre. Wie alle Haushälterinnen, Köchinnen und Gärtnerinnen, die Mamá mir aus der Kirche schickte – hart arbeitende Frauen, denen das Glück nicht hold war –, verstand sie den Cashflow, aber nicht viel mehr.

Norma, die vor sechs Monaten ihren Mann nach fünfundzwanzig Jahren bei einem Unfall verloren hatte, war besser als die meisten. Sie ließ mein Haus schnurren wie den Motor eines Ferraris, im Gegensatz zu ihrer Vorgängerin, die vergessen hatte, die Stromrechnung zu bezahlen und mich an einem kühlen Januarwochenende, das zufällig mein Geburtstagswochenende war, im Dunkeln sitzen ließ. Aber ich konnte niemals eine von Mamás Leuten feuern. Anders als bei der Arbeit stand ich in der Hierarchie der Kirchenfrauen ganz unten. Ich übertrug jener die Verantwortung für die Wäsche und stellte Norma als meine Haushälterin ein.

Nachdem Norma ein Stück Klebeband über die Gaze geklatscht hatte, um sie zu befestigen, hob sie das blutige Taschentuch auf und steckte es in ihre Schürzentasche. Ich beäugte die Ausbeulung. Es würde erst morgen sauber sein, und dann wäre ich in Boston.

Was mich daran erinnerte … »Ich fliege heute Abend weg. Ich bin erst am Wochenende wieder da. Nimm dir etwas frei.«

Sie runzelte die Stirn, auf halbem Weg zum Waschraum. »Noch eine Reise? Du bist erst letzten Freitag aus Asien zurückgekommen.«

»Ich weiß.« Ich fuhr über die Gaze auf meiner Hand und zwang den Zornesausbruch wieder hinunter. »Etwas ist dazwischengekommen.«

»Ich mache mir Sorgen um dich, Mijo. Du arbeitest zu hart.«

Das war es, was ich Jackson gesagt hatte, als ich den Schreibtisch zerbrochen hatte. Der Zorn pulsierte wieder, leise. Ich musste Dr. Pradhi anrufen.

»Ich wärme dir dein Abendessen auf, bevor ich gehe.«

»Danke, Norma. Und danke dafür.« Ich deutete mit meiner verbundenen rechten Hand.

Sie wischte meinen Dank beiseite, während sie eine meiner vorportionierten Mahlzeiten in den Ofen stellte. »Du brauchst einen Urlaub, keine weitere Geschäftsreise. Eine Massage. Etwas Schlaf.«

»Mamá und ich waren über Weihnachten auf der Insel.«

»Das ist Monate her, und du hast seitdem fast jedes Wochenende gearbeitet. Abends auch. Du brauchst eine Pause.«

Sie hatte nicht unrecht. Der heutige Tag hatte es bewiesen.

»Eines Tages«, sagte ich. Aber offenbar nicht, solange Jackson ein Neugeborenes hatte.

Sie spitzte die Lippen und hob ihre Handtasche über die Schulter. »Gute Reise. Und vergiss nicht zu essen.«

Ich schenkte ihr ein schwaches Lächeln. »Vergiss du es auch nicht. Und verbringe deine freien Tage nicht damit, in der Suppenküche zu arbeiten.«

»Was ich an meinen freien Tagen mache, geht dich nichts an, Miguelito. Ob ich Zeit in der Kirche oder sogar hier verbringen möchte, ist nicht deine Sorge.«

Ich hob beschwichtigend meine Hände. »Sí, Señora. Gute Nacht.«

Sie nickte einmal und ging durch die Tür zur Garage. Ihre Scheinwerfer zogen die Straße hinunter davon.

Nach meiner einsamen Mahlzeit stapfte ich nach oben in mein Schlafzimmer. Der Kleidersack im begehbaren Kleiderschrank war von meiner Asienreise noch halb gepackt.

Boston Anfang April. Ich fröstelte.

Ich schob ein paar Wollpullover in die Taschen und hängte meine Anzüge und Hemden auf ihren Bügeln ein. Gerade als ich überlegte, ein Paar Jeans hinzuzufügen, für den unwahrscheinlichen Fall, dass ich nach der Konferenz noch die Energie hätte auszugehen, summte mein Handy auf der Kommode in der Mitte des Schranks.

War es Ben, der anrief, um nach mir zu sehen? Nein, er rief mich nicht nach Feierabend an. Aber ich hatte mich auch noch nie bei der Arbeit verletzt. Mein Magen machte einen hoffnungsvollen Sprung.

Als ich den Namen auf dem Display überprüfte, beruhigte sich mein Bauch für eine Sekunde und verkrampfte sich dann. Sie musste gehört haben, was ich getan hatte.

»Jamila.«

»Hey, hey. Kein Grund, so brummig zu sein. Du weißt, dass ich auf den Scheiß nicht hereinfalle. Ich rufe an, um zu sehen, wie es dir geht.« Ihr honigsüßer Texas-Akzent machte die Konsonanten weicher.

Ich überprüfte meine rechte Hand. Der Verband war trotz des Packens blutfrei. »Mir geht's gut.«

»Bist du dir da sicher? Denn Leute, denen es *gut geht*, mutieren im Büro nicht zum Hulk.«

»Was zum Teufel hat Jackson dir erzählt? Ich bin nicht zum Hulk mutiert. Ich wollte einen Standpunkt klarmachen, und mein Ring hat das Glas auf meinem Schreibtisch erwischt.« Warum log ich sie an? Sie war meine beste Freundin, nach Jackson. Sie musste wissen, warum ich es getan hatte.

»Du meinst das Glas, das du daraufgelegt hast, nachdem du mit einer deiner Aushilfen gestritten hast und sie das Holz zerkratzt hat?«

Ich zuckte zusammen. Nicht mein glanzvollster Moment. Aber die Aushilfe war diejenige gewesen, die den Schreibtisch damals beschädigt hatte, nicht ich. »Du weißt, wie Jay ist. Er hat meinen letzten Nerv getroffen.«

»Ich weiß, wie du wegen Jay bist. Seit —«

»Das hatte nichts damit zu tun.« Noch eine Lüge. Sie flogen einfach weiter aus meinem Mund. War mein Vater gestorben und hatte mich besessen wie der Jumbee aus den Geschichten meiner Tías? Ich konnte nur hoffen, dass Mick Fallon tot war. Wie Jamila oft sagte, war dieser Mann zu gemein, um zu sterben.

»Sicher? Du bist auf Krawall gebürstet, seit Valentine geboren wurde.«

»Ich habe schon immer seine Arbeit mitgemacht, aber seit der Geburt war er kaum im Büro. Ich habe meine Arbeit und seine auch noch erledigt.«

Ich ging zu dem Einbauregal, auf dem meine Uhren lagen. Neben meiner Breitling lag die zerbrechliche, getrocknete Calla-Ansteckblume, die ich von seiner Hochzeit aufgehoben hatte. Als ich sie berührte, bröckelte der Rand eines Blütenblattes ab. Jene Nacht hatte mein Herz in zwei gebrochen. Gott sei Dank war Jamila da gewesen, um mich zu retten. Ich schauderte bei dem

Gedanken, was ich hätte sagen – oder tun – können, wenn ich mich betrunken hätte.

Ich trat wieder vor meinen Kleidersack. »Ich packe gerade, um seine Rede vor der Entrepreneurs' Society in Boston zu halten.«

»Nein, Coop. Du bist gerade erst aus Singapur zurück.«

»Jemand muss es tun«, knurrte ich und suchte den Schrank nach meinen Anzugschuhen ab. Was hatte Norma mit ihnen gemacht?

»Es gibt andere Leute, die die Arbeit übernehmen können, weißt du. Lass Weston es machen. Der CEO sollte einspringen.«

»Er kann nicht.« Er hatte mir geraten abzusagen. Und ich war versucht gewesen. Besonders, nachdem er mir gezeigt hatte, wie Jackson sich von dem Unternehmen distanzierte, das wir gemeinsam aufgebaut hatten, das unsere Freundschaft symbolisierte.

»Niemand sonst kann in letzter Minute so einspringen wie ich. Sie haben Ehepartner. Kinder. Familien.« Alles, was ich hatte, war ein riesiges, leeres Herrenhaus in Pacific Heights. Ich hatte nicht einmal einen verdammten Goldfisch, um den ich mich kümmern musste. Und wenn ich einen hätte, hätte Norma ihn füttern können, während ich in Boston war.

Nach einem Moment des Zögerns sagte sie: »Keine solchen Verpflichtungen zu haben, bedeutet nicht, dass du die Arbeit aller erledigen kannst, Cooper. Du brauchst auch eine Auszeit. Glaubst du nicht, dass das, was heute passiert ist, das beweist?«

Ich tastete in meiner Hosentasche und zog den Ring heraus, der den ganzen Ärger verursacht hatte. Es war ein großer, hässlicher Siegelring mit einem hellblauen Stein in der Mitte. Der Silberring war von dem Aufprall leicht verformt, und der Stein hatte jetzt einen Riss in der Mitte. Larimar. Für Erleuchtung und Heilung, sagte Mamá, als sie ihn mir gab. Wenn er gewirkt hätte, bezweifelte ich, dass ich ihn benutzt hätte, um meinen Schreibtisch zu zerschmettern. Ich hätte mich nicht wie *er* verhalten.

»Ich will nicht darüber reden.«

»Du musst mit jemandem reden. Hast du deinen Therapeuten angerufen?«

»Noch nicht.« Die Worte pressten sich zwischen meinen zusammengebissenen Zähnen hervor.

»Sei nicht gleich eingeschnappt. Ich versuche dir zu helfen.«

»Ich weiß. Ich weiß.« Aber zu wissen, dass Jamila auf meiner Seite war, löschte nicht das Feuer, das in mir loderte. »Ich muss zum Flughafen. Ich rufe dich dieses Wochenende an.«

»Okay, Süßer. Pass auf dich auf.« Sorge schwang in ihrer Stimme mit. Füge sie der Liste mit Norma und Ben hinzu.

Ich überprüfte die schwere Rolex an meinem Handgelenk. Das Auto würde in zehn Minuten da sein. Wo waren meine verdammten Schuhe? Ich warf das Handy durch die Tür zum Bett, um beide Hände frei zu haben, um meinen Schrank auseinanderzunehmen. Ich drehte mich auf dem Absatz und –

Als ich nach unten blickte, entdeckte ich meine Schuhe. An meinen Füßen. Ich war im Begriff gewesen, meinen Schrank wegen eines Paars Schuhe zu demolieren, von denen ich vergessen hatte, dass ich sie trug.

Meine Hände zitterten, und als ich mein Spiegelbild im Spiegel auf der Rückseite der Tür erblickte, waren meine Augen weit und wild. Mein Haar stand in sandfarbenen Stacheln ab.

Nächstes Mal würde es vielleicht kein Schreibtisch sein, den ich schlage. Es würde vielleicht keine Glasscheibe sein, die ich zerstöre.

Füge mich selbst dieser Liste besorgter Menschen hinzu.

Ich durchquerte den Schrank, riss die Ansteckblume vom Regal und zerdrückte sie in meiner Faust. Ich warf die Stücke in den Müll. Ich war fertig mit ihm. Fertig mit allem.

Meine Finger waren fast zu zittrig, um den Kontakt in meinem Handy zu finden, aber endlich drückte ich die Anruftaste. »Emily?«, sagte ich, als die Pilotin abnahm. »Ich brauche dich, um unseren Flugplan zu ändern. Wir fliegen nicht nach Boston.«

3

BEN

MARLEE LÄCHELTE, als ich an ihrem Schreibtisch vorbeiging. »Du hast aber gute Laune.«

Ich hielt inne und deutete zum riesigen Oberlicht hinauf. »Die Sonne scheint und ich habe letzte Nacht eine Eins für meine VWL-Hausarbeit bekommen.« Ich hätte am liebsten damit angegeben, als ich die Note sah. Fast wünschte ich, mein Ex Trey und ich würden noch miteinander reden, damit ich es ihm hätte erzählen können.

»Gute Arbeit! Aber erinner mich mal, warum du VWL belegst?« Sie verzog das Gesicht. »Du hasst doch Tabellenkalkulationen.«

»Das ist nur ein Einführungskurs und es geht mehr um Theorie als um tatsächliche Formeln. Der Buchhaltungskurs, den ich letztes Semester hatte?« Bei der Erinnerung schauderte es mich. Zahlen waren für mich schon immer schwierig gewesen. Im Gegensatz zu meiner Schwester Mimi, die unten als Buchhalterin arbeitete und ein absolutes Ass in Mathe war. »Nichts als Tabellenkalkulationen. Aber das ist eine Voraussetzung für mein BWL-Studium.«

»Hättest mal Programmieren studieren sollen, wie ich.« Sie warf ihr hellbraunes Haar zurück.

»Ich hätte eine Menge Dinge anders machen sollen.« Zum Beispiel nach der Trennung von meinem Freund in meinem ersten Studienjahr eine Therapie machen, anstatt das Studium abzubrechen. Vielleicht hätte ich dann das, was Trey als richtigen Job bezeichnete, und wäre nicht der älteste Student in meinem VWL-Kurs, der seinen Abschluss so langsam macht, dass ich froh sein konnte, wenn ich ihn vor meinem dreißigsten Geburtstag in der Tasche hätte.

»Hey.« Marlee streckte sich über ihren Schreibtisch, um meine Hand zu drücken. »Ich finde es großartig, dass du deinen Bachelor machst.« Sie grinste. »Einer von Coopers Abschlüssen ist in Betriebswirtschaft. Vielleicht wirst du eines Tages so reich sein wie er.«

»Ha, ha. Als er achtundzwanzig war, hatte er Synergy an die Börse gebracht und war bereits Multimillionär.« Aus Gewohnheit blickte ich zu seinem Büro, aber natürlich war es dunkel. Er war in Boston. »Ich hoffe, es geht ihm gut, nach all dem Mist, den Jackson gestern abgezogen hat.«

»Jackson?« Sie ließ meine Hand los. »Er war nicht derjenige, der seinen Schreibtisch zertrümmert hat.«

»Ja, aber er – vergiss es.« Marlee war die beste Freundin von Jacksons Frau und betrachtete seine Kinder als ihren Neffen und ihre Nichte. Keiner von ihnen machte sich Sorgen über die Lasten, die Jackson Cooper aufbürdete.

»Ich bin sicher, es geht ihm gut. Cooper steckt sowas immer locker weg.«

Das tat er. Genau bis gestern. Er war wie ein Schnellkochtopf, der den ganzen Dampf in sich hielt. Gestern hatten wir etwas davon entweichen sehen, aber was würde passieren, wenn sich der Druck weiter aufbaute? Würde er jemanden anfahren, der ihm nicht sofort verzeihen würde? Weston vielleicht? Gott steh uns allen bei, wenn Weston Cooper feuerte.

»Was wirst du mit all deiner Freizeit anfangen, während er weg ist?«

»Freizeit? Ich muss dafür sorgen, dass sein Büro wieder so hergerichtet wird, wie es sein sollte.« Das Reinigungsteam hatte das ganze Glas entfernt, aber als ich es inspizierte, hatte ich winzige Kratzer im Kirschholzfinish vom zerbrochenen Glas gefunden. Jemand wie Jackson würde das nie bemerken, aber Cooper schon. »Die Möbelrestauratoren sollten jeden Moment hier sein. Die neue Platte wird morgen geliefert.« Ich hatte darauf geachtet, gehärtetes Glas zu bestellen, für den Fall, dass es zu einem weiteren Unfall kam.

Aber was sollte ich ohne Cooper tun? Es klang perfekt: keine Anspannung, mich zurückhalten, mich in seiner Nähe beherrschen zu müssen. Keine Versuchung, seinen Rücken durch diese köstlich weich aussehenden, maßgeschneiderten Hemden zu streicheln. Nicht bis nächsten Montag. Ich verdiente eine verdammte Pause von dieser täglichen Qual.

Ich könnte wohl schon mit meiner nächsten Hausarbeit für die Uni anfangen. Obwohl eine weitere trockene VWL-Arbeit zu schreiben, eine andere Art von Qual war. »Sag mir Bescheid, wenn ich dir irgendwie helfen kann, okay?«

»Klar, klar.« Sie biss sich auf die Lippe. »Glaubst du, bei ihnen ist jetzt alles wieder in Ordnung? Bei Jackson und Cooper?«

»Du kennst sie länger als ich. Sie streiten sich die ganze Zeit.« Allerdings nie so wie gestern, und das wussten wir beide. Ich sah mich um, ob jemand anderes nah genug war, um uns zu belauschen. Wir mussten so tun, als wäre alles normal, sonst würde ein Gerücht Weston erreichen. Etwas Unheilvolles lauerte direkt unter dieser kalten, stilvollen Fassade.

»Aber«, Marlee beugte sich näher und senkte ihre Stimme, »sie sind noch nie handgreiflich geworden. Er war wie … wie das Biest.«

»Du meinst aus den X-Men?« Hatte Tyler ihr eine richtige Comic-Lektion erteilt?

»Nein, aus *Die Schöne und das Biest*. Obwohl das Biest eigentlich sanft war, weißt du.« Marlee zwirbelte eine Haarsträhne um ihren Finger. »Bis Gaston ihn angegriffen hat.«

Natürlich dachte sie an eines ihrer Märchen. »Hast du nie einen X-Men-Comic gelesen oder die Filme gesehen? Er ist total das Biest. Seine Augen haben dieselbe Farbe wie das blaue Fell vom Biest. Und sie sind beide Genies.«

Marlee legte den Kopf schief. »Ich habe ihn immer eher für einen Thor gehalten. Blondes Haar, blaue Augen, die Bartstoppeln, diese Muskeln –« Sie zitterte.

»He, he.« Die Tür zum Treppenhaus knallte hinter Tyler ins Schloss. »Ich hoffe doch, ihr redet von mir.«

»Natürlich.« Sie zwinkerte mir zu, bevor sie sich mit ausgestreckten Armen umdrehte, um ihren Verlobten auf der Vorstandsetage willkommen zu heißen. Sie gab ihm nur einen Kuss auf die Wange, aber ich wandte mein Gesicht ab. Die Liebe, die auf Tylers Gesicht leuchtete, war für ein Büroumfeld fast schon unanständig.

»Jay ist noch nicht hier?« Er neigte sein Kinn in Richtung des dunklen Büros.

»Nein, die arme Valentine hat Fieber und hat sie beide die ganze Nacht wachgehalten. Deshalb ist er nicht nach Boston gefahren. Er arbeitet heute von zu Hause aus, damit Alicia sich ausruhen kann.«

Und das bedeutete, Cooper konnte sich nicht ausruhen. Er sprang immer für Jackson ein. Ich erstickte die aufkeimende Verärgerung in meiner Brust mit einem Schluck meines lauwarmen Lattes. »Morgen, Tyler. Bis später, Marlee.«

»Bis später«, murmelte Marlee und grinste Tyler immer noch an, als wären sie Tage und nicht Stunden getrennt gewesen.

Dieses Aufflammen von Ärger wurde kalt und schwer. Ich würde so eine Liebe niemals erleben. Nicht, solange ich mich immer wieder in die falschen Männer verliebte. Ich schlurfte über den Flur zu meinem Schreibtisch direkt vor Coopers Büro. Sobald ich meine Tasche abstellte, zog das rote Blinklicht an meinem Telefon meine Aufmerksamkeit auf sich. Waren die Möbelpacker angekommen? Warum hatte José nicht mein Handy angerufen? Ich nahm den Hörer ab und drückte die Taste, um die Nachrichten abzurufen.

Die erste war von sechs Uhr morgens, neun Uhr an der Ostküste. »Mr. Levy-Walters, hier ist Shauna von der New England Entrepreneurs' Society. Mr. Fallon hat noch nicht eingecheckt, und ich konnte ihn nicht erreichen. Ich hoffe, Sie können bestätigen, dass er heute Mittag noch die Eröffnungsrede halten kann.«

Gönn dem Kerl eine Pause, meine Dame. Er konnte unmöglich früher als Mitternacht dort angekommen sein. Er war ein Mann, keine Maschine; er holte sich wahrscheinlich nur einen extra Espresso, um den Jetlag zu überstehen. Und doch … Cooper benahm sich eher wie eine Maschine als wie ein Mann, und ich hatte ihn noch nie zu spät erlebt. Zu gar nichts.

Die zweite Nachricht spielte sofort ab, Zeitstempel vor dreißig Minuten. »Mr. Levy-Walters, hier ist noch mal Shauna. Von der Entrepreneurs' Society? Ich fange an, ein wenig nervös zu werden. Mr. Fallon ist immer noch nicht hier. Können Sie mich zurückrufen?«

Ich nahm mein von Synergy gestelltes Handy und wählte Coopers Nummer. Seine Mailbox ging direkt ran. Normalerweise bekam ich beim Hören seiner Ansage ein wohliges Kribbeln im Bauch, aber jetzt zog sich mein Magen nervös zusammen. Was konnte ihm zugestoßen sein? Ich hinterließ ihm eine knappe Nachricht, in der ich ihn bat, sich so schnell wie möglich zu melden.

Das Tischtelefon klingelte mit einer Anrufer-ID aus Boston. »Büro von Cooper Fallon. Ben Levy-Walters am Apparat.«

»Oh, Mr. Levy-Walters. Ich bin so froh, Sie endlich zu erwischen. Es tut mir leid, dass ich so oft anrufe, aber wir haben Mr. Fallon immer noch nicht gesehen. Ist er auf dem Weg?«

Wenn er noch nicht angekommen war, bezweifelte ich es. Cooper Fallon kam seinen Verpflichtungen nach.

Etwas stimmte nicht.

»Es tut mir leid für die kurzfristige Mitteilung, Shauna, aber Mr. Fallon ist unerwartet krank. Fieber. Schüttelfrost. Erbrechen.« Ich unterbrach mich, bevor ich Cooper noch mehr ekelhafte Symptome andichten konnte. »Plötzlich aufgetreten. Er ist wahrscheinlich ansteckend. Er bittet mich, seine Entschuldigung zu übermitteln. Er wird eine großzügige Spende an die Gesellschaft machen, sobald er wieder gesund ist.«

»Oh. Danke.« Ich hatte durch die Arbeit mit Cooper gelernt, dass Bargeld immer half, die Wogen zu glätten. Shauna klang nicht so besänftigt, wie ich gehofft hatte. »Aber was ist mit der Eröffnungsrede?«

»Es tut mir leid, Shauna«, sagte ich so sanft wie möglich. »Dabei kann ich Ihnen nicht helfen. Aber Sie haben doch einen Raum voller Unternehmer. Kann nicht einer von ihnen einspringen?«

»Ich – ich schätze, ich versuche es –«

»Perfekt. Ich wünsche Ihnen einen fantastischen Tag.« Ich legte schnell auf, bevor sie es wieder zu meinem Problem machen konnte.

Mein Telefon klingelte fast sofort, und ich seufzte, als ich sah, dass es der Sicherheitsdienst war. Nach einem kurzen Gespräch mit José stieg ich in den Aufzug, um die Restauratoren zu begleiten.

Wo war Cooper?

Nachdem ich das Möbelteam in Coopers Büro gelassen hatte und sie sich an die Arbeit machten, ging ich zurück zu Marlees Schreibtisch. Sie kniff die Augen vor ihrem Bildschirm zusammen, wahrscheinlich machte sie ihren morgendlichen Code-Check. Wie offen konnte ich mit ihr über mein Cooper-Problem sein? Wir waren seit meinem ersten Tag befreundet und beschwerten uns fast täglich lachend übereinander bei unseren Chefs. Aber das hier war anders. So anders, dass mir der Magen sank.

Was auch immer mit Cooper los war, es war eindeutig sein Geheimnis, da er es mir nicht erzählt hatte. Und er durfte Geheimnisse haben. Zumindest in seinem Privatleben. Sein

Berufsleben war meine Angelegenheit. Er hätte Shauna sagen sollen, dass er nicht kommen würde. Und mir auch.

Ich hatte noch nie erlebt, dass er eine Verpflichtung so sausen ließ. Was auch immer sein Geheimnis war, es musste ein großes sein. Eines, von dem er nicht wollte, dass jemand davon erfuhr.

Obwohl es nicht mein Geheimnis war, das ich teilen durfte, musste ich es wissen, weil es Synergy betraf. Cooper war das Herzstück des Unternehmens, und wenn Gerüchte die Medien erreichten, würde die Aktie abstürzen, als hätte Thor sie mit seinem Hammer zerschmettert. Und dann würde auch das Unternehmen untergehen, genau wie bei meinem letzten Job.

Ich räusperte mich. »Hey, also, ich weiß, ich habe gesagt, ich würde dir heute helfen, aber Cooper hat mir ein Sonderprojekt zugewiesen.« Ich beobachtete ihr Gesicht auf Anzeichen von Wiedererkennung oder Unglauben.

Sie warf mir einen kurzen Blick zu und zuckte mit den Schultern. »Kein Problem, dann. Projektier mal schön.«

»Er, äh, er hat dir oder Jackson nichts über … das Projekt gesagt?«

Ihr Blick war bereits wieder auf den Bildschirm gerichtet. »Nein. Brauchst du Hilfe?«

»Nein. Jedenfalls nicht im Moment. Danke.« Ich schlurfte zurück zu meinem Schreibtisch.

Ich rief Cooper erneut an. Direkt die Mailbox.

Ich rief im Hotel in Boston an. Er hatte nicht eingecheckt.

Ich rief Emily, die Pilotin des Jets, an. Sie ging nicht ran, aber ich hinterließ eine Nachricht auf der Mailbox. Warum hatte ich nicht darauf bestanden, dass Cooper mir Zugang zur Flugverfolgung des Jets gab? Dann wüsste ich, ob sie den Flughafen verlassen hatten.

Julie, Westons Assistentin, huschte vorbei und presste Papiere über ihrem schwangeren Bauch an ihre Brust.

Vielleicht wusste sie, was los war. »Hey, Julie.«

Sie drehte sich um, ihr Mund zu einer ungeduldigen Linie verzogen. Sie und ich waren nicht so befreundet wie Marlee und ich, aber wir kamen miteinander aus. Normalerweise. Offensichtlich war heute etwas anders. »Ja, Ben?«

»Entschuldige die Störung. Ich wollte fragen, ob Mr. Weston heute von Cooper gehört hat. Ich weiß, er ist in Boston, aber ich habe eine Frage an ihn.«

»Hält er nicht heute Morgen eine Eröffnungsrede? Er wird Sie wahrscheinlich danach anrufen.«

Also wusste sie auch nichts. »Stimmt.« Ich lächelte. »Danke.«

Sie nickte und setzte ihren Sprint in Richtung des CEO-Büros fort.

Ich nahm mein Handy in die Hand und hielt es einen Moment lang. Auf meinem Firmentelefon war die Tracking-App von Synergy installiert, für den Fall, dass es verloren ging oder gestohlen wurde. Als COO hütete Cooper die Geheimnisse des Unternehmens und die Geräte, die diese Geheimnisse enthielten, wie einen Schatz. Was sie in den falschen Händen wahrscheinlich auch waren.

Ich biss mir auf die Lippe. Ich ortete nicht gerade ein verlorenes Gerät. Ich ortete eine verlorene Person. Eine Führungskraft. Es war eine Verletzung der Privatsphäre. Eine nicht autorisierte.

Aber was, wenn er tatsächlich krank war? Oder verletzt? Was, wenn der Jet abgestürzt war? Mein Herz raste. Jemand hätte doch angerufen, wenn das Flugzeug abgestürzt wäre, oder? Mist.

Ich öffnete die Tracking-App und klickte auf Coopers Namen. Das Rad drehte sich. Endlich erschien eine Nachricht. *Gerät kann nicht gefunden werden. Letzter bekannter Standort auf der Karte anzeigen.* Er musste sein Telefon ausgeschaltet haben.

Mein Herz hämmerte, als ich auf die Karte blinzelte. Die Orientierungspunkte wurden klarer. San Francisco. Was? Er war nicht abgereist? Ich zoomte auf das Symbol, das den letzten bekannten Standort von Coopers Telefon anzeigte. Sein Haus in Pacific Heights.

Ich stand so schnell auf, dass mein Stuhl weggeschleudert wurde und gegen die Wand prallte. Ich schnappte mir meine Tasche und meine Jacke und sprintete zu den Aufzügen. Er war nicht ins Flugzeug gestiegen. War er krank? Also, wirklich krank, nicht die vorgetäuschte Krankheit, die ich mir für die Entrepreneurs' Society ausgedacht hatte? Vielleicht hatte Jackson ihn mit dem Babyvirus angesteckt, das Valentine hatte. Ich stellte mir vor, wie Cooper allein in seinem Bett lag, fieberglühend. Oder wie er auf seinem Badezimmerboden stöhnte und sich an den Toilettenrand klammerte.

»Muss los, Marlee«, sagte ich, als ich an ihrem Schreibtisch vorbeiging. »Projektnotfall.«

»Viel Glück«, rief sie, als ich in den Aufzug stieg.

Wie lange war es her, dass ich ihn gesehen hatte? Achtzehn Stunden? War er schon so lange krank und allein? Ich tippte mit meinem Stiefel den ganzen Weg hinunter ins Erdgeschoss.

Ich machte mir nicht die Mühe, den Bus zu nehmen. Ich benutzte meine Firmenkreditkarte – wenn das kein Firmengeschäft war, wusste ich nicht, was es war –, um einen Fahrdienst in Coopers schickes Viertel zu nehmen, direkt zu seiner Villa auf dem Hügel, alles dorische Säulen, weißer Stein und gepflegte, umweltfreundliche einheimische Pflanzen. Ich bat den Fahrer, auf mich zu warten, falls wir ins Krankenhaus eilen müssten. Ich wünschte, ich hätte daran gedacht, eine Verschwiegenheitserklärung aus dem Büro mitzunehmen, aber darum konnte ich mich später kümmern. Das Wichtigste war sicherzustellen, dass es Cooper gut ging.

Ich joggte zu der schicken, geschnitzten Eichentür und klingelte. Ein Bildschirm neben der Tür leuchtete auf und zeigte das Gesicht einer Frau. Ihr graues Haar war zu einem strengen Knoten zurückgebunden. Ihr Gesicht, goldbraun und mit leichten Fältchen, war eine ausdruckslose Maske. »Kann ich Ihnen helfen?«

»Hallo«, keuchte ich. Gott, wenn mich schon das Rennen vom Auto so außer Atem gebracht hatte, musste ich anfangen, etwas Cardio zu machen. »Ich bin Ben. Coopers Assistent. Ich suche nach ihm. Geht es ihm gut?«

In ihren braunen Augen blitzte Wiedererkennen auf. »Er ist nicht hier.«

»Er ist … nicht hier? Er ist nicht krank?«

»Er ist letzte Nacht auf eine Reise gegangen. Aber er hat ein Päckchen für Sie hinterlassen. Ich wollte es heute Morgen ins Büro schicken, aber die Wäscherei hatte Verspätung.« Sie runzelte die Stirn. »Einen Moment.« Der Bildschirm wurde schwarz.

Eine Minute später öffnete sich die Tür. Angesichts des strengen Knotens der Frau hatte ich erwartet, dass sie die Tür in einem dieser altmodischen schwarzen Uniformkleider mit einer weißen Schürze öffnen würde. Aber sie trug Yogahosen und ein staubiges T-Shirt. Sie strich den Saum ihres Shirts glatt. »Ich habe die Kronleuchter geputzt, da Mr. Fallon weg ist. Hier.« Sie schob mir eine kleine Schachtel entgegen.

Ich nahm sie automatisch. »Aber er – er ist nie aufgetaucht. Er ist nicht nach Boston gefahren.«

Ihre Augen verengten sich. »Er ist nicht hier.«

»Bitte.« Ich trat näher. »Haben Sie eine Ahnung, wohin er gegangen sein könnte?«

Sie hatte eine. Das konnte ich am Glanz in ihren Augen erkennen. Aber sie sagte: »Nein. Tut mir leid.« Sie zögerte einen Moment. »Das Beste, was Sie für Mr. Fallon tun können, ist, ihm ein paar Tage für sich zu geben.«

»Bitte, ich –«

»Leben Sie wohl. Wenn er zurückkommt, werde ich ihm ausrichten, dass Sie hier waren.« Sie schlug mir die schwere Holztür vor der Nase zu.

Ich drückte noch ein Dutzend Mal auf die Klingel, aber die Tür öffnete sich nicht. Schließlich lehnte ich mich an eine Säule und betrachtete die Schachtel in meinen Händen. Sie war länger als breit und flach, aus glänzendem Karton. Sie fühlte sich zu leicht für eine von Coopers schicken Seidenkrawatten an.

Ich schob meinen Daumen unter den Deckel und öffnete ihn. Ein normaler Geschäftsumschlag lag auf einem sauber gefalteten weißen Taschentuch. Meins? Ich strich über die gestärkte Baumwolle. Mein Taschentuch war noch nie so sauber oder … steif gewesen. Ich schnupperte daran und roch Coopers Waschmittel. Ich schnappte mir den Umschlag, dann drückte ich die Schachtel zu, um den Duft einzuschließen. Ich klemmte sie mir unter den Arm und widmete meine Aufmerksamkeit dem Umschlag.

Er hatte meinen Namen auf die Vorderseite gekritzelt. *Ben.* Nur mein Vorname. Es war fast intim. Ich zitterte, als ich ihn umdrehte, um den Inhalt herauszuziehen.

Ein Geschenkgutschein für ein Spa. Ein sehr großzügiger, der einen ganzen Tag mit Behandlungen abdecken würde, sogar das dekadente Schlammbad aus dem Toten Meer.

Und eine handgeschriebene Notiz.

Ben – Ich bin ein paar Tage nicht da. Nimm dir etwas frei. – Cooper

Das war alles. Elf Worte, plus mein Name und seiner. Keine Entschuldigung. Keine Erklärung. Was zum Teufel war hier los?

»Ich muss ihn finden«, murmelte ich.

Aber musste ich das?

Ich drehte mich zum Auto um und umklammerte immer noch die Notiz, die er geschrieben hatte. Laut seiner Haushälterin war er abgereist. Höchstwahrscheinlich war er nicht krank. Er hatte sein Telefon ausgeschaltet. Das bedeutete, er wollte nicht gefunden werden. Vielleicht hatte sie recht und was er am meisten von mir brauchte, war Zeit für sich allein. Für ihn einzuspringen, bis er am Montag wieder im Büro sein sollte.

Das konnte ich tun. Ich konnte tun, was Cooper – und dem Unternehmen – am meisten helfen würde.

Er würde am Montag zurück sein, und alles würde wieder normal sein.

Oder?

4

COOPER

ICH BRAUCHTE FÜNF VERSUCHE, um die Nachricht an meinen Finanzberater zu tippen.

> Dell 25$ Klasse-A-Aktien

Normalerweise hätte ich das mit Luis besprochen, aber er arbeitete heute Abend nicht. Das war wahrscheinlich der Grund, warum ich die Nachricht verfasste. Ich war einsam. Ich vermisste Jackson, war aber auch wütend auf ihn. Ich suhlte mich in den Gefühlen, die ich sonst immer in mir verschloss. Umgeben von glücklichen Urlaubern. Und betrunken.

Der Barkeeper war irgendein Junge, den ich nicht kannte. Ich drehte mich zu dem bulligen Kerl auf dem Barhocker neben mir um. Er trug einen Hut, der mich an Marlon Brando in *Guys and Dolls* erinnerte. Wer zum Teufel trug bei dieser Hitze einen Fedora-Hut? Trotzdem schien er nüchterner zu sein als ich.

»Hey. Ergibt diese Nachricht einen Sinn?«, fragte ich und zeigte sie ihm.

Er runzelte beim Blick auf den Bildschirm die Stirn. »Ich dachte, Dell wird gar nicht mehr öffentlich gehandelt.«

»Dell? Was zum Teufel?« Ich kniff die Augen zusammen und blickte auf den Bildschirm. »Oh, Scheiße. Ein Tippfehler.« Ich kämpfte mit meinen widerspenstigen Fingern, änderte das *D* in ein *S* und hielt das Handy hoch. »Jetzt besser?«

»Wolltest du Aktien im Wert von fünfundzwanzig Dollar verkaufen? Oder meinst du vielleicht Prozent?«

»Jesus, verdammte Scheiße.« Ich hämmerte auf das Dollarzeichen, löschte es und wischte dann durch etliche Bildschirme, um ein Prozentzeichen zu finden. Die Zeichen verschwammen vor meinen Augen.

»Soll ich dir helfen?«

»Würdest du?« Ich versuchte, ihm ein gewinnendes Lächeln zu schenken, aber ich hatte mein Gesicht mit Whiskey betäubt. Jackson hatte dieses Problem nie gehabt. Selbst betrunken konnte sein Grinsen jeden um den Finger wickeln. Aber das tat er nicht mehr. Nicht jetzt, wo er eine Frau und ein verdammtes Kind hatte. Und ein Baby. Verdammt. Ich wischte mir mit dem Ärmel meines Hemdes über die brennenden Augen und hinterließ einen nassen Fleck auf der schlaffen Baumwolle.

Jackson würde nie wie ein Verlierer allein in einer Bar sitzen. Nicht lange.

Ich hingegen? Ich würde für immer allein sein.

Der Kerl stupste mich am Arm an. »Alles erledigt.«

Ich warf einen Blick auf den Bildschirm.

25% Klasse-A-Aktien verkaufen

»Danke, Mann.« Vorsichtig zielte ich auf den winzigen Pfeil und drückte darauf.

»Wenn ich fragen darf«, sagte der Kerl, »warum machst du das jetzt? Du siehst nicht wie jemand aus, der etwas verkaufen muss, um an einem Ort wie diesem hier zu bleiben.«

Ich blickte auf meine zerknitterte Anzughose und mein Hemd hinab, das in der Feuchtigkeit der Insel klamm geworden war. Ich sah aus wie … wie mein Vater. Ich schluckte. Er hatte nie so teure Kleidung wie ich besessen, aber wenn er aus den Kneipen nach Hause gekommen war, hatten seine Arbeitshemden die Steifheit verloren, die meine Mutter so sorgfältig in sie hineingebügelt hatte.

Was hatte er mich gefragt? Der Bildschirm meines Handys leuchtete auf. Ein weiterer Anruf von Ben. Ich drückte ihn weg und erinnerte mich: die Aktien.

»Schlechte Assoziationen«, sagte ich. Ich war mir selbst nicht sicher, ob ich damit meinte, dass die Aktien mich an Jackson erinnerten oder an mein eigenes schlechtes Verhalten gestern in meinem Büro. So oder so, die Erinnerung musste ausgelöscht werden, und der Alkohol sagte mir, dass der Verkauf der Aktien das bewirken würde.

Ich saß eine Minute lang da und starrte auf den einsamen Eiswürfel in meinem Whiskeyglas. Fühlte ich mich irgendwie anders? Leichter, mit weniger Bindungen, weniger Lasten?

Nein. Ich fühlte mich immer noch schwer und schwermütig.

Der Verkauf der Synergy-Aktien hatte nicht geholfen. Der Whiskey hatte auch nicht geholfen, obwohl die Bar jetzt einen weichgezeichneten Schein wie Carole Lombard in *Mein Mann Godfrey* hatte. Es war eine gute Bar. Ich strich mit der Hand über die glänzende Holzplatte. Eine nette Bar. Ich würde sie morgen wieder besuchen. Vielleicht würde mir ein weiterer Tag des Trinkens helfen, zu vergessen.

Ich rutschte von meinem Hocker und schwankte für einen Moment.

»Alles okay bei dir, Mann? Brauchst du Hilfe?« Der stämmige Kerl mit dem Hut breitete seine Hände aus, als wollte er mich stützen.

»Ich hab ihn.« Eine kleinere, bullige Gestalt tauchte hinter mir auf. Ramón.

»Du bist ein Gepäckträger«, sagte ich, als ob das für irgendetwas von Bedeutung wäre. »Ich habe keine Koffer, die du tragen könntest.«

Er lachte. »Ich sorge nur dafür, dass du auf dein Zimmer kommst. Sicher. Und allein.« Er warf dem anderen Kerl einen finsteren Blick zu und fasste mich unter dem Ellbogen.

Nachdem wir die Stufen hinabgestiegen waren und den Kiesweg zu meinem Bungalow entlanggingen, fragte er: »Wie geht es deiner Mama?«

»Ihr geht es gut. Ich habe sie angerufen, als ich gestern hier angekommen bin.« Ein warmes Gefühl durchströmte mich bei der Erinnerung daran, dass ich ihrem Sicherheitsteam ein paar Leute hinzugefügt hatte. Sie wäre sicher, obwohl ich Tausende von Meilen entfernt war.

»Leistet sie dir Gesellschaft?«

»Dieses Mal nicht.« Sie durfte mich nicht so sehen. Mich suhlend. Betrunken.

»Was ist mit dem Rest deiner Familie? Wirst du Isobel besuchen?«

»Verdammt, nein.« Meine Großtante war schlimmer als Mamá. Sie würde für mich kochen, unentwegt plappern und mir die ganze schmutzige Geschichte entlocken. Und das Letzte, was ich wollte, war, noch einmal durchzukauen, wie ich bei meinem besten Freund wie Mick Fallon ausgerastet war und mich an seine großen, verängstigten Augen und Bens schockierten Gesichtsausdruck zu erinnern.

Ich wollte nie wieder daran denken.

»Du brauchst jemanden«, sagte er. »Du solltest nicht allein sein.«

»Sollte ich nicht?« Aus irgendeinem Grund tauchte Bens Gesicht vor meinem inneren Auge auf. Ich blinzelte heftig. Nein. Wenn ich mir selbst nicht trauen konnte, schien Alleinsein das Beste zu sein. Vielleicht könnte ich eine Hütte auf dem Berg mieten und ein Einsiedler werden.

Was ich brauchte, war noch ein Drink.

Zum Glück hatte ich eine volle Hausbar in meinem Bungalow, und sobald Ramón mich abgesetzt hatte, schenkte ich mir noch einen Whiskey ein.

Wenn ich genug trank, konnte ich vergessen, was ich getan hatte. Was ich verloren hatte.

5

BEN

AM NÄCHSTEN MORGEN, gerade als ich Coopers Handy erneut anpingen wollte, pflanzte sich Julie vor meinem Schreibtisch auf. Ich schaltete den Bildschirm meines Handys aus und schenkte ihr ein Lächeln. »Was kann ich für Sie tun, Julie?«

»Mr. Weston sagt, Mr. Fallon nimmt sich eine Auszeit. Bedeutet das, dass er sich nicht zur Pressekonferenz über die Forschungspartnerschaft zuschalten wird?«

Verdammt, die war ja heute. Synergy hatte ein kleines Team damit beauftragt, unsere Software für eine Organisation für Klimawandelforschung anzupassen, so wie sie es letztes Jahr für eine gentechnische Forschungsgruppe getan hatten. Die Hoffnung war, dass Synergys Analyse-Engine die Forschung optimieren und beschleunigen könnte, um schnellere Ergebnisse zu erzielen. Cooper hatte hart für die Spende gekämpft, und er hätte derjenige sein sollen, der darüber sprach.

»Nein, tut mir leid.«

»Ich werde es Mr. Weston mitteilen.«

Ich atmete aus. »Danke, Julie.«

»Sorgen Sie dafür, dass er eine E-Mail mit einem Update

schickt, ja? Mr. Weston braucht die neuesten Zahlen für sein großes Projekt. Außerdem will er Coopers Netzwerkpasswort.«

»Sein Passwort?«

»Da Cooper für eine Weile nicht zurück sein wird, will Mr. Weston sichergehen, dass er auf seine Dateien zugreifen kann. Er braucht sein Passwort.«

»Ich – ich kann es ihm nicht geben.« In meiner Schulung für neue Mitarbeiter hatte ich ein Papier unterschrieben, dass ich mein Passwort niemals, unter keinen Umständen, an jemand anderen weitergeben würde, nicht einmal an meine Schwester. Das musste auch für Coopers Passwort gelten.

Julie runzelte die Stirn. »Natürlich können Sie das. Es gehört nicht Cooper. Es gehört Synergy. Und Mr. Weston ist der CEO.«

Meine Lippen formten wie betäubt das Wort: »Okay.«

Nachdem sie weggegangen war, ließ ich den Kopf in meine Hände sinken.

Ich hätte den verdammten Tag im Spa nehmen sollen.

Weston wusste über Coopers Auszeit Bescheid. Ich nahm an, es war logisch, dass Cooper es seinem Boss gesagt hatte. Hätte er sich nicht die Zeit nehmen können, es seinem Assistenten zu sagen? Verdammte Nachricht. Verdammter Geschenkgutschein. Es brannte in meiner Magengegend.

Aber ich war ein Profi, auch wenn Cooper beschlossen hatte, sich nicht mehr wie einer zu benehmen. Ich würde ihm eine E-Mail schicken –

E-Mail! Warum war ich da nicht drauf gekommen? Wenn Cooper E-Mails verschickte, konnte ich vielleicht herausfinden, wohin er gegangen war.

Ich wechselte von der Kalender-App zur E-Mail-App und loggte mich ein, um Coopers Postfach anzusehen. Die Anzahl der ungelesenen Nachrichten war überwältigend; ich musste sie später priorisieren. Ich überprüfte den Gesendet-Ordner.

Seit Cooper am Dienstagabend verschwunden war, war eine einzige E-Mail verschickt worden. Der Zeitstempel war von spät am Mittwoch, vor weniger als acht Stunden. Hungrig nach Details überflog ich sie.

Es war eine Nachricht an Synergys Compliance-Beauftragte, in der eine E-Mail von seinem Finanzberater bestätigt wurde. Cooper plante, einige A-Aktien zu verkaufen.

Was. Zur. Hölle.

Ich suchte in Coopers Posteingang nach einer Antwort. Da war sie. Die Compliance-Beauftragte schickte eine freundliche Antwort, in der sie Cooper daran erinnerte, dass wir uns derzeit in einer Sperrfrist befanden, er aber verkaufen könne, sobald diese in einer Woche endete.

Cooper verkaufte Aktien. Nicht irgendwelche Aktien. A-Aktien, die die Kontrolle über das Unternehmen sicherten.

Was zur Hölle bedeutete *das*?

Ich wusste, was es bei meiner alten Firma bedeutet hatte, aber erst im Nachhinein. Die Gründer hatten ihre Anteile ein paar Wochen, bevor alles den Bach runterging, abgestoßen. Der eine sagte, er kaufe ein Haus am Strand; der andere ließ sich scheiden und brauchte das Geld. Es gab kein Haus am Strand. Die Scheidung fand allerdings statt. Und nachdem sie ihr Geld hatten, riefen sie mich in den Konferenzraum, ihre Gesichter voller Bedauern und einem Fünkchen Schuldgefühl, und entließen mich.

Mit der kleinen Abfindung, die sie mir gegeben hatten, musste ich mich entscheiden, ob ich die Miete oder die Studiengebühren bezahlen sollte.

Als ich meinen Freund Trey gefragt hatte, ob ich für ein oder zwei Monate bei ihm unterkommen könnte, nur bis ich mein Leben wieder auf die Reihe bekommen hatte, hatte er einen erschrockenen Gesichtsausdruck bekommen. Okay, vielleicht hatte ich einen Fleck Häagen-Dazs-›Triple Chocolate Fudge Cookie‹-Eiscreme auf meinem T-Shirt und hatte mich seit ein paar Tagen nicht rasiert. Aber als er anfing, Ausreden zu erfinden, wusste ich, dass wir am Ende waren.

Ich verdiente jemanden, der mich unterstützte, wenn ich es

brauchte. Der nicht beim ersten Anzeichen von Schwierigkeiten das Weite suchte. Der bereit war, die Probleme des Lebens gemeinsam durchzustehen. Am nächsten Tag zog ich bei Mimi ein und hörte auf, Treys nächtliche Anrufe und Nachrichten anzunehmen.

Und als ich einen tollen Job bei Synergy fand, der meine Studiengebühren bezahlte, schwor ich mir, dass ich mich nicht noch einmal überrumpeln lassen würde. Ich würde das nächste Mal vorbereitet sein und nach Ärger Ausschau halten.

Wusste Cooper etwas über Synergys Zukunft? Stiegt er aus, solange er noch konnte? Schweiß rann mir den Rücken hinunter und klebte mein Hemd an meiner Haut fest.

Ich öffnete ein Browserfenster und suchte. Es waren nicht alle seine A-Aktien. Ungefähr ein Viertel davon. Nicht annähernd ein Ausverkauf.

Trotzdem, was bedeutete es?

»Ist bei dir alles in Ordnung?«

Ich blickte vom Bildschirm auf und blinzelte. Ich hatte Marlees Absätze nicht über die alten Holzdielen klacken gehört. Eine winzige Sorgenfalte teilte ihre Augenbrauen.

Ich minimierte das Browserfenster. »Mir geht's gut. Was gibt's?« Ich versuchte zu lächeln, scheiterte aber.

»Du bist total blass. Bist du sicher, dass du dich gut fühlst?«

Marlee arbeitete schon viel länger bei Synergy als ich. Sie kannte Jackson und Cooper besser als ich. Und sie war diskret, was Jacksons Eskapaden anging. Ich konnte mit ihr reden.

»Hast du eine Minute?« Ich nickte in Richtung des leeren Konferenzraums hinter ihr.

»Sicher.« Sie führte den Weg in den Raum, der einen Blick auf die belebte Straße und die hohen Gebäude bot, die die umgebaute Fabrik umgaben, in der Synergy nun untergebracht war. Ich schloss die Tür.

Aus meinem Finanzkurs im letzten Jahr wusste ich einiges über Aktien. Die Aufgabe der Compliance-Beauftragten war es, sicherzustellen, dass das, was Synergy tat, mit den Regierungsvorschriften vereinbar war. Sie hatte wahrscheinlich bereits eine öffentliche Mitteilung über Coopers Plan, seine Aktien zu verkaufen, verschickt, also würde ich Marlee nichts Vertrauliches erzählen.

Trotzdem konnte es nicht schaden, umsichtig zu sein. »Wann hat Jackson das letzte Mal Synergy-Aktien verkauft?«

Die kleine Sorgenfalte war wieder da. »Du meinst, seine Aktienoptionen ausgeübt?«

»Nein, ich meine, tatsächlich Aktien verkauft.«

»Ich arbeite seit vier Jahren für Jackson, und ich habe noch nie erlebt, dass er Aktien verkauft hat. Nicht, als er sein Haus gekauft hat, nicht, als er geheiratet hat, und nicht, als sie Valentine bekommen haben. Er und Cooper werden an dieser Firma festhalten, bis man sie ihnen aus ihren kalten, toten Händen reißt. Warum fragst du?«

Ich vergewisserte mich, dass die Tür hinter mir geschlossen war. »Cooper verkauft einige seiner A-Aktien. Das ist seltsam, oder?«

Marlees Augen weiteten sich. »Total seltsam. Die A-Aktien sind doch die, die ihnen zusätzliche Stimmrechte geben, oder?«

»Genau.«

Sie rümpfte die Nase. »Ich dachte, die werden an die Erben weitergegeben. Wie bei den Fords. Kann er die überhaupt verkaufen?«

»Nicht am regulären Aktienmarkt. Aber Synergys Satzung erlaubt es den Inhabern, sie in eine größere Anzahl regulärer Aktien umzuwandeln.«

»Sieh dich an mit deinem schicken BWL-Abschluss.«

Meine Wangen glühten. »BWL-Abschluss in Arbeit.«

»Was hat er gesagt, als du ihn darauf angesprochen hast?«

Ich zuckte zusammen. Zuvor wollte ich nicht verraten, dass Cooper verschwunden war. Und er war noch keine achtundvierzig Stunden weg. Aber Marlee konnte mir helfen, ihn aufzuspüren. Außerdem wollte ich die Last unbedingt teilen.

»Cooper ist weg. Verschwunden. Ist nicht in Boston aufgetaucht.« Die Worte sprudelten nur so aus mir heraus, und ich erzählte ihr von Coopers Handy, seiner Haushälterin, den unbeantworteten Nachrichten an den Piloten, der E-Mail. Sogar von der Nachricht, in der er mir sagte, ich solle mir ein paar Tage freinehmen, obwohl ich ihr nicht in die Augen sehen konnte, als ich davon erzählte.

Als ich fertig war, hielt Marlee die Hände vor den Mund. »Das ist nicht normal«, murmelte sie zwischen ihren Fingern. »Wir müssen ihn aufspüren.«

»Das versuche ich seit anderthalb Tagen, aber ohne Erfolg.«

Marlee ließ ihre Hände an ihre Seiten fallen und strich ihren Rock glatt. »Das Gute ist, wir wissen, dass er lebt und es ihm einigermaßen gut geht, wenn er E-Mails an die Compliance-Beauftragte schickt.«

So hatte ich das noch nicht betrachtet. Die Anspannung in meinem Körper ließ ein kleines bisschen nach. »Was für ein Pfadfinder. Er hakt alles vorschriftsmäßig ab, selbst wenn er verschollen ist.«

Marlee schnaubte. »Pfadfinder. Trotzdem müssen wir ihn finden. Irgendwann wird es jemand herausfinden, und dass der COO verschwindet, macht sich nicht gut.«

»Okay, was ist also der Plan?« Marlee hatte immer einen Plan.

»Ich rede mit Jackson. Wenn Cooper jemandem gesagt hat, wohin er geht, dann ihm. Und ich werde einige meiner Jackson-Ortungstechniken anwenden, um herauszufinden, wohin Cooper gegangen ist.«

»Jackson-Ortungstechniken?«

Sie grinste. »Jacksons liebste Bewältigungsstrategie für Stress ist es, zu verschwinden. Ich kann dir gar nicht aufzählen, wo er sich schon alles zu verstecken versucht hat. Lass mich ein paar Tage daran arbeiten. Heute ist Donnerstag. Wenn ich bis Montag nichts herausgefunden habe und er nicht zurück ist, bewerten wir die Lage neu.«

Das passte zu den paar Tagen, von denen er dachte, dass er weg sein würde. »Vielleicht ist er in einem Spa.«

»Eines dieser Schweigekloster-Retreats?«

Ich kicherte bei dem Gedanken, dass Cooper Fallon eine Woche lang schweigen könnte, ohne jemanden herumzukommandieren. »Gott steh diesen Mönchen bei.«

»Keine Sorge. Wir finden ihn.«

Als ich die Hand meiner Freundin umklammerte, fühlte ich mich ein kleines bisschen besser.

6

BEN

SIE WARTETEN BIS ZUM DESSERT, um mir aufzulauern.

Dad hatte gerade seinen hausgemachten Zitronen-Rührkuchen mit Himbeersoße auf den Tisch gestellt, als es an der Tür klingelte.

»Soll ich nachsehen, wer da ist?« Mimi stellte die Kaffeekanne ab.

»Nein, nein.« Meine Mutter fuchtelte nervös mit den Händen. Ich kniff die Augen zusammen und sah sie an. Mom, eine Umweltanwältin, war nie nervös. »Ich habe einen Kollegen gebeten, mir heute Abend ein paar Unterlagen vorbeizubringen. Du erinnerst dich, ich habe dir von ihm erzählt. Der Neue. David.« Sie huschte zur Tür.

Meine Mutter huschte nie.

Ich zog die Augenbrauen in Dads Richtung hoch, aber er konzentrierte sich darauf, dicke Scheiben vom Kuchen abzuschneiden. Also wandte ich mich an Mimi. Sie verzog die Lippen.

»Was weißt du, Mimi?«

»Nichts.« Sie holte eine weitere Porzellantasse aus dem altmodischen Küchenschrank. Selbst ihr lockiger Hinterkopf sah selbstgefällig aus.

Mom kam ins Esszimmer zurückgehastet, was die Schabbatkerzen zum Flackern brachte. »David war so nett, mir die Unterlagen aus dem Büro zu bringen, die ich brauchte, also habe ich ihn zum Dessert eingeladen.«

Hinter ihr betrat ein weißer Typ ungefähr in meinem Alter den Raum. Er war nicht viel größer als meine Mutter, also etwa so groß wie ich. Dunkelhaarig, mit einem kurz getrimmten Bart und einer schönen, markanten Nase hatte er diesen sonnenentwöhnten Ausdruck, den all ihre Kollegen hatten, weil sie zu viel Zeit im Büro verbrachten.

Ich verdrehte die Augen in Richtung meiner Schwester. Mom hatte es schon wieder getan.

»David, Sie haben meinen Mann, Adam, letzten Monat auf der Party kennengelernt. Das sind meine Tochter, Miriam, und mein Sohn, Benjamin. Ben macht gerade seinen Abschluss in Betriebswirtschaft.«

Mimi bekam nicht einmal einen Beruf zugewiesen. Dahin war meine letzte Hoffnung, dass dieses Verkupplungsmanöver für sie war. Er war für mich. Wunderbar.

Er schüttelte zuerst Mimis Hand, dann meine. Guter, fester Händedruck. Lange Wimpern säumten seine dunklen Augen. »Schabbat Schalom«, sagte er.

»Schabbat Schalom«, wiederholte ich. Jude, also auch noch. Mit David ging Mom in die Vollen.

Sie wies ihm den Platz neben mir zu. Bei Kuchen und Kaffee hielten wir Smalltalk darüber, wo er aufgewachsen war, wo er studiert hatte und wie sehr er das Umweltrecht mochte.

Mom tat so, als wäre sie in das Gespräch zwischen Dad und Mimi über den neuesten Börsenskandal vertieft, aber ich erkannte an der Art, wie sie zusammenzuckte, als David über seine ausgezeichnete Undergraduate University sprach, dass sie zuhörte.

Schließlich mischte sie sich ein. »Ben hat einen unkonventionellen Bildungsweg eingeschlagen. Und jetzt arbeitet er und geht zur Uni. Er wird seinem Vater ins Geschäftsleben folgen.«

»Wirklich?« David hatte die Stirn gerunzelt, als ich ihm erzählte, dass ich Vorstandsassistent war, aber jetzt leuchteten seine braunen Augen auf. Bei Trey war es genauso gewesen. Als wir uns kennenlernten, hatte er mich gefragt, warum ich Sekretär sein wollte.

»Na ja, nicht ganz. Mein Dad hat zwanzig Jahre lang unterrichtet, bevor er sein Nachhilfeunternehmen gegründet hat. Sobald ich meinen Abschluss habe, werde ich mich auf eine andere Stelle in der Firma bewerben, in der Mimi und ich arbeiten. Vielleicht im Marketing.«

»Marketing ist eine solide Wahl, Ben.« Mom musste gesehen haben, wie ich unwillkürlich die Nase rümpfte, als ich über meinen Karriereweg sprach. »Du weißt, dass du dich mit Sozialarbeit nicht über Wasser halten kannst.«

»Ich weiß.« Wir hatten das immer und immer wieder durchgekaut, bis ich mein Hauptfach geändert hatte. Marketing war nicht die aufregendste Karriere, aber es würde mir Mom vom Hals schaffen und mich von Mimis Couch runterkriegen.

Und ich würde den sechsten Stock, Cooper Fallon und seine verführerischen blauen Augen hinter mir lassen.

David legte den Kopf schief. »Sie klingen nicht begeistert von Marketing.«

Ich konzentrierte mich wieder auf ihn. Seine Augen waren mit diesen langen Wimpern wirklich hübsch. Nicht so umwerfend wie Coopers, aber Mom hatte sich all diese Mühe gegeben. Ich setzte ein flirtendes Lächeln auf. »Wovon klinge ich denn begeistert?«

»Nun« – er strich mit der Hand neben die scharfe Bügelfalte seiner Hose – »Sie haben viel von Cooper Fallon gesprochen.«

Ich griff nach meinem Wasser und wünschte, es wäre mehr Eis darin, um meine Wangen zu kühlen. Ich schüttete es hinunter und stellte das Glas auf den Tisch. »Er ist mein Boss. Und er ist unglaublich. Er hat sich aus dem Nichts hochgearbeitet und in weniger als zehn Jahren ein Fortune-1000-Unternehmen geschaffen.«

»Stanford ist nicht nichts.« Meine Mutter konnte sich nicht aus unserem Gespräch heraushalten. »Mit einem Abschluss aus Stanford kann man alles machen. Du könntest …« Sie spitzte die Lippen. »Warum reden wir über Cooper Fallon? Ihr beide habt so viel gemeinsam! Ihr mögt beide …«

Als sie zu lange zögerte, warf ich David einen Blick zu. Was hatten wir gemeinsam?

»Gute Zwecke!«, lieferte sie schließlich das Wort. »David engagiert sich für die Umwelt – daher das Umweltrecht. Und Ben …«

Sie hatte sich wieder in eine Ecke manövriert. Sie wollte meinen speziellen guten Zweck nicht erwähnen, weil er ihr zu nahe ging.

David wusste nichts von dem Minenfeld, in das er gerade hineinspaziert war. »Was ist Ihre Leidenschaft, Ben?«

»Ich arbeite die meisten Wochenenden ehrenamtlich im Gemeindezentrum. Mit gefährdeten Kindern.«

David beugte sich vor. Seine tiefe Stimme und der feste Blick dieser braunen Augen hätten mich zum Kribbeln bringen sollen. Aber, verdammt, da war kein Kribbeln. Kein gar nichts. »Warum das Gemeindezentrum?«

Ich warf einen Blick auf meine Eltern, die erstarrt waren. Besser, ich offenbarte diese düstere Vergangenheit keinem Fremden, besonders keinem, der für meine Mutter arbeitete. Also zuckte ich mit den Schultern, als hätte man mir nie eine fadenscheinige Decke in einem Obdachlosenheim in die Hand gedrückt. »Ich engagiere mich leidenschaftlich für das Thema Obdachlosigkeit, besonders weil LGBTQ-Menschen überproportional davon betroffen sind.«

»Oh. Das ist edel von Ihnen.«

Die Schultern meiner Mutter entspannten sich. Dad begann, die leeren Teller einzusammeln.

Ich stand auf und nahm Davids Teller. »Oh, ich bin alles andere als edel. Aber oft sind die Heime das Einzige, was zwischen diesen Kindern und dem Schaden steht, den sie sich selbst oder anderen zufügen.«

»Nein, Ben, ich kümmere mich um das Geschirr.« Mom stand halb auf.

Ich winkte sie ab. »Ich muss mich strecken. Erzählen Sie David doch von dem Tag letztes Jahr, an dem die ganze Kanzlei ehrenamtlich in der Suppenküche gearbeitet hat. Wissen Sie, David, die ist nur fünf Kilometer von hier entfernt. Hunger ist ein echtes Problem in unseren Gemeinden.«

Nicht, dass er ihn jemals erlebt hätte. Cooper hingegen machte auf mich diesen Eindruck. Er schien die Signale seines Magens nicht zu spüren. Vielleicht lag es an seinem Fitnessprogramm, das ihm das angetan hatte, aber das war ein weiteres Zeichen für eine schwere Vergangenheit – der Versuch, Kontrolle über den eigenen Körper auszuüben. Deshalb brachte ich ihm all diese Smoothies und süßte sie mit Blaubeeren.

Nein, die Blaubeeren waren nicht nur da, weil sie mich an seine Augen erinnerten.

»Ich mag diese Leidenschaft, dieses Feuer«, sagte David und riss mich aus meinen Grübeleien über Cooper Fallon.

»Danke«, sagte ich lächelnd. Wie sehr wünschte ich, ich könnte mich für David begeistern. Aber mein stures Herz wollte nur einen Mann. Einen, den ich nicht haben konnte.

In der Küche stellte ich den Tellerstapel neben die Spüle und räumte die Teller, die Dad abspülte, in die Spülmaschine.

Dad lehnte sich gegen die Spüle. »Sie will nur helfen, weißt du.«

Ich seufzte. »Ich weiß. Und er ist wirklich nett, aber …«

»Aber?«

»Ich bin nicht bereit.«

Er blickte mich unter seinen grauen Augenbrauen hervor an. »Es ist Monate her, seit du mit diesem – diesem – Schluss gemacht hast.«

»Trey, Dad. Sein Name ist Trey.«

»Er ist ein Arsch.« Er flüsterte es. »Nicht gut genug für dich.«

»Nein.« Ich lächelte. Ich konnte bei meinem beschützerischen Dad einfach nicht anders. »Er war nicht der Richtige für mich. Aber das ist meine ganze Dating-Vergangenheit: Typen, die dachten, ich wäre nicht gut genug für sie. Und solche Typen haben mich nicht verdient. Deshalb mache ich eine Pause.« Ich schloss die Spülmaschine.

»Aber was, wenn …«

»Nein.« Ich verschränkte die Arme. »Nicht einmal, wenn … wenn Jonathan Groff an meiner Tür auftauchen und betteln würde, mit mir einen Kaffee trinken zu gehen. Ich konzentriere mich auf die Uni. Und meinen Job. Ich werde dich stolz machen. Das verspreche ich.«

»Benny, du weißt, dass wir so oder so stolz auf dich sind. Du hast dich hochgerafft, etwas aus deinem Leben gemacht.« Er trocknete sich die Hände ab und legte eine auf meine Schulter. »Aber du musst es nicht alleine schaffen. Ich glaube, du wärst glücklicher mit jemandem an deiner Seite. Jemandem, der dich verdient.« Er drückte meine Schulter.

Ich tätschelte seine Hand und blinzelte die Tränen weg, die in meinen Augen brannten. »Ich bin nicht allein. Ich habe euch. Und Mimi. Ich brauche niemanden sonst. Ich komme allein gut klar.«

»Du musst uns nichts beweisen. Tatsächlich würden wir gerne helfen …«

Ich hob eine Hand. »Nein, Dad. Ich komme für mich selbst auf. Synergy zahlt jetzt meine Studiengebühren, und ich spare für eine eigene Wohnung.«

»Benny …«

Ich schüttelte den Kopf. Diesen Streit hatten wir schon zu oft geführt.

»Trotzdem«, sagte er, »macht das Leben mit einem besonderen Menschen mehr Spaß.«

Ich lächelte. »Vielleicht. Ihr und Mom solltet es wissen. Ich habe diesen besonderen Menschen nur noch nicht gefunden.«

»Also ein Nein für David?« Ein Mundwinkel zuckte nach oben.

»Heute ist es ein Nein.«

»Deine arme Mutter. Sie hat wochenlang daran gearbeitet.«

»Ich bin sicher, er wird einen reizenden Kerl finden.«

»Und eines Tages« – er bohrte seinen Blick in mich – »wirst du das auch.«

Das war mein Dad. Sah immer das Beste in den Menschen. Sogar in mir. Ich war froh, dass er den wahren Grund nicht sehen konnte, warum ich David nicht attraktiv fand. Das war mein höchst unangebrachter Schwarm für meinen unerreichbaren Boss.

Der im Moment verschwunden war.

7

BEN

COOPER WAR am Montag nicht wieder da.

Schlimmer noch, Weston selbst rief mich in sein Büro, um mich nach Coopers Netzwerkpasswort zu fragen. Ich hatte gehofft, er würde es vergessen, aber ich hätte es besser wissen müssen. Unser energischer CEO vergaß nichts.

»Ich werde heute ein IT-Ticket einreichen«, versprach ich.

Er runzelte die Stirn. »Wir müssen die IT einschalten? Sie wissen es nicht?«

»Nein.« Selbst wenn ich es wüsste, würde ich es ihm nicht verraten. Bei Synergy wurde man nicht so leicht gefeuert, aber die Sicherheitsprotokolle zu umgehen? Wenn Cooper das herausfinden würde, stünde ich wieder beim Arbeitsamt an.

»Sehen Sie an seinem Schreibtisch nach. Vielleicht hat er es aufgeschrieben.«

Ich hätte die Gegenstände auf Coopers makellosem Schreibtisch aus dem Gedächtnis aufzählen können, und auf keinen Fall hätte er sein Passwort auf einen Notizzettel geschrieben und wie irgendein Boomer unter sein Telefon geklebt. Aber um aus

Westons Büro herauszukommen, sagte ich: »Sicher, ich sehe sofort nach.«

Ich ging an Coopers Büro vorbei und direkt zu Marlees Schreibtisch. Ich sah mich über die Schulter um, um sicherzugehen, dass Weston nicht zusah, zerrte sie in einen nahen Konferenzraum und erzählte ihr, worum Weston mich gebeten hatte.

Marlee blinzelte mit ihren großen, braunen Augen. »Du hast ihm das Passwort doch nicht gegeben, oder?«

»Nein, ich kenne es ja nicht einmal. Kennst du Jacksons?«

»Nicht mehr. Aber ich kannte es, als er« – sie zuckte zusammen – »seine weniger verantwortungsvolle Phase durchmachte. Damals brauchte er eine Menge Hilfe. Ich habe sie früher für ihn eingerichtet. Ich habe immer die Titel meiner liebsten Liebesromane benutzt.«

»Du – ach, egal.« Cooper hatte mich nie um so etwas gebeten. Bedeutete das, dass er mir nicht vertraute? Oder dass er seinen eigenen Scheiß auf die Reihe bekam, im Gegensatz zu Jackson? »Ich schätze, ich frage einfach die Jungs von der IT.«

»Tu's nicht.«

Es tat gut, dass Marlee das ungute Gefühl bestätigte, das Westons Bitte in mir ausgelöst hatte. »Das sollte ich nicht, oder? Es ist seltsam.«

»Niemand sollte Passwörter weitergeben. Ich hätte es damals für Jackson nicht getan, wenn es keine ernste Situation gewesen wäre. Cooper würde deinen Kopf auf einen Pfahl spießen und ihn als Anschauungsmaterial für seine nächste Rede zur Cybersicherheit benutzen.«

»Stimmt.« Gott, ich wünschte, er wäre hier, um zu erklären, was los war. Selbst wenn er mich angeschrien hätte, weil ich Westons Bitte nicht sofort abgelehnt hatte. »Hattest du schon Glück mit deinen Jackson-Aufspür-Methoden?«

»Noch nicht.« Sie senkte ihre Stimme. »Hast du die Handyortungs-App überprüft?«

»Ja, jeden Tag, aber keine Signale.«

»Er hat sie wahrscheinlich ausgeschaltet. Er hat sie entwickelt, weißt du.«

Ich zuckte zusammen. »Ah.« Ich hätte daran denken sollen, dass Cooper ein Geschäftsgenie und ein anständiger Programmierer war. »Und jetzt?«

»Jetzt gehen wir zu Phase zwei des Plans über.«

»Phase zwei?«

»Weston weiß, dass er weg ist. Und wenn er dich nach Coopers Passwort fragt, führt er etwas im Schilde. Wir müssen die Sache eskalieren. Herausfinden, was Weston weiß.«

Ich kannte Weston nicht besonders gut. Er war auf eine attraktive Silberfuchs-Art gutaussehend, aber der grausame Zug um seinen vollen Mund schreckte mich sofort ab. Und seine saphirblauen Augen beobachteten immer alles. Gruselig. Ich schaute wieder über meine Schulter, aber niemand lauerte vor der Glastür des Konferenzraums.

»Was glaubst du, was er vorhat?«

»Keine Ahnung, aber es kann nichts Gutes sein. Jackson traut ihm nicht.«

Da war wieder dieses absackende Gefühl in meinem Magen, als säße ich in einer Achterbahn und wir würden gerade den großen Hügel hinunterrasen. Aber Marlee würde sich schon etwas einfallen lassen.

»Danke, Marlee.« Ich umarmte sie und wurde von ihrem Rosenduft umhüllt.

»Dank mir noch nicht.« Sie verstärkte ihren Griff um meinen Rücken und sprach mir ins Ohr. »Du hast deinen Teil des Plans noch nicht gehört.«

MARLEE LIESS mich die drei Schritte des täuschend einfach klingenden Plans auswendig lernen, den sie Operation Findet Nemo genannt hatte. Wer hätte gedacht, dass eine Frau, die aussah und sprach wie eine Disney-Prinzessin, einen so hinterhältigen Verstand hatte?

Am nächsten Tag, Dienstag, eine Woche, seit ich Cooper gesehen hatte, hielt sie an meinem Schreibtisch an, ihren Arm um Julies Schultern gelegt. Beide trugen ihre Regenmäntel, und der von Julie klaffte um ihren hervorstehenden Bauch. Wann sollte sie noch mal in den Mutterschutz gehen? Es sah aus, als wäre es bald so weit.

»Hey, Ben. Julie und ich wollen zu dem Eiswagen die Straße runter. Die haben diese unglaublichen Sorten, aber er ist nur noch zwanzig Minuten da.«

Julies Augen weiteten sich. »Marlee sagt, sie haben Süßkartoffel mit Speck. Und vielleicht eine Kugel Sriracha-Eis obendrauf?«

Ich unterdrückte ein Schaudern. »Klingt lecker.« Lässig fügte ich hinzu: »Muss ich etwas für euch übernehmen, während ihr weg seid?«

»Oh mein Gott, ich hätte es fast vergessen. Ich kann nicht gehen, Marlee. Mr. Weston hat in fünf Minuten einen Anruf mit dem Vorsitzenden. Er lässt mich immer den Anruf durchstellen und sie verbinden, als ob wir im Jahr 1960 wären.« Sie verdrehte die Augen.

Ich stieß ein gespieltes Schnauben aus. »Das kann ich für dich machen, kein Problem.«

»Wirklich?« Ihre Augen wurden groß.

»Natürlich. Ich möchte nicht, dass du dir dieses Sriracha-Eis entgehen lässt.«

»Oh mein Gott, mir läuft das Wasser im Mund zusammen. Ich bin dir was schuldig, Ben. Alle Infos stehen in meinem Kalender.«

Marlee zwinkerte. *Schritt eins – erledigt.*

»Ich kümmere mich darum. Viel Spaß euch beiden.«

»Danke. Du bist der Beste, Ben«, rief Julie über ihre Schulter, als Marlee sie zum Aufzug führte.

Nun zu Schritt zwei. Ich rief Julies Kalender auf und fand die Informationen für den Anruf. Als die Uhr auf die volle Stunde umsprang, rief ich den Vorsitzenden an und bat ihn, für Weston in der Leitung zu bleiben. Dann rief ich Weston an.

»Mr. Weston, ich habe den Vorsitzenden in der Leitung.«

»Ben? Wo ist –? Ach, egal. Stellen Sie ihn durch.«

Ich verband den Anruf, aber anstatt aufzulegen, blieb ich in der Leitung und achtete darauf, dass mein Mikrofon stummgeschaltet war. Marlee hatte mir versprochen, dass Weston nicht technisch versiert genug war, um es zu bemerken. Trotzdem beobachtete ich von meinem Schreibtisch aus seine geschlossene Bürotür, während mir der Hörer in meinen verschwitzten Handflächen entglitt.

»Guten Tag, Charles.« Weston begann mit Smalltalk und fragte nach der neuen Enkelin des Vorsitzenden, seiner Frau und seinen eigenen Geschäften. Im Gegenzug schlug der Vorsitzende eine Partie Golf in ein paar Wochen vor, wenn das Wetter wärmer würde.

Während sie plauderten, wartete ich mit dem Stift über meinem Notizblock, und Schweißperlen bildeten sich auf meiner Stirn. Ich atmete so wenig wie möglich, obwohl ich stummgeschaltet war und sie mich nicht hören konnten.

Schließlich fragte Weston: »Haben Sie meinen Vorschlag gelesen?«

»Ja, und ich habe einige Bedenken.« Der Vorsitzende klang … unbehaglich? Das konnte nicht stimmen. Ich hatte ihn nur einmal getroffen, und da war er die reinste Gelassenheit und Zuversicht gewesen. »Ich glaube nicht, dass Cooper oder Jackson mit einigen Ihrer Kostensenkungsmaßnahmen einverstanden sein werden. Das Programm zur Übernahme der Studiengebühren zum Beispiel –«

Ich schnappte nach Luft. Dann überprüfte ich dreimal, ob ich noch stummgeschaltet war. Ich würde mein Studium nie beenden, wenn Synergy nicht für meine Kurse und Bücher bezahlen würde. Aber der Vorsitzende war noch nicht fertig.

»Das wahre No-Go ist dieser pauschale Personalabbau um zehn Prozent. Keiner der beiden Gründer hat jemals einen Stellenabbau unterstützt, nicht einmal während der letzten Rezession.«

Ich erstarrte. Entlassungen? Wen würden sie entlassen? Jemanden in einer großen Abteilung wie meine Schwester Mimi oder die neuesten Mitarbeiter? Ich war erst vor sechs Monaten eingestellt worden.

»Wie ist der Stand bei Cooper?«, fragte der Vorsitzende. »Jackson wird es nicht absegnen, wenn er dagegen ist.«

»Ich glaube nicht, dass Fallon noch lange ein Problem sein wird.«

Ein eiskalter Schauer jagte mir den Rücken hinunter, als Weston das sagte. Er war ein Arschloch, aber er würde doch nichts tun, um Cooper zu schaden, oder?

»Was meinen Sie damit?« Ich verdrehte die Augen zum Dachfenster und dankte Gott, dass er den Vorsitzenden die Frage stellen ließ, die mir auf der Zunge brannte.

»Er hat einen Antrag auf Umwandlung von Klasse-A-Aktien eingereicht.«

Der Vorsitzende sagte einige Sekunden lang kein Wort. »Wie viel?«

»Ungefähr ein Viertel.«

»Könnte sein, dass er das Geld braucht.«

»Könnte sein. Oder es könnte ein Zeichen dafür sein, dass er fertig ist. Ausgebrannt ist. Er wäre nicht der erste Gründer, der von seinem Unternehmen desillusioniert ist. Der weiterziehen will. Was die Gelegenheit unterstützt, von der ich Ihnen letzte Woche erzählt habe.«

»Haben Sie mit Ihrem Kontakt gesprochen?«, fragte der Vorsitzende.

Eine Gelegenheit? Ein Kontakt? Was war hier los?

»Wenn er weitere fünf Prozent verkauft, werden er und Jones ihren Stimmrechtsblock verlieren. Synergy wird dadurch viel attraktiver.«

Attraktiv für wen? Für Kunden? Den Markt? Worüber redeten sie? Ich war so regungslos geworden, dass ich meine Füße nicht mehr spüren konnte. Ich umklammerte den Hörer wie einen Rettungsanker.

»Genau das ist es, was mir Sorgen macht.« Die Stimme des Vorsitzenden grollte in meinem Ohr. »Was, wenn es eine feindliche Übernahme gibt? Gurusoft –«

»Charles, Charles«, säuselte Weston. »Ich habe das im Griff. Ich habe mit dem Compliance-Beauftragten zusammengearbeitet. Das Unternehmen ist vor unerwünschten Annäherungsversuchen sicher.«

Der Vorsitzende schwieg. Ich starrte blind auf meinen Computerbildschirm. Weston sagte, er hätte die Situation im Griff. Wie? Und würde die Verschiebung der Anteile – und der Macht – bedeuten, dass Jackson und Cooper es schwerer haben würden, sich Westons Kostensenkungsmaßnahmen zu widersetzen? Diese Maßnahmen betrafen mich direkt.

Wenn ich entlassen würde, säße ich zum zweiten Mal in weniger als einem Jahr wieder auf der Straße. Kein Studiengebührenplan, kein College-Abschluss. Wenn Mimi auch ihren Job verlieren würde, wären wir beide obdachlos.

Ich legte den Hörer auf. Ich musste nicht mehr hören. Ich musste Cooper finden, sicherstellen, dass er keine weiteren Aktien verkaufte, und alles tun, was nötig war, um ihn zur Rückkehr zu bewegen.

8

BEN

DONNERSTAG, zehn Tage, seit ich Cooper gesehen hatte, und Marlees geheime Suchmethode hatte nicht einen einzigen Hinweis ergeben. Und als sie Jackson fragte, wo Cooper sein könnte, war er genauso verwirrt wie wir.

Cooper hatte ihn auch nicht angerufen.

Coopers Handy war immer noch nicht zu orten und seine Mailbox war voll. Ich fuhr wieder zu seinem Haus, doch seine Haushälterin ließ mich erneut abblitzen.

Ich ging am Donnerstagabend zur Vorlesung, aber ich bekam kein Wort mit, weil ich mir zu viele Sorgen um das Sommersemester machte. Ich konnte es mir nicht leisten, wenn Weston das Studiengebührenprogramm strich. Und falls ich entlassen würde, wäre ich wieder der Typ mit einer weiteren Lücke im Lebenslauf, der auf der Couch seiner Schwester wohnte und verzweifelt genug war, um sich um einen Mindestlohnjob zu reißen.

Am Freitag kaute ich im Pausenraum für die Angestellten im sechsten Stock einen Bissen von meinem Truthahnsandwich. Ich schluckte schwer, um ihn an dem Kloß in meinem Hals vorbeizubekommen. Wie viele Mittagessen würde ich noch in Synergys

Büro zu mir nehmen? Wie lange würde es dauern, bis ich mich wieder mit dem Arbeitsamt herumschlagen musste?

Marlee platzte in den Pausenraum, ihre Wangen so rosa wie ihre Bluse. »Ich habe Neuigkeiten!«

Ich ließ mein Sandwich auf die Serviette fallen. »Gute Neuigkeiten?«

Sie zuckte mit den Schultern. »Sind im Moment nicht alle Neuigkeiten gut?«

»Du hast recht.« Wenn wir einen Anhaltspunkt hatten, wo Cooper hingegangen war, waren wir einen Schritt näher daran, ihn zurückzubekommen. Ich ließ mein Mittagessen auf dem Tisch liegen und folgte Marlee in den nächsten leeren Konferenzraum.

Sie schloss die Tür und lehnte sich dagegen. Mit leiser, vor Aufregung vibrierender Stimme sagte sie: »Du kennst doch die Insel, auf der er Urlaub macht?«

»In der Karibik, oder?«

»Ja. Er ist dort.« Sie ließ ihre Hand in die Rocktasche gleiten und zog einen Haftnotizzettel heraus. Ich nahm ihn ihr ab. In ihrer schwungvollen Handschrift standen der Name eines Resorts, eine Telefonnummer und eine Adresse.

Eine Karibikinsel. Er machte verdammt nochmal Urlaub, trank Drinks mit Schirmchen und ließ seine Haut diesen goldenen Farbton annehmen, der ihm so gut stand. Während wir uns alle Sorgen um ihn machten.

Ich ignorierte das flaue Gefühl in meiner Magengrube und wedelte mit dem Zettel. »Wie hast du ihn gefunden?«

Sie verzog das Gesicht. »Er benutzt seine Firmenkreditkarte nicht. Ich habe vielleicht bei seiner privaten Kreditkartenfirma angerufen und so getan, als ob wir dächten, sie wäre gestohlen worden. Sag es ihm nicht, besonders wenn sie seine Karte sperren.«

Wie ich schon sagte: gerissen.

»Dein Geheimnis ist bei mir sicher.« Ich starrte auf den Zettel. »Also, äh, rufe ich dort an und frage nach Cooper?«

Sie verzog das Gesicht. »Tut mir leid, habe ich schon versucht.

Die sind genauso schlimm wie seine Haushälterin. Sie wollten nicht einmal bestätigen, dass er dort wohnt. Du musst hinfahren.«

»Hinfahren?« Ich blinzelte. Ich war noch nie in einem Flugzeug gesessen. Hatte noch nicht einmal den Bundesstaat Kalifornien verlassen. Es war nie nötig gewesen. Alles, was mir wichtig war – mein Job, meine Familie – war hier.

»Ja, du weißt schon. Hinfliegen. Ihn finden. Ihn entführen. Was auch immer nötig ist.«

Was auch immer nötig ist. Sie hatte recht. Es stand zu viel auf dem Spiel, um es nicht zu versuchen. Ohne Cooper hätte ich keinen Job und keine Hoffnung für meine Zukunft. Und Marlee auch nicht. Obwohl sie nur in Teilzeit im Entwicklungsteam arbeitete, würden sie, wenn sie Jackson hinausdrängten, seine loyalste Unterstützerin nicht behalten wollen.

»Ich habe deine Flüge schon für morgen früh reserviert. Tut mir leid, dass ich nicht den Firmenjet organisieren kann, aber wir müssen das unauffällig machen, verstehst du? Du hast deine Firmenkreditkarte? Und einen Reisepass?«

»Cooper hat mich bei meiner Einstellung einen beantragen lassen. Falls ich mit ihm reisen müsste.« Ich hatte einen Schauer verspürt, als er mir das sagte, und dachte an Spaziergänge auf den Champs-Élysées oder ein Selfie vor den Petronas Twin Towers mit Cooper. Aber er hatte mich nie gebeten, mit ihm zu reisen. Und jetzt würde er es vielleicht nie tun.

»Dann bist du bereit. Ruf mich an, sobald du ihn gefunden hast, okay?« Sie rieb sich am Augenlid und verschmierte Wimperntusche über die lila Schatten, die die letzte Woche unter ihren Augen gehaust hatten.

Ich zückte mein Taschentuch – nicht das, das nach Cooper roch, sondern ein normales – und wischte die Wimperntusche weg. »Okay. Und du rufst mich an, wenn du noch etwas hörst?«

»Jep.« Sie starrte mich eindringlich an. »Es hängt viel davon ab. Ich weiß, dass du das schaffst.«

Ich nickte und fühlte mich wie Spider-Man, der einen Befehl von Iron Man entgegennahm. Obwohl Iron Man normalerweise nicht so viel Rosa trug. Das Gewicht der Welt – zumindest der Firma – lastete schwer auf meinen Schultern.

»Und?« Ihre Augenbrauen hoben sich.

»Und … was?« Ich blinzelte sie an.

»Geh nach Hause! Packen. Schlafen. Deine einzige Aufgabe ist jetzt, Cooper zu finden. Konzentrier dich, Ben.« Sie stemmte die Hände in die Hüften.

»Ja, Ma'am.«

Sie nickte, öffnete die Tür und schritt hinaus. Ich ging zurück in den Pausenraum und warf die Reste meines Mittagessens weg. Wie in Trance packte ich meine Umhängetasche und ging. Morgen um diese Zeit wäre ich auf meiner Mission: Operation Findet Nemo. Ohne ihn konnte ich nicht zurückkommen.

———

ALS MIMI NACH HAUSE KAM, starrte ich in meine Reisetasche, umgeben von Kleiderhaufen auf der Couch, die gleichzeitig als mein Bett diente.

»Was machst du da?« Sie streifte ihre Schuhe ab und stellte ihre Laptoptasche auf den Boden daneben.

»Ich packe.«

»Offensichtlich. Wofür packst du, Benjamin? Du gehst doch nicht – du gehst doch nicht weg?« Ihre Stimme stieg zu einem Fiepen an.

»Nein! Ich meine, natürlich gehe ich *weg*. Aber nicht für immer.«

»Gut.« Sie ließ sich in den Sessel fallen.

»Möchtest du nicht, dass ich gehe?« Ich ließ meinen Blick durch die Wohnung schweifen, die wir uns teilten, seit ich meinen alten Job verloren hatte. Glücklicherweise war es eine Zwei-Zimmer-Wohnung, kein Studio, sodass sie immer noch ihr eigenes Zimmer hatte. Und ich versuchte, ihr so wenig wie möglich im Weg zu sein. Aber als sie eingezogen war, hatte sie nicht geplant, die Wohnung mit ihrem Bruder zu teilen. Es gab nicht viel Platz außer der kleinen Couch, auf der ich schlief, dem Sessel und dem, was in Potrero Hill als Küche durchging. So ordentlich ich auch versuchte zu sein, so oft ich auch für uns beide kochte, sie musste bereit sein, ihren Raum wieder für sich zu haben.

Sie streckte die Hand aus und gab mir einen Klaps auf die Schulter. »Irgendwann schon. Aber ich fand es nicht schlimm, meinen kleinen Bruder hier zu haben. Mir hat es gefallen, dich im Auge behalten zu können.« Sie musterte die Reisetasche und die Haufen meiner Kleidung, die normalerweise in ein paar Umzugskartons in der Ecke lebten.

»Hast du deine Schwärmerei für Cooper endlich aufgegeben und jemanden kennengelernt?« Ihre Augen wurden rund. »Hat dir David etwa *wirklich* gefallen?«

Mein Gesicht wurde rot. »Ich bin nicht in Cooper verknallt.«

Ihre Lippen wurden zu einem schmalen Strich. »Doch, bist du. Deine Augen werden ganz weich, wenn du über ihn sprichst.«

»Er ist ein guter Kerl! Und meine Augen werden nicht weich.«

»Sie sind jetzt gerade weich. Weich wie Karamell.«

»Sind sie nicht!«

»Okay, gut. Du bist nicht in deinen Chef verknallt. Du magst ihn nur. Sehr. Beruflich. Also, hat dir David gefallen?«

»Nein! Natürlich nicht! Ich meine, er war okay. Nur nicht für mich.«

»Warum *natürlich nicht?* Du bist der Meister darin, jemanden kennenzulernen und dich auf der Stelle zu verlieben. Du kannst nicht in den Supermarkt gehen, ohne praktisch verlobt nach Hause zu kommen.«

Sie übertrieb. Größtenteils. Na und? Ich hatte am Tag unseres Kennenlernens mit Trey geschlafen und wir waren den nächsten Monat unzertrennlich gewesen.

Ich warf ein Paar Badehosen in die Reisetasche. »Das hier ist beruflich. Ich – ich –« Ich hatte ihr nichts davon erzählt. Ich wollte nicht, dass sie sich Sorgen um ihren Job machte. Aber jetzt, da ich kurz davorstand, in ein Flugzeug zu steigen und in ein anderes Land zu fliegen, um unseren COO zu finden, dachte ich, es wäre an der Zeit, es ihr zu erzählen. Für den Fall, dass ich sterbe, du weißt schon.

Die ganze Geschichte von Coopers Verschwinden und Westons mysteriösem Gespräch mit dem Vorsitzenden sprudelte aus mir heraus.

Als ich fertig war, beugte sich Mimi im Sessel vor, die Ellbogen auf die Knie gestützt. »Was machst du wegen des Studiums?«

»Das wird schon gehen. Ich fliege morgen früh los und kann wahrscheinlich rechtzeitig zur Vorlesung am Dienstag zurück sein. Aber nur für den Fall der Fälle habe ich meinem Professor gesagt, dass ich beruflich reisen muss, und er sagte, ich kann die Aufgaben notfalls aus der Ferne erledigen. Aber das wird nicht nötig sein. Ich werde Cooper finden, ihm von Westons bösem Plan erzählen und zurückkommen. Vielleicht trinke ich einen Drink mit Schirmchen, während ich dort bin.« Ich versuchte, sie mit einem Lächeln zu beruhigen, aber meine Wangen weigerten sich mitzuspielen.

»Benjamin.« Mimis Ton war voller großer Schwester-Warnung. »Sieh mich an.«

Ich begegnete ihrem Blick. Ihre Augen waren dunkler als meine, die Farbe eines Porterbiers statt eines Amber Ales.

»Du fährst dorthin. Du überzeugst ihn, zurückzukommen und sich um seine Firma zu kümmern. Und dann kommst du zurück. Du verliebst dich nicht in deinen Chef. Du bist nicht Pepper Potts. Verstanden?«

Ich nickte. Cooper Fallon war das genaue Gegenteil von Tony Stark. Er stellte die Regeln auf und brach sie nie. Er war Captain America, der für das einstand, was richtig und gut war. Und sich in seinen Assistenten zu verlieben, verstieß gegen die Regeln, egal, wie sehr ich mich danach sehnte.

Obwohl es ein totaler Tony-Stark-Zug gewesen war, einfach auf eine verdammte Insel in den Urlaub abzuhauen, ohne jemandem Bescheid zu sagen, und mich – uns alle – sich Sorgen machen zu lassen.

»Trotzdem«, sagte Mimi, griff in die Schale unter dem Couchtisch, zog einen Streifen Kondome heraus und warf ihn in meine Reisetasche, »man weiß ja nie, was mit dem Poolboy passieren könnte.«

Ich schnaubte. Wenn ich ihrem Plan folgte – hinfahren, Cooper überzeugen, abhauen –, würde keine Zeit für Inselabenteuer bleiben.

Ihre dunklen Augenbrauen zogen sich nach oben. »Behalte dieses zerbrechliche Herz von dir unter Verschluss, Ben. Und komm bald zurück, okay?«

Ich stürzte mich über den Abstand zwischen uns und umarmte sie. »Ich verspreche es, das werde ich.«

$$9$$

BEN

ALS DER URALTE Ford Escort auf dem Weg vom Flughafen zum Resort den Hang eines kleinen Berges mitten auf der Insel hinaufkeuchte, dachte ich für einen Moment, dass wir es vielleicht nicht hinüber schaffen würden. Aber das war mir egal. Wenigstens waren wir an Land. Nach dem turbulenten Flug mit dem Propellerflugzeug von Charlotte Amalie, bei dem mein Magen rebellierte und meine Finger an der Kotztüte zitterten, würde mir an Land nie wieder etwas Angst machen.

Die nach Ozean duftende Inselbrise wärmte meine Wangen, als das Taxi langsam die kreisförmige Auffahrt hinauftuckerte, vorbei an Palmen und Unmengen von großen, roten tropischen Blumen.

Der Fahrer hielt den Wagen vor zwei weit geöffneten, geschnitzten Holztüren an. Ein Mann in einer mohnrosafarbenen Guayabera und einer khakifarbenen Bermuda-Shorts öffnete meine Tür.

»Willkommen im Paradies, Señor.« Sein gebräuntes Gesicht verzog sich zu einem Lächeln, das gerade, weiße Zähne zeigte. Auf seinem Namensschild stand *Ramón*.

Ich stieg aus dem Auto und streckte mich. Ramón nahm dem Fahrer meine Reisetasche ab und deutete mit einer ausladenden Handbewegung auf die Türen des Resorts.

Ich schlurfte in die Richtung, in die er gewiesen hatte. »Danke. Ich meine, gracias.«

Die feuchte Luft klebte auf meiner Haut und weichte die Falten in meinem Golfshirt auf. Ich hätte es mir sparen können, es heute Morgen zu Hause zu bügeln. Eine meiner dunklen Locken fiel mir ins Blickfeld, und ich strich sie auf meinem Kopf zurück. Sie sprang sofort wieder nach vorne und klebte an meiner Stirn. Mein Haarprodukt war nicht für dieses Klima gemacht.

Ramón folgte mir zur Rezeption, wo er in diskretem Abstand mit meiner Tasche zwischen den Füßen wartete, während ich eincheckte.

Nachdem die Angestellte ihre Unterkünfte beschrieben hatte – private Strandbungalows, ein Penthouse mit Infinity-Pool, luxuriöse Suiten, Spa-Zimmer mit Whirlpool-Badewannen – bat ich sie um ihr günstigstes Zimmer. Ich würde Cooper bitten müssen, meine Spesenabrechnung zu genehmigen, und ich wollte nicht rechtfertigen müssen, warum ich einen Massagetisch im Zimmer hatte, egal wie sehr ich ihn nach dem Flug, bei dem ich mich an die Armlehnen gekrallt hatte, brauchte.

Am Telefon hatten sie mich abgewimmelt, aber jetzt, da ich ein Gast war, hoffte ich, dass sie kooperativer sein würden. Als ich meine Firmenkreditkarte reichte, beugte ich mich vor. »Ich treffe einen anderen Gast. Cooper Fallon. Wissen Sie, wo er untergebracht ist?«

Die Rezeptionistin schürzte ihre roten Lippen und schob meine Karte in das Lesegerät. »Tut mir leid, diese Information kann ich nicht herausgeben.«

»Er ist auf dem Gelände … irgendwo«, bohrte ich nach. Wenn ich ein Spion in einem Film wäre, würde ich ihr einen frischen Hundertdollarschein zustecken. Aber ich hatte gerade keine Hunderter zur Hand und war außerdem kein Arschloch. Stattdessen schenkte ich ihr mein strahlendstes Lächeln.

»Tut mir leid, Sir. Das kann ich Ihnen nicht sagen.«

Scheiße. Ich würde warten müssen, bis Marlee mir mitteilte, dass er in einer Bar oder einem Geschäft vor Ort Geld ausgegeben hatte. Vorausgesetzt, sie hatte seine Kreditkarten nicht sperren lassen. In der Zwischenzeit würde ich ihn im Restaurant des Resorts oder am Pool aufspüren.

Der Pool. Ich gestattete mir, es mir für einen Moment vorzustellen. Cooper würde auf einer Liege entspannen und das *Wall Street Journal* oder die *Financial Times* lesen. Er würde ein kurzärmeliges Baumwollhemd tragen, vorne offen, über einer – ich schluckte – einer Speedo? Nein, so viel Glück würde ich nie haben. Er würde eine normale, lange Badehose tragen, wie ich sie eingepackt hatte. Ich würde neben seinem Stuhl stehen, so wie ich es oft im Büro tat, und darauf warten, dass er seinen Artikel beendete und mich zur Kenntnis nahm. Er würde die Zeitung über den Waschbrettbauch senken, von dem ich geträumt hatte, und seine Sonnenbrille anheben, um sie auf seinem sandblonden Haar abzusetzen, das von der Brise zerzaust wurde. Und er würde sagen –

»Wie viele Nächte?«

Ich richtete meinen Blick wieder auf die Angestellte. Sie blinzelte mich erwartungsvoll an.

»Oh, nur heute Nacht, denke ich.« Obwohl es schon später Nachmittag war. Würde ich ihn so schnell finden können? »Eigentlich, machen Sie besser zwei daraus.« Falls ich ihn nicht sofort fand und am nächsten Tag nach ihm suchen musste. Außerdem hatte ich es nicht eilig, wieder in dieses rostige Propellerflugzeug am winzigen Flughafen der Insel zu steigen. Nachdem ich fast eine Woche lang für Cooper eingesprungen war, meinen Arsch durch die kontinentalen USA geschleppt und praktisch meinen gesamten Verdauungstrakt über dem Karibischen Meer ausgekotzt hatte, verdiente ich zwei Nächte in einem richtigen Bett in einem schicken Resort. Und den einen oder anderen Drink mit Schirmchen.

Direkt nachdem ich Cooper Fallon gefunden, ihm erzählt

hätte, was im Büro los war, und ihn daran erinnert hätte, dass sein Platz dort war. Ich würde ihn mit dem schicken Synergy-Jet auf den Weg schicken, und dann würde ich am Pool sitzen, etwas Fruchtiges trinken, um einen gut gemachten Job zu feiern, noch eine Nacht in einem privaten Schlafzimmer verbringen, ohne dass meine Schwester mitten in der Nacht für ein Glas Wasser an der Couch vorbeischleicht, und nach Hause fahren und mir selbst auf die Schulter klopfen.

Die Angestellte schob mir eine Papiertasche mit zwei Schlüsselkarten darin zu und umkringelte das hintere Ende des Hauptgebäudes mit einem rosa Sharpie auf meiner Kopie der Resort-Karte. »Bienvenido. Genießen Sie Ihren Aufenthalt.«

»Danke.« Ich nahm die Mappe und die Karte und wandte mich Ramón zu. Er führte mich zu einem langen Flur auf der linken Seite. Nachdem wir an den Aufzügen vorbeigekommen waren, sagte er leise: »Sind Sie ein Freund von Señor Fallon?«

Ein Freund? Nicht direkt. Aber *Freund* würde mich wahrscheinlich weiterbringen als *Angestellter*. »Er hat sein Zuhause verlassen und niemandem gesagt, wohin er gegangen ist. Ich mache mir Sorgen um ihn.« Alles wahr.

Ramón blieb stehen und stellte meine Reisetasche auf die spanischen Fliesen. Er musterte mich, ein spekulatives Glitzern in seinen dunklen Iriden. »Wir sind auch seine Freunde. Wir machen uns auch Sorgen. Señor Fallon ist nicht er selbst, seit er hier ist.«

»Nicht er selbst?« Dann erinnerte ich mich, dass er ein- oder zweimal im Jahr hierherkam. Die Leute im Resort kannten ihn, zumindest ein wenig.

»Nein. Er ist …« Er kniff die Augen zusammen, als könnte er direkt durch mich hindurch bis zu meinem Herzen sehen. Dann nickte er einmal. »Kommen Sie. Ich zeige es Ihnen.« Er schulterte meine Tasche, drehte sich auf dem Absatz seines Schuhs um und schritt den Weg zurück, den wir gekommen waren. Aber anstatt in die Lobby zurückzukehren, bog er in einen schmaleren Flur ab, der an einer Glastür endete. Er zog mir die Tür auf, und ich trat in die Hotelbar ein.

Die vordere Hälfte sah aus wie eine normale Bar mit Bambus-böden, einem flachen Dach mit freiliegenden, dunklen Holz-balken und Stehtischen, die eine zentrale, quadratische Bar umgaben. Hinter der glänzenden Holztheke knurrte ein Mixer. Ein dunkelhäutiger Barkeeper in einer blaugrünen Guayabera steckte einen Regenschirm in ein hohes Glas mit etwas Rosafar-benem – mir lief das Wasser im Mund zusammen – und stellte es auf das Tablett einer Kellnerin, die es zum hinteren Ende der Bar trug.

Das hintere Ende öffnete sich zum Strand hin. Das Dach beschattete die Terrasse, aber ein paar Tische mit Sonnenschirmen standen direkt am Strand, wo die Leute mit den Zehen im Sand und der Sonne auf der Haut trinken konnten. Ich wackelte mit meinen eigenen Zehen in meinen Slippern. Vielleicht verdiente ich mehr als zwei Nächte, um die Annehmlichkeiten der Insel voll auszukosten. Eine sanfte, warme Brise kitzelte meine Wangen.

Ramón stieß mich in die Schulter. »Dort.« Ich folgte dem Nicken seines Kinns zur vorderen Seite der Bar, die von einer Frau in einem geblümten Sommerkleid und einem riesigen Strohhut, einem Mann, der über seinem Getränk hing, und einem anderen Mann, der einen nahegelegenen Tisch mit College-Mädchen beäugte, die dünne Überwurfkleider über ihren Bikinis trugen, besetzt war. Mein Magen sank, als wäre ich wieder in diesem Propellerflugzeug. Der Kerl hatte blonde Strähnchen im Haar wie Cooper, aber er war nicht mein Boss.

Ich sah zurück zu Ramón. Vielleicht hatte ich ihn vorhin falsch verstanden, und wir redeten nicht über dieselbe Person. Aber er nickte in Richtung der Bar.

Ich überprüfte sie noch einmal, und dieses Mal erkannte ich die vertraute Form des Unterarms, den der Mann in der Mitte auf die Bar geschleudert hatte, um seinen Whiskey zu umklammern. Derselbe mit goldenen Haaren bestäubte Unterarm, über den ich bei den wenigen Gelegenheiten, bei denen Cooper im Büro die Ärmel seines Hemdes hochgekrempelt hatte, sabberte. Er war von Muskeln und Sehnen umwickelt und leicht sommersprossig, besonders wenn er das Wochenende mit einer Radtour verbracht hatte. Und jetzt lag er auf der Bartheke, sechs Meter vor mir, an einem Mann, der dabei war, sturzbetrunken von seinem Hocker zu rutschen.

»Was zum …« Ich schoss nach vorne, schob mich zwischen den Rand des Strohhuts der Frau und meinen Boss. Ich packte seine Schulter und richtete ihn auf. Meine von der Feuchtigkeit klebrige Hand löste sich mit winzigen Fasern daran. Cooper trug einen hauchdünnen, anthrazitgrauen Pullover über einer schwarzen Hose. Glänzende schwarze Anzugschuhe vervollständigten seinen bürotauglichen Look.

Er schauderte und sah über seine Schulter – die falsche – und drehte sich dann zu mir um. Sein Mund wurde schlaff. »Ben?« Eine Welle alkoholischen Atems traf mich. Seine Wangen waren gerötet und seine Stirn glänzte vor Schweiß.

Der Barkeeper ließ seinen Blick von mir zu Ramón gleiten. Er nickte und machte einen halben Schritt zurück, tat so, als würde er ein Margarita-Glas auswischen, behielt aber Cooper und mich im Auge.

»Cooper.« *Mr. Fallon* wirkte unpassend, wenn mein Chef sturzbetrunken in einer Inselbar in der Karibik saß.

»Wa… Warum…?«

Dienstliche Gespräche – alles Ernste – mussten warten, bis er wieder nüchtern war. Ich ließ einen Mundwinkel nach oben zucken. »Sie sehen … heiß aus.«

»Dankeschönnn.« Seine roten, unkonzentrierten Augen trafen meine. »Warten Sie. War das eine Anmache? Ben würde das nie tun. Sie können nicht Ben sein. Sie sind eine Fanta… Fantas… ein Traum.« Er schüttelte den Kopf, und eine seiner Haarsträhnen fiel ihm zwischen die Augen und klebte an seiner Stirn.

»Nein, ich bin echt, und das war kein Anmachspruch.« Ich schnappte mir eine Cocktailserviette und tupfte ihm den Schweiß von der Stirn. »Ich frage mich, warum Sie einen Kaschmirpullover tragen, wenn es draußen siebenundzwanzig Grad hat.«

Seine Worte kamen klarer heraus, als ich erwartet hatte. »Kleiderpanne.«

Ich hob eine Augenbraue, und er hatte die seltsamste Reaktion: Er lächelte. Nicht dieses zusammengekniffene Lächeln, das er mir im Büro schenkte, nachdem er sagte: »Gute Arbeit, Ben.« Ein echtes Lächeln mit einem tatsächlichen Grübchen in seiner linken Wange. Ich war der Hitze angemessen gekleidet, und trotzdem stieg mir Wärme in die Wangen.

Das Lächeln war eine Sekunde später verschwunden, und er wandte sich an den Barkeeper. »Noch einen, Luis.«

Der Blick des Barkeepers traf meinen. Ich schüttelte den Kopf, und er nickte. Er schaufelte Eis in ein hohes Glas und füllte es aus seiner Sodapistole. Er schob das Wasser zu Cooper, der es anstarrte.

»Das ist kein Whiskey.«

»Trinken Sie aus, dann bringe ich Sie ins Bett.« Scheiße, das kam falsch rüber. »Ich meine, in Ihr Bett.« Verdammt, das war immer noch nicht richtig. Ich hatte noch nicht einmal einen Drink gehabt, und meine Wangen fühlten sich an wie die Oberfläche der Sonne.

Coopers blaue Augen wurden wieder trüb. »Jetzt weiß ich, dass du nicht Ben bist. Wer zum Teufel ist das, Luis?«

Luis grinste und zeigte dabei zwei Grübchen. »Weiß nicht. Aber ich würde mich von einem so süßen Kerl ins Bett bringen lassen.« Er zwinkerte.

Wow. Ich betrachtete Luis' muskulöse Unterarme und seine makellose, dunkle Haut. Vielleicht würde ich Mimis Kondomstreifen doch noch benutzen. Nachdem ich Cooper nach Hause geschickt hatte.

Cooper starrte in sein Wasser. »Du weißt, dass ich das nicht tue, Luis. Schon lange, lange, lange, lange nicht mehr.«

»Ich weiß.« Luis' voller Mund verzog sich. »Aber wie ich dir immer sage…«

»Ich weiß, ich weiß. Jeder verdient Liebe. Du erzählst so eine Scheiße, Luis.« Cooper starrte wieder angestrengt auf das Wasser, als könnte er es durch schiere Willenskraft in Whiskey verwandeln.

Ich starrte meinen Boss an. Im Büro war er ein Marmorblock, undurchdringlich und mit neunzig Grad scharfen Kanten, die einen verletzen konnten. Hier, in der Bar, klang er verdächtig wie ich: weich, verletzlich und sehnsüchtig danach, dass ihn jemand liebte.

Nein. Das konnte nicht richtig sein. Das war der Whiskey, der da sprach. Mein Boss und ich hatten rein gar nichts gemeinsam.

»Ich, voller Scheiße? Nicht mehr als du, alter Freund.« Er streckte die Hand aus und tätschelte Coopers Schulter. Cooper zuckte nicht zurück, nicht so wie bei meiner Berührung. »Jetzt geh nach Hause und ruh dich aus.« Luis winkte mit seinen Fingern jemandem hinter mir zu.

Im nächsten Moment stand Ramón auf Coopers anderer Seite. Er hatte meine Tasche nicht mehr. »Zeit zu gehen, Señor Fallon.« Er schob eine breite Schulter unter Coopers rechten Arm. Ich tat dasselbe mit Coopers linkem, und zusammen hoben wir ihn vom Hocker und auf seine Füße.

Ramón führte uns nicht durch die Glastür ins Hotel, sondern zur Terrasse und vorsichtig ein paar Stufen hinunter zu einem Weg aus Muschelsplittern. Die Sonne hatte begonnen, über dem Wasser zu versinken, ihr oranger Schein blendete.

Während wir Muscheln aufwirbelten, schlurften wir den Pfad entlang. Die untergehende Sonne flackerte zwischen den Stämmen der Palmen hindurch und machte das Erlebnis so surreal wie das Tanzen in einem Club mit Stroboskoplicht. Oder vielleicht war das mein Jetlag.

Ich stolperte an einer Senke im Weg, und Coopers Handfläche, die über meine Schulter hing, wo ich seinen Arm festhielt, packte meine linke Brust. Ich schauderte bei der Empfindung. Wie würde es sich anfühlen, wenn er das absichtlich täte? Mich zu berühren, meine Haut zu streicheln, wie es seit Trey niemand mehr getan hatte?

Trey. Ich verstärkte meinen Griff um Coopers Arm. Er sagte, er liebte mich, aber dann schoss er mich ab, als ich ihn brauchte. Für Trey war ich nur gut genug für einen gelegentlichen Seitensprung. Nichts mehr.

In diesem Punkt stimmte ich mit Cooper überein. Luis erzählte Scheiße. Liebe war nicht für jeden richtig.

Ich verschenkte meine Liebe frei – zu frei, laut Mimi – und bekam nie etwas zurück. Meine Aufgabe hier war es, Cooper nach San Francisco zurückzubringen, wohin er gehörte. Dann würde ich meinen dummen Schwarm für ihn vergessen und irgendeinen Unbekannten in einem Club aufreißen. Einhundert Prozent Lust, null Prozent Liebe. Das war, was ich brauchte. Was ich verdiente.

Obwohl, wann würde ich wieder die Chance bekommen, meinem Boss so nahe zu sein? Ich drehte meinen Kopf zu seinem Hals und schnupperte kräftig an ihm, öffnete meine Nase für den Zedernduft seines teuren Parfums und den minzigen Unterton, der mich zittern ließ, wenn ich ihm im Büro zu nahe kam. Aber heute Nacht sickerte Alkohol aus seinen Poren und überdeckte seinen unwiderstehlichen Duft mit dem süßlichen Geruch von fermentiertem Mais.

»Was tun Sie da?« Cooper drehte seinen Kopf, seine Nase einen Zentimeter von meiner entfernt.

Scheiße, ich hatte gerade meinen Boss beschnüffelt, und er hatte es bemerkt. Ich hoffte, er war zu betrunken, um sich daran zu erinnern. Ich blickte auf den Weg vor uns. »Ihren bemitleidenswerten Arsch in Ihr Zimmer schleppen.«

Er kicherte. »Kann nicht Ben sein. Ben flucht nicht.«

»Ich kann sagen, was ich will, wenn ich weit über meine beruflichen Pflichten hinausgehe«, murmelte ich. Im Ernst, Cooper war schwer. Und weder eine internationale Fahndung noch meinen Boss persönlich aus einer Strandbar zu zerren, stand irgendwo in meiner Jobbeschreibung.

»Weit über hinaus«, wiederholte er. »Ben geht immer weit über hinaus. Bester Assistent, den ich je hatte. Ich liebe ihn.«

Ich stolperte erneut und wäre fast mit dem Gesicht voran auf dem Muschelweg aufgeschlagen. Glücklicherweise diente

Ramóns festes Gewicht als Anker und hielt Cooper aufrecht. Grimassierend schob ich mich unter Coopers verschwitzte Achsel, und wir setzten unseren Weg fort.

Er liebte mich? Er meinte, er liebte meine Arbeit. Liebte es, mich als seinen Assistenten zu haben. Das war alles. Und ich war ein Narr zu träumen, dass es mehr bedeutete.

»Wie weit noch?«, fragte ich Ramón. Wir hatten den Hauptteil des Resorts aus den Augen verloren, und es waren ein paar Minuten vergangen, seit wir an einem der Strandbungalows vorbeigekommen waren.

»Fast da«, grunzte er. Er schulterte den größten Teil von Coopers Gewicht.

Vor uns kam eine weiße Stuckmauer in Sicht. Der Weg bog scharf vom Strand ab, aber ein kleinerer Pfad führte zu einem Metalltor in der Mauer.

»Ihre Karte, Señor.«

»Hmm?«

Als Ramón Cooper losließ, taumelte ich unter seinem Gewicht. Er klopfte die Taschen seines Chefs ab und zog aus seiner rechten Hosentasche eine Schlüsselkarte. Nicht weiß wie meine, sondern goldener Kunststoff, der in den roten Strahlen des Sonnenuntergangs glitzerte.

Er hielt sie vor einen Sensor am Tor, und wir schleiften Cooper hindurch. Das Anwesen vor uns war atemberaubend. Die Rückseite des einstöckigen Stuckhauses bestand nur aus Fenstern mit Blick auf einen angelegten Privatpool und, jenseits einer niedrigen Mauer mit einem weiteren Tor, den Strand. Wir näherten uns dem Haus von der hinteren Terrasse aus, zwischen Hibiskus und Bougainvillea. Süßer Jasmin mischte sich mit der Meeresbrise, als wir uns zwischen einem runden Terrassentisch mit Stühlen und einer Korbgarnitur hindurchschlängelten.

Als wir das Haus erreichten, hielt Ramón die Schlüsselkarte an einen anderen Sensor, und die Glastür glitt auf und gab den Blick auf ein Wohnzimmer frei, dessen Möbel auf den Pool und den Strand ausgerichtet waren.

Als ob er den Ort kennen würde, bog Ramón nach rechts in einen Flur ab und öffnete die Tür eines Schlafzimmers. Dessen riesiges Fenster bot uns einen atemberaubenden Blick auf den Sonnenuntergang über dem Strand. Aber ich war zu verschwitzt und erschöpft, um ihn zu bewundern. Wir ließen Cooper auf das Fußende des Bettes fallen. Er federte einmal und sank dann auf die Matratze, sein dunkler Pullover und seine Hose ein Kontrast zu den weißen Laken.

»Das ist schön«, murmelte er. »Ich werde euch allen Aktien geben. Sssynergy-Aktien.« Seine Augenlider flatterten zu.

Ramón und ich wechselten einen Blick.

»Kommen Sie von hier an mit ihm klar?«, fragte Ramón und wischte sich mit seinem Ärmel den Schweiß von der Stirn.

»Ja, ich – ich schätze schon?«

Cooper seufzte, bereits eingeschlafen. Aber ich konnte ihn nicht allein lassen, nachdem er so viel getrunken hatte.

»Ich habe Ihre Tasche in Ihr Zimmer bringen lassen«, sagte Ramón. »Soll ich sie hierher bringen?«

Ich dachte an meine sauberen Kleider. Meine Zahnbürste. Die Gesichtscreme, die ich vor dem Schlafengehen benutzte. Aber ich diente mein Leben lang anderen, und ich würde nicht jemanden – schon gar nicht Ramón, der ebenfalls weit darüber hinausgegangen war – dazu bringen, sie mir zu schleppen.

»Nein, ich komme heute Nacht klar. Danke. Für alles.«

»De nada. Wir sehen uns, Ben.« Er zwinkerte und verschwand dann den Flur hinunter.

Ein leises Schnarchen summte vom Bett, und ich richtete meine Aufmerksamkeit wieder auf Cooper. Ihm würde heiß werden, wenn er in diesem Pullover schlief. Und in der Hose. Aber selbst »weit über hinaus« beinhaltete nicht, meinen Boss auszuziehen. Seine nackte Haut zu berühren. Ihn in seinen Boxershorts … oder Slips abzuchecken? Ich schauderte. Ich würde die Klimaanlage herunterdrehen, damit er es bequem hatte.

Seine Anzugschuhe hingen vom Ende des Bettes, staubig von den Muscheln auf dem Weg. Ich zog ihm erst den einen und dann

den anderen aus, dann nahm ich sie mit ins angrenzende Badezimmer, wo ich sie zusammen mit meinen Chucks mit einem
feuchten Tuch abwischte. Hatte er keine Flip-Flops?

Ich ging zu seinem Schrank, wo Cooper, wie ich erwartet
hatte, seine Tasche ausgepackt und seine Kleidung aufgehängt
hatte. Ein weiterer Wollpullover in sanftem Kamel. Ein Trio
zerknitterter Anzughemden, jedes mindestens einmal getragen,
und zwei Anzugjacken und ein Blazer, ungetragen. Zwei Paar
zerknitterte Anzughosen hingen schlaff auf separaten Bügeln.
Gefaltet auf dem obersten Regal des Schranks lag eine seidige
Basketballshorts und ein High-Tech-Trainingsshirt. Ein Paar Turnschuhe stand steif daneben. Keine Flip-Flops, keine T-Shirts, nicht
einmal eine Jeans.

Ich fand den Wäschebeutel des Resorts und füllte den Bestell-
schein aus. Ich stopfte die Hosen und Hemden hinein und
befolgte die Anweisungen, die Rezeption anzurufen und den
Beutel vor die Haustür zu stellen.

Die Küchenzeile des Bungalows, ausgestattet mit hochwertigen Geräten, war zum Wohnzimmer hin offen. Alles war in
strandähnlichen Neutraltönen gehalten: Weiß, Sand und Hellblau
mit gelegentlichen korallenfarbenen Akzenten. Kein Glas oder
Teller war fehl am Platz, und ich konnte nicht sagen, ob das daran
lag, dass Cooper im Urlaub genauso ein Ordnungsfanatiker war
wie im Büro, oder weil er hier nur geschlafen und jede wache
Stunde damit verbracht hatte, sich in der Bar zu betrinken.

Auf der anderen Seite des Wohnzimmers befanden sich zwei
kleinere Schlafzimmer. Eines war wie der Rest des Hauses in
neutralen Tönen gehalten. Das andere war eindeutig für eine Frau
bestimmt. Die Tagesdecke mit Hibiskusdruck, der spitzenbesetzte
Überwurf auf dem Nachttisch und der Stapel Kriminalromane
darauf schnürten mir die Kehle zu. Welche Frau übernachtete hier
so oft, dass er es für sie dekoriert hatte?

Obwohl ... das Schlafzimmer war von Coopers getrennt. Hatte
er es für eine Frau eingerichtet, mit der er nicht schlief?

Ich warf einen letzten sehnsüchtigen Blick auf das andere

Gästezimmer und benutzte dann das Gästebad. Ich fand eine neue Zahnbürste und Zahnpasta, also hatte ich diesen kleinen Trost. Schließlich schlurfte ich zurück in Coopers Zimmer.

Er hatte sich auf die Seite gedreht, die Knie angezogen und das Kissen umarmt. Er sah friedlich aus, unschuldig. Ich unterdrückte den Drang, ihm die feuchten Haare von der verschwitzten Stirn zu streichen.

Stattdessen drehte ich den Thermostat auf sechzehn Grad herunter, schnappte mir die Ersatzdecke und das Kissen aus seinem Schrank und knipste das Licht aus. Ich rollte mich auf dem kleinen Sofa im Schlafzimmer zusammen und ließ mich von purer Erschöpfung in den Schlaf tragen.

10

COOPER

WIE ÜBLICH WACHTE ich mit brutalen Kopfschmerzen, einem Mund, der wie der Boden einer Mülltonne schmeckte, und einem Loch mitten in meiner Brust auf.

Gegen das Loch konnte ich nichts tun, aber um die beiden anderen Dinge konnte ich mich kümmern.

Ich riss ein Auge auf, und da, auf dem Nachttisch, standen ein hohes Glas Wasser und ein paar Aspirin. War ich letzte Nacht nüchtern genug gewesen, um das dorthin zu stellen? Ich versuchte, mich zu erinnern, aber das Denken löste in mir den Wunsch aus, mir das Auge aus der Höhle zu kratzen, also schluckte ich die Tabletten hinunter, leerte das Glas und setzte mich langsam auf.

Als mein Kopf aufhörte, sich zu drehen, stand ich auf und ging ins Badezimmer. Nachdem ich meine Blase geleert und mir die Zähne geputzt hatte, machte ich den Fehler, in den Spiegel zu sehen. Aufgedunsene, blutunterlaufene Augen. Fahle Haut. Bartstoppeln, die langsam mehr wie ein Bart als ein stylisher Dreitagebart aussahen. Und war das eine graue Strähne direkt neben meinem Mund? Heilige Scheiße, war ich froh, dass es hier auf der

Insel niemanden kümmerte, wie ich aussah. Oder wie mein professionelles Image litt. Mein Pullover und meine Hose waren völlig zerknittert, nachdem ich darin geschlafen hatte. Und das war mein letzter Satz sauberer Kleidung.

Ich rieb mir die Brust, wo es schmerzte. Es spielte keine Rolle. Das war jetzt mein Leben. Im Paradies abhängen, wo ich nichts anderes tun musste, als zu trinken, bis ich vergessen hatte, was ich im Büro getan hatte und zu was ich dadurch geworden war.

Wenigstens gab es hier niemanden, den ich genug liebte, um ihn verletzen zu können.

Ich nahm das Glas vom Nachttisch und ging den Flur entlang zum Spirituosenschrank. Ich konnte genauso gut jetzt anfangen.

Die Glastüren standen offen, die durchsichtigen Vorhänge wehten in der warmen Brise. Jesus Christus. Niemand auf der Insel würde sich mit mir anlegen, aber musste ich wirklich das Schicksal herausfordern, indem ich die Türen die ganze Nacht offen ließ?

Ich ließ die Küche links liegen und ging direkt zum Spirituosenschrank.

Und erstarrte.

Die Flaschen waren von dort verschwunden, wo ich sie auf dem niedrigen Schrank hatte stehen lassen. Nur ein Krug Wasser stand dort.

Ich riss die Schranktüren auf. Alles leer.

Scheiße. Jemand hatte den ganzen Sprit geklaut. Ironisch, da ich anscheinend zu betrunken gewesen war, um die Türen abzuschließen.

Sie hatten den Sprit durch Wasser ersetzt. Und waren das Orangenscheiben, die darin schwammen? Was. Zur. Hölle?

Ich fuhr mir durch die Haare, um dem Hämmern in meinem Schädel entgegenzuwirken, wirbelte zur Terrasse herum und entdeckte eine Gestalt, die auf dem Outdoor-Sofa saß. Die wehenden Vorhänge verdeckten ihn teilweise, aber wenn ich nicht auf einer abgelegenen, unbedeutenden Insel mitten in der Karibik wäre, dreitausend Meilen von dem Ort entfernt, an dem ich ihn zurückgelassen hatte, würde ich sagen, dass diese schmächtige Gestalt und diese dunklen Locken zu Ben Levy-Walters gehörten.

Ich musste es ja wissen. Ich hatte ihn in den letzten sechs Monaten bei jeder sich bietenden Gelegenheit angestarrt.

Ich schritt durch die Vorhänge hinaus in die blendende Sonne auf die Terrasse. Ich schlug eine Hand vor meine Augen und wartete darauf, dass der stechende Schmerz hinter meinen Augäpfeln nachließ. Schließlich spreizte ich zwei Finger gerade weit genug, um durch den Spalt zu spähen.

»Ben? Was zum Teufel machen Sie hier?« Ich hatte alles getan, was mir eingefallen war, um sicherzustellen, dass er mich nicht finden würde – die Notiz, in der ich vorschlug, er solle sich ein paar Tage frei nehmen, das Tracking meines Telefons ausschalten. Denn wenn es eine Sache gab, die ich über meinen Assistenten gelernt hatte, dann war es die, dass er genauso hartnäckig war wie ich.

»Guten Morgen – äh – Nachmittag.« Er stand auf, seine Hände flatterten von den Taschen seiner Shorts zu seinen Hüften. Die helle tropische Sonne schimmerte in seinem Haar. Eine Sonnenbrille verdeckte seine Augen, aber ich wusste, dass sie wie Single-Malt-Whiskey im Licht einer Bar funkelten. Er hatte sich einen Ein- oder Zweitagebart stehen lassen, und es gefiel mir. Ich wollte mit meinen Fingern darüberfahren.

Nein, wollte ich nicht!

Ich durfte nicht.

Ich ballte die Hände zu Fäusten und ließ meinen Blick auf seiner Sonnenbrille haften, da ich es nicht wagte, mich mit dem Anblick der Beine meines Assistenten in Shorts in Versuchung zu führen.

Er blickte für einen Moment zum Strand, als hätte er meine Gedanken gelesen und wollte weglaufen. »Wie wäre es mit einem Kaffee?« Er deutete auf eine Isolierkanne auf dem Couchtisch neben einem Teller mit Sandwiches.

Mein Magen drehte sich um bei dem Gedanken daran, was die Säure des Kaffees mit meiner bereits geschundenen Magenschleimhaut anstellen würde. »Das war keine rhetorische Frage«, knurrte ich. »Warum sind Sie hier?«

»Lassen Sie uns erst etwas zu essen in Sie hineinbekommen, bevor wir darüber reden.«

»Scheiß auf das Essen. Wo ist der Whiskey?«, fauchte ich. Ich durfte ihn nicht sehen lassen, was er mit mir angestellt hatte, wie froh ich war, ihn zu sehen.

»In Ordnung.« Er verschränkte die Arme vor der Brust. »Er ist weg. Und wir müssen reden.«

»Reden?« Ich funkelte ihn mit meinem schärfsten Blick an, der, der Verhandlungsgegner zum Duckmäusern brachte und nachlässige Nachwuchskräfte dazu, mich in den Gängen zu meiden.

Er machte einen halben Schritt zurück und stieß gegen das Sofa. Nachdem er eine Sekunde lang mit den Armen gerudert hatte, richtete er sich auf und spannte den Kiefer an. »Ja, reden. Über Synergy.«

Ich fuhr mir übers Gesicht. All meine zornige Energie floss durch meine Füße ab. Er war nur ein Lakai, loyal gegenüber jemand anderem, jetzt, da ich über eine Woche weg war. Ich hatte mir mehr von Ben erhofft. Ich dachte, wir verstanden uns. Dass er mich verstand.

Es war nicht das erste Mal, dass mich jemand enttäuscht hatte. Vielleicht wäre es das letzte Mal.

»Wer schickt Sie? Weston? Oder Jackson?« Als ich den Namen meines Partners sagte, zog sich mein leerer Magen zusammen. Sein Verrat war das andere, was ich mit dem Alkohol auszulöschen versucht hatte.

Bens Mund wurde zu einem schmalen Strich. »Niemand hat mich geschickt.«

Ein bitteres Lachen entrang sich mir. »Niemand hat Sie geschickt? Sie sind den ganzen Weg hierhergekommen – ganz allein –, um mit mir über Synergy zu reden?« Er musste für Weston arbeiten. Ich dachte, Weston verstand, dass ich eine Pause brauchte, aber vielleicht hatte er Ben geschickt, um nach mir zu sehen. Es gab keine Möglichkeit, dass Ben sich entschieden hatte, hierherzukommen. Nicht, nachdem er gesehen hatte, wie ich im Büro ausgerastet war. Nicht, nachdem er das Chaos hatte aufräumen müssen, das ich angerichtet hatte.

Ben war zu freundlich, zu aufgeweckt, zu schön. Er war der sonnige, tropische, wolkenlose Tag zu meinem Hurrikan aus schwarzen Wolken. Er war die sanfte Brise und das leise, beruhigende Plätschern des Wassers auf der karibischen Seite der Insel. Ich war der peitschende Wind und die tosende Brandung auf der atlantischen Seite. Er hegte und pflegte; ich zerstörte. Mein Schreibtisch im Büro war der Beweis.

Er musste entsetzt gewesen sein, Zeuge meines Kontrollverlustes zu werden. Er hätte kündigen sollen. Er sollte nicht hier auf meiner Terrasse stehen und mir Kaffee anbieten.

War er gekommen, um seine Kündigung einzureichen? Das ergab keinen Sinn. Ich schüttelte den Kopf, was nur einen neuen Schmerz zwischen meinen Augen auslöste. Ich rieb mit der Fingerspitze darüber.

»Ich bin Ihretwegen hierhergekommen.« Seine Stimme war so sanft, dass ich sie über die Meeresbrise kaum hören konnte. »Ich habe mir Sorgen gemacht, Mr. Fallon.«

Es fühlte sich an wie eine Finte, gefolgt von einem Faustschlag in die Leber. Er hatte sich Sorgen gemacht. Um mich. Und dann hatte er mich an unsere Beziehung erinnert. Ich war sein Chef. Er arbeitete für mich, und das machte mich für ihn verantwortlich. Für sein Wohlergehen. Was bedeutete, dass die Anziehung, die ich empfand, völlig unangebracht war. Ganz zu schweigen davon, dass ich eine Gefahr für Menschen war, für die ich eigentlich sorgen sollte.

Ich brauchte einen Drink. Einen starken. Glücklicherweise war mein Haus nicht der einzige Ort auf der Insel mit einem Vorrat an Alkohol.

Ich drehte mich auf meinen nackten Füßen um und stakste zurück in mein Schlafzimmer, wo ich mein letztes sauberes Paar Socken und im Badezimmer meine Anzugschuhe fand. Was zur Hölle machten die im Badezimmer? Sie waren auch verdächtig sauber, nicht mit dem Staub vom Muschelpfad bedeckt. Hatte Ben …? Unmöglich.

Ich schlüpfte in meine Schuhe und schritt zur Haustür. Ben stand in der Küche und hielt eine Tasse dampfenden, schwarzen Kaffee hoch.

Ich winkte ab. »Ich gehe. Auf Wiedersehen, Ben.«

Sein Kiefer klappte herunter, und mit einem befriedigenden Zuschlagen der Tür war ich weg.

11

BEN

ICH ERSTARRTE und umklammerte geistesabwesend die Kaffeetasse, nachdem Cooper hinausgestampft war. Dann knallte ich den Becher auf die Theke, und der Kaffee schwappte über den glatten Granit. Jetzt, wo ich ihn gefunden hatte, konnte ich ihn nicht mehr aus den Augen lassen. Nicht, bis ich ihn nach dem Aktienverkauf gefragt hatte. Und nach dem, was ich bei Westons Telefonat mit dem Vorstandsvorsitzenden mitangehört hatte.

Ich hastete zur Hintertür, schlüpfte in meine Converse, sprang dann von der Terrasse und rannte durch das Gartentor. Cooper war mit seinen langen Schritten schon weit vor mir. Ich ging im Eilschritt, um ihn nicht aus den Augen zu verlieren.

Es überraschte mich nicht, als er direkt zu der Bar zurückkehrte, in der ich ihn gestern Abend gefunden hatte. Er schleppte sich die Stufen hoch und verschwand hinter der Wand. Ich beschleunigte zu einem leichten Trab – was, wenn es dort einen privaten Raum gab, von dem ich nichts wusste? – und sprang die Stufen zur Bar hinauf.

Cooper saß auf demselben Hocker wie letzte Nacht und sagte etwas zum Barkeeper. Es war nicht Luis, sondern ein junger

Mensch mit frischem Gesicht, nicht älter als zwanzig, mit einem Pixie-Schnitt und einem *they/them*-Button. Anstelle einer türkisfarbenen Guayabera trug dey ein weißes Tanktop, das direkt unter deren Rippen geknotet war. Dey lehnte sich über die Bar, wobei deren wohlgeformter Hintern und deren Oberschenkel unter den abgeschnittenen Shorts zur Schau gestellt wurden. Verdammt, kam Cooper Jahr für Jahr wegen der Augenweide hierher zurück? Hatte er einige der angebotenen Leckerbissen gekostet? Mir stieg die Hitze unter dem Kragen meines Poloshirts in den Nacken.

Als der Barkeeper sich umdrehte, um Coopers Drink zuzubereiten, fing ich deren Blick auf und schüttelte den Kopf. Dey biss sich auf die Lippe und nickte.

Ich ließ mich auf den Hocker neben Cooper gleiten. »So einfach wirst du mich nicht los.«

Er ließ seinen Blick auf dem Rücken des Barkeepers ruhen. »Wie viel?«, fragte er so leise, dass dey es nicht hören konnte.

Redete er mit mir? »Wie viel was?«

»Wie viel zahlt Weston dir, damit du mich zurückholst?«

Ich zuckte zurück. »Weston bezahlt mich nicht!«

»Jackson also.« Der Blick, den er mir zuwarf, war eine herzzerreißende Mischung aus Hoffnung und Qual.

»Nein«, sagte ich leise. Ich hatte gesehen, wie er Jackson im Büro angesehen hatte. Es war die gleiche Art, wie Mimi Schokolade ansah, obwohl sie allergisch darauf war. Die gleiche Art, wie ich als Kind jeden Hund angesehen hatte, an dem wir auf der Straße vorbeigingen. Mimi war auch gegen Hunde allergisch.

Es war die Art, wie ich Cooper jeden verdammten Tag ansah.

Sein Kiefer spannte sich an, und er starrte auf das Getränk, das der Barkeeper vor ihn schob. »Was zum Teufel ist das?«, knurrte er.

»Das heutige Special. Bananen-Daiquiri. Alkoholfrei.« Dey setzte ein winziges blaues Schirmchen darauf und zwinkerte ihm zu.

»Ich habe einen Whiskey bestellt.« Seine Stimme hatte ein heiseres Grollen angenommen.

Ich nickte dem Barkeeper zu, und dey huschte auf die andere Seite der Bar. Ich legte meine Hand auf den Ärmel von Coopers Pullover, wo er seinen Unterarm bedeckte. »Ich brauche dich nüchtern. Wir müssen reden.«

Er stand auf. »Ich will keinen verdammten alkoholfreien Daiquiri und ich will nicht reden.« Ein Mann mit einem Stroh-Fedora am nächsten Tisch blickte bei Coopers erhobener Stimme auf. »Ich will mit Luis sprechen«, rief er dem Barkeeper zu.

Dey blieb, wo dey war, und drehte mit deren Finger am Knoten des Tanktops. »Luis ist erst für vier Uhr eingeteilt.«

Cooper funkelte seine Rolex an, drehte sich auf dem Absatz um und schritt aus der Bar auf den Muschelweg.

Mit einem letzten, sehnsüchtigen Blick auf das kecke blaue Schirmchen joggte ich los, um ihn einzuholen.

»Ich schätze, Cardio kann ich von meiner Liste streichen«, sagte ich, als ich ihn eingeholt hatte.

Cooper grunzte und behielt sein bodenfressendes Tempo bei. Das war in Ordnung. Ich war sein Tempo aus dem Büro gewohnt. Und im Gegensatz zu ihm hatte ich das richtige Schuhwerk für schnelles Gehen auf unebenem Untergrund.

Ich zögerte nur einen Moment. Ich wollte das Gespräch lieber nicht im Freien beginnen, wo uns jeder hören konnte, aber ich musste seine Aufmerksamkeit erregen, bevor er wieder versuchte, mich abzublocken. »Also, was hat es mit dem Verkauf deiner Aktien auf sich?«

Er starrte geradeaus. »Du hast die Compliance-Mitteilungen gelesen?«

»Ich hatte nicht viel anderes zu tun, als du verschwunden warst.«

Er warf mir einen Blick zu, seine dichten Augenbrauen waren zusammengezogen. »Du solltest dir doch freinehmen. Hat Jackson dich hergeschickt?«

»Nein!« Ich biss mir auf die Lippe, um ihm nicht zu sagen, dass ich gekommen war, weil ich mir Sorgen um ihn gemacht hatte. Ich war mir ziemlich sicher, dass er mich immer noch feuern konnte, auch wenn wir nicht im Synergy-Gebäude waren.

Er sprach mit zusammengebissenen Zähnen. »Führungskräfte kaufen und verkaufen ständig Aktien. Weston hat letztes Jahr welche verkauft, als er sich scheiden ließ.«

»Aber du nicht.« *Und Jackson auch nicht,* sagte ich nicht. Ich konnte diesen Blick nicht noch einmal ertragen.

»Für alles gibt es ein erstes Mal.«

»Ist da« – *reiß dich zusammen, Ben* – »steckt die Firma in Schwierigkeiten?«

Er runzelte die Stirn. »Natürlich nicht. Wie kommst du darauf?«

»Es ist nur so, dass … meine alten Chefs das getan haben. Aktien verkauft, kurz bevor die Firma den Bach runterging.«

Er blickte finster. »Ich hoffe, die Börsenaufsicht hat sie ins Gefängnis gesteckt. Nein, so etwas ist es nicht.« Sein Haus – eher ein Anwesen – war in Sicht. Anstatt direkt zum Gartentor zu gehen, bog er nach links ab in Richtung des Weges zur Haustür.

»Was ist es dann?«, Ich machte ein paar Laufschritte, um mit seinem schnelleren Tempo mitzuhalten. »Hat es etwas mit den–«

Cooper sprang die Stufen zu seiner Veranda hinauf. »Ich vereinfache nur ein wenig. Streiche Dinge aus meinem Leben, die ich nicht brauche. Auf Wiedersehen, Ben. Fahr nach Hause.«

Und zum zweiten Mal in weniger als einer Stunde schlug er mir die Tür vor der Nase zu.

Ich hatte keinen Schlüssel zu seinem Haus, also hämmerte ich ein paar Minuten lang an die Tür. Er reagierte nicht. Ich ging um das Haus herum zum Tor und spähte hindurch. Er war nicht auf der hinteren Terrasse.

Ich hatte keine Gelegenheit gehabt, ihn nach Westons Kürzungen zu fragen. Und ich konnte nicht nach Hause fahren, bevor ich ihn nicht nach dem gefragt hatte, was ich gehört hatte.

Es war gut, dass ich bereits beschlossen hatte, eine weitere Nacht zu bleiben. Schade nur, dass ich diesen Drink mit dem Schirmchen nicht bekommen würde.

12

COOPER

EIN KLINGELN SCHRECKTE mich aus einem Albtraum hoch.

Ich hatte in meinem Leben noch nie eine Marionette geführt, aber ich hatte *Meine Lieder – meine Träume* ungefähr hundert Mal gesehen. In meinem Traum hielt ich das Spielkreuz der Puppe und ließ sie auf der Bühne unter mir einen komplexen Tanz aufführen. Das Publikum aus kleinen Kindern jubelte, und ich grinste, während ich an den Fäden zupfte.

Dann bemerkte ich einen Faden, der am Rücken meiner eigenen Hand befestigt war. Ich folgte ihm nach oben und sah, dass er an einer Stange hing. Der Puppenspieler grinste auf mich herab. »Tanz, Mikey!«

Es war mein Vater.

Ich setzte mich schweißgebadet auf, als das Klingeln erneut ertönte. Nüchternheit war verdammt beschissen. Genauso wie die Gespräche mit Dr. Pradhi. Sie hatte sofort gewusst, warum ich vor Synergy geflohen war. Sie sagte, meinen Schreibtisch zu zertrümmern, mache mich nicht zu meinem Vater. Dass es ein Versehen war. Dass ich mir selbst vergeben müsse, genauso wie ich Jackson all die Male vergeben hatte, als er mich verletzt hatte. Dass ich mit ihm reden müsse, ihn fragen, ob das, was Weston gesagt hatte, wahr sei, ob er seinen eigenen Ausweg aus Synergy suchte.

Ich brauchte nicht zu fragen. Was Weston gesagt hatte, deckte sich mit meiner eigenen Einschätzung der Lage. Jackson war ein wohlhabender Mann. Er brauchte das Einkommen von Synergy nicht. Er war bereit, sich auf das zu konzentrieren, was ihm wichtig war, und das war nicht die Firma, die wir zusammen aufgebaut hatten. Er hatte seinen Fokus auf seine Familie gerichtet, die er ganz allein aufgebaut hatte. Mit einem Zaun darum, der mich draußen hielt.

Dr. Pradhi hatte gesagt, vor meinen Problemen davonzulaufen, löse sie nicht. Aber der Whiskey ließ mich sie vergessen.

Bis Ben auftauchte, den Alkohol wegschüttete und die Erinnerungen zurückbrachte.

Das Klingeln ertönte noch einmal, und diesmal hörte ich ein Pochen von der Vorderseite des Hauses. Die Tür. War Luis gekommen, um nach mir zu sehen?

Barfuß trottete ich in den Eingangsbereich. Wie spät war es? Ich musste ein paar Stunden geschlafen haben, nachdem ich Ben nach Hause geschickt und meine Therapeutin angerufen hatte. Durch die hinteren Fenster ging die Sonne über dem Wasser unter.

Gerade als die Türklingel wieder ertönte, riss ich die Tür auf. Ben stand da und hielt eine braune Papiertüte in der Hand. Sein Lächeln war gezwungen, nervös. »Guten Abend, Mr. Fallon.«

»Warum sind Sie noch hier?«

»Darf ich hereinkommen?«

»Warum?« Er befolgte meine Anweisungen immer perfekt. Er hätte um diese Zeit in San Francisco landen müssen. Gab es ein Problem mit dem Jet?

»Damit wir uns unterhalten können.«

»Ich will mich nicht unterhalten.« Ich war immer noch zittrig und verletzlich nach dem Gespräch mit Dr. Pradhi. Nach dem Albtraum. Ich könnte etwas sagen, was ich nicht so meinte.

»Was wollen Sie?« Er legte den Kopf schief und schürzte seine vollen Lippen. Die rosafarbenen Strahlen der untergehenden Sonne fielen durch die hinteren Fenster und tauchten seine dunklen Locken in feuriges Roségold.

Nicht das. Ich mochte es wollen, aber ich konnte es nicht haben. »Was meinen Sie?«

»Warum sind Sie hierhergekommen, auf die Insel? Nach den Kleidern in Ihrem Schrank zu urteilen, sah es nicht so aus, als hätten Sie das geplant. Warum die kurzfristige Planänderung? Wonach haben Sie gesucht? Oder wovor sind Sie geflohen?«

Mein Kopf wirbelte von seinen Fragen und ein paar meiner eigenen. »Sie waren in meinem Schrank?«

Er verdrehte kaum merklich die Augen. »Ramón und ich haben Sie gestern Abend aus der Bar zurückgebracht.«

»Oh.« Ich wahrte eine neutrale Miene, aber Selbstekel brodelte direkt unter der Oberfläche. Er musste mich in meinem schlimmsten Zustand gesehen haben. »Ich habe doch nicht ... ähm ... nach Ihnen geschlagen, oder?«

Seine Augenbrauen zogen sich zusammen. »Sie erinnern sich nicht?«

»Nein, ich ...« Ich suchte in meinen Erinnerungen, aber die letzte Woche, nachdem ich auf der Insel angekommen war, nachdem ich Mamá angerufen hatte, war ein verschwommener Nebel aus Schweiß und dem Brennen von Whiskey und dem Aufwachen auf dem Boden, öfter als in meinem Bett. »Ich erinnere mich nicht.«

»Sie sagten, Sie würden Ramón und mir Anteile an Synergy geben.«

Oh. Er hatte vorhin nach dem Verkauf von Aktien gefragt. Ich war betrunken, als ich den ersten Verkaufsauftrag erteilt hatte. Ich hätte ihn am nächsten Tag stornieren können, hatte es aber dabei belassen, um zu sehen, wie es sich anfühlte. Bisher fühlte es sich nach nichts an. Vielleicht würde ich etwas fühlen, wenn er ausgeführt wurde. Wenn nicht, würde ich in ein paar Tagen einen weiteren Auftrag erteilen. Anteile zu verschenken war dasselbe wie sie zu verkaufen. »Ich bin ein Mann von Ehre. Wie viel habe ich Ihnen laut meiner Aussage versprochen?«

Ben schnaubte und lehnte sich gegen den Türrahmen. »Sie waren sturzbetrun— äh, nicht bei klarem Verstand. Keiner von uns hat Sie ernst genommen.«

»Wollten Sie darüber reden?« Wenn Weston oder Jackson ihn nicht geschickt hatten, warum war Ben dann gekommen? Und warum war er immer noch auf der Insel? Normalerweise war ich derjenige mit all den Antworten, aber mein Kopf schmerzte wieder, und meine Gedanken wollten sich nicht zusammenfügen.

Meine Beine fühlten sich plötzlich wie Wackelpudding an. Ich ließ die Tür offen und drehte mich zum Wohnzimmer um. »Ich muss mich setzen.«

Im nächsten Moment war Ben da und klemmte sich unter meinen Arm. Verdammt, ich trug seit zwei Tagen dieselben Klamotten und stank, aber ich konnte nicht die Kraft aufbringen, ihn wegzustoßen. Er führte mich zum Sofa und drängte mich, mich hineinsinken zu lassen. Sanft drückte er meinen Kopf zwischen meine Knie und rieb dann Kreise auf meinem Rücken. Es fühlte sich gut an, so wie wenn Mamá mich früher abends ins Bett brachte.

»Wann haben Sie das letzte Mal gegessen?«, fragte er von weit über mir.

Das Blut schoss mir in die Ohren und pochte in meinem Gehirn. Das Denken war schwer. »Weiß nicht.«

»Haben Sie heute irgendetwas gegessen? Ich habe Ihnen die Sandwiches im Kühlschrank gelassen.«

»Nein. Luis serviert mir meine Mahlzeiten normalerweise in der Bar, aber Sie haben mich ja gezwungen zu gehen.«

Die Kreise stockten für eine Sekunde und wurden dann wieder aufgenommen. »Würden Sie jetzt lieber ein Sandwich essen oder mit mir zum Abendessen ins Restaurant gehen?«

Mit mir gab den Ausschlag. »Restaurant. Aber ich muss erst duschen und mich umziehen.«

»Apropos …«

»Geben Sie mir zehn Minuten.« Ich sprang auf und schwankte für eine Sekunde, aber diesmal hielten meine Knie. Ich schritt ins Schlafzimmer, warf die Tür hinter mir zu und schob die Schranktür auf. Nur Sakkos und leere Kleiderbügel begrüßten mich. Plus meine unbenutzten Trainingssachen auf dem obersten Regal. Genau wie der Schnapsschrank.

»Ben!«, brüllte ich.

Ben steckte den Kopf ins Schlafzimmer. »Mr. Fallon, ich …«

»Haben Sie auch meine Kleidung weggeworfen? Jeder dieser Anzüge kostet mehr, als ich Ihnen in einem Monat bezahle.«

»Nein! Ich habe sie in die Wäscherei gegeben. Ich habe mit dem Manager gesprochen, und sie haben sie zu einer sehr hochwertigen Reinigung in Miami geschickt. Sie sind übermorgen wieder da. In der Zwischenzeit habe ich Ihnen das hier besorgt.« Er hielt die Einkaufstüte hoch.

Ich nahm sie ihm mit zwei Fingern ab und spähte hinein. »Soll das ein Witz sein?«

»Das ist inselgerechte Kleidung. Sie werden sich viel wohler fühlen.«

Ich zog ein Hemd mit Kragen heraus. Die zitronengelbe Baumwolle war mit rosa Muscheln bedruckt. »Ernsthaft?«

»Das Gelb wird fantastisch zu Ihrem … Ihrem Hautton aussehen.« Bens Wangen glühten rot, und diesmal nicht vom Sonnenuntergang. »Es gibt auch Shorts dazu. Ich warte einfach draußen auf der Terrasse.« Er war verschwunden, bevor ich antworten konnte.

Shorts. Und ein Tropenhemd. Ich würde wie ein Tourist aussehen. Ich starrte auf den lächerlichen bedruckten Stoff, den ich umklammerte. Dann auf die leeren Bügel im Schrank. Ich trug hier ständig Shorts. Und manchmal, in der Privatsphäre meines eigenen Pools, weit weniger. Aber irgendwie war es anders, meine Arme und Beine Ben, meinem Assistenten, zu zeigen.

Ich strich mit einem Finger über eine der aufgedruckten Muscheln. Die ungewaschene Baumwolle war steif, noch appretiert. Aber er hatte es für mich gekauft. An mich gedacht.

Ein paar Minuten später betrat ich die Terrasse, mein Haar war feucht, und ich trug das Muschelhemd und khakifarbene Shorts. Als die Meeresbrise meine nackte Haut traf, bekam ich eine Gänsehaut, die die Haare an meinen Armen und Beinen aufstellte.

Oder vielleicht lag das an Ben. Gefangen in meinem Albtraum und meiner hungerbedingten Tunnelvision hatte ich ihn vorher nicht wirklich angesehen. Er trug ein rosafarbenes Poloshirt und weiße Bermudashorts. Vor gestern hatte ich seine Beine noch nie gesehen. Ich hatte damals nicht hingesehen, aber jetzt tat ich es. Seine olivfarbene Haut war blass unter dichtem, dunklem Haar. Seine schlanken Oberschenkel und Waden hatten genau die richtige Form und Definition.

Als er mich sah, stand er auf, seine lavendelfarbenen Converse-Schuhe klatschten auf das Holz. »Bereit?« Seine Stimme war hoch und dünn. Er räusperte sich.

»Ja.« Ich bedeutete ihm, vor mir durch die Schiebetür zu gehen, und schloss sie von innen ab. Wir gingen durch die Vordertür nach draußen, und ich schloss auch diese Tür ab. Mit so viel Abstand wie möglich gingen wir den Pfad zum Hauptresort entlang.

»Es ist wirklich wunderschön hier«, sagte Ben, seine Turnschuhe knirschten über die Muscheln. »Kommen Sie deswegen hierher? Wegen der … der Landschaft?«

Er ist mein Assistent, erinnerte ich mich. Nicht mein Freund. Also gab ich ihm einen Teil der Wahrheit. »Ich habe hier auf der Insel einige Beziehungen. Es fühlt sich vertraut an.«

»Beziehungen … wie Luis?« Er behielt den Weg vor sich im Auge. Klug, da manchmal eine Schildkröte oder eine Jutia darauf umherwanderte.

»Klar, Luis. Und andere.« Luis war mein bester Freund auf der Insel gewesen, als meine Mutter mich als Kind hierherbrachte. Und Mamás Familie – zumindest die, die nicht wie sie in die USA gegangen war – lebte in der Nähe. Ich konnte nicht in die Stadt gehen, ohne mindestens drei Cousins zu sehen und auf einen

Kaffee oder eine Mahlzeit eingeladen zu werden. Also war ich nicht in die Stadt gegangen.

»Andere?« Ben warf mir einen verstohlenen Blick zu. War es der Sonnenuntergang, oder waren seine Ohrspitzen rot? Vielleicht hatte er einen Sonnenbrand bekommen.

»Andere.« Ich sprach nie über meine Familie. Die Wirtschaftspresse würde sich darauf stürzen und Reporter auf die Insel schicken, um mit den Leuten zu sprechen, die Cooper Fallon am besten kannten. Dann würden sie meinen Vater ausgraben, und das war die Art von Publicity, die niemand brauchte.

Ben biss sich auf die Lippe und musterte den dunkler werdenden Pfad. Wir knirschten eine Minute lang schweigend dahin, bis das Hauptgebäude des Resorts in Sicht kam.

»Wenn Sie, ähm, einen von diesen *anderen* treffen und wollen, dass ich Ihnen, ähm, etwas Freiraum lasse, sagen Sie einfach Bescheid. Ich verstehe, dass das hier keine gesellschaftliche Angelegenheit ist, Mr. Fallon.« Er gestikulierte zwischen uns, sah mich aber sorgfältig nicht an.

»Ben.« Endlich verstand ich, was er sagte. Ich blieb stehen, und nach einer Sekunde blieb auch er stehen und wandte sich mir zu. »Sie haben mich freundlicherweise zum Abendessen eingeladen. Natürlich ist es eine gesellschaftliche Angelegenheit. Und ich würde Sie nicht allein lassen, um mit jemand anderem anzubandeln.«

Der Gedanke, überhaupt mit jemandem anzubandeln, war lächerlich. Ich war mir nicht sicher, ob ich noch wusste, wie das ging.

Aber Ben und seine *Mr. Fallons* verleiteten mich, darüber nachzudenken. Warum war dieses *Mr.* in seinem Mund so verdammt sexy? Das musste aufhören, sonst würde ich etwas tun, das ich bereuen würde, wie seine Hand zu streicheln. »Hör zu, wir sind nicht im Büro. Du kannst mich ruhig Cooper nennen.«

Langsam breitete sich ein Lächeln auf seinem Gesicht aus und ließ diese whiskeybraunen Augen aufleuchten. »Okay. Cooper.«

Meine Brust zog sich zusammen. Vielleicht war es doch keine

so gute Idee gewesen, ihn meinen Vornamen benutzen zu lassen. Mein Name – in welcher Form auch immer – auf seinen Lippen ließ Nervenenden aufleuchten, von denen ich dachte, sie seien längst abgestorben.

»Komm schon.« Meine Stimme war schroffer, als ich beabsichtigt hatte. »Lass uns essen.«

Ich führte ihn in das weniger formelle der beiden Restaurants des Resorts, das, in das normalerweise Familien gingen. Wo mein lächerliches Hemd akzeptabel wäre. Ihn in das formelle Restaurant zu bringen, hätte sich gefährlich nach einem Date angefühlt. Und Ben und ich waren *nicht* auf einem Date.

Was von dem Moment an klar war, als wir uns neben eine fünfköpfige Familie setzten.

Ben beäugte die beiden Kleinkinder, die Buntstifte in ihren Fäusten umklammerten, und das Baby, das in seiner Trageschale schlief. »Ist das in Ordnung?«, murmelte er.

»Das ist in Ordnung.« Ich nahm die Speisekarte. Keine Gefahr, mich in Bens whiskeybraunen Augen zu verlieren, während die Kinder am Nebentisch vor sich hin plapperten.

Ich machte mir nicht einmal die Mühe, einen Bourbon oder auch nur ein Bier zu bestellen, aber ich wünschte, ich hätte es getan, als ein ohrenbetäubendes Gekreische vom Nebentisch ausbrach. Das Baby war aufgewacht. Die Mutter versuchte, es zu beruhigen, während die Kleinkinder, die von ihren Buntstiften nicht mehr unterhalten wurden, ihren Vater anquengelten. Der Lärm verbündete sich mit dem Pochen in meinem Kopf, und ich rieb mir die Schläfe.

»Kannst du die Aufmerksamkeit unseres Kellners erregen? Ich brauche einen Drink.«

»Nein, aber gib mir eine Minute.« Ben schob sich vom Tisch zurück, und Sekunden später senkte sich Stille wie eine Decke herab.

Ich schaute auf und sah die Kleinkinder, die Bens Hände hielten, als er sie vom Tisch weg zum Brunnen in der Mitte des Restaurants führte. Er kramte in seiner Hosentasche und förderte etwas zutage, das die Augen der Kinder aufleuchten ließ. Dann kniete er sich neben sie und ließ sie die Gegenstände von seiner Handfläche pflücken. Münzen. Das Mädchen schloss für ein paar Sekunden die Augen, dann streckte sie ihre Faust über das Becken unter dem Brunnen. Dann öffnete sie ihre Hand, und die Münze fiel hinein. Der Junge wiederholte ihre Bewegungen. Ben lächelte, entzückt.

Die Lichter des Restaurants glitzerten in den dunklen Wellen seines Haares und bildeten einen Kontrast zu den flauschigen blonden Locken der Kinder. Sie pflückten weitere Münzen von seiner Handfläche und warfen sie kichernd in den Brunnen. Ich hatte noch nie einen solchen Ausdruck des Vergnügens auf Bens Gesicht gesehen. Im Büro war er durch und durch ernster Respekt. Mit diesen Kindern war er frei.

Für eine Sekunde stellte ich mir Ben mit ein paar eigenen Kindern vor. Wie er einen Kinderwagen im Presidio in San Francisco schiebt. Oder am Strand, ihre Hände haltend, während sie in den Wellen tanzen, so wie ich es bei so vielen Familien gesehen hatte. Das dort drüben mit den Kindern war es, was Ben tun sollte. Nicht in einem Büro festsitzen und Kalender und Besprechungen für mich verwalten, während ich meine Sehnsucht hinter meiner mürrischen, grantigen Fassade verbarg.

Ich kniff meine Augen fest zu. Ben musste nach Hause gehen. Wenn – wenn – ich die Verbindung zu Synergy kappte, würde ich dafür sorgen, dass er irgendwo sicher und geborgen landete. Was so weit wie möglich von mir entfernt war.

13

BEN

ALS WIR AUS dem Resort traten, rief das rhythmische Lied der Brandung nach mir. »Können wir am Strand zurücklaufen?«

Cooper runzelte die Stirn. »Du musst mich nicht zurückbegleiten.«

Ich sah, wie sein Blick zur Bar wanderte. »Aber ich möchte es.«

Er bückte sich, um seine Laufschuhe aufzubinden. »Du hast doch ein Zimmer im Resort, oder?«

»Ja.« Ich stellte meine Papiertüte mit dem restlichen Steak ab, um meine Chucks von den Füßen zu streifen und meine Socken auszuziehen. Ich trat in den Sand und wackelte mit den Zehen.

Es war ganz anders als das letzte Mal, als ich an einem Strand gewesen war, als meine Freunde und ich nach Half Moon Bay gefahren waren. Warmer Sand erstreckte sich, so weit das Auge reichte, und die Brandung murmelte wie ein Schlaflied. Ich warf einen Blick auf Cooper und die muskulösen Waden, die ich vor heute Abend noch nie gesehen hatte. Genau die richtige Menge an Haaren. Darunter glatte, goldene Haut. Ich wollte an dieser Wade hochlecken, bis hinter sein Knie, und – Scheiße! Ich musste aufhören, die Beine meines Chefs anzustarren.

»Bereit?« Ich wartete nicht auf seine Antwort. Ich stapfte durch den Sand, vorbei an der Reihe von Liegestühlen und Sonnenschirmen, bis zu der Stelle, wo der Sand unter meinen Füßen fest und feucht war. Ich starrte auf das dunkle Wasser hinaus. Der Mond war noch nicht hoch genug gestiegen, um darauf zu scheinen, aber über mir funkelten die Sterne, mehr als ich je auf einmal gesehen hatte.

»Es ist friedlich, nicht wahr?« Cooper stand neben mir, und ich spürte, wie er die salzige Luft einatmete.

Ich tat es ihm gleich und atmete die ganze Anspannung der letzten zwei Wochen aus. »Ja.« Die Brise wehte mein Haar von meiner klebrigen Haut. Ich hob eine Hand, um meine Locken zu glätten, und sie verfing sich in dem unbändigen Chaos. Die schwüle karibische Luft hatte mein Stylingprodukt völlig besiegt. Gut, dass die Nacht dunkel war.

Cooper drehte sich um und ging in Richtung seines Bungalows. Ich beeilte mich, um aufzuholen, damit ich nicht in Versuchung kam, dabei zuzusehen, wie sich sein Hintern in diesen Shorts bewegte, wie sich seine Oberschenkelmuskeln anspannten, während er sich einen Weg durch den Sand bahnte.

Aber ich konnte nicht widerstehen, einen Blick auf sein Gesicht zu werfen. Ich versuchte mir einzureden, dass es nur dazu diente, seine Gesichtsfarbe zu überprüfen – er machte einen ziemlich harten Entzug durch – und nicht, um die Schärfe seiner Wangenknochen zu begaffen.

Etwas bewegte sich in den Schatten hinter ihm.

Ich erstarrte, als wäre ich seine Beute. »Was ist das?«

»Was?« Er folgte meinem Blick.

»Dort.« Ich deutete. »Hinter dem letzten Liegestuhl. Etwas hat sich bewegt.«

Er kniff die Augen zusammen. »Auf dem Weg laufen Leute. Vielleicht hast du das gesehen.«

Tatsächlich gab es das Schimmern von etwas Glänzendem – Glas oder das Handy von jemandem – und ein Scharren auf dem Muschelweg, das gerade noch durch die Bäume sichtbar war.

Aber ich glaubte nicht, dass das meine Aufmerksamkeit erregt hatte. Ich hatte etwas gesehen, und es war nicht menschlich.

»Gibt es hier Wölfe? Kojoten? Rotluchse?«

»Nein. Könnte ein Nagetier gewesen sein. Oder ein Pekari.«

»Ein Pekari?«

»Das ist so eine Art Wildschwein.«

Ich spähte in die Dunkelheit, sah aber nichts. Ich blickte auf meine Hände hinab. In der einen hielt ich meine Schuhe und in der anderen die Tüte zum Mitnehmen. Beides wäre keine gute Waffe gegen ein Was-weiß-ich. Ein Wildschwein. Hatte es Stoßzähne?

Jetzt klang sogar die Brandung bedrohlich. »Gehen wir.« Ich würde den gut beleuchteten Muschelweg zurück zu meinem Zimmer nehmen, nachdem ich Cooper abgesetzt hatte.

Ich ging so schnell ich konnte auf der unebenen Oberfläche des Strandes. Cooper hielt mit seinen längeren Beinen mühelos mit. Ich blickte ein paar Mal zurück, sah aber nichts. Ich hatte mich fast entspannt, als Cooper sprach.

»Wir werden verfolgt.«

»Von einem dieser Schweine? Oder einem Bigfoot? Gibt es die hier?« Mein Herz machte bereits Hüpfer in meiner Brust, aber dann begann es zu joggen.

»Nein.« Er kicherte. »Von einem Kokosnuss-Hund.«

»Ist das so etwas wie der *Hund von Baskerville*?«

»So nennt man hier auf der Insel nur die streunenden Hunde. Geh einfach weiter und schau zurück. Acht Uhr.«

Ich wurde langsam genug, um einen Blick über meine Schulter zu werfen. Ein Hund schlich hinter uns her, hielt sich in den Schatten, aber seine Augen glänzten im Sternenlicht.

»Er riecht wahrscheinlich dein Abendessen.«

Der Hund war nicht einmal besonders groß. Er war kleiner als ein Labrador, der Hund, den ich mir immer gewünscht hatte. Im Sternenlicht war er hell, gelb oder hellbraun, mit einem dunklen Gesicht. Als ich anhielt und mich umdrehte, blieb er stehen.

»Hey du«, sagte ich leise. Ich ging in die Hocke und ließ meine

Schuhe auf den Sand fallen. Dann stellte ich die Tüte mit meinen Essensresten ab.

Der Hund hob seine Nase, um zu schnüffeln. Seine riesigen Ohren ließen ihn wie eine übergroße, flügellose Fledermaus aussehen. Er machte einen zögerlichen Schritt auf uns zu, und da bemerkte ich, wie dünn er war. Seine Rippen zeichneten sich sogar im Sternenlicht ab. Er hatte etwa die Größe eines Beagles, konnte aber nicht mehr als zwanzig Pfund gewogen haben.

Langsam griff ich in die Tüte und zog das in Folie gewickelte Päckchen heraus. Die Küche hatte es in die Form eines Schwans gedreht, mit einem langen Folienhals, der sich über dem Bündel Steak erhob. Die Folie knisterte, als ich anfing, sie auszupacken.

»Was machst du da?« Coopers Stimme erschreckte den Hund, und er huschte zurück in die Schatten.

»Schhh. Ich füttere den armen Hund.«

»Er ist ein Streuner. Wild. Er könnte eine Krankheit haben. Er könnte dich beißen.«

Ich säuselte den Hund an. »Du beißt mich nicht, Süßer, oder?« Als ich das Päckchen öffnete, strömte der Fleischgeruch heraus. Ich legte es auf den Sand und rutschte ein paar Schritte zurück.

Der Hund machte einen geduckten, zögerlichen Schritt auf das Futter zu, dann noch einen.

»Genau so, mein Süßer. Komm und iss zu Abend.«

»Du bringst ihm nur bei, Touristen zu belästigen, und jemand wird ihn einsperren, weil er ein Ärgernis ist.«

Bei Coopers Stimme erstarrte der Hund wieder.

»Schhh. Geh ein paar Schritte weg. Du machst ihm Angst.«

Ich musste nicht hinsehen, um zu wissen, dass Cooper tat, worum ich ihn gebeten hatte. Ich spürte seine Abwesenheit hinter mir. »Komm schon, Süßer. Niemand wird dir wehtun.«

Der Hund schlich näher und näher, bis er sich einen zerschnittenen Happen schnappte und zurück in die Schatten rannte.

»Genau so. Guter Junge. Jetzt komm und hol dir mehr.«

Er wiederholte den Vorgang, schnappte sich einen Bissen und rannte weg, bis alles weg war. Ich wollte die Hand ausstrecken und diese riesigen, dreieckigen Ohren kraulen, aber ich wollte ihn nicht erschrecken. Ich knüllte die Folie zusammen und stopfte sie in die Tüte. »Alles weg«, rief ich.

Diese großen, dunklen Augen blitzten mich aus den Schatten an.

»Jetzt zufrieden?«, sagte Cooper. Aber in seiner Stimme lag nicht der Biss von Sarkasmus. Sie war sanfter, als ich sie je gehört hatte.

Er stand groß und gerade auf dem Sand vor der gurgelnden Brandung. Sein Haar fiel ihm in perfekten, strandtauglichen Wellen über die Stirn. Wahrscheinlich brauchte er nicht einmal ein Stylingprodukt, um eine perfekte Frisur zu haben. Und heute Abend gehörte er ganz allein mir, um ihn zu bewundern. »Ja, das bin ich.«

Als hätte er irgendwie meine Gedanken gelesen, senkte er den Kopf. »Gehen wir, bevor noch andere hungrige Hunde herausfinden, was für ein weiches Herz du hast.«

Ich hob meine Schuhe auf, und gemeinsam gingen wir weiter zu seinem Haus. Es gab so viele Dinge, die ich ihn fragen wollte, ihn fragen musste. Über den Aktienverkauf. Darüber, warum er auf die Insel gekommen war. Darüber, warum er nicht nach Boston gefahren war. Aber jedes Mal, wenn ich ihn ansah und die Sanftheit in seinen Augen sah, sein Kiefer locker und unangespannt auf eine Weise, wie ich es im Büro nie gesehen hatte, vergaß ich, was ich gerade fragen wollte. Der Mond hob sich über die Bäume und vergoldete ihn mit Silber, und der einzige Gedanke, der in meinem Gehirn übrig blieb, war, diese Mondlichtlinien mit meinen Fingern nachzuzeichnen.

Aber ich konnte es nicht. Ich war sein Assistent, und er war mein kalter, strenger Chef. Cooper Fallon würde niemals eine Beziehung mit einem Angestellten eingehen, und schon gar nicht mit seinem direkten Mitarbeiter. Außerdem war mein Herz von Trey immer noch lädiert und verletzt. Ich konnte es nicht jemandem wie Cooper geben. Verdammt, ich wusste nicht einmal sicher, ob er geoutet war. Laut den Klatschblättern ging er mit

Frauen aus. Die mehr-als-freundschaftlichen Gefühle, die ich bei ihm für Jackson spürte, könnten ein beschämendes Geheimnis gewesen sein. Vielleicht hatte er seine Bisexualität nicht akzeptiert; nicht jeder tat das. Ich könnte mir die Zärtlichkeit, die ich in seinem kantigen Gesicht zu sehen glaubte, als er mich ansah, auch nur eingebildet haben.

Als wir sein Tor erreichten, hatte sich ein emotionaler Orkan in meiner Brust zusammengebraut. Ich musste von Cooper wegkommen und mich abkühlen. Ich hatte den Tag verschwendet; ich konnte es mir nicht leisten, einen weiteren zu verschwenden. Ich würde in einem richtigen Bett schlafen und am Morgen bereit sein, Cooper die Fragen zu stellen, die ich ihm stellen musste. Ich würde mich nicht von seinen Wangenknochen oder den berührbaren Wellen seines Haares oder der Zuneigung in seinem Ton ablenken lassen.

»Gute Nacht«, sagte ich und wandte mich bereits dem Muschelweg zu.

»Gute Nacht, Ben.«

Alles in mir erstarrte bei dem leisen Dröhnen seiner Stimme. Ich wagte es, zu seinem Gesicht aufzublicken.

Es war ein Fehler. Ein Trick des Mondlichts erwärmte seine blauen Augen. Und als er mit der Zunge über seine Unterlippe fuhr, um sie zu benetzen, schmeckte er nur den Geschmack der Gischt. Etwas berührte meinen Fingerknöchel, und ich blickte nach unten, als Coopers Hand an meiner vorbeistrich und sich dann in die Tasche seiner Shorts steckte.

Meine Knie wurden weich unter mir. »Gute Nacht.«

»Das hast du schon gesagt.« Das Blitzen seiner Zähne – ein echtes Lächeln von Cooper Fallon – war das Letzte, was ich sah, bevor sich das Tor hinter ihm schloss.

Ich stand einen Moment lang da und schnappte nach der Meeresluft. Dann zog ich meine Schuhe an und knirschte den Muschelweg entlang zurück zum Resort. Eigentlich schwebte ich.

Als mein Handy klingelte, warf ich nicht einmal einen Blick

auf die Anrufer-ID, immer noch gefangen in Coopers verträumtem Lächeln.

»Hallo?«

»Ben, geht es dir gut?« Marlees Stimme riss mich aus dem Traum.

Ich räusperte mich. »Gut. Was gibt's?«

»Was gibt's bei dir? Irgendwelche Fortschritte?«

Ich zuckte zusammen. »Noch nicht. Ich versuche, mich langsam heranzutasten.«

Ihre Stimme knisterte. »Deine Zeit für Herantasten ist abgelaufen. Dieser Verkaufsauftrag wird morgen ausgeführt.«

14

COOPER

ALS ICH AM Montag wieder nüchtern aufwachte, stopfte ich die Tasche mit den Hemden, die Ben mir gekauft hatte, hinten in den Schrank und zog mein Trainingsshirt und meine Shorts an. Ich wollte nicht trainieren, aber ich würde auch keine Kleidung tragen, die mich an Ben erinnerte.

Ich war genauso dumm in Bezug auf Ben gewesen wie er gestern Abend in Bezug auf diesen Hund. Ich hatte ihn nahe an mich herangelassen, obwohl ich wusste, dass wir keine gemeinsame Zukunft hatten. Ich hatte mit niemandem eine Zukunft. Es war besser, allein zu sein, als jemanden zu verletzen, der mir etwas bedeutete.

Ich musste dem ein Ende setzen, und zwar sofort.

Ich ignorierte Bens Klopfen, seine Nachrichten und seine Anrufe. Als er durch das Tor rief, ging ich hinein. Wenn ich nicht antwortete, würde er verschwinden. Er würde nach Hause fahren.

Auf der Couch las ich die E-Mail von meinem Finanzberater, in der der Aktienverkauf zusammengefasst war. Ich überprüfte meinen Kontostand. Der Direktor meiner Stiftung würde begeistert sein. Und jedes der etwa fünfzig Frauenhäuser in der Bay

Area würde eine beträchtliche, aber anonyme Spende erhalten. Sie würden außer sich vor Freude sein.

Und wie fühlte ich mich?

Leer.

Ich hatte gehofft, etwas zu fühlen. Erleichterung, dass ich mich endlich von Jackson löste. Bedauern, dass ich mein Versprechen meinem Freund gegenüber gebrochen hatte. Aufregung über die Möglichkeit, etwas Neues zu tun, etwas, wofür ich nicht mit Weston kämpfen musste, etwas, wozu ich Jackson nicht zwingen musste.

Alles, was ich fühlte, war Müdigkeit.

Also machte ich, wie eine der Eidechsen auf der Insel, ein Nickerchen auf der Couch, während die Sonne warm durch die Fenster schien.

Strahlendes Licht auf meinen geschlossenen Lidern weckte mich. Die Sonne, die sich dem Horizont näherte, schimmerte auf dem Ozean und auf dem Pool und warf goldene Glitzerlichter an die Wohnzimmerdecke. Ich setzte mich auf und rieb mir das Gesicht.

Ich war weniger müde … und hatte einen Bärenhunger. Mein Magen knurrte.

Aber ich konnte nicht in die Bar oder ins Restaurant gehen. Ben würde mir dort auflauern. Also rief ich den Zimmerservice.

Eine halbe Stunde später summte meine Türklingel, ein kurzes Klingeln, so wie Ramón es immer tat. Ich tapste barfuß zur Tür und riss sie auf. Aber es war nicht Ramón.

Es war Ben.

Und er hatte Ramóns Wagen.

»Was hast du mit Ramón gemacht?«, war das Klügste, was mir einfiel. Ich verzog das Gesicht.

Ben schob den Wagen über die Schwelle, bis ich aus dem Weg ging. »Ich finde, wir sollten auf der Terrasse essen, meinst du nicht auch? Es ist ein wunderschöner Abend.«

»Wir?«, fragte ich und ging hinter ihm durch die Schiebetür auf die Terrasse.

Er stoppte den Wagen und wirbelte zu mir herum, die Hände in die Hüften gestemmt. »Ich habe dir Abendessen gebracht.« Er deutete auf den Wagen. »Das Mindeste, was du tun kannst, ist, es mit mir zu teilen.«

»Warum bist du immer noch hier?« Jeder andere wäre nach Hause gefahren. Ohne einen Vorgesetzten, den er unterstützen musste, konnte Ben den ganzen Tag an seinem Schreibtisch Animal Crossing spielen. Oder sich eine Woche freinehmen, wie ich es vorgeschlagen hatte. Niemand würde es infrage stellen.

»Im Ernst?« Sein wieder glatt rasiertes Kinn reckte sich vor. »Du bist hierhergekommen, um dich auszuruhen und zu entspannen, aber du weißt nicht wie. Ich denke, es ist ziemlich offensichtlich, dass du deprimiert bist. Du brauchst jemanden zum Reden. Der sicherstellt, dass du isst. Vielleicht willst du nicht, dass diese Person ich bin, aber ich bin im Moment alles, was du hast.«

Er drehte sich zum Wagen um. Mit ruckartigen Bewegungen warf er ein Tuch über den Terrassentisch und ließ die Teller und das Gedeck gekonnt, aber nicht gerade leise darauf klirren.

War ich deprimiert? Vielleicht erklärte das die Leere in mir. Ich würde Dr. Pradhi nächste Woche danach fragen.

Während er den Wagen wieder hineinschob, sah ich mir den Tisch an. Es gab Platten mit Fisch und Gemüse. Eine Schüssel Salat und eine weitere Schüssel mit einem Getreidegericht. Es war genau das, was ich gegessen hätte, wenn ich für einen meiner regulären Besuche auf die Insel gekommen wäre, ganz anders als der Mist, den ich an der Bar gegessen hatte. Es gab sogar ein kleines Gesteck aus einheimischen Orchideen. Und ein Trio von Kerzen in der Mitte.

Mit dem rosaroten Sonnenuntergang über dem Ozean, der die Wellen in geschmolzenes Gold verwandelte, und dem rhythmischen Rauschen der Wellen am Strand wirkte alles so … romantisch.

»Was ist los?«, fragte Ben, als er auf die Terrasse trat.

»Ich komme mir underdressed vor.« Ich versuchte, meinen

ganzen Dank, meine ganze Entschuldigung in das schnelle Lächeln zu legen, das ich ihm zuwarf.

Er musterte mein Kompressionsshirt und meine Sportshorts, dann räusperte er sich. »Das passt schon.« Seine Stimme klang heiser, und trotz des leuchtenden Sonnenuntergangs bekam ich eine Gänsehaut an den Armen.

Ich rieb sie weg. »Sollen wir essen?«

Ich wusste nicht, was mich dazu veranlasste, aber ich zog den nächstgelegenen Stuhl hervor und wartete, bis er sich setzte. Dann nahm ich den Stuhl auf der anderen Seite des Tisches.

»Das ist schön. Danke.« Ich deutete auf den Tisch. »Aber du hast Ramón nicht überfallen, oder? Er liegt nicht irgendwo im Gebüsch?«

»Nein.« Seine Wangen röteten sich, als er die Fischplatte nahm und sie mir reichte. »Ramón hat mir einen Gefallen getan.«

Ich nahm ein Stück Fisch und reichte ihm die Platte zurück. Einen Gefallen? Und dieses Erröten. Ich wusste genau, was für ein Flirt Ramón war. Hatten er und Ben eine Insel-Affäre? Ich musterte Bens Hals, sah aber keine von Ramóns charakteristischen Knutschflecken. Obwohl er sie vielleicht irgendwo versteckt hatte, wo Bens Polo und Shorts sie verdeckten.

Ich zog den Kragen meines Shirts von meiner heißen Haut weg, plötzlich weniger hungrig als zuvor.

Bens Blick huschte zum Tor und dann zurück zu mir. »Wie fühlst du dich?«

»Du meinst, ob ich heute getrunken habe?« Ich ließ einen Mundwinkel nach oben zucken.

»Nein, ich meine, du siehst heute gut aus.« Er deutete mit seiner Gabel auf mein Gesicht. »Obwohl du immer gut aussiehst. Ausgeruhter.«

Ich ließ das Kompliment auf mich wirken und spürte, wie es meinen Bauch wärmte. Es war fast so gut wie Bourbon. »Ich habe ein Nickerchen gemacht.«

»Das ist großartig. Hast du, äh, trainiert?« Er starrte auf mein enges Shirt.

»Nein. Das ist, was ich da hatte.«

Er biss sich auf die Lippe, und als er sie losließ, war sie glänzend und röter als zuvor. Ich wollte mich über den Tisch lehnen und sie schmecken. Aber diese verführerische Lippe gehörte Ben, meinem Assistenten, also ließ ich meinen Arsch auf dem Stuhl.

»Wir sollten dafür sorgen, dass du dich mehr bewegst. Das wird dir guttun. Wie trainierst du normalerweise, während du hier bist?«

Normalerweise brauchte ich das nicht. Zwischen all den Spaziergängen in die Stadt und den Bauprojekten verbrannte ich reichlich Kalorien. Aber ich hatte nicht vor, meine wahre Verbindung zur Insel mit Ben zu teilen. Er würde einen Weg finden, die Menschen, die mir wichtig waren, als Druckmittel zu benutzen, um mich dazu zu bringen, zu tun, was auch immer Weston ihm aufgetragen hatte. Und wenn ich in die Stadt ginge, würde sich meine Familie in meine Angelegenheiten einmischen, besonders wenn Ben ihnen erzählte, dass ich deprimiert war.

»Ich brauche dich nicht, um mein Training zu managen«, knurrte ich.

Sein Blick huschte zum Tor, aber dann konzentrierte er sich wieder auf mich. »Okay, dann kommen wir zum Geschäftlichen. Ich habe gehört, du hast deinen Synergy-Aktienverkauf durchgezogen.«

Enttäuschung erdrückte die kleine Flamme, die in meinem Herzen aufgeflackert war. Das Essen, die Kerzen, die Blumen waren alles nur eine List. Nicht das, was ich mir zu hoffen gewagt hatte: einen romantischen Abend mit Ben. Er wollte über Synergy reden. In Ordnung. Ich setzte mich gerader hin. »Das habe ich. Obwohl dich das nichts angeht.«

»Mich nichts angeht?« Seine dichten Augenbrauen verschwanden unter den Locken, die ihm in die Stirn fielen. »Cooper, wenn du gehst —«

Ich stocherte in meinem Fisch. »Ich gehe nirgendwo hin.« *Noch nicht.* Falls doch, würde ich Ben eine andere Stelle bei Synergy suchen, damit er sein Studium beenden konnte.

»Ähm … ich habe da ein paar Sachen gehört. Im Büro.«

Als er nicht weitersprach, fragte ich: »Was hast du gehört?«

»Weston hat ein paar Ideen für das Unternehmen. Ideen für Kürzungen.«

Ich schnaubte. »Weston will immer irgendwas kürzen. Er ist ein Zahlenmensch.«

Ben legte seine Gabel ab. »Personalkürzungen. Und – und das Studiengebührenprogramm.«

»Lächerlich.« Ich lehnte mich in meinem Stuhl zurück. »Weston würde das nicht tun. Und selbst wenn er es wollte, würde ihn jemand davon abbringen.«

»Wer, Cooper?« Ben legte den Kopf schief. »Wer wird ihn davon abbringen? Der CFO? Jackson? Du bist nicht da, um es zu tun.«

Jacksons Name und die Erinnerung daran, dass ich meine Firma verlassen hatte, trafen meine Brust wie ein paar Schrotkugeln. Aber Weston hatte versprochen, dass er sich um die Dinge kümmern würde. »Weston will das Beste für die Firma. Ich vertraue ihm.«

»Tust du das? Denn er hat ein paar Sachen gesagt, die mir Sorgen gemacht haben.«

»Hat er?« Ich rieb die wunde Stelle auf meiner Brust. »Was?«

»Ich habe zufällig gehört, wie er dem Vorstandsvorsitzenden von deinem Aktienverkauf erzählt hat. Und dann davon, dass sich eine Gelegenheit bietet.«

Plötzlich, durch die Tatsache, dass Charles wusste, dass ich meine Aktien verkauft hatte, wirkte alles real. Jacksons Stiefvater Charles hatte uns immer unterstützt, also war es nur logisch, ihn in den Anfangstagen von Synergy zu bitten, Vorstandsvorsitzender zu werden. Und jetzt hatte ich meine Aktien verkauft, ohne ihn zu warnen. Die Reduzierung meines Anteils an Synergy war nicht länger ein Konzept, so leicht und durchsichtig wie die Inselbrise, sondern wurde zu einer greifbaren, schuldhaften Realität. Es fühlte sich an, als hätte ich einen Teil von mir verloren. Einen Teil meiner Seele.

Aber das war egoistisch von mir. Ben machte sich Sorgen um seinen Job und seine Ausbildung.

»Weston gehört seit der Hälfte ihres Bestehens zu Synergy. Er wird das Richtige für die Firma tun. Und für die Mitarbeiter.«

Bens Lippen verzogen sich, als ob er mir nicht abkaufte, was ich ihm da auftischte. »Der Vorstandsvorsitzende hat etwas von einer feindlichen Übernahme gesagt?«

»Ich bin sicher, Weston ergreift Maßnahmen, um das zu verhindern. Ihm liegt das Wohl der Firma am Herzen. Das verspreche ich.«

Bens Augen verengten sich für eine Sekunde, aber dann nickte er. »Okay. Wenn du das sagst.«

»Das tue ich.«

»Aber was ist mit Jackson?«

Meine Lunge setzte aus und zwang mich zu husten. Ich nahm einen großen Schluck Wasser. »Was ist mit Jackson?«, fragte ich mit knurrender Stimme durch meine zugeschnürte Kehle.

»Er ist dort allein, um sich Weston entgegenzustellen. Falls man sich Weston entgegenstellen muss.«

Da sah ich es. »Hat Jackson dich dazu angestiftet?« Typisch Jackson, jemanden an seiner statt zu schicken, um mich anzuflehen, wieder zur Arbeit zu kommen. Verdammter Jackson, der immer etwas von mir wollte, etwas von mir brauchte. Die Brocken an Freundschaft, die ich im Gegenzug bekam, reichten nicht mehr aus.

Außerdem hatte ich törichterweise gehofft, Ben wäre für mich hierhergekommen. Er war nur ein Werkzeug, das Jackson sich genommen hatte, ohne zu ahnen, dass es genau das richtige war, um mich zu brechen.

»Nein!« Der Sonnenuntergang blitzte in seinen Augen auf. »Ich bin hierhergekommen, weil ich mir Sorgen gemacht habe. Um dich.«

»Du brauchst dir verdammt noch mal keine Sorgen um mich zu machen. Mir geht's gut!« Ich hörte, dass meine Stimme lauter geworden war, aber ich schien über meinem eigenen Körper zu schweben, losgelöst von dem rotgesichtigen Arschloch, das den netten Mann anschrie, der ihm Abendessen gebracht hatte. Der nette Mann, dessen Gesicht von lächelnd zu versteinert gewechselt hatte.

Während der Stille, die sich zwischen uns ausbreitete, hörte ich ein Rascheln unten am Pool, und mein Bewusstsein schlug zurück in meinen Körper, schwimmend in der flüssigen Hitze, die ihn erfüllte. Wen zum Teufel hatte Ben mitgebracht? Wer sollte sonst noch an der Mitleidsparty teilnehmen? Ich stieß mich vom Tisch weg, die Beine meines Stuhls quietschten über die Terrassendielen, und stapfte zum Tor hinunter. Als ich es aufriss, huschte ein brauner Blitz an mir vorbei.

Ich wirbelte herum und sah einen Coconut Hound, der sich auf die Hinterbeine gestellt hatte und Ben das Gesicht leckte. Ein verdammter Hund. War es derselbe wie gestern Abend, der, den er mit seinem restlichen Steak gefüttert hatte? Oder hatte er eine ganze Kolonie von ihnen angelockt, während ich ein Nickerchen gemacht hatte? War ich für ihn nur ein weiterer streunender Hund, der Futter und Spaziergänge brauchte?

Bens Augen weiteten sich, als er den Ausdruck auf meinem Gesicht sah, einen Sekundenbruchteil bevor die Wut aus mir herausbrach.

Als ich näher trat, drehte sich der Hund um und knurrte, die Zähne zeigend.

»Ich bin für mich hierhergekommen. Weil ich es wollte. Es geht niemanden einen verdammten Dreck an, was ich tue.« Wie von Sinnen deutete ich auf den Pool, das Haus, den Strand. »Das ist kein verdammter Urlaub für irgendjemanden außer mir. Du bleibst nicht. Du fährst morgen nach Hause oder du bist gefeuert.« Ich starrte den Hund durch einen roten Schleier an. Er fletschte die Zähne und knurrte lauter. »Und du kannst aufhören, diesen verdammten wilden Hund zu füttern. Das ist kein Haustier. Er könnte dich beißen!« Ich schlug mit der Hand auf den Tisch, sodass das Geschirr aufsprang. Ein Wasserglas fiel mit einem Krachen um.

Ich erstarrte. Das war es, was diesen ganzen Schlamassel ausgelöst hatte. Mich von Jackson zu trennen, mich mit Alkohol zu betäuben und meiner Therapeutin mein Herz auszuschütten – nichts davon hatte irgendetwas in Ordnung gebracht.

Ben stand auf. Ich legte meine Hand über meine Augen, damit ich nicht sehen musste, wie er durch das Tor hinauslief. Meine Kehle war rau und eng, und selbst Schlucken verschaffte keine Linderung.

Eine federleichte Berührung landete auf meinem Arm, direkt unter meinem T-Shirt-Ärmel. »Ich – ich gehe nicht.«

Die Wut wich und ließ mich wackelig zurück, als wäre ihr Aufflackern das Einzige gewesen, was mich aufrecht gehalten hatte. Wider Willen lehnte ich mich in Bens Berührung. Er rieb meinen Arm, auf und ab, so wie er einen Hund streicheln würde.

Aber in diesem Moment war es mir egal. Es war mir egal, dass ich für ihn nur ein weiterer streunender Hund war, der Pflege und Zuneigung brauchte. Und dass er mich, wenn er die Insel verließ, genauso zurücklassen würde wie diesen verdammten Hund.

»Tut mir leid. Tut mir leid, dass ich geschrien habe«, murmelte ich. Es war bei Weitem nicht genug, aber es war alles, was mir einfiel. Wenn ich meinen Mund wieder aufmachte, würde ich vielleicht etwas sagen, was ich noch mehr bereuen würde. Ihn anflehen zu bleiben. Bei mir. Das konnte ich nicht wollen. Konnte ich nicht haben. Nicht einmal, als bei jeder seiner Berührungen Funken durch mich zuckten, so wie an jenem ersten Tag, und mein Herz in einen neuen Rhythmus schockten: *Ben-Ben, Ben-Ben.* Ich rieb mit der anderen Hand über meine Brust.

»Schon gut. Möchtest du Dessert oder lieber ins Bett gehen?«

Ich wusste, dass er nicht mit ihm meinte, aber mein Herz war bei Weitem nicht so klug. Es pochte, und Ben sah es wahrscheinlich durch mein Spandex-Shirt. »Ins Bett.«

»Okay.« Er strich noch einmal über meinen Arm, und als er aufhörte, fühlte sich mein Arm kalt an. »Ich räume hier draußen auf. Wir sehen uns morgen früh.«

»Okay«, murmelte ich, immer noch in seinem Bann.

Erst als ich hineingetreten war, wurde mir klar, dass er mir eine Falle gestellt hatte. Was zum Teufel sollten wir morgen früh machen?

Obwohl ich ein Nickerchen gemacht hatte, schleppten sich meine Füße. Ich brauchte mehr Schlaf. Das Letzte, was ich ihn sagen hörte, bevor ich meine Schlafzimmertür schloss, war: »Coco, wie wär's mit etwas leckerem Fisch?«

15

BEN

ALS ICH AM nächsten Morgen an Coopers Tür klopfte, die Reinigung in der einen Hand und ein Tablett mit Kaffee in der anderen, wusste ich, dass es zu früh war. Na ja, es hätte zu früh sein sollen. Aber ich wusste zwei Dinge: Mein Boss war ein Frühaufsteher – wenn er nicht betrunken war oder einen Kater hatte – und er brauchte Bewegung. Gestern Abend, als ich seinen Arm berührt hatte, hatte ich die überschüssige Energie praktisch durch ihn hindurchzischen gespürt.

Und tatsächlich, er öffnete die Tür. Ich hatte keine Ahnung, ob er schlafzerzaust oder wach aussah, denn ich konnte. Einfach. Nicht. Aufhören. Auf seine Brust zu starren. Seine nackte Brust. Muskulös, von seinen breiten, flachen Brustmuskeln bis hinunter zu seinem Sixpack. Ein tropischer Dschungel aus dunkelblonden Haaren auf seiner oberen Brust und weiter, weiter, weiter hinunter unter diese Sportshorts. Meine Finger zuckten bei dem Gedanken, über seine goldene Haut zu streichen, über das Muttermal auf seinem linken Brustmuskel, direkt über seiner Brustwarze. Diese gebräunte Brustwarze reckte sich mir entgegen, als ob ihr die Idee auch gefiel. Gott sei Dank umklammerte ich seine sauberen Anzüge in der einen und den Kaffee in der anderen Hand. Es wäre nicht angebracht, meinen fast nackten Boss anzufassen.

Er räusperte sich. »Was zum Teufel, Ben? Es ist kaum sieben.« Aber er nahm mir die schwere Reinigung ab und trat zur Seite, als ich vorwärtsging.

Ich stellte den Kaffee auf die Küchentheke und heftete meinen Blick auf die in Plastik gehüllten Kleider in seiner Hand. »Willst du die wegräumen und ein – ein Hemd anziehen? Du brauchst Bewegung, also dachte ich, wir könnten zusammen eine Runde laufen.« Ich verzog sorgfältig keine Miene. Ich hasste Laufen. Zu viele Erinnerungen an Runden auf der Highschool-Laufbahn, während Coach schrie: »*Beweg dich, Walters!*«

Nicht unähnlich dem Coach musterte Cooper mich von meinem *Guardians of the Galaxy*-T-Shirt bis zu meinen lila Converse. »In den Schuhen kannst du nicht laufen.«

»Das sind die einzigen Sportschuhe, die ich habe. Die gehen schon. Das sind Hallenschuhe.«

»Hallenschuhe«, spottete er. »Darin läufst du nicht. Wir gehen stattdessen spazieren.«

Spazierengehen klang viel schöner als Laufen. »Ein Spaziergang wäre toll. Ramón hat mir sogar gesagt, wir sollten in die Stadt laufen und uns Tías Garten ansehen. Was ist das? Das stand nicht auf dem Zettel, den sie mir mit den Unternehmungen gegeben haben.«

»Ramón«, knurrte er. Endlich nahm er mir die Reinigung ab. »Das ist einer dieser Orte nur für Einheimische.«

»Ooh! Nimmst du mich mit? Ich liebe es, Orte wie ein Einheimischer zu sehen.«

»Gib mir eine Minute.«

Es dauerte länger als eine Minute. Ich war schon bei der Hälfte meines Kaffees, als er aus dem Schlafzimmer kam, geduscht und rasiert, und das zweite Hemd und die Shorts trug, die ich ihm besorgt hatte. Das Hemd war weiß und mit sonnenbadenden grünen Eidechsen bedruckt. Ich hatte es süß gefunden, aber nach

Coopers donnerndem Gesichtsausdruck zu urteilen, fand er das nicht.

Ich hielt ihm seinen Kaffee hin und wich seinem glatten, nackten, gemeißelten Kiefer sorgfältig aus, der irgendwie noch sexier, noch berührbarer war als seine nackte Brust. »Bereit zu gehen, oder wolltest du zuerst etwas essen?«

»Lass uns gehen. Ich bin sicher, wir finden in der Stadt etwas zu essen.«

»Ooh, noch ein geheimer Ort für Einheimische?«

Cooper grunzte nur.

Es war gut, dass ich meinen Kaffee schon halb ausgetrunken hatte, denn einen vollen Becher hätte ich bei dem halben Joggingtempo verschüttet, das ich halten musste, um mit Coopers langen Schritten mitzuhalten. Wir nahmen den Muschelpfad zum Hauptgebäude des Resorts und einen gepflasterten Weg darum herum, bis wir den Wendehammer erreichten, der auf die Straße führte. Ich wusste, dass es nicht weit bis zur Stadt war, etwas mehr als eineinhalb Kilometer, aber ich war fast zu außer Atem, um zu reden. Und wir mussten reden.

»Können wir langsamer machen?«, keuchte ich.

Er blieb so plötzlich stehen, dass ich ihm fast in den Rücken gelaufen wäre. Er blickte hinter mich und sagte: »Wir werden verfolgt.«

Ich drehte mich um und entdeckte Coco, der etwa sechs Meter hinter uns im Gebüsch schlich. »Ist schon gut. Das ist nur Coco.«

Coopers schwere Augenbrauen hoben sich. »Coco? Du hast ihn benannt?«

»Er ist ein Junge, und natürlich habe ich ihm einen Namen gegeben.« Ich pfiff und Coco trabte auf uns zu. Die letzten paar Meter schlich er und kauerte sich hinter mich.

Cooper rümpfte die Nase. »Ist das … Kamille?«

»Das ist besser als das, wonach er vorher gerochen hat. Es ist nur das Shampoo, das in meinem Zimmer war. Ich habe die ganze Flasche für ihn aufgebraucht.« Ich bückte mich und wuschelte durch Cocos Fell.

»Er war in deinem Zimmer? Was ist mit Flöhen?« Coopers Lippe kräuselte sich.

»Er hatte eine Menge Flöhe, ja. Ein paar Zecken auch. Aber Ramón hat mir geholfen, ihm in einer der Außenduschen ein Flohbad zu geben. Das hat absolut widerlich gerochen, und deshalb habe ich ihn mit dem Kamillenshampoo gebadet. Den Föhn mochte er aber nicht, und ich konnte ihn nicht draußen schlafen lassen, als er noch nass war.« Ich schloss den Mund und wappnete mich für Coopers Wutausbruch darüber, dass ich nicht bleiben würde und dass es keinen Sinn ergab, mich mit einem streunenden Hund anzufreunden.

Aber das tat er nicht. Er sah mir nur eine Minute lang zu, wie ich Cocos gelbes Fell streichelte, bevor er sich umdrehte und seinen Marsch in Richtung Stadt fortsetzte.

»Guter Junge«, murmelte ich. Dann joggte ich, um meinen Boss einzuholen, Coco im Trab an meinen Fersen.

Die ersten Häuser, die wir sahen, waren klein, nicht größer als mein bescheidenes Zimmer im Resort, sahen aber robust aus und waren in Sorbetfarben gestrichen. So früh es auch war, ein paar Leute werkten in ihren Gärten und ernteten reife, rote Tomaten und goldene Kürbisse.

Ein kleiner Junge schoss aus einem türkis gestrichenen Haus und rammte in Coopers Beine. Seine dünnen Arme schlangen sich um Coopers Taille und er vergrub sein Gesicht in Coopers Hüfte. Eine schwangere Frau stieg langsam von der Veranda, schlenderte den Weg hinunter und drückte Cooper einen Kuss auf die Wange. An dem Spanisch, das sie auf Cooper abfeuerte, war nichts langsam. Alles, was ich verstand, waren die Worte für *bauen* und *Schule*.

Cooper murmelte eine Antwort auf Spanisch.

Die Frau stemmte die Hüfte in die Seite, musterte mich und stellte Cooper dann eine Frage. Er antwortete nicht, sondern griff nach unten, um das Kind sanft von seinen Beinen zu lösen. Dann deutete er mit dem Kinn in die Richtung, in die wir gegangen waren, und sagte etwas über den Garten, den wir besuchen wollten.

Nachdem Cooper dem Kind den Kopf getätschelt und die Frau auf die rechte Wange geküsst hatte, musterte sie mich noch einmal von oben bis unten. Sie gingen zum türkisfarbenen Haus zurück, ohne Coco auch nur eines Blickes zu würdigen. Cooper nahm seinen langbeinigen Schritt wieder auf.

»Wer war das?«, fragte ich, als ich aufgeholt hatte.

»Nur jemand, den ich kenne.«

»Du kennst sie?« Ich drehte mich um, um das türkisfarbene Haus erneut zu begutachten. »Woher? Arbeitet sie im Resort?«

»Du stellst eine Menge Fragen«, grummelte er.

»Das war keine Antwort.« Ich trat ihm in den Weg, sodass er anhalten musste, und verschränkte die Arme.

Er stieß einen frustrierten Seufzer aus. »Na schön. Sie ist eine Freundin der Familie. Sie wollten sich bei mir für eine Arbeit bedanken, die ich bei meinem letzten Aufenthalt hier in der Gemeinde geleistet habe.«

»Arbeit? So was wie ein Softwareprogramm?«

»Nein.« Er deutete mit dem Kinn auf etwas hinter mir. »Das da.«

Ich drehte mich um und sah ein kleines Stuckgebäude, das in einem fröhlichen Sonnenblumengelb gestrichen war. »Was ist das?«

»Eine Schule. Für die Kinder aus dem Dorf.«

»Du hast Geld dafür gespendet?«

»Ja.« Er setzte seinen Marsch in Richtung Stadt fort. »Und ich habe ihnen geholfen, sie zu bauen.«

Ich rümpfte die Nase. »So richtig, mit einem Hammer?« Bevor ich ihn auf der Insel gefunden hatte, hätte ich mir Cooper in nichts anderem als gestärkter Business-Freizeitkleidung vorstellen können, das Telefon ans Ohr gepresst. Ich tat mich schwer, ihn mir bei körperlicher Arbeit vorzustellen.

»Ich habe Fähigkeiten, weißt du. Ich war nicht immer ein COO. Ich hatte auch mal Sommerjobs.« Sein Kiefer spannte sich an, und ich wusste, dass ich ihn nicht nach diesen Sommerjobs fragen sollte.

Wir gingen die Straße weiter entlang, vorbei an der Schule, einem Lebensmittelgeschäft, einer Drogerie. Ein paar Männer hingen vor dem Tabakladen herum und redeten, ihre Rauchwolken zogen in den klaren, blauen Himmel.

Von der Hauptstraße zweigten Gassen ab, die zu weiteren Häusern führten. Cooper bog in eine ein, die von einem weiß gestrichenen Lattenzaun gesäumt war. Weinreben rankten darüber, ihre violetten Knospen entfalteten sich gerade im Morgensonnenschein. An anderen Stellen beugten sich hohe Blumen über den Zaun, ihre Blüten wiegten sich in der leichten Brise, als wollten sie uns einen guten Morgen wünschen. Sonnenblumen neigten sich zur Straße, ihre Köpfe zu schwer von Samen, um sich aufzurichten.

Auf der anderen Seite des Zauns benutzte eine kleine Frau mit einem Hut so groß wie ein Rad eine gefährlich scharfe Schere, um einen Sonnenblumenkopf abzuschneiden und ihn in ihren Korb fallen zu lassen. Sie erschrak bei dem Geräusch meines Turnschuhs auf dem Pflaster. »Lito?«

Ich sah zu Cooper auf, der … grinste. »Tía Camelia.«

Die Frau zog Cooper herunter, um seine Wange zu küssen, und sprach so schnell, dass mein Schulspanisch nicht mithalten konnte. Cooper versuchte nicht, sie zu unterbrechen. Ich verstand die Worte für *Besuch* und *zu lange* und *hungrig*. Mein Magen knurrte.

»¿Y él, quién es?«, fragte sie.

»Tía Camelia, das ist Ben, mein Assistent.«

Sie feuerte eine weitere Salve Spanisch ab, die Coopers Wangen erröten ließ.

»También es un amigo.«

Amigo. Das verstand ich. Er nannte mich seinen Freund? Auch meine Wangen wurden warm.

Schließlich sprach sie auf Englisch. »Kommt rein. Zum Frühstück.« Ohne eine Antwort abzuwarten, hob sie ihren Korb, drehte sich um und ging hinein.

»Also ist es nicht Tías Garten, der geheime Ort für Einheimische. Es ist der Garten *deiner* Tía.«

Das Grinsen verschwand von seinem Gesicht, und er war wieder mein kieferanspannender Boss. »So ist es. Erinnere mich daran, später ein Wörtchen mit Ramón zu reden.«

»Geht klar. Boss.«

Er verengte die Augen zu Schlitzen, erst auf mich gerichtet, dann auf Coco. Er hielt das Tor auf, um uns durchzulassen.

Wir mussten nicht in Camelias Haus gehen. Eine mit Weinreben bewachsene Pergola beschattete ihre hintere Veranda, auf der ein langer Holztisch mit bunt zusammengewürfelten Stühlen stand, jeder in einer anderen leuchtenden Farbe gestrichen. Ich nahm den lila Stuhl, und Cooper nahm den blauen, der zum Himmel und seinen Augen passte. Coco machte sich auf der untersten Stufe flach, ein Auge auf Cooper gerichtet und das andere auf seinen Fluchtweg.

Camelia hatte bereits frisches Brot, Mangoscheiben und einen Brei, den sie Mangú nannte, auf dem Tisch bereitgestellt. Die Kaffeetassen waren so bunt gemischt wie die Stühle, und sie goss Kaffee in eine Delfter Tasse, die so dünn war, dass ich fast hindurchsehen konnte. Sie reichte sie mir.

Als sie sich in einem orangefarbenen Stuhl uns gegenüber setzte, hob ich die Tasse an meine Lippen. Der kräftige Duft stieg mir in die Nase. Er war heiß und bitter-stark mit einer leichten Süße. Als ich daran nippte, weiteten sich meine Augen.

»Tía Camelia macht den besten Kaffee der Insel«, sagte Cooper und stellte seine eigene Tasse zurück auf die Untertasse.

»Den könntest du auch machen«, sagte sie und reichte den Brotkorb herüber. »Alfonso die Straße runter röstet die Bohnen. Er gibt dir so viele Tüten, wie du willst.«

Er winkte ab. »Ich hab's versucht. Aber wenn ich ihn bei mir zu Hause in Kalifornien mache, schmeckt er nicht so wie hier, mit deinen Blumen und der Meeresbrise.«

Als hätte er sie dafür bezahlt, wehte die Brise durch den Garten und zerzauste sein sonnengeküsstes Haar. Das wollte ich auch tun. Mit meinen Fingern durch diese weich aussehenden Wellen fahren. Seine Kopfhaut massieren und sehen, ob er die Augen schließen und die Empfindung genießen würde, so wie er es mit seinem Kaffee getan hatte.

Verdammt. Ich starrte in meine Tasse. Was war eigentlich in diesem Zeug, das mich denken ließ, ich könnte Cooper, meinen zugeknöpften Boss, einfach so anfassen? Ich nahm ein Stück frisch gebackenes Brot aus dem Korb, den Cooper mir reichte, und beschmierte es mit Butter und Marmelade. Ich hatte noch nichts gegessen, also war es nicht der Kaffee, sondern der niedrige Blutzucker, der mir diesen absolut unerwünschten Gedanken beschert hatte.

»Also, Ben, bist du Miguelitos Assistent oder sein Freund?« Sie hob die Augenbrauen und vertiefte die Falten auf ihrer Stirn. Jetzt, wo sie den Hut abgenommen hatte, konnte ich sehen, dass ihre tiefbraunen Augen klar und scharf waren.

Wow. Tía Camelia nahm kein Blatt vor den Mund. Und warum nannte sie ihn Miguelito? War das ein Spitzname? »Kein Freund. Ich mag ihn natürlich.« Ich stellte meinen Kaffee ab. Zu heiß. Überall. »Er ist ein großartiger Boss.« Ich wollte am liebsten unter den Tisch rutschen.

Tía Camelia verengte ihre Augen, erst auf mich, dann auf Cooper. »Und du magst ihn auch.«

Ich richtete mich auf und beobachtete ihn, als würde er gleich die Geheimnisse des Universums preisgeben. Aber er sah mich nicht an. Er starrte auf Coco auf der Verandastufe. »Ben ist sehr sympathisch. Und der beste Assistent, den ich je hatte.«

Meine Brust schwellte bei dem Kompliment. Dann erinnerte ich mich an die Reihe wirklich schrecklicher Aushilfen, die vor mir da gewesen waren. Der beste Assistent, den er je hatte, war keine hohe Messlatte. Und er hatte mich sympathisch genannt. Wie ein Konzept. Nicht, dass er mich tatsächlich mochte. Ich sackte in mich zusammen.

Tía Camelias Augen wurden zu Schlitzen. »Ben ist dir hierher gefolgt. Er macht sich Sorgen um dich.« Dann neigte sie den Kopf zu mir. »Und du bist immer noch hier.«

Schließlich landete ihr Blick auf Coopers Hemd mit Eidechsenaufdruck. Sie klatschte in die Hände. »Ich verstehe! Tendrás la boda aquí, ¿sí?«

Cooper schüttelte den Kopf, aber seine Lippen zuckten, als versuchte er, ein Lächeln zu unterdrücken. »Tía, du bist unverbesserlich.«

Ich wünschte, mein Schulspanisch wäre besser in meinem Kopf hängen geblieben. Vielleicht würde mir Tía Camelia ihren Witz später auf Englisch erzählen. Was war ›la boda‹?

»Miguelito, warum bist du hier auf der Insel? Wir haben dich erst im Juli erwartet.«

Ich beschäftigte mich damit, ein weiteres Stück Brot zu buttern.

Ich spürte Coopers Blick auf mir, bevor er leise sagte: »Ich hatte einen Vorfall bei der Arbeit. Ich wusste, dass ich eine Pause brauchte.«

Sie nickte. »Und wie lange dauert diese Pause?«

Ich erstarrte, das Stück Brot auf halbem Weg zum Mund.

»So lange, wie es dauert. Vielleicht lange. Vielleicht für immer.« Den letzten Teil murmelte er, aber ich hörte es.

Tía Camelia auch. »Man kann nicht vor seinen Problemen davonlaufen. Besonders nicht, wenn sie in einem selbst stecken.« Sie griff über den Tisch und ergriff seine Hand. »Aber genau hier musst du sein, um die Dinge zu klären. Umgeben von der Familia.« Sie hob beide Arme, als wäre sie in einer Gruppenumarmung.

Ich sah mich um und erwartete halb, eine Familie von Fallons um uns versammelt zu sehen. Aber da waren nur die summenden Bienen und die Blumen und die salzige Brise. Sie musste es metaphorisch gemeint haben. Es sei denn … sie zählte mich als Teil von Coopers Familie? Eine Wärme füllte meinen Bauch. Ich sorgte mich wirklich um ihn. Nicht, weil er meine Gehaltsschecks unterschrieb. Und nicht nur, weil ich seit meinem ersten Arbeitstag in ihn verknallt war. Er war ein guter Mann. Er half Menschen zu Hause in Kalifornien durch seine Stiftung, und er half Menschen in seinem geheimen Urlaubsversteck, indem er mit seinen verdammten *Händen* Schulen baute. Ich würde ihm helfen, seinen Scheiß zu klären, wenn ich könnte.

Cooper sagte nichts. Stattdessen starrte er auf seine Hände und rieb an dem Schorf auf seiner Handfläche, von als er den Schreibtisch zerbrochen hatte.

Coco knurrte, die Haare sträubten sich auf seinem Rücken. Er starrte durch das dichte Grün auf die Gasse dahinter.

»Was ist los, Coco?«

Ohne den Blick abzuwenden, knurrte er lauter. Ein Schuh schlurfte in der Gasse, und Schritte entfernten sich in Richtung Straße. Mit einem letzten Wuff schüttelte sich Coco und legte sich wieder auf die Stufe.

»Ich höre, Fremde haben Fragen gestellt.« Tía Camelia stand auf, die Kaffeekaraffe in der Hand.

»Das wäre nicht das erste Mal«, grummelte Cooper. »Und es wird nicht das letzte sein.«

»Trotzdem gefällt es mir nicht. Sei vorsichtig, Miguelito.«

»Ich bin immer vorsichtig.« Sie wechselten einen Blick, und mir gefiel weder die Art, wie sich sein Kiefer anspannte, noch die Art, wie sie sich sträubte. Wovor musste er in diesem Inselparadies vorsichtig sein?

Cooper griff nach Camelias leerem Teller und stapelte ihn auf seinen. »Fertig, Ben?«

Ich schob den letzten, köstlichen Bissen Brot in meinen Mund und reichte meinen Teller herüber. Ich stand auf, sammelte die Marmeladengläser und den leeren Brotkorb ein.

»Cariños, macht euch keine Sorgen. Ich räume auf«, sagte Camelia.

»Ich mach das«, sagte Cooper mit einem so energischen Blick, dass ich mich fast wieder hingesetzt hätte.

Ich schob das Kinn vor. »Ich helfe.«

Jahrelanges Aufräumen in der Küche meiner Eltern machte mich zu einem Meisterabwäscher, und Cooper überraschte mich als fähiger Abtrockner. Die Küche war winzig, aber alles hatte seinen Platz, und Cooper schien ihn so gut zu kennen, als ob er dort wohnte.

Unter dem Geklapper des Besteckschrubbens fragte ich: »Willst du darüber reden? Über die Arbeitspause?«

Er wischte eine Kaffeetasse aus. »Du warst da. Du hast es gesehen. Ich muss meinen … durcharbeiten.«

»Deinen Scheiß?«

Ein Mundwinkel zuckte nach oben. »Meinen Scheiß.«

»Bist du« – Gott, ich durchbrach diese professionelle Mauer wie der Kool-Aid-Mann – »redest du mit jemandem?«

Sein Lächeln verschwand, er rieb einen unsichtbaren Fleck von der Tasse. »Das tue ich.«

»Gut. Das ist gut.« Obwohl ich wünschte, er würde auch mit mir reden. Und dann erinnerte ich mich, worüber ich mit ihm reden musste. »Ich weiß, du hast gesagt, bei Synergy gäbe es nichts, worüber man sich Sorgen machen müsste. Aber ich mache mir Sorgen. Über Westons Plan. Darüber, dass du deine Anteile verkaufst. Über diese Pause, die du machst. Wirst du – wirst du Synergy endgültig verlassen?«

Er stellte die Tasse ab und beantwortete die Frage, die ich mich nicht zu stellen getraut hatte. »Ben, dir wird nichts passieren. Selbst wenn ich mich entscheide, von Synergy zurückzutreten, ist dein Job sicher. Ich verspreche es.«

Mein Magen entkrampfte sich ein wenig. Aber nicht ganz. Denn wenn Cooper *zurücktrat*, wollte ich dann einen sicheren Job bei Synergy haben? Sicher, die Bezahlung und die Sozialleistungen, besonders die Erstattung der Studiengebühren, waren großartig. Und ich mochte Marlee sehr. Ich hatte sogar geplant, mich auf eine andere Stelle zu bewerben, wenn ich meinen Abschluss hätte. Aber nach ein paar Tagen mit dem aufgeknöpften Cooper auf der Insel wusste ich, wenn Cooper nicht da wäre, wäre es nicht dasselbe. Es wäre … leer.

Ich steckte in Schwierigkeiten. So. Tief. In Schwierigkeiten. Mein Herz raste.

»Ben, ist alles in Ordnung?« Cooper legte seine Hand um meine Schulter. Ich erstarrte, das Besteck immer noch umklammert. »Du bist blass. Musst du dich hinsetzen?«

»Nein, mir geht's gut.« Meine Stimme war zu hoch, und ich räusperte mich. »Mir geht's gut.« Ich spülte das Besteck ab und legte es auf das Handtuch, damit Cooper es abtrocknen konnte. Ich zog den Stöpsel heraus und ließ das Wasser aus dem Waschbecken abfließen.

»Vielleicht brauchst du auch eine Pause. Du solltest – du solltest bleiben.«

Ich musste mich wirklich hinsetzen. Ich umklammerte den Rand des Spülbeckens. Atmete. Versuchte, es mit einem Witz abzutun. »Du hast gesagt, ich bin gefeuert, wenn ich bleibe, also bin ich wohl schon in der Gnadenfrist.«

Er drückte meine Schulter und ließ sie mit einem leisen Lachen los. »Du solltest inzwischen wissen, dass ich nicht immer meine, was ich sage.«

Mein Herz setzte aus, und die Worte purzelten aus mir heraus. »Also hast du es gerade nicht so gemeint? Dass ich bleiben soll?«

Seine blauen Augen wurden weicher. »Natürlich habe ich das. Du solltest den Urlaub genießen.«

Er machte keine Anstalten, das Besteck aufzuheben und abzutrocknen. Er starrte mich nur an, als meinte er mehr, als er gesagt hatte. Was war die Bedeutung hinter diesen undurchdringlichen blauen Augen? Meinte er, dass ich nach sechs Monaten, in denen ich mir für ihn den Arsch aufgerissen hatte, eine Pause brauchte? Oder dass er wollte, dass ich bleibe, weil er meine Gesellschaft genoss? Oder dass – ich schluckte an meinem plötzlich trockenen Hals vorbei – ich *ihn* genießen könnte, in dieser vorübergehenden Pause von der realen Welt?

»O-okay.«

»Gut.« Er nahm einen Löffel und rieb ihn trocken.

»Ah.« Tía Camelia stand in der Tür, die Hände in die Hüften

gestemmt. »Ich wusste, ihr würdet einen Weg finden, damit es klappt. Gemeinsam.« Sie deutete mit einer Hand auf ihre saubere Küche, als ob sie das gemeint hätte.

Ich verengte die Augen zu Schlitzen und sah sie an. Tía Camelias Unschuldsmiene täuschte niemanden.

Trotzdem sprach ich, als wir zum Resort zurückkamen, mit Maria an der Rezeption und verlängerte meinen Aufenthalt um eine Woche.

16

BEN

AM MORGEN, nachdem ich Coopers Tía Camelia kennengelernt hatte, tauchten Coco und ich früh bei ihm auf. Na und, wenn ich das jetzt zwei Tage hintereinander tat? Cooper war ein Frühaufsteher. Das bedeutete nicht unbedingt, dass ich meinen Tag damit beginnen wollte, sein Gesicht zu sehen ... und vielleicht wieder seine nackte Brust. Außerdem schien Coco begeistert von einem erneuten Besuch zu sein, trotz des mangelnden Enthusiasmus meines Chefs für meinen vierbeinigen Begleiter.

Außerdem verfolgte mich Marlees Anruf von letzter Nacht. Anscheinend waren, während ich Mangú verputzt hatte, Fremde im Sitzungssaal von Synergy zu einem Treffen mit Weston aufgetaucht. Fremde, die diesen schmierigen Gurusoft-Look hatten, zumindest laut Jackson und Marlee. Besuchten Unternehmensplünderer die Ziele ihrer feindlichen Übernahmen?

Ich musste mich mehr ins Zeug legen. Also brachte ich eine Tüte Gebäck mit, von dem Luis sagte, es sei Coopers Lieblingsgebäck. Ich konnte mir nicht vorstellen, dass Cooper etwas mit so vielen Kohlenhydraten aß, aber es roch so himmlisch, dass ich an seiner Stelle eine jahrelange Diät dafür brechen würde.

Ich klopfte an die Tür. Keine Reaktion.

Ich hämmerte lauter. Nur die Stille eines leeren Hauses antwortete mir.

Coco folgte mir um die Seite des Hauses zum hinteren Tor, und ich spähte hindurch. Keine einzige Welle kräuselte die Wasseroberfläche des Pools. Die Stühle waren alle leer.

War er abgereist? War Cooper nach Kalifornien zurückgeflogen? So sehr das auch mit dem übereinstimmte, was ich versuchte, ihn zu tun zu bewegen, durchfuhr mich ein Stich der Enttäuschung. Er würde doch nicht gehen, ohne es mir zu sagen, oder?

Das hatte er schon einmal getan.

Ich stapfte zum Strand und suchte ihn ab. Kein Cooper. Nur ein paar Jogger und eine Familie mit einem goldhaarigen Kleinkind, das in der Brandung spielte.

Ich ließ mich in den Sand fallen. Mit einem mitleidigen Winseln setzte sich Coco neben mich.

»Er ist mir nichts schuldig«, sagte ich.

Coco pfötelte an meinen Shorts.

»Er ist mir keine Rechenschaft schuldig. Das hat er bewiesen, indem er überhaupt hierhergekommen ist. Weston ist sein Boss, und das ist die einzige Person, der er eine Erklärung schuldig ist.«

Coco rückte ein wenig näher.

»Ja.« Ich konnte die Schwere in meinem Bauch nicht ignorieren. »Du hast recht. Ich rede Blödsinn. Ich wusste, dass ihm jemand wie ich egal sein würde.« Ich öffnete die Gebäcktüte und zog eines der klebrigen, kugelförmigen Teilchen heraus. Als ich es mir in den Mund schob und durch die frittierte Hülle biss, schmolz das lockere Innere auf meiner Zunge.

»O.M.G., Coco. Wo wart ihr Dinger mein ganzes Leben lang?« Ich biss in ein zweites und gab Coco die Hälfte. Er schlang es hinunter und leckte sich den Sirup von der Schnauze.

Das dritte gehörte ganz mir. »Ich schätze, wir können den ganzen Tag hier sitzen und uns die Bäuche vollschlagen. Obwohl die hier besser zu einer Tasse …«

»Kaffee?« Die Stimme hinter mir war schmerzlich vertraut und schroff amüsiert.

Ich rappelte mich auf und wirbelte herum, nur um Cooper zu sehen, wieder in seine enganliegende Sportkleidung gekleidet, der mit zwei Bechern zum Mitnehmen hinter mir stand.

»Oh, hey. Ich meine, guten Morgen.« Ich hielt meine Augen auf sein Gesicht gerichtet. Die Sonne schimmerte darauf und färbte seine Bartstoppeln golden. Und so unwiderstehlich ich seine Kieferpartie auch fand, das war nichts gegen die Muskeln, die sein Kompressionsshirt enthüllte. *Sieh. Nicht. Hin.* Ich würde direkt in den Sand schmelzen, wenn ich es täte.

»Ich war auf dem Weg … nach draußen … und dann dachte ich, du kämst vielleicht hierher.« Er räusperte sich. »Also habe ich dir einen Latte gekauft.« Er reichte ihn mir.

Ich nahm ihn an, ausnahmsweise sprachlos.

»Das ist doch, was du magst, oder? Mit Magermilch?«

»Woher wusstest du das? Ich bringe *dir* Kaffee. Das steht quasi in meiner Stellenbeschreibung.«

Er scharrte mit seinem High-Tech-Turnschuh im Sand. »Ich passe auf.«

»Oh, stimmt.« Natürlich. Eines der Geheimnisse von Cooper Fallons Erfolg war seine Liebe zum Detail. In diesem Moment mussten eine Million davon durch sein geniales Gehirn schwirren. »Danke.«

»Du hast, äh, etwas auf deinem Shirt.«

Ich sah an mir herunter. Mist, da war ein Spritzer Sirup auf meinem rechten Brustmuskel. Ich konnte nicht einmal meinen Frust wegessen, ohne wie ein Kleinkind auszusehen. Ich hielt ihm die Tüte hin. »Die habe ich für dich geholt.«

»Für mich.« Seine Lippen zuckten, als wollte er lächeln. Er nahm die Tüte und spähte hinein. »Buñuelos! Das sind meine Lieb—« Er hielt inne, als er zu mir aufblickte, und sein Blick wurde fiebrig, wie immer, wenn ich ihn im Büro »Mr. Fallon« nannte. »Du hast etwas Miel – etwas Sirup – auf deiner Lippe.«

Als ich mir über den Mundwinkel leckte und dort die Süße

fand, schoss mir Hitze ins Gesicht. Das kam nicht nur von der Sonne, die am Himmel aufstieg. Ein Teil davon kam von den blauen Laserstrahlen seiner Augen, die der Bahn meiner Zunge folgten.

Ich presste meine Lippen zwischen die Zähne. Wenn ich nichts sagte, nichts aß oder trank, könnte ich vielleicht meine Würde retten.

Er räusperte sich. »Ich muss wohin. Du solltest heute das Spa hier ausprobieren. Oder am Pool entspannen.« Er nickte in Richtung des Resorts.

Ich kniff die Augen zusammen. Schon wieder das? »Du wirst mich mit deiner Verlockung einer Hot-Stone-Massage nicht los. Ich gehe dorthin, wohin du gehst. Bis du nach Hause gehst.«

Er sah nicht wütend aus. Er sah fast ... erfreut aus? Obwohl sein Blick sich ein wenig kühlte. »Na gut, dann. Komm mit.« Ohne auf meine Antwort zu warten, drehte er sich um und ging zurück zum Resort.

ALS WIR DIE BAUSTELLE ERREICHTEN, waren die Buñuelos weg, und ich hatte Seitenstechen von Coopers flottem Tempo.

Das Gebäude stand auf einer gerodeten Fläche, um die herum Pick-up-Trucks kreuz und quer geparkt waren. Es war in diese Plastikfolie eingewickelt, die ich an Anbauten in der Nachbarschaft meiner Eltern gesehen hatte. Das Dach war nacktes Sperrholz. Ein paar mutige Seelen in orangefarbenen Schutzhelmen standen auf dem Dach, und eine Maschine am Boden hob Materialien zu ihnen hoch. Gott, es war wie meine liebste Village-People-Fantasie, die zum Leben erwachte.

»Was bauen die da?«, fragte ich.

»Das wird das neue Gemeindezentrum. Der Hurrikan hat das alte beschädigt.« Cooper stemmte eine Hand in die Hüfte und schirmte seine Augen mit der anderen ab, um zum Dach hinaufzuspähen.

»¡Oye!«, rief Cooper den Männern auf dem Dach zu. Auf Spanisch fragte er etwas über Metall.

Die Jungs nickten, und einer von ihnen rief etwas als Antwort zurück und zeigte auf die Materialien, die langsam zu ihnen aufstiegen.

Cooper schritt zur nächsten Leiter und war schon ein Viertel des Weges nach oben, bevor ich begriff, was geschah, und an seine Seite eilte. Coco folgte mir und bellte, was das Zeug hielt. Er war vielleicht genauso besorgt wie ich, oder er dachte, Cooper zu jagen, sei ein lustiges Spiel.

Die Jungs auf dem Dach schüttelten die Köpfe, und der Typ, der mit Cooper gesprochen hatte, wedelte mit den Handflächen in einem klaren Signal, nicht hochzukommen. Ein Mann mit Jeans und einem weißen Schutzhelm erreichte die Leiter zur gleichen Zeit wie ich.

»¡Lito, no!«

Cooper hielt an und blickte nach unten. Er stieß eine Tirade auf Spanisch aus und wedelte zum Dach hinauf. Der Typ mit dem weißen Helm stemmte die Hände in die Hüften, schüttelte den Kopf und antwortete. Im Spanischunterricht in der Highschool hatte ich keine Vokabeln zum Thema Bauen gelernt, aber ich verstand das Wort *peligroso* – gefährlich. Dem stimmte ich zu.

Der Typ tippte auf seinen Helm und zeigte auf Coopers Hände. Cooper verdrehte die Augen und deutete dann auf den Hut des Mannes. Dieser schüttelte den Kopf, sein Ausdruck war ernst, bis auf das Zucken in seinem Mundwinkel.

Der Mann im weißen Helm, anscheinend ein Vorarbeiter, rief einem anderen Mann am Boden etwas zu, der ein Paar Arbeitshandschuhe und ein paar Metallkellen brachte. Mit einem tiefen Seufzen stapfte Cooper die Sprossen der Leiter wieder hinunter, bis er neben mir stand. Widerwillig nahm er die Kellen und die Handschuhe. Der Vorarbeiter rührte sich nicht, bis Cooper die Handschuhe anzog und sie in einer »Zufrieden?«-Geste schwenkte.

Er musterte Cooper mit zusammengekniffenen Augen und

wies ihn dann zur Seite des Gebäudes, wo ein paar Männer Metallgitter über das Plastik nagelten. Dann drehte er sich um und ging weg.

»Worum ging es da?«, fragte ich.

Cooper starrte zu den Männern auf dem Dach hoch, als wünschte er, er hätte Flügel. »Ich war derjenige, der das Metalldach empfohlen hat. Es ist widerstandsfähiger gegen starke Winde. Und ich wollte helfen, es zu installieren. Aber« – seine Wangen röteten sich – »der Vorarbeiter lässt mich nicht. Er sagt, er hat keine freien Schutzhelme, und mein Gehirn und meine Hände seien zu wertvoll, um einen Sturz zu riskieren. Herrgott noch mal! Ich habe auf dem Bau gearbeitet, als er noch das ABC lernte!«

»Hey, hey.« Ich rieb seinen Bizeps. »Das ist keine Kritik an deinen Fähigkeiten. Aber hier am Boden bist du wertvoller. Jeder Depp kann ein Dach decken. Du bist der Einzige, der Synergy leiten und weiterhin Schecks ausstellen kann, um den Wiederaufbau hier zu unterstützen.«

Er widersprach nicht. Dennoch starrte er die Dachdecker eindringlich an, als sie ein dunkles Material auf dem Dach ausrollten und es mit Nagelpistolen befestigten.

»Hast du wirklich auf dem Bau gearbeitet?«

»Ja. Als ich in der Highschool war. Sogar davor. Mein Vater –« Er schauderte und sah auf meine Hand, die immer noch auf seinem Ärmel ruhte.

Ich zuckte zurück, als hätte er mich verbrannt. Ich hatte die Nicht-Anfassen-Regel vergessen.

»Schon gut«, sagte er. »Bring diesen Hund unter die Bäume dort. Ich will nicht, dass er im Weg ist. Und pass auf, wo du hintrittst. Dachpappennägel sind eine Bitch, wenn man keine Arbeitsstiefel trägt.«

»Ich kann helfen«, protestierte ich. Schwach. Ich war der Sohn eines Anwalts und einer Lehrerin. Wenn zu Hause etwas repariert werden musste, heuerten sie einen Handwerker an. Ich hatte in meiner kurzen Karriere bei den Wölflingen nicht einmal ein Vogelhaus gebaut. Ich verließ die Gruppe, nachdem ich bei unserem ersten Zeltlager eine Spinne so groß wie meine Hand in meinem Schlafsack gefunden hatte.

»Du kannst helfen, indem du diesen Hund aus dem Weg hältst. Und sieh zu, dass du genug trinkst. Ich trage dich nicht zurück.«

Er stapfte zur Seite des Gebäudes davon, lud eine Kelle mit einer schlammartigen Substanz auf und schmierte sie über das Gitter, als hätte es seine Mutter beleidigt.

Und ich? Ich tat, was er mir aufgetragen hatte. Ich saß mit Coco im Schatten. Nun, und ich brachte den anderen Jungs Wasserflaschen aus der Kühlbox, als die Sonne hoch am Himmel stand. Und wenn mein Blick Coopers modellierte Muskeln nicht verließ, während er sich bückte und den schweren Mörtel hob, während seine Arme über die Seite des neuen Gemeindezentrums strichen, während er sich hockte, um die Metallstange zu schaben, die die Oberfläche des Verputzes glättete, wer könnte es mir verdenken?

17

COOPER

ICH SCHUFTETE AM GEMEINDEZENTRUM, bis meine Muskeln schmerzten und die Truppe eine Kühlbox voller Feierabendbiere herausholte.

Ich konnte die bittere Kühle, die meinen Rachen betäubte, praktisch schmecken. Aber ich dankte den Jungs und ging mit der Ausrede, ich bräuchte eine heiße Dusche.

Oder besser eine kalte Dusche. Ich hatte den ganzen Tag Bens Blick wie eine Liebkosung auf mir gespürt und mich praktisch gegen die klebrige Seite des Gebäudes gepresst, um die Beule in meinen Basketballshorts zu verbergen.

Ich schickte ihn mit der Bitte um etwas Erfrischendes zur Hotelbar. Was auch immer er mitbringen würde, wäre sicher enttäuschend alkoholfrei, aber es würde mir Zeit geben, mich zu sammeln und mich daran zu erinnern, dass Ben immer noch mein Assistent war und nicht jemand, den ich kosten wollte.

Doch als ich zum Haus zurückkehrte, war es nicht leer. Jemand war auf meiner Terrasse. Ein großer Jemand.

Ich ließ die Schultern kreisen, schloss dann das hintere Tor auf und trat hindurch. »Die Sicherheitsvorkehrungen sind hier beschissen.«

Jamila wirbelte von der Stelle herum, an der sie die rankende Bougainvillea betrachtet hatte, und ihr weißer Rock flatterte um ihre braunen Oberschenkel. Ein breites Grinsen erschien auf ihrem Gesicht.

»Du hast recht. Alles, was es brauchte, war ein bisschen hiervon« – sie demonstrierte es mit einem hüftschwingenden Gang auf mich zu – »und einmal das hier« – sie zwinkerte mir zu – »und schon war ich auf deinem Gelände. Mit Mittagessen.« Sie deutete auf das Gedeck auf dem Terrassentisch. Zwei Teller für ein Tête-à-Tête. »Oder vielleicht ist es Abendessen. Nachdem ich den ganzen Tag gereist bin, habe ich keine Ahnung, wie spät es ist.«

Ich zuckte zusammen. Sie machte sich Sorgen um mich. Ich wusste nur zu gut, was eine Geschäftsführerin alles verschieben musste, um einen Tag von ihrem Unternehmen fernzubleiben. »Mila, das hättest du nicht tun müssen …«

»Verdammt nochmal, ob ich das musste. Als wir das letzte Mal gesprochen haben, warst du auf dem Weg nach Boston. Mein Freund Cooper macht in den fünfzehn Jahren, in denen ich ihn kenne, genau null Mal unvorhergesehenen Urlaub. Ich muss überprüfen, ob du nicht von Körperfressern entführt worden bist. Was ist etwas, das nur der echte Cooper wissen würde?«

Ich schnaubte. »Du hast ein Tattoo mit einer gelben Rose auf der Innenseite deines …«

»Okay, schon gut. Obwohl überraschend viele Leute von diesem Tattoo wissen.«

»Überraschend?«, fragte ich und zog die Augenbrauen hoch. »Sagt die Frau, die bei unserem ersten Treffen in Unterwäsche in meinem Wohnheimzimmer saß?«

»Ich wusste damals nicht, dass Jackson Karten zählen konnte.«

Jackson. Mein Gesichtsausdruck muss etwas von der Trostlosigkeit gezeigt haben, die mein Inneres verdüstert hatte, denn sie machte auf dem Pfad der Erinnerungen eine Kehrtwende.

»Sag mir, dass du dich nicht freust, mich zu sehen.«

Ich küsste sie auf die Wange, und ihr vertrauter Jasminduft stieg mir in die Nase. »Natürlich freue ich mich. Aber ich habe dir doch geschrieben, mir geht es gut.«

»Gut?«, fragte sie und ihre Brauen schnellten in die Höhe. »Ich vermute, dir geht es alles andere als gut. Und jetzt. Setz deinen Hintern hin und erzähl deiner besten Freundin Mila alles darüber.«

Ich warf einen Blick zum Tor. Ben würde jeden Moment mit Getränken und diesem flirtenden Lächeln von ihm auftauchen. Und Jamila würde alles sehen. Ich musste ihr nicht noch mehr Munition für die Standpauke liefern, die mir in meiner unmittelbaren Zukunft bevorstand.

»Normalerweise würde ich …«

»Normalerweise? Was ist los? Du trinkst doch nicht wieder?« Sie beschnupperte mich, rümpfte die Nase und schüttelte dann den Kopf. »Ein Geheimnis also.« Sie tippte sich auf die Lippen, die mit tiefviolettem Lippenstift nachgezeichnet waren. »Eine heimliche Affäre! Wo ist sie? Oder er? Oder sie?«

Ich ignorierte ihre hochgezogenen Augenbrauen. »Ich meinte nur, ich hätte eine kleine Vorwarnung gebrauchen können. Eine Vorplanung.«

»Wofür denn? Du weißt, dass du meinetwegen nicht aufräumen musst.« Unter ihrem Flirt, unter der Weichheit des texanischen Akzents, der wie Honig an ihr klebte und den kalifornischen Akzent, den sie angenommen hatte, überlagerte, beobachtete sie mich mit diesen dunklen Augen. Sie musterte mich. Katalogisierte. Bewertete, wie sie es mit einem fehlerhaften Code-Schnipsel tun würde.

»Lass mich schnell frisch machen. Ich stinke.« Ich würde Ben an der Vordertür abfangen und ihn wegschicken. Er würde verletzt sein, aber das wäre besser, als eine Stunde unter Jamilas prüfendem Blick zu sitzen.

»Cooper?« Zu spät.

Jamila spähte um mich herum zum Gartentor. »Na, was haben wir denn hier?«, murmelte sie.

»Benimm dich«, warnte ich sie, bevor ich mich umdrehte und zum Tor schritt, um Ben hereinzulassen. Er hielt einen Krug in der einen und einen Stapel Plastikbecher in der anderen Hand.

Ich öffnete das Tor. »Jamila Jallow ist überraschend zu Besuch gekommen. Wenn Sie nicht bleiben wollen …«

»Natürlich will er bleiben.« Jamila stand direkt hinter mir. »Ben. Wir haben uns schon einmal in Coopers Büro getroffen.«

Betonte sie *Coopers Büro* ein wenig stärker als nötig? Und warf sie mir einen Blick aus diesen großen, dunklen Augen zu? Oder bildete ich mir das nur ein?

»Richtig«, sagte Ben. »Sie machen dort auch keine Termine aus.«

Jamilas Augen blitzten für einen Moment auf, dann warf sie den Kopf zurück und lachte. »Außerhalb des Büros sind Sie also nicht so penibel, was?« Sie streckte ihre Hand aus. »Schön, Sie wiederzusehen.«

Ben, der immer noch am offenen Tor verharrte, klemmte sich die Becher unter den Arm und schüttelte ihre Hand. »Hatten Sie einen guten Flug?«

Verdammt, taten wir das jetzt wirklich? So tun, als wäre es völlig normal, dass ich in einem karibischen Resort *mit meinem Assistenten* war? Ich zupfte mein Kompressionsshirt von meiner klebrigen Haut. Das war ein Fehler. Der Geruch von Schweiß und Limette stieg mir in die Nase.

Jamila musterte Ben von dem rosa Sonnenbrand auf seiner Nase bis zu seinen staubigen Converse. Dann schoss ihr Blick zu meinen verputzten Trainingsklamotten. Gott allein wusste, wofür sie die krustigen weißen Flecken hielt. Ein Lächeln kräuselte ihre lila Lippen. »Hungrig, Ben?«

»N–Ich–Bin ich? Hungrig?« Er blinzelte mich an.

Ich schloss die Augen und seufzte durch die Nase. »Kommen Sie rein, Ben. Trinken wir wenigstens etwas.« Ich beäugte das fruchtige Gebräu in dem Krug. Ich hätte den Lieblingsrosenkranz meiner Mutter verwettet – den, den Papst Johannes Paul II. selbst berührt hatte –, dass er keinen einzigen Tropfen Alkohol enthielt.

Aber Ben war nicht der Erste, der durch das Tor kam. Dieser Hund, der ihm überallhin folgte, schlich tief geduckt hindurch, direkt auf Jamila zu.

»Und wen haben wir hier?« Sie ging anmutig in die Hocke, wie eine herabsegelnde Feder, und hielt ihre Hand hin. Der Hund beschnupperte sie und stieß dann seinen Kopf dagegen, auf der Suche nach ihrer Liebkosung. Jamila kraulte sein Kinn und hinter seinen Ohren, bevor er sich auf den Rücken warf, damit sie seinen Bauch kraulen konnte.

»Ich nenne ihn Coco«, sagte Ben.

»Coco«, säuselte Jamila. Der Hund wedelte mit dem Schwanz.

Während Jamila den Hund mit Aufmerksamkeit überschüttete, nahm ich Ben den Krug ab und zog ihn ein paar Meter beiseite. »Tut mir leid, ich – sie bleibt normalerweise nicht lange.« Warum entschuldigte ich mich bei Ben? Jamila war meine Freundin und hatte mehr Recht, hier zu sein, als er. Trotzdem sagte ich: »Sie können gehen, wann immer Sie möchten.«

Er senkte den Kopf. »Möchten Sie, dass ich gehe?«

Wollte ich das? Jamila hatte bereits mehr gesehen und gefolgert, als mir lieb war. Wahrscheinlich mehr, als da war. Es konnte nicht schlimmer werden, wenn er blieb. Und sobald er weg war, würde Jamila eine Befragung starten, für die ich nicht bereit war. »Das liegt bei Ihnen.« Ich verschränkte einen Arm, den, der den Krug nicht hielt, vor der Brust.

»Sie hat hier in Ihrem Haus ein Zimmer, nicht wahr?«

Er hatte das rüschenüberladene Gästezimmer gesehen. »Manchmal übernachtet meine Mutter dort, aber meistens gehört es Jamila.«

»Hat–« Er presste die Lippen zusammen und schüttelte den Kopf. »Ich bleibe. Auf einen Drink. Ich bin durstig.« Und er reckte sein Kinn vor. Aus irgendeinem Grund wollte ich es zwischen meine Finger nehmen und seine Lippen auf meine ziehen. Aber das konnte ich nicht. Nicht vor Jamila. Verdammt!

Ich konnte Ben nicht küssen, egal, wer sonst da war. Er war mein Assistent. Tabu.

Er strich an mir vorbei, und dieses beiläufige Gleiten seines nackten Unterarms an meinem entzündete ein Feuer in mir. Ich rieb darüber, und als ich aufblickte, beobachtete Jamila mich mit einem wissenden Lächeln im Gesicht. Hatte ich gesagt, es könnte nicht schlimmer werden? Ich hatte mich geirrt.

»Cooper«, sagte Ben, »könnten Sie mir bitte den Krug reichen?«

»Richtig. Entschuldigung.« Ich trottete zum Tisch und stellte ihn ab.

Ben entfernte die Folie von der Öffnung und goss den Inhalt in die Becher, die er aus dem Eiskübel gefüllt hatte. Er reichte Jamila einen, mir einen anderen und hob seinen eigenen. »Auf Überraschungsbesuche.«

»Auf Freunde, alte und neue«, erwiderte sie.

Ich konnte sie nicht ansehen. Stattdessen stürzte ich das übersüße Getränk hinunter. Ich fuhr mir mit der Zunge über den klebrigen Film, den es auf meinen Zähnen hinterließ. »Was ist das?«

»Guaven-Punsch. Lecker, nicht wahr?« Ben leckte einen Tropfen von seinem Mundwinkel, und ich musste wegschauen, bevor ich zu sehr darüber nachdachte, wie Guaven-Punsch auf seiner Haut schmecken würde.

Jamila nahm einen vorsichtigen zweiten Schluck. »Vielleicht kann ich ihn mit etwas Tee verdünnen. Obwohl ich glaube, dass er für dich immer noch zu süß wäre, Coop.«

Ich spürte, wie Ben in sich zusammensackte, obwohl er mir gegenüber am Tisch saß. »Er ist in Ordnung.« Ich nahm noch einen Schluck und versuchte, nicht das Gesicht zu verziehen. Die Kopfschmerzen und die Übelkeit vom Zucker würden später kommen, aber ich konnte die Fassade für eine Stunde oder so aufrechterhalten.

»Ich weiß nicht, wie es euch beiden geht, aber ich bin ausgehungert. Ihr könnt euch nicht vorstellen, zu welch unchristlicher

Zeit ich Kalifornien verlassen musste.« Sie holte irgendwo von dem überladenen Tisch einen Teller hervor und stellte ihn vor Ben. Dann füllte sie ihren eigenen Teller mit Obst und einem Gebäckstück. »Seid ihr nicht hungrig?«

»Ich nicht. Cooper, was ist mit Ihnen? Sie haben den ganzen Tag mit kaum einer Pause gearbeitet.« Ben nippte an seinem Getränk.

»Nein.« Ich wusste nicht, was ich mit meinen Händen anfangen sollte, also nahm ich ein Stück Käse von der Platte.

»Was habt ihr denn so auf der Insel getrieben?« Jamila schaufelte Obst auf einen Teller und reichte ihn Ben.

Ich antwortete für ihn. »Ach, du weißt schon. Schirmchen-Drinks am Strand. Steel-Drum-Unterricht. Line-Dance mit den anderen Touristen.«

Jamila ignorierte meine flapsige Bemerkung. »Wie geht es mit dem Gemeindezentrum voran?«

»Gut.« Ich zupfte an einem Putzfleck auf meinen Shorts.

»Er hat sich hier in die Arbeit gestürzt, genau wie er es im Büro tun würde, nicht wahr?« Jamila tippte mit ihren kurzen, lackierten Fingernägeln auf den Tisch.

»Äh – ich schätze?« Zwei rote Flecken blühten auf Bens Wangenknochen. Er nahm eine Bananenscheibe von seinem Teller und warf sie Coco zu, der sie ganz verschluckte.

Im Büro und auf der Insel beschützte Ben mich. Er dachte, er täte mir einen Gefallen, indem er Jamila nicht erzählte, was für ein Häufchen Elend ich eine Woche lang auf der Insel gewesen war. Er war so freundlich. So fürsorglich. Selbst nachdem ich vor zwei Nächten wieder fast die Kontrolle verloren hatte, war er zurückgekommen. Das hatte er mit dem Hund Coco gemeinsam.

Jamila kannte meine Bewältigungsmechanismen zu gut, um sich täuschen zu lassen. Sie legte den Kopf schief und sah mich an.

»Nicht die ersten paar Tage«, gab ich zu. »Aber Ben hat mich überzeugt, meinen Kopf aus dem Arsch zu ziehen. Du weißt, ich brauche immer etwas zu tun. Und hier gibt es genug Bauprojekte, um mich eine Weile zu beschäftigen.«

Sie bestrich ein Brötchen mit Butter. »Oder« – sie zog das Wort in die Länge – »du könntest dich entspannen, etwas Zeit am Strand verbringen. Du musst den Leuten nicht immer deinen Wert beweisen.«

Ich schnaubte. Dr. Pradhi sagte mir das mindestens einmal im Monat. »Muss ich das nicht?«

Jamila legte das Brötchen weg und ergriff meine Hand. »Nein. Musst du nicht. Die Leute kümmern sich um dich.« Ihre tiefbraunen Augen waren unnachgiebig. »Ich kümmere mich um dich. Und Ben auch.« Das Drücken ihrer Hand garantierte, dass sie noch mehr zu sagen hatte, wenn wir allein waren.

Ich blickte zu Ben und erstarrte. Seine helleren braunen Augen waren nicht unnachgiebig wie Jamilas, aber der Ausdruck in ihnen machte mir noch mehr Angst. Sie waren sanft, beruhigend und voller köstlicher Versprechen. Ein Angebot, das ich verzweifelt annehmen wollte. Aber ich konnte nicht.

»Ben ist hierhergekommen, um nach mir zu sehen. Genauso wie du. Ich wünschte, ihr würdet alle glauben, dass es mir gut geht. Ich kann auf mich selbst aufpassen. Ich brauchte nur eine Pause.« Und weil mir nichts Besseres einfiel, was ich mit meinen Händen tun sollte, nahm ich noch einen Schluck von dem Punsch. Ich verzog das Gesicht.

»Wir hätten dir eher geglaubt, dass es dir gut geht, wenn du dein verdammtes Telefon angemacht und mit uns geredet hättest.« Jamilas Lippen pressten sich zu einer dünnen, lila Linie zusammen.

Der ganze Schlamassel begann, als ich mit Jackson sprach. Ich hatte ihn angebrüllt. Dasselbe hatte ich erst neulich Abend mit Ben getan. Ich konnte mir nicht zutrauen, die Menschen, die mir wichtig waren, nicht zu verletzen. Damals nicht. Vielleicht niemals.

»Möchten Sie meine Nummer?«, fragte Ben. »Ich bleibe ein paar Tage und würde Sie wissen lassen, dass es ihm gut geht.«

Das Knurren brach unwillkürlich aus mir hervor. »Was sind Sie, mein verdammter Babysitter?«

Mit einem kühlen Blick auf mich reichte Ben sein Handy an Jamila, die sich als Kontakt hinzufügte und dann ihr eigenes Telefon anrief, um Bens Nummer zu bekommen.

Ich kippte meinen Guaven-Punsch in den Hibiskus-Topf hinter mir und füllte das Glas mit Wasser aus dem anderen Krug wieder auf. Die eiskalte Flüssigkeit erstickte die aufkeimende Wut in meiner Brust.

»Ich glaube, ich gehe jetzt. Lasse euch beide ein wenig aufholen.« Ben stand auf, und etwas zog sich in meinem Bauch zusammen. *Noch nicht.*

Ich hätte ihn gehen lassen sollen. Ihn direkt aus meinem Leben gehen lassen. Aber meine verräterischen Knie drückten mich auf die Füße.

»Ich begleite Sie zum Tor. Es klemmt manchmal.« Eine Lüge. Luis' Personal sorgte dafür, dass das Tor niemals klemmte.

Wir schlenderten schweigend zum Tor, der Hund trottete an Bens Fersen. Als wir es erreichten, legte ich meine Hand auf das Metall. Meine Stimme klang mürrisch und schroff. »Sie könnten später vorbeikommen. Zum Abendessen. Wenn Sie wollen.«

»Sie bleibt nicht?« Er warf einen Blick zur Terrasse und zu Jamila.

»Nein. Sie kam nur, um nach mir zu sehen.«

»Das war nett von ihr. Aber wirklich, werfen Sie sie meinetwegen nicht raus. Ich habe noch etwas zu erledigen. Für die Uni. Ich habe ein paar Tage freigenommen und muss das jetzt nachholen.«

»Bringen Sie es mit?« Warum konnte ich ihn nicht einfach gehen lassen, ihm einen Abend für sich gönnen? Die Versuchung vermeiden?

Weil er mir hierher gefolgt war. Sich um mich gekümmert hatte. Mich nicht wie das Monster behandelt hatte, das ich war. Und weil ich ihn wollte. Ihn brauchte. Auch wenn mich das zu einem Tier machte.

Eine kleine Falte bildete sich zwischen seinen Augenbrauen. »Okay. Sehen wir uns gegen neun?«

»Acht. Ich werde sie früh wegschicken.«

Ein winziges Lächeln. »Bis dann.«

Er schlenderte zurück zum Resort, Coco trottete ihm auf den Fersen.

Als ich zum Tisch zurückkehrte, hatte Jamila ihren Teller weggeschoben. »Also, wie geht es dir wirklich?«

»Besser.« Meine Brust fühlte sich nicht mehr ständig eng an, und in der vergangenen Nacht hatte ich fast acht Stunden durchgeschlafen.

»Gut. Du weißt, wir machen uns alle Sorgen um dich. Besonders Jay.«

Mein Mund wurde schmal. »Und doch bist du diejenige, die gekommen ist, um nach mir zu sehen.«

»Ich habe kein Baby zu Hause und eine Frau, die versucht, ihr Geschäft über Wasser zu halten. Jay hat neue Verantwortungen. Daran wirst du dich gewöhnen müssen, weißt du.« Ihre Stimme war so sanft wie die ferne Brandung.

»Das weiß ich nicht.« Ich versuchte, durch die Enge zu atmen, die mit voller Wucht zurück war. »Weston hat gesagt, Jay überlegt, auszusteigen.«

Sie legte den Kopf schief. »Weston hat das gesagt? Nicht Jay?«

»Das brauchte er verdammt noch mal nicht zu sagen«, knurrte ich. »Er steht mit einem Fuß schon draußen, seit er geheiratet hat.«

Jamila sprach noch langsamer als sonst und tastete sich durch mein emotionales Minenfeld. »Ich weiß, seine Heirat letzten Herbst war für dich schwer zu akzeptieren, bei den Gefühlen, die du für ihn hast.«

»Hatte. Ich … nicht mehr.«

»Bist du dir da sicher?«

»Natürlich bin ich das! Er hat verdammt noch mal eine Familie. Ich würde niemals …« Ich versuchte zu schlucken, aber meine

Kehle war wie ausgedörrt. Ich nahm einen großen Schluck aus meinem Wasserglas.

»Ich weiß, Schatz. Ich weiß. Aber.« Sie nahm sich Zeit, ihre Serviette neben ihren Teller zu falten. »Ich dachte, als du ihn angeschrien hast, vielleicht bedeutet das …«

»Es bedeutet, dass ich meinen besten Freund vermisse.«

Ihre Augen wurden feucht. »Coop, er …«

»Nein. Sie ist jetzt seine beste Freundin. Er ist weitergezogen. Er ist zuerst Ehemann und Vater. Und das ist – das ist so, wie es sein sollte.« Ich stand auf und ging zum Rand des Pools, um wieder zu Atem zu kommen.

»Und du denkst, deine Anteile zu verkaufen, wird dir helfen, dich besser zu fühlen?« Sie strich mir über die Mitte des Rückens und starrte mit mir in die blauen Tiefen des Wassers.

»Ich weiß nicht. Ich habe den Verkauf getätigt, als ich betrunken war. Es fühlte sich nicht schrecklich an, als er durchging.« Es fühlte sich nach gar nichts an. Ben hatte wahrscheinlich recht mit meiner Depression.

»Wenn du noch mehr verkaufen willst, solltest du es ihm zuerst sagen. Ihr hattet doch diese Abmachung.«

Ich trat außer ihre Reichweite. »Ich – ich kann nicht. Nicht mit ihm reden.« Jedes Mal, wenn ich es tat, verwandelte sich das Eis in mir in Feuer. Als ich vor fast zwei Wochen auf den Schreibtisch geschlagen hatte, hätte ich ihn am liebsten geschlagen, direkt in den Solarplexus, damit er genauso leiden würde wie ich.

»Hast du in letzter Zeit mit Dr. Pradhi gesprochen?«

»Ja. Anfang dieser Woche.«

»Okay. Ich bin sicher, sie hat gesagt, dass du tun musst, was für dich richtig ist. Für deine psychische Gesundheit. Wenn das bedeutet, dich von Jackson und Synergy auf irische Art zu verabschieden, dann sei es so.«

Ich ließ meinen Blick zum Strand und zum Ozean hinter meinem eingezäunten Pool schweifen. Könnte ich auf der Insel bleiben? Meine Verantwortungen in Kalifornien hinter mir lassen?

Die Arbeit am Gemeindezentrum fühlte sich gut an. Erfüllend. Und es gab noch viel mehr zu tun.

Könnte ich Mamá überzeugen, zurückzuziehen? So weit weg von meinem Vater wäre sie sicherer. Sie würde ihre Freunde in der Kirche und im Seniorenzentrum vermissen, aber auf der Insel hatte sie Familie.

Ich sog einen tiefen Atemzug der salzigen Luft ein. Ließ ihn wieder los. Wäre Jamila nicht da gewesen, wäre ich durch das Tor auf den Sand gegangen und hätte meine Zehen darin vergraben. Die Insel fühlte sich immer wie ein Zuhause an, beruhigte mich, gab mir Sicherheit, umarmte mich auf eine Weise, wie es mein Elternhaus nie getan hatte, und auf eine Weise, die ich in Kalifornien in der großen, kalten Villa in Pacific Heights niemals nachbilden konnte.

»Obwohl dieser Ben …« Jamila warf mir einen verschmitzten Blick zu. »Es wäre eine Schande, sich von ihm zu verabschieden.«

Mein Kopf drehte sich, und für einen Moment fielen mir keine Worte ein.

»Dachte ich mir. Ein kleiner Insel-Flirt könnte dir guttun. Dich über diesen ganzen Mist mit Jay hinwegbringen. Dich weiterziehen lassen.«

Ich schnaubte. »Ein Flirt mit meinem Assistenten? Das wäre eine furchtbare Idee. Ich müsste mir selbst eine Abmahnung schreiben.«

»Gütiger Gott, Cooper. Jeder vögelt im Urlaub. Verdammt, du und ich …«

Ich unterbrach sie mit einem scharfen Kopfschütteln. »Der COO vögelt nicht seinen Assistenten.«

»Was, wenn Ben den heißen Typen vögeln will, von dem er die Augen nicht lassen kann und der zufällig sein Boss ist, wenn sie einen ganzen Kontinent voneinander entfernt sind? Solange es einvernehmlich ist, sehe ich da kein Problem.«

»Wenn ich also am Ende des Jahres seine Leistungsbeurteilung schreibe, bewerte ich dann, wie gut er fickt, zusätzlich zu seinen anderen Aufgaben?« Aber es war nicht nur ein Flirt mit meinem

Assistenten, gegen den ich protestierte. Es war ein Flirt mit Ben. Ben, Retter von Kindern und Tieren. Ben, mit seinen sanften braunen Augen und seiner noch sanfteren Haut. Ben, der den ganzen Weg auf diese winzige Insel gekommen war, um sich um mich zu kümmern. Ben verdiente so viel mehr als einen Flirt. So viel mehr als mich.

Sie stemmte die Fäuste in die Hüften. »Ihr seid beide erwachsen. Ich denke, das könnt ihr klären. Offensichtlich müsst ihr das aus euren Systemen bekommen.«

»Nein, muss ich nicht. Ich habe sechs Monate damit umzugehen gewusst, und ...«

»Sechs Monate? Du meinst, seit er bei Synergy angefangen hat?«

Ich zuckte zusammen. »Ja?«

»Oh, Schatz.« Sie legte ihre Hand auf meinen Arm, und es kribbelte nicht so, wie es gekribbelt hatte, als Ben es gestern Abend getan hatte. »Das musst du klären. Außerdem ...«

Ich biss an, Hoffnung flackerte in meinem Bauch auf. »Außerdem?«

»Wenn du nicht zurückgehst, wird er nicht mehr dein Assistent sein.«

Heilige Scheiße.

18

COOPER

ES WAREN SEINE HANDGELENKE. Ihre zarte Biegung über der Tastatur seines Laptops, während er tippte und ein paar Meter von mir entfernt auf der Polstergarnitur saß. Die Knochen und Sehnen, die sich unter der Haut bewegten, als seine Finger über die Tasten flogen. Das war der Teil von ihm, den ich am liebsten berühren, erforschen wollte.

Nach seinen Lippen, natürlich.

Wie schon ein Dutzend Mal zuvor spannte er sich an und drehte den Kopf zu mir, da er irgendwie spürte, dass ich ihn anstarrte. Er saß aufrecht da, die Füße auf dem Boden, den Laptop auf den Knien, ganz der Geschäftsmann. Sein Gesichtsausdruck sagte: *Warum versuchst du, mich von meiner Arbeit abzulenken?*

Oder vielleicht: *Hör auf, mich so anzuglotzen, du Spanner.* Ich war sein Chef und musste aufhören, die Handgelenke meines Angestellten anzustarren.

Ich lümmelte halb ausgestreckt in der Ecke der Polstergarnitur, meine Beine in seine Richtung gestreckt. Meine nackten Füße baumelten über die Sitzfläche. Ich vergrub meine Nase in meinem zerlesenen Taschenbuch und tat so, als würde ich den Thriller lesen. Als ich die Seite umblätterte, löste sie sich vom Buchrücken. Bücher hielten der karibischen Luftfeuchtigkeit nicht gut stand, besonders nicht die, die ich so oft gelesen hatte wie dieses hier. Ich strich die Seite wieder glatt und warf dann, ohne den Kopf zu bewegen, einen Seitenblick auf Ben.

Er beobachtete mich immer noch. »Gutes Buch?«

»Ja, das hier liebe ich. Verwickelt.«

Warum zum Teufel hatte ich »verwickelt« gesagt? Denn jetzt konnte ich nur noch an die Locke in der Mitte von Bens Stirn denken, die ich mir um meinen Finger wickeln wollte. Ich war noch nie so froh über die Luftfeuchtigkeit der Insel gewesen. Sie hatte Bens Haarpflege-Routine gründlich zunichtegemacht und seine Locken sprangen am Ende des Tages frei und locker hervor.

Er fuhr sich mit einer Hand durchs Haar, aber die eine Locke vorne fiel ihm wieder in die Stirn. Ich ballte meine Hand zur Faust, um nicht danach zu greifen. Ich durfte ihn nicht berühren. Ich war sein Chef. Was Jamila darüber gesagt hatte, dass wir auf der Insel zusammenbleiben sollten, war ein Traum. Er mochte mich, aber nicht auf diese Weise.

Ich strich die Seite glatt und tat so, als würde ich lesen. »Kommst du gut voran?«

»Ja, ich bin fast fertig mit dem Entwurf dieser Arbeit für meinen BWL-Kurs.«

BWL? Ben wirkte nicht wie der Wirtschaftstyp. Er war ein fantastischer Assistent, aber er schien sich nie für das Innenleben von Synergy zu interessieren. Ich hätte gedacht, er studiert etwas, das mehr auf Menschen ausgerichtet ist. »Ist das dein Hauptfach?«

Seine Wangenknochen färbten sich rosa, und er tippte ein paar Mal auf die Tastatur, bevor er den Laptop auf den Couchtisch legte und sich zu mir umdrehte, ein Knie auf dem Sitzpolster angewinkelt. »Ich studiere BWL. Wegen der Berufsaussichten.« Er starrte auf seine Knie.

»Wegen der Berufsaussichten?«, wiederholte ich. »Das ist ein großartiges Feld. Aber es ist nicht das, was du liebst, oder?«

Er blickte nicht auf. »Nicht wirklich.«

Ich beugte mich zu ihm. »Was, Ben? Was liebst du?«

Ich sah zu, wie er schluckte, sein Adamsapfel auf und ab hüpfte. »Ich liebe es … mit Kindern zu arbeiten. Ich möchte ihnen helfen. Ich werde das nie so machen können wie du, mit deiner Stiftung und deinen Programmen und so. Aber vielleicht habe ich mal ein bisschen Geld übrig, das ich spenden kann. Und Zeit, um ehrenamtlich zu arbeiten. Ich arbeite am Wochenende im Obdachlosenheim, aber …« Er schüttelte den Kopf. »Ich arbeite gerne mit einzelnen Kindern. Kinder, die in Schwierigkeiten stecken, so wie ich damals.« Er presste die Lippen fest aufeinander, als hätte er das nicht sagen wollen.

»Du warst in Schwierigkeiten?« Ich konnte mir den coolen, zugeknöpften, stylishen Ben einfach nicht in Schwierigkeiten vorstellen. Dann erinnerte ich mich an meine eigenen jugendlichen Probleme, die blauen Augen, die ich meinen Lehrern hatte erklären müssen, die blauen Flecken, die ich während des Sportunterrichts versteckt hatte, indem ich mich in der Toilettenkabine umzog. Hitze stieg in meiner Brust auf. Niemand hatte Ben so wehgetan, oder? Mein Herz schlug schneller und meine Hand ballte sich zu einer Faust.

»Ich –« Er stieß ein nervöses Lachen aus. »Meine Schwester sagt, ich trage mein Herz außerhalb meines Körpers, wo es jeder verletzen kann. Und im ersten Jahr am College habe ich zugelassen, dass mich jemand – mein damaliger Freund – verletzt hat. Emotional«, beeilte er sich zu sagen und legte seine Hand auf meine Faust.

Die Berührung kühlte mein Blut und schickte es zurück in mein Herz, wo es das wütende Pochen verlangsamte. Ich lockerte meine Finger unter seinen.

»Ich habe alle meine Kurse verhauen und dann war es mir zu peinlich – ich war zu kaputt –, um nach Hause zu gehen und es meinen Eltern zu sagen. Also habe ich eine Weile bei Freunden auf der Couch geschlafen, aber dann bin ich auf der Straße gelandet. Und ich – Scheiße, warum erzähle ich dir das?«

Ich drehte meine Hand um und umklammerte seine. »Ich will es hören, Ben. Wenn es dir nichts ausmacht, es mir zu erzählen.«

Er starrte auf unsere verbundenen Hände. Verdammt, ich hielt die Hand meines Assistenten. Ich löste meinen Griff, aber er verstärkte seinen.

»Ich habe Ärger bekommen. Mit der Polizei. Aber anstatt mich ins Gefängnis zu schicken, hat mich der Richter in ein Programm geschickt. Sie haben mich dort wohnen lassen und sie – nun ja, der Leiter, ein Mann namens Victor – haben mir geholfen, wieder auf die Beine zu kommen. Mir einen Job in einem Diner besorgt. Ohne ihn wüsste ich nicht, was aus mir geworden wäre. Ich meine« – er sah zu mir auf, seine Augen groß – »ich habe tolle Eltern. Sie unterstützen mich. Sie wollten, dass ich nach Hause komme. Aber ich – ich konnte es nicht. Nicht damals. Jedenfalls wünschte ich, ich könnte wie Victor sein. Und anderen Kindern helfen, die in Schwierigkeiten geraten sind und eine helfende Hand brauchen.«

»Das ist –« Ich starrte auf unsere verbundenen Hände, seine blassere, kleinere in meiner. »Das ist –« Mein Gehirn steckte im Leerlauf fest. Ich hatte jedes Wort gehört, aber sein Griff machte alles langsam. Einfach. Friedlich.

»Das ist wunderschön.« Ich meinte alles, was er mir erzählt hatte. Und mehr. Das Lampenlicht, das in seinen dunklen Locken schimmerte. Der Ernst in diesen goldbraunen Augen, die jede meiner Sorgen aufnahmen und verdampfen ließen. Alles, was ich tun wollte, war, Ben mit meinen Händen, mit meinem Blick fest-zuhalten, für immer.

Aber ich durfte nicht. Er war so viel mehr, als ich gewusst hatte. Widerstandsfähig. Stark. Zu stark, als dass ich ihn verletzen könnte? Nein. Mein zertrümmerter Schreibtisch war der Beweis.

Außerdem war er immer noch mein Angestellter.

Ich riss meine Hand aus seiner. »Ich – ich gehe schwimmen.«

Ich schritt hinaus auf die Terrasse und atmete ein paar Mal die klebrige Luft ein. Der Pool sah kühl und einladend aus.

Verdammt, ich war ohne Badesachen hier rausgekommen.

Meine waren im Haus. Aber ich konnte nicht an Ben vorbeigehen. Ich würde der Versuchung niemals widerstehen, ihn in die Arme zu nehmen und ihn nach Strich und Faden zu küssen.

»Scheiß drauf«, murmelte ich. Ich trat aus dem Lichtkegel des Hauses und zog mein Shirt und meine Shorts aus. Nur mit Boxershorts bekleidet sprang ich kopfüber in den Pool und blieb so lange wie möglich unter Wasser. Der Druck des Wassers, die Kühle auf meiner Haut, sogar das Brennen in meinen Lungen erdeten mich. Erinnerten mich daran, dass ich Cooper Fallon war und niemandes Liebe verdiente. Schon gar nicht die von Ben. Jesus Christus, er wollte mit gefährdeten Kindern arbeiten. Sogar dieser verdammte Hund wusste, dass Ben sanft und gut war, nicht gefährlich wie ich.

Schließlich zwang mich der Druck in meiner Lunge an die Oberfläche. Keuchend schüttelte ich das Wasser aus meinen Augen und drehte mich, um auf dem Rücken zu treiben. Ich blickte zum Mond hinauf, weiß und gelassen. Genauso musste ich sein. Kalt. Hart. Vom Leben durch Tausende von Meilen und die Leere des Weltraums getrennt.

»Stört es dich, wenn ich mitkomme?«

Ich rollte mich zusammen und wirbelte zu Ben herum, der am Beckenrand stand.

»Was?« Ich schüttelte Wasser aus meinem Ohr.

Er fingerte am Saum seines Poloshirts. »Stört es dich, wenn ich mit in den Pool komme?«

»Aber du bist nicht –« Ich deutete auf sein Shirt und seine Shorts. »Du hast keine Badesachen an.«

Ein Mundwinkel zuckte nach oben. »Du auch nicht.«

Scheiße, ich war hier draußen in meiner Unterwäsche. Ich nahm an, diese Situation könnte unter die Ausnahmen der Kleiderordnung fallen, die Synergy für Poolpartys hatte. Ich hätte es bei fast jedem anderen Mitarbeiter übersehen. Außer bei mir selbst. »Ich – ich glaube nicht –«

»Denk nicht«, sagte er. Er zog sein Shirt aus, und ich konnte nicht anders. Ich starrte. Auf das dunkle Haar, das über seine

Brust verteilt war, die Blässe der Haut, die sein Shirt bedeckt hatte, und die dunklere Haut an seinen Armen, wo die karibische Sonne sie geküsst hatte.

Dann wanderten seine Finger zum Knopf seiner Shorts, und ich drehte mich weg, um am Zaun vorbei auf das Meer hinauszuschauen. Ich atmete aus, als ich das Platschen hörte, mit dem er ins Wasser eintauchte.

Plötzlich schien der Pool zu klein. Ich schwamm im Bruststil ins tiefe Ende, wo es eine untergetauchte Sitzbank gab, und ließ mich darauf nieder. Ich umklammerte den Rand. Nichts würde mich von diesem Platz wegbewegen. Nicht, bis Ben ging.

Er paddelte auf mich zu, hielt aber an, wo der Boden abzufallen begann. »Habe ich dich da drinnen unangenehm berührt?« Er neigte seinen Kopf in Richtung Haus.

»Nein.« Das Einzige, was unangenehm gewesen war, war der Druck in meinen Shorts gewesen. Aber wie sah es aus, dass ich gegangen war, direkt nachdem er diese sehr persönlichen Informationen mit mir geteilt hatte? Jesus, ich hatte mich wie ein Arschloch benommen. Ich fuhr mir mit einer kühlen, nassen Hand über das Gesicht. »Danke, dass du deine Geschichte mit mir geteilt hast. Ich finde es gut, dass du dich wohl genug fühlst, um mit mir zu reden.«

Seine Schultern sackten in sich zusammen, und er paddelte von mir weg zu den Stufen im flachen Ende. Er setzte sich auf eine der unteren, sodass der größte Teil seines Körpers unter Wasser war.

»Ich dachte, wir reden. Ich dachte, vielleicht würdest du mit mir reden.« Die Worte waren über die Länge des Pools kaum hörbar.

Mein Magen zog sich zusammen. »Ich – Ben, ich –« Scheiße. Das konnte ich nicht über den Pool hinweg schreien.

Ich schwamm auf ihn zu und blieb ein paar Meter von den Stufen entfernt stehen. Nein, es war immer noch falsch. Ich schob mich durch das Wasser und setzte mich auf das andere Ende seiner Stufe. Eine Luftmatratze hätte zwischen uns gepasst.

»Ich war bewegt von dem, was du gesagt hast. Meine Teenagerjahre waren nicht die besten. Ich wünschte, ich hätte einen Victor gehabt, zu dem ich hätte gehen können.« Nicht, dass ich es getan hätte. Fallons baten nicht um Hilfe. Sie kämpften, bis sie ertranken – oder schwimmen lernten.

Ben rutschte näher. »Wirklich?«

Ich riss meinen Blick von ihm los und starrte über den Zaun auf das Meer. Hier auf der Insel erodierten die Zeit und die Gezeiten meine Probleme immer. Und ich wollte ihn hier nicht heraufbeschwören. Mein Vater hatte keinen Platz in diesem wunderschönen Refugium. »Wenn es dir nichts ausmacht, würde ich lieber nicht darüber reden.«

»Okay. Aber falls du jemals darüber reden willst …«

Das würde ich nicht. Aber ich nickte einmal.

Eine kühle, nasse Hand landete auf meiner Schulter, und das erschreckte mich genug, dass ich ihn ansah. Ben war nah, zu nah, seine braunen Augen dunkel und diese vollen Lippen verführerisch. Ich sehnte mich danach, einen Finger auszustrecken und sie zu berühren. Aber ich durfte nicht. Ich –

»Scheiß drauf«, murmelte Ben.

Als er sich über die Distanz beugte, die uns trennte, schwappten Wellen zwischen unseren nackten Oberkörpern. Ich war auf sie fixiert. Sie hatten seine Haut berührt, und jetzt berührten sie meine. Wo hörte er auf und wo fing ich an? Das Wasser hatte unsere Barrieren weggespült. Meine Barrieren. Sein Blick brannte sich in meinen, und ich war verloren.

Nach einem winzigen Zögern strichen seine Lippen über meine.

Dieses Gleiten seiner Lippen war alles, was ich mir vorgestellt hatte, und mehr. Seine Haut war weich und roch nach dem nach Honig duftenden Lippenbalsam, den er in seiner Schreibtischschublade aufbewahrte. Sein warmer Atem streifte meine Wange. Ich hielt die Augen offen – ich muss auf instinktiver Ebene gewusst haben, dass ich kein einziges Detail dieses Erlebnisses verpassen durfte, weil es nie, niemals wieder geschehen konnte –

aber seine dunklen Wimpern flatterten auf seine Wangenknochen hinab. So nah roch ich sein Aftershave, und es ließ mich an faule Morgen denken, an Sonnenlicht, das durchs Bett strömte, an die Spitze seines Hüftknochens, die gerade über dem zerknitterten Laken sichtbar war.

Ich musste ein Geräusch gemacht haben, denn er erstarrte. Ich blieb auch regungslos, in der Hoffnung, den Zauber nicht zu brechen, wenn ich mich nicht bewegte.

Er blieb dort, seine Lippen nur einen Zentimeter von meinen entfernt, für drei meiner unregelmäßigen Atemzüge. Die Wellen streichelten meine Brust, als er sich anspannte und sich bereit machte, sich zurückzuziehen.

Das konnte ich nicht zulassen. Jetzt, wo ich ihn gekostet hatte, brauchte ich mehr. Wie dieser verdammte Hund, der unter dem Terrassentisch lag, wusste ich, sobald ich Bens fürsorgliche Freundlichkeit gespürt hatte, dass ich ihn besser nicht aus den Augen lassen sollte.

Ich hatte es die letzten vier Tage tun wollen – zur Hölle, seit er in der sechsten Etage meines Gebäudes aufgetaucht war – also vergrub ich meine Hand in seinem Haar, um ihn festzuhalten, während ich meine Lippen auf seine presste.

Unser zweiter Kuss war nicht federleicht wie der erste. Nein, dieser war meiner, und er trug mein Bedürfnis, mein Verlangen, sogar meine kaum unterdrückte Gewalt gegenüber jedem, der Ben jemals verletzt hatte. Ich stieß meine Zunge gegen die Naht seiner Lippen, bis er sich öffnete. Ich nahm und plünderte alles. Ich verschlang die Abendstoppeln um seinen Mund. Ich rieb meine Zunge an seinen scharfen Zähnen. Ich ballte meine Hand in seinen Locken und zerrte daran.

Ben zog sich nicht zurück. Stattdessen sackte er gegen mich, seine nackte Brust glitt über meine Haut. Er begegnete jedem Angriff auf seinen Mund mit einer leichten Gegenoffensive, ließ seine Zunge über meine gleiten, knabberte an meiner Unterlippe und legte seine Handfläche auf die Mitte meiner Brust, nicht um mich wegzustoßen, sondern als ob er spüren müsste, wie mein Herz für ihn raste.

Schließlich, wie ich wusste, dass er es tun würde – wie er es zu seiner eigenen Erhaltung tun sollte –, zog er sich zurück und stieß schwere Atemzüge in mein Ohr aus. »Gott. Verdammt.«

Ich zappelte und versuchte, mich aufzurichten, aber als er meinen Kiefer küsste, erstarrte ich.

»Du bist so heiß«, murmelte er, »und wild.« Seine Lippen sanken zu meinem Hals hinab, und Schauer jagten mir eine Gänsehaut über die Haut.

Ich ließ sein Haar los und krallte meine Finger in die Poolstufe.

»Nein, nein.« Er leckte an meinem Ohrläppchen und saugte daran. Die Empfindung fuhr mir direkt in die Eier und zog sie fest zusammen. »Zieh wieder an meinen Haaren. Das hat mir gefallen.«

Ich hob meine zitternden Hände zu seinem Haar und strich durch die Locken. »Ich – ich sollte nicht.«

»Solltest du nicht?«, hauchte er in mein Ohr.

Mein Schwanz wurde zu Stahl.

»Solltest du nicht – anstatt immer nur das Richtige zu tun – einfach mal das tun, was sich gut anfühlt?« Er schmiegte sich an meinen Hals und saugte sanft an der Pulsader.

Ich konnte nicht anders. Ich krallte meine Finger in sein Haar. Sein Mund auf mir, das Gewicht seines Körpers auf meinem, fühlte sich so verdammt gut an. Ich verlor die Kontrolle, und es war unglaublich.

Sein Atem stockte, als ich meinen Griff verstärkte, und er rutschte auf meinen Schoß, seine Hüfte streifte nur die Spitze meines Schwanzes in meinen Shorts. Ein verzweifeltes Verlangen ergriff mich, und meine Finger zogen ihn bereits zur Seite, damit ich unsere Positionen tauschen konnte, damit ich die Kontrolle haben konnte, damit ich ihn genauso gut fühlen lassen konnte, wie er mich fühlen ließ.

Dann sog ich die Luft ein, und der Sauerstoff erreichte endlich mein Gehirn und erinnerte mich daran, dass Ben mein Assistent war und ich nicht mit ihm herummachen sollte. Nicht einmal im Urlaub.

»Cooper?« Seine Stimme klang genauso benebelt wie ich mich eine Sekunde zuvor gefühlt hatte.

»Wir müssen aufhören.«

»Du solltest aufhören zu denken. Fühl einfach.« Er schwankte auf mich zu.

»Das kann ich nicht.« So sanft wie möglich schob ich ihn zur Seite und rutschte ein paar Meter auf der Stufe weg. Ich stützte meine Ellbogen auf meine Knie und rieb mir das Gesicht. »Ich muss –«

»Das verarbeiten?« Seine Stimme streichelte meine gespannten Nerven.

Mit den Händen immer noch vor dem Gesicht schüttelte ich den Kopf. »Ich muss die Personalabteilung anrufen.«

»Das wirst du ganz sicher nicht.«

Hatte Ben jemals zuvor zu mir geflucht? »Natürlich muss ich das. Ich habe gerade meinen Assistenten geküsst.«

»Nein. Du hast mich geküsst. Ben.« Er berührte meine Hand.

Schauer jagten durch mich. Ich war nur ein Haar breit davon entfernt, ihn wieder zu küssen. Und das durfte ich nicht. Aus mehr Gründen, als ich ihm sagen konnte. Ich musste dem ein Ende setzen.

Ich hob mein Gesicht, um ihn anzusehen, und warf ihm meinen härtesten Blick zu. »Das ist ein Verhaltensmuster, für das ich diszipliniert werden sollte.«

»Ein Muster?« Er rümpfte die Nase.

Ich hielt meine Stimme diamanthart wie die Sterne, die über uns glitzerten. »Hat Marlee dir erzählt, dass ich sie letztes Jahr geküsst habe?«

Das war der Tag, an dem ich begriffen hatte, dass Jackson nicht mehr meiner war. Er und ich waren auf seiner jährlichen Halloween-Party betrunken, jener, die sich von allen anderen unterschied, weil er sie mit Alicia veranstaltet hatte, nicht mit mir.

Und dann hatte er mir gesagt, dass er seinen ungeborenen Fötus mehr liebte als mich.

Als Marlee mir den Rücken gerieben und versucht hatte, mich aufzuheitern, hatte ich ihr gutmütiges Herz ausgenutzt und versucht, mir den Trost zu holen, den ich von ihr brauchte.

Ich war ein verdammtes Arschloch.

Und hier tat ich es wieder.

Bens Gesicht wurde komisch schlaff. Ich hätte gelacht, wenn ich nicht in einer Teergrube meines Selbsthasses ertrunken wäre.

»Ich bin ein Raubtier, Ben. Ich werde morgen die Personalabteilung anrufen. Sie werden auch eine Aussage von dir brauchen.«

Sein üppiger Mund wurde schmal und hart. »Ich werde meine Aussage persönlich machen, wenn wir wieder im Büro sind.«

»Gut. Du kannst morgen früh abreisen.« Ich stand auf, und das Wasser strömte von mir herab. Ich musste mir keine Sorgen darüber machen, wie ich in meiner klebenden Unterwäsche aussah. Mein Schwanz war schlaff geworden, ganz im Gegensatz zu meinem Herzen.

Ben stand ebenfalls auf. »Ich verlasse diese Insel nicht ohne Sie, Mr. Fallon.«

Habe ich gesagt, ich sei weich geworden? Denn sobald das Wort *Mr.* seine Lippen verließ, versteifte ich mich. Ich platschte aus dem Pool und hielt ihm den Rücken zu. »Ich gehe nicht zurück. Ich – ich kann nicht. Ich werde der Personalabteilung eine Erklärung per E-Mail schicken. Der Jet wird morgen um acht Uhr morgens bereit sein, dich zurückzubringen.«

»Ist das wegen Jackson?« Seine Stimme brach beim Namen meines Freundes.

»Das ist es.« Synergy wäre ohne meinen besten Freund nicht dasselbe. Was war der Sinn all des Reichtums, den ich angehäuft hatte, wenn ich es hasste, jeden Tag zur Arbeit zu gehen? »Ich werde sicherstellen, dass dein Job sicher ist.« *Und dass du vor mir sicher bist.*

»Schön.« Seine Stimme vibrierte vor Wut. Ich hörte sein geflüstertes »Fick dich, Cooper Fallon«, kurz bevor seine Füße auf dem Pooldeck wegschlugen.

Gut.

Perfekt.

Genau das, was ich wollte.

Und am nächsten Tag, um mich davon abzuhalten, darüber nachzudenken, was ich verloren hatte, würde ich in die nächste Stadt fahren, wo sie nicht wussten, dass sie mir keinen Whiskey verkaufen sollten.

19

BEN

VERDAMMTER COOPER FALLON.

Wie konnte er es wagen? Wie zum Teufel konnte er es *wagen*, mich zu küssen und dann diesen umwerfenden Mund zu benutzen, um über seine Gefühle für Jackson Jones zu reden? Ich scharrte mit meinen Converse über den Boden und eine Muschel schnellte gegen einen Baumstamm.

Verdammter Jackson Jones. Er hatte eine brillante Frau und zwei wundervolle Kinder, einen Haufen Geld, einen Job, bei dem er genau das tun konnte, was er wollte. Und er hatte Coopers Herz.

Er wollte es ja nicht einmal.

Aber ich schon.

Verdammt.

Meine nasse Unterhose klemmte in meiner Arschritze. Das war mir nicht aufgefallen, als ich in Coopers Pool trieb, seine weichen Lippen küsste und die leiseste Berührung seiner Erektion an meiner Hüfte spürte. Er schmeckte nach Minze und roch wie die Erfüllung all meiner Wünsche. Aber jetzt spürte ich das unangenehme Gefühl, während ich den Muschelpfad entlangstapfte, die Demütigung mir die Lunge abdrückte und meine nasse Kleidung an meiner Haut klebte.

Er hatte mich geküsst. Und es hatte nichts bedeutet, genau wie damals, als er Marlee geküsst hatte.

Er hatte *Marlee* geküsst? Ich hatte von Anfang an gewusst, dass sie dachte, sie wäre in ihn verliebt. Ich wusste auch, dass er nicht das geringste Interesse an ihr hatte.

Ich liebte Marlee, aber Gott, manchmal konnte sie so begriffsstutzig sein. Cooper war absolut nichts für sie. Und jetzt war ich genauso begriffsstutzig gewesen. Ich hatte gedacht, ich wäre ihm wichtig. Er hatte mir das Gegenteil bewiesen.

Ich hatte es satt, mich zum Affen zu machen. Ich würde meinen Kram packen und am Flughafen warten. Sobald Emily bereit war, würde ich meinen Hintern zurück nach Kalifornien bewegen. Was zum Teufel kümmerte es mich, was Cooper mit seinen Aktienanteilen machte? Er war ein erwachsener Mann und konnte auf sich selbst aufpassen.

Und auch wenn ich mich wie ein Teenager mit einem pathetischen Schwarm aufgeführt hatte, war ich ebenfalls ein erwachsener Mann. Ich würde mein verletztes Herz aufsammeln, etwas Schmutz darauf reiben, und dann würde es wieder gut sein.

Irgendwann.

Coco knurrte.

Ich blieb auf dem Pfad stehen, denn er war ebenfalls stehen geblieben und schaute zurück zu Coopers Haus. »Nein, Kumpel. Wir gehen da nicht zurück. Du brauchst ihn nicht mehr anzuknurren. Wir sind fertig mit ihm.«

Tatsächlich – Scheiße. Ich hockte mich auf den Pfad und streichelte Cocos Fell, das immer noch nach Kamille roch, egal wie oft er versucht hatte, den Geruch im Sand abzuwälzen. »Ich kann dich nicht mitnehmen. Da gibt es wahrscheinlich irgendwelchen Papierkram und Impfungen und so, und außerdem ist Mimi allergisch, und in ihrer Wohnung sind keine Haustiere erlaubt.« Ich räusperte mich und kraulte ihn hinter den Ohren, so wie er es mochte. »Du solltest jetzt besser abhauen.«

Coco tat so, als hätte er mich nicht gehört, und starrte zurück in Richtung von Coopers Haus. Ich hätte nicht erwarten sollen, dass er es versteht.

Ich musterte den dunklen Pfad und sah nichts. Als ich lauschte, hörte ich nur das Rauschen der Brandung. Sogar die Frösche waren verstummt. Ich zog mein Handy hervor und schaltete die Taschenlampen-App ein. Nichts als der Pfad und die Büsche, die ihn säumten.

»Siehst du, Coco, da ist nichts, wovor du Angst haben müsstest – oh.«

Da war eine SMS-Benachrichtigung. Ich schaltete die Taschenlampe aus und öffnete die Nachricht.

MIMI

Wie läuft's?

Absolut beschissen, besonders nachdem ich ihn geküsst habe. Aber das konnte ich ihr nicht sagen. Sie würde ausflippen. Mich an all die Gründe erinnern, warum ich ihm nicht zum Pool hätte folgen sollen, ihn nicht in seiner Unterwäsche hätte angaffen und dann *tatsächlich zu ihm* in den Pool hätte steigen sollen. Und ihn schon gar nicht hätte küssen dürfen. Sie musste mich nicht darauf hinweisen, dass ich schon wieder mein Herz verloren hatte. An meinen Boss. Ich zuckte zusammen.

Ich war nicht auf die Insel gekommen, um Cooper zu küssen; ich war gekommen, um ihn zu überzeugen, zu Synergy zurückzukehren, damit Leute wie Mimi ihre Jobs behalten konnten. Und ich hatte versagt. Mein Magen zog sich zusammen.

Nicht so gut. Bin auf dem Heimweg.

Aber Mimi kannte mich schon mein ganzes Leben.

DU HAST DICH VERDAMMT NOCH MAL IN
DEINEN BOSS VERKNALLT, ODER?

War ein Versehen. Aber jetzt ist es vorbei.

WAS ist vorbei?

Alles.

Ich konnte das »Ich-hab's-dir-ja-gesagt« in ihren Tipp-Blasen beinahe spüren. Aber am Ende war sie die große Schwester, auf die ich mich immer verlassen hatte.

Tut mir leid, Süßer. Ich besorge Chips und Schokolade, und du kannst so viele Superheldenfilme schauen, wie du willst, wenn du nach Hause kommst.

Nicht einmal Superheldenfilme konnten hier helfen. Ich hatte Cooper Fallon zu einem Superhelden gemacht, aber er hatte gezeigt, dass er genau wie all die anderen gewöhnlichen Männer war, denen ich mein Herz geschenkt hatte und die es mir einfach wieder vor die Füße geworfen hatten.

Ich hatte alles vergessen, als ich mich so nah zu ihm gebeugt hatte, dass ich die Minze und sein Zedern-Kölnisch riechen, die im Mondlicht silbrig schimmernden Bartstoppeln an seinem Kinn sehen konnte. Seine blauen Augen waren nicht eisig gewesen. Sie hatten die Farbe des seichten Wassers am Rande des Sandes, wo kleine Fische umherschwirrten. Das Wasser, das warm auf meiner Haut war, das mich hinaus in die Tiefe sog.

Ich hätte ihm niemals zum Pool folgen dürfen. Ich hätte wissen müssen, dass er mir die kalte Schulter zeigen würde. Offensichtlich war ich es nicht wert, Personalregeln für mich zu brechen. Das wusste ich seit dem ersten Tag, an dem ich Synergy betreten und ihm die Hand geschüttelt hatte. Dieses blaue Aufblitzen, das in seinen Augen geflackert hatte, bevor er dichtmachte. Wenn er endlich zu Synergy zurückkehrte, würden wir wieder zur Normalität übergehen und so tun, als wüsste ich nicht, dass er nach Minze schmeckte und den sirupartigen Überresten meiner Schwärmerei.

Wenn ich nach Hause kam, würde Mimi mich fest in den Arm

nehmen und mir Salz, Zucker und Taschentücher reichen. Für jemanden, der sich selbst nie etwas so Lächerliches erlaubte, wie sich zu verlieben, hatte sie ein unheimliches Gespür dafür, was mein gebrochenes Herz heilen würde. Ich konnte es kaum erwarten, sie zu sehen.

Bis bald

Noch bevor ich die SMS-App wegwischte, brach Coco eine Sekunde später in Gebell aus, als etwas Schweres in mich hineinkrachte.

Mein Knöchel verdrehte sich, knickte um und gab nach, und ich brach zusammen, wobei sich meine Wange in den Muschelpfad bohrte, während mein Angreifer auf meinem Rücken lastete. Er – es war definitiv ein Mann, kein extragroßer Leguan oder ein Pekari – drückte mich mit seinen Armen zu Boden.

Ich war es geschafft, auf meiner Tasche zu landen. War mein Laptop in Ordnung? Würde ich die Kursarbeiten eines ganzen Semesters verlieren? Mein Herz raste. Was, wenn er ihn stehlen wollte? Dann würde ich meinen Kurs niemals bestehen, und wenn ich ihn nicht bestand, würde Synergy nicht zahlen. *Scheiße.* Ich versuchte, die Tasche vor dem großen Kerl abzuschirmen.

Als er sprach, legte sich der Geruch von Rum wie ein nasser Waschlappen um meine Wange. »Geh nach Hause«, knurrte er.

Was zum Teufel?

Ich konnte kaum sprechen, unfähig, tief Luft zu holen, mit dem riesigen Kerl auf mir. »Ich war. Auf dem Heimweg.« Ich versuchte, mit dem Kinn in Richtung des anderen Flügels des Resorts zu deuten, vorbei an dem belebten Restaurant, das noch zu weit weg war, um mich rufen, und zu laut, um Cocos panisches Bellen zu hören.

»Nein.« Er fuhr an meinem Arm entlang zu meinem Handgelenk, packte es und verdrehte es hinter meinem Rücken. Schmerz schoss durch meine Schulter und mein Handgelenk. »Geh zurück. Nach Kalifornien. Oder sonst.«

Woher zum Teufel wusste er, dass ich in Kalifornien wohnte? Mein Herzschlag beschleunigte sich auf Kolibri-Tempo. Was wusste er sonst noch über mich? Wusste er, dass Mimi jetzt allein in ihrer Wohnung war? Wusste er, dass Cooper mit sehr teurer Technik und einer Uhr, die mehr kostete als ein Auto, zurück in seinem Bungalow war? Plötzlich schien mein Laptop ein fairer Tausch dafür zu sein, dass dieser Kerl von mir abließ und zurück in die Bar trollte, aus der er gekommen war.

Er verdrehte meinen Arm erneut, und ich keuchte bei dem stechenden Schmerz.

Aber er auch. Und dann heulte er auf, und das Gewicht auf meinem Rücken rollte zur Seite, ein letzter Schmerzstich durchfuhr meine Schulter, bevor er seinen Griff löste.

Ich rappelte mich auf – oder versuchte es. Mein Knöchel schoss in Flammen auf, als ich ihn belastete. Ich lehnte mich zur Entlastung an einen Baum, doch der Schmerz durchzuckte meine Schulter. Verdammt!

Trotzdem war ich in besserer Verfassung als der Kerl am Boden. Er fuchtelte mit den Armen nach Coco, der sich in seinem Bein verbissen hatte. Eine seiner Pranken traf Cocos Hinterkopf, aber der Hund rührte sich nicht. Wenn wir hier nicht weggkamen, würden wir beide am Ende ernsthaft verletzt sein.

Ich stieß mich vom Baum ab und humpelte ein paar Meter in Richtung von Coopers Bungalow. »Coco, lass los. Komm.«

Kennen wilde Hunde Kommandos? Sprach Coco Deutsch? Ich humpelte einen weiteren Schritt und machte mit meinem nicht schmerzenden Arm eine Geste. »Komm, Coco.«

Er ließ das Bein des Mannes los, sprang über ihn und rannte mir auf dem Weg zu Cooper voraus, wobei er Alarm schlug. Der Mann stöhnte, aber auf keinen Fall würde ich zurückgehen, um nach ihm zu sehen. Ich humpelte so schnell ich konnte hinter Coco her. Warum war mir nicht eingefallen, Pfefferspray zu besorgen, nachdem die Flughafensicherheit meines am Flughafen beschlagnahmt hatte?

Die Insel hatte so sicher gewirkt. Das Resortpersonal passte auf mich auf. Und ich hatte nicht einmal einen Bettler gesehen, seit ich die Stadt mit dem Flughafen verlassen hatte. Diese wunderschöne Insel, auf der sogar die wilden Hunde freundlich waren, hatte mich in einem falschen Gefühl der Sicherheit gewiegt.

Entweder hatte ich nicht bemerkt, wie weit ich mich von Coopers Haus entfernt hatte, oder mein langsames Tempo ließ den Pfad sich in die Unendlichkeit ausdehnen. Es schien Stunden zu dauern, bis ich zu seinem Haus zurückkam. Alle paar Schritte drehte ich den Kopf, um über meine Schulter zu spähen, um zu sehen, ob der Angreifer folgte, aber ich sah nichts. Hörte nichts außer dem Rauschen der Brandung und dem Zirpen der Coquís.

Endlich kam Coopers Haus in Sicht. Coco kratzte an der Haustür, und sie öffnete sich genau in dem Moment, als ich mein schmerzendes Bein die Stufe hochzog.

»Ben!« Cooper hatte sich in eine Schlafanzughose umgezogen, die die goldene Haut und das dunkelhonigfarbene Haar auf seiner Brust unbedeckt ließ. »Was ist los?«

Ich blickte noch einmal hinter mich, und als ich keine Bewegung auf dem Pfad sah, humpelte ich die letzten Schritte auf Cooper zu. Mein Knöchel, der mich so weit gebracht hatte, gab schließlich nach, und ich fiel nach vorne in ihn hinein. Er fing mich auf, schlang einen Arm unter meine Knie und trug mich hinein.

Ich könnte in Ohnmacht gefallen sein.

20

COOPER

»BEN!« Mein Herz hämmerte in meiner Brust und schlug gegen meine Rippen, als wollte es zu dem Mann auf der Couch. »Ben!« Ich kniete mich neben ihn auf den Boden, wo er lag.

»Ich bin hier«, sagte er, als ob ich derjenige wäre, der Beruhigung bräuchte.

Und ich brauchte Beruhigung. Als er die Augen aufschlug, konnte ich wieder atmen.

Seine Wange war rot und aufgeschürft, und Stücke von zerdrückten Muscheln klebten auf seiner Haut. Als ich seine Schulter berührte, zuckte er zusammen. Ich schob beide Hände zwischen meine Knie. »Was ist passiert?«

»Ein großer, stämmiger Kerl hat mich angegriffen. Keine Ahnung, warum. Mein Laptop?«

»Der ist hier.« Ich nickte zum Couchtisch, wo er lag.

»Und Coco?«

Der verdammte Hund hatte sich ins Haus geschlichen und saß jetzt auf der anderen Seite von mir, sein Kinn ruhte auf Bens Knie. »Er ist auch hier.«

»Er hat mich gerettet. Den Kerl gebissen.« Bens Augenlider flatterten zu.

Ich warf einen Blick zurück auf den Hund. Er hatte tatsächlich die Frechheit, die Augenbrauen zu heben, und warf mir Fahrlässigkeit vor, während er Ben zur Rettung geeilt war.

»Guter Hund«, murmelte ich.

»Eis?«, fragte Ben.

»Natürlich.« Ich stand auf und eilte in die Küche, froh, nützlich zu sein. »Tut dein Gesicht weh?«

»Nicht so sehr wie mein Knöchel oder meine Schulter.«

Mitten bei der Suche nach einem Geschirrtuch erstarrte ich. »Dein Knöchel und deine Schulter?«

»Ich bin umgeknickt.«

Scheiße. Meine ganze Aufmerksamkeit hatte sich auf Bens Gesicht gerichtet. Ich wickelte hastig Eis in zwei Handtücher und brachte sie zurück zum Sofa. Ich zog Ben vorsichtig den Turnschuh aus. Sein rechter Knöchel war geschwollen. Ich legte einen Eisbeutel darauf und den anderen auf die Schulter, die geschmerzt hatte, als ich sie berührt hatte.

»Okay? Brauchst du für einen Moment noch etwas?«

Seine Augen flatterten auf, und er blinzelte im Lampenlicht. O Gott, hatte er eine Gehirnerschütterung?

»Nein, mir geht's gut.«

»Ich werde nur kurz ein paar Anrufe machen.« Ich traute mich nicht, ihn allein zu lassen. Was, wenn er das Bewusstsein verlor und von der Couch rollte? Was, wenn er sich übergeben musste? Ich ging ein paar Schritte weg und rief Sara an.

Sie antwortete auf Spanisch. »Lito! Tía Camelia hat Mamá erzählt, dass du hier bist! Warum bist du nicht zu uns gekommen? Sonntag. Nach der Kirche – du kommst doch zur Messe, oder? – kommst du zum Abendessen. Papa will dich etwas fragen …«

»Hör zu, Sara.« Mein Spanisch war leise und eindringlich. »Ich brauche dich. Mein Freund ist verletzt. Kannst du vorbeikommen und ihn dir ansehen?«

»Verletzt? Wie?« Im Hintergrund hörte ich ein Rascheln. Wenn ich meine Cousine Sara kannte, schnappte sie sich bereits ihre Arzttasche.

»Verletzungen an Schulter und Knöchel. Ich habe sie mir noch nicht angesehen. Und Schnittwunden im Gesicht.«

»Verstanden. Ich bin in zehn Minuten da.«

»Danke.«

Ich ging zurück zu Ben. Der Hund rückte näher und beschnupperte sein Gesicht. Gerade als ich bei ihnen ankam, schoss die rosa Zunge des Hundes heraus und leckte über Bens Wange.

»Igitt!« Ich stieß den Hund mit dem Knie an, bis er ein paar Meter weit weghuschte. »Ich hole einen Waschlappen und mache dich sauber.«

Bens Lippen waren zusammengepresst. Scheiße, er hatte Schmerzen, und es war meine Schuld. Ich hatte ihn allein im Dunkeln nach draußen geschickt. Mit einem warnenden Blick auf den Hund ging ich ins Badezimmer, um einen Waschlappen zu holen. Ich ließ das Wasser laufen, bis es warm wurde, und dachte über meinen nächsten Anruf nach.

Eine Minute später schob ich den Hund wieder von Ben weg und kniete an seiner Seite. So sanft ich konnte, tupfte ich die Schnittwunden auf seiner Wange ab. »Hast du den Kerl gut sehen können?«

»Nein. Er hat mich von hinten angegriffen. Er hatte aber getrunken. Rum. Und er klang amerikanisch. Ich konnte keinen Akzent hören. Obwohl er nicht viel gesagt hat. Er war groß. Er muss doppelt so groß gewesen sein wie ich.«

»Groß gewachsen?«

»Nicht so groß wie du, nur bullig. Hat mir die Luft aus den Lungen geschlagen, als er auf mich gefallen ist.«

»Fühlst du dich in der Lage, mit Luis zu sprechen? Er erinnert sich vielleicht an ihn aus der Bar.«

»Okay, klar.«

Ich rief Luis an. Als er abnahm, hörte ich im Hintergrund Gerede und Musik.

»Nein, Cooper, ich bringe dir keinen Alkohol.«

»Darum wollte ich dich nicht bitten. Kannst du irgendwo hingehen, wo es ruhig ist? Das ist wichtig.«

Ich konnte mir seine Überraschung vorstellen, aber nach ein paar Minuten klickte eine Tür zu und dämpfte die Hintergrundgeräusche.

»Danke, Luis. Jemand hat Ben heute Abend auf dem Weg zu seinem Zimmer angegriffen. Ich schalte dich auf Lautsprecher, damit er dir davon erzählen kann.«

Ich legte das Telefon auf den Couchtisch. Während Ben seine Geschichte erzählte, ballten sich meine Fäuste fester, bis meine Fingernägel rote Halbmonde in meinen Handflächen hinterließen.

»Warte«, sagte ich. »Er hat dir gesagt, du sollst nach Kalifornien zurückgehen?«

»Ja, das ist komisch, oder?«, sagte Ben. »Woher wusste er, dass ich von dort komme?«

Ich starrte auf das Telefon. »Vielleicht arbeitet er für das Resort.«

»Ohne eine Beschreibung ist das schwer zu sagen«, sagte Luis. »Ich beschäftige eine Menge großer, stämmiger Kerle. Hör zu, ich rufe Mateo an.«

»Nicht Mateo«, knurrte ich. »Schick Ramón. Oder komm selbst.«

»Cooper, es ist Freitagabend. Wir haben zwei Junggesellinnenabschiede und eine Bande überprivilegierter College-Kids. Und Ramón hat heute Abend frei. Mateo wird sich um dich kümmern.«

Ich schnaubte. Es war nicht ich, um den ich mir Sorgen machte. Es war Ben. Ich wollte Mateo nicht in seiner Nähe haben. »Er bleibt draußen. Aus dem Weg.«

»Natürlich. Ben, wird es Ihnen gut gehen?«

Es klopfte an der Tür, und ich schnappte mir das Telefon und schaltete den Lautsprecher aus, während ich hinging, um sie zu öffnen. »Sara ist hier. Es wird ihm gut gehen. Aber lass jemanden seine Sachen zu mir bringen. Morgen früh reicht.«

»Er bleibt bei dir?« Ein Lächeln schlich sich in seine Stimme.

»Er bleibt bei mir.«

»Gracias a Dios.«

»Verpiss dich.« Ich beendete den Anruf.

Als ich die Tür öffnete, stürmte Sara mit ihrer Tasche herein. Sie küsste meine Wange auf dem Weg zur Couch.

Sie hockte sich neben Ben. »Guten Abend. Ich bin Dr. Sara Castillo.«

»Ben Levy-Walters.« Er streckte seine Hand aus, und sie schüttelte sie.

»Ich werde mir die Hände waschen, und dann, wenn es für Sie in Ordnung ist, werde ich Ihre Verletzungen untersuchen, während Sie mir erzählen, was passiert ist.«

Ben nickte.

Anstatt direkt ins Bad zu gehen, um sich die Hände zu waschen, packte Sara mich am Arm und führte mich zur Glasschiebetür, die auf die Terrasse führte. »Cooper, warte hier draußen.«

»Warte, was?« Ich blickte zurück zu Ben.

»Ich möchte, dass er sich sicher fühlt.«

»Aber ich …« Ich riss die Schiebetür auf und zog sie mit mir nach draußen. Als die Tür sich schloss, sagte ich: »Du denkst doch nicht, dass *ich* ihm das angetan habe?«

»Gewalt in der Partnerschaft ist eine sehr reale Sache, Cooper.«

Ob ich das wusste. Meine Stimme wurde lauter. »Er wurde angegriffen. Er ist hierhergekommen, um Hilfe zu suchen. Und er ist *nicht* mein Partner. Er ist mein Angestellter. Du denkst doch nicht, dass ich jemals …«

»Ich möchte ihm zuhören. Und du musst hier draußen warten. Mit deinem Hund.«

Ich blickte nach unten, und sie hatte recht. Der Hund saß zu meinen Füßen. »Na schön.« Ich warf mich in einen Terrassenstuhl. »Kümmer dich einfach um ihn. Okay?«

»Natürlich. Er bedeutet dir viel, nicht wahr?«

Ich blickte durch die Glasscheibe. Ben sah klein und zerbrechlich auf dem Sofa aus. Seine Wange war angeschwollen. Die Lügen, die ich ihm zuvor erzählt hatte, spielten keine Rolle mehr. »Das tut er.«

»Ich werde mich hervorragend um ihn kümmern.« Sie drehte sich auf dem Absatz um und ging wieder hinein.

Nachdem sie gegangen war, konnte ich nicht stillhalten. Ich ging um den Pool herum und starrte wütend auf die schimmernde Spiegelung des Mondes im Wasser. Meine eigene Cousine dachte, ich hätte Ben verletzen können. Lächerlich. Obwohl … hatte ich nicht versucht, ihn genau aus diesem Grund von mir wegzustoßen? Aus Angst, ich würde ihn verletzen?

Ich würde ihn nicht verletzen. Oder doch? Er war zu mir gekommen, um Schutz zu suchen. Das würde er nicht tun, wenn er dächte, ich wäre eine Gefahr für ihn.

Natürlich kannte er meinen Vater nicht. Niemand dachte, dass Mick Fallon jemals jemanden verletzen würde.

»Psst. Lito.«

Ich riss den Kopf zum Tor herum, wo mein Cousin Mateo sein Gesicht gegen die Metallstäbe drückte.

Meine Muskeln spannten sich an. Ich zwang meine Füße, mich zum Tor zu tragen.

»Luis hat mir eine Schlüsselkarte gegeben« – er wedelte damit in der Hand, die nicht den Koffer hielt – »aber ich wollte dich nicht überraschen. Geht's dir gut?«

»Mir geht's gut.« Ich stieß das Tor auf und streckte meine Hand nach dem Koffer aus.

Mateo hatte die Frechheit, verletzt auszusehen. »Keine Umarmung für deinen Cousin?«

»Nein.«

Er reichte mir den Koffer. »Du bist doch nicht immer noch wütend wegen …«

»Nein.« Natürlich war ich es. Allein der Anblick seines gut aussehenden Gesichts und dieser karibikblauen Augen erinnerte mich daran, wie er jedes Mal, wenn wir zusammen ausgingen, mit meiner Verabredung tanzte.

»Was ist mit …«

»Nein. Du bleibst draußen. Ruf mich an, wenn du jemanden Verdächtigen siehst.«

»Draußen? Ich darf nicht mal auf deiner Terrasse sitzen?«

»Nein.«

»Er ist jemand Besonderes, nicht wahr?« Diese blauen Augen glänzten im Mondlicht.

»Ja. Halte dich von ihm fern.«

»Cooper, ich bin nicht mehr sechzehn. Ich würde niemals …«

Ich drehte mich auf dem Absatz um und hievte Bens Koffer in Richtung Haus. Hatte ich nicht dasselbe gesagt? *Ich würde ihn niemals verletzen.*

Ich traute Mateo nicht, aber vielleicht konnte ich mir selbst trauen. Ich würde Ben mit allen mir auf der Insel zur Verfügung stehenden Mitteln beschützen. Bis zu meinem letzten Atemzug.

21

BEN

NACHDEM ICH MEINE letzte VWL-Hausarbeit an meinen Professor gemailt hatte, seufzte ich und klappte meinen Laptop zu.

Ich griff nach meinem Handy auf dem Couchtisch. Ich konnte es nicht länger aufschieben, Marlees Nachrichten zu lesen.

MARLEE

Morgen, Ben

Was gibt's Neues von Cooper?

Ernsthaft, was ist los?

Geht es ihm GUT? Wann kommt er zurück? Alle löchern mich deswegen, weil Weston nichts sagt.

Es gibt Gerüchte, Ben. Es werden Mitarbeiterlisten herumgeschickt. Ich mache mir Sorgen.

HÖR AUF, MICH ZU IGNORIEREN

Ich zuckte zusammen, als ich das las. Die arme Marlee hielt im Büro alles zusammen, während ich auf Coopers extrem bequemem Sofa abhing.

Sie hatte recht. Ich musste ihn fragen, wann er zurückkehren würde. Es war unreif von mir gewesen, in Erwägung zu ziehen, ohne ihn nach Hause zu fahren, oder zumindest das Enddatum seines Urlaubs herauszufinden. Die Arbeit musste sich bei ihm stapeln. Meine verletzten Gefühle sollten mich nicht davon abhalten, meinen Job zu machen.

> Ich verspreche, ich rede heute mit ihm

Außerdem, Mitarbeiterlisten? Was hatte Weston vor?

Vorbei an den Kissen, die Cooper an diesem Morgen benutzt hatte, um meinen mit Tape umwickelten Knöchel hochzulegen, leuchtete durch die hinteren Fenster und die Gitterstäbe des Tors Mateos Zigarette auf. Er würde mit mir reden. Im Gegensatz zu Cooper, der verschwunden war. Schon wieder.

Ich war seit zwei Tagen in Coopers Bungalow geblieben. Drei Nächte. Und wenn ich sage *in Coopers Bungalow,* dann meine ich *im Inneren* seines Bungalows. Keine Ausflüge ins Restaurant, keine Spaziergänge am Strand. Nicht einmal Abendessen auf der Terrasse.

Es war wie im Gefängnis. Ein wunderschönes Gefängnis mit einem freundlichen Wärter, der mir Wasser und Guavensaft brachte, während ich auf seinem Sofa faulenzte, und der mir mit der Präzision der königlichen Garde Schmerzmittel reichte.

Und jede Nacht, nachdem er mir ins Bett im Gästezimmer geholfen hatte, klopfte er mir auf die Schulter, knipste das Licht aus und ging hinaus.

Nicht einmal so etwas wie ein väterlicher Kuss auf die Schläfe.

Wenigstens hatte er sein Versprechen, die Personalabteilung anzurufen, noch nicht wahr gemacht. Und er hatte den Jet weggeschickt.

Ich brannte von innen heraus, weil ich ihm so nah und doch …

nicht nah war. Es war wieder wie im Büro, nichts von der Nähe, die wir beim Abendessen auf seiner Terrasse oder beim Besuch seiner Tía Camelia geteilt hatten. Bevor wir uns in seinem Pool geküsst hatten. Abgesehen davon, wenn er versehentlich meine Haut streifte, während er meinen Knöchel einband, war unsere Nicht-anfassen-Regel wieder in Kraft.

Es war das Beste, wenn ich für ihn nur eine weitere Marlee war, eine flüchtige Fehlentscheidung, weil er Jackson nicht haben konnte.

Als Mateos Zigarette wieder rot aufglühte, hievte ich mich vom Sofa und humpelte zur gläsernen Schiebetür. Ich schob sie auf, und wie immer saß Coco innerhalb des Tores und starrte Mateo bewundernd an. Er war immer noch stinksauer auf mich, weil ich ihm gesagt hatte, dass ich ihn hierlassen würde. Noch saurer war er auf Cooper, weil er mich in jener Nacht weggeschickt hatte.

Aber Coopers Cousin Mateo war sein neuer Liebling. Und warum auch nicht? Mateo war Cooper in jeder Hinsicht fast ebenbürtig. Sie waren ungefähr gleich groß, obwohl Mateo etwas bulliger war. Seine blaueren Augen und sein dunkleres Haar waren wie Cooper in einer aufgedrehten Version. Jemand anderes könnte Mateo attraktiver finden. Für mich sah er aus wie ein Instagram-Post mit zu hoch gedrehter Farbsättigung. Ich bevorzugte Coopers zurückhaltenderes gutes Aussehen. Coco hingegen vergötterte Mateo, weil er immer ein Stückchen Schinken in der Tasche hatte.

Ich humpelte zum Tor. Mateo drückte seine Zigarette am Metall aus. »Du verrätst es Cooper nicht, oder?«

»Das mit dem Rauchen? Kommt drauf an.« Ich lehnte meine Schulter – die, die nicht schmerzte – gegen das Tor.

Ich hatte die Dynamik zwischen den Cousins noch nicht ganz durchschaut. Er war irgendwann in der Nacht meines Überfalls aufgetaucht. Er betrat nie das Haus. Jedes Mal, wenn Cooper kalt und abweisend zu ihm war, sah Mateo aus wie ein getretener

Hund. Aber wenn Cooper weg war, flirtete Mateo auf eine Weise, wie Cooper es nie tat.

»Hast du ihn gesehen? Den Typen?«, fragte ich.

»Schwer zu sagen.« Ein Mundwinkel zuckte nach oben. »Es gibt eine Menge großer, bulliger Typen mit amerikanischem Akzent auf dieser Insel.« Er deutete auf sich selbst.

Ich biss mir auf die Lippe. »Wenn du mich überfallen hättest, wüsste ich das, glaube ich.«

»Ach, wirklich?« Er machte einen Schritt auf mich zu, hielt sich dann aber zurück und schob die Hände in die Hosentaschen.

Ich seufzte. Warum konnte ich mich nicht in jemanden wie Mateo verlieben, der süß und kokett war? Er würde mir nie die kalte Schulter zeigen. »Wo ist Cooper hin?«

»Zum Gemeindezentrum.«

Natürlich war er das. Besser auf der Baustelle schuften und schwitzen, als in meiner Gegenwart zu bleiben. Na ja, scheiß drauf. Ich hatte es satt, wie eine Invalide herumzusitzen. Mein Knöchel tat kaum noch weh, und es war an der Zeit, die Zähne zusammenzubeißen und verdammt noch mal meine Arbeit zu machen.

»Fahr mich dorthin.«

»Kommt nicht infrage. Cooper hat gesagt, du sollst hier bleiben.«

Ich hob die Augenbrauen. »Was, wenn ich ihm erzähle, dass du auf seinem Grundstück geraucht hast?«

Sein kokettes Lächeln verschwand. »Das würdest du nicht tun.«

»Nicht, wenn du mich zu ihm bringst.«

»Und ich dachte, du wärst nett«, murmelte er. Er zog einen Autoschlüssel aus der Tasche. »Schließ die Schiebetür ab und triff mich an der Haustür. Ich fahre den Wagen vor.«

Ich verbarg mein Grinsen. »Wir sehen uns vorne.«

Ich humpelte zurück ins Haus, schloss die Hintertür ab und zwängte meinen leicht geschwollenen Fuß in meinen Turnschuh. Der andere Schuh passte problemlos. Dann ließ ich Coco aus der

Vordertür und schloss hinter mir ab. Mateo hielt die hintere Tür eines großen, schwarzen SUVs offen, der in der Auffahrt parkte.

Es war nicht weit bis zum Gemeindezentrum, aber Mateo ließ mich dreimal versprechen, Cooper zu sagen, ich hätte ihn gezwungen, mich mitzunehmen. Ich klopfte ihm auf die Schulter. »Ich nehme die ganze Schuld auf mich. Er wird nur auf mich sauer sein.«

»Auf dich sauer?«, spottete er. »Niemals. Du bist sein Novio.«

»Novio? Ich bin nicht sein fester Freund.« Aber mein Gesicht wurde heiß.

»Hättest mich täuschen können.« Er fuhr um die auf der Baustelle geparkten Lastwagen herum, direkt vor das Gebäude.

Mein Blick schnellte direkt zu Cooper. Sie hatten ihn eine weitere Schicht Stuck auftragen lassen. So unglücklich er über den Stuck aussah, seine Augen wurden noch finsterer, als er sah, wie Mateo in den Wagen griff, um mir beim Aussteigen zu helfen.

»Was zum Teufel, Mateo?« Seine Kellen klapperten auf dem Rasen, als er auf uns zuschritt.

Ich klammerte mich an Mateos Schulter, bis ich sicher stand. Dann verschränkte ich die Arme und sah Cooper direkt in die Augen. Er hatte rosa Staub auf seinem Hemd und im Haar, sogar auf den Bartstoppeln seiner Wangen. »Das geht auf meine Kappe, nicht auf seine. Wir müssen reden.«

Cooper funkelte seinen Cousin an. Mateos Wangen wurden fleckig rot. »Ich, äh, mache den Stuck für dich fertig«, sagte er. »Er muss in einem Arbeitsgang aufgetragen werden.« Er schlich zum Gebäude und krempelte die Ärmel seines Leinenhemds hoch.

»Lass uns in den Schatten setzen«, sagte ich und deutete auf die Bäume, wo ich das letzte Mal mein Lager aufgeschlagen hatte. »Du hattest wahrscheinlich den ganzen Tag noch keine Pause.«

Er schüttelte den Kopf, und ich wusste, er gab nicht zu, keine Pause gemacht zu haben. Er stritt ab, menschlich genug zu sein, um eine zu brauchen.

»Geht es dir gut?« Er musterte mich von der Mitte meiner

Brust bis zu meinen Füßen und wich meinem Blick aus, so wie er es seit unserem Kuss in jener Nacht getan hatte.

»Mir geht es gut. Synergy nicht.« Ich machte ein paar humpelnde Schritte in Richtung der Bäume – mein Knöchel war nach dem Sitzen im Auto steif –, aber Cooper klemmte seine Schulter unter meine und stützte mich, bis wir im Schatten saßen. Er griff in die Kühlbox, reichte mir eine Flasche Wasser und nahm sich dann eine für sich selbst.

»Wir müssen über die Firma reden. Sie brauchen dich dort zurück.«

Er stürzte sein Wasser hinunter und starrte so intensiv auf das Gebäude, dass er ein Loch in den Stuck hätte brennen können. Er wischte sich mit den Fingern über den Mund. »Wer braucht mich zurück?«

»Na ja, Marlee, zum Beispiel.« Aber ich musste alles auf eine Karte setzen. »Und J-Jackson.«

»Jackson braucht mich nicht.« Sein Kiefer zuckte.

»Natürlich braucht er dich. Ohne dich kann er sich nicht gegen Weston behaupten.«

»Er muss sich nicht gegen Harris behaupten. Er steigt aus. Außerdem kann Harris die Dinge regeln, bis ich bereit bin zurückzukehren. Und ich bin noch nicht bereit.«

»Bist du sicher?« Obwohl Harris Weston mir eine Gänsehaut einjagte, war er schon viel länger dabei als ich. Cooper sah zu ihm auf. Und Cooper war ein kluger Mann.

»Absolut. Er war vom ersten Tag an der Anführer, den Synergy brauchte. Er hat mich nie falsch beraten.«

»Aber Marlee hat nichts davon gesagt, dass Jackson die Firma verlässt.« Was würde sie tun, wenn er ginge? Wahrscheinlich ihre ganze Zeit mit Programmieren verbringen, anstatt den verdammten Jackson Jones zu babysitten. Sie würde es nie zugeben, aber ohne ihn wäre sie besser dran.

»Er zuckte die Achseln. »Sie weiß es vielleicht nicht. Ich habe dir auch nicht erzählt, als ich meine Anteile verkauft habe. Es gibt Regeln darüber, was Insider preisgeben dürfen.«

Ein winziger Schmerz brach in meiner Brust aus. Es war beschissen gewesen, es herauszufinden, indem ich in seiner verdammten E-Mail herumspioniert hatte. »Würdest du es mir sagen, wenn du beschließen würdest, mehr zu verkaufen?«

Da drehte er den Kopf und sah mich an. Unter den rosa Staubflecken in seinen Augenbrauen wurden seine Augen weicher. »Ich glaube nicht, dass ich dich vorwarnen könnte. Nicht, ohne gegen einige Bundesgesetze und unseren eigenen Ethikkodex zu verstoßen.«

»Oh.« Ich scharrte mit meinem Turnschuh über das stachelige Gras. »Würdest du es Jackson sagen?«

Er stieß ein Lachen aus. »Vielleicht hätte ich das tun sollen, da er mein Geschäftspartner und mein Freund ist.«

»Aber das ist nicht alles.« Ich zuckte zusammen und wünschte, ich könnte die Worte zurücknehmen.

»Was ist nicht alles?«

Warum hatte ich das gesagt? Ich hatte ungefähr eine Trillion Grenzen überschritten. Er könnte mich für das, was ich angedeutet hatte, feuern.

Er wartete.

»Ich meinte nur –« Scheiße, es gab keine gute Art, das zu sagen. Ich könnte genauso gut meinen Lebenslauf schreiben. Aber ich war zu weit gegangen. »Ich meinte, dass er dir wichtig ist.«

Sein Gesichtsausdruck wurde leer. »Natürlich ist er mir wichtig. Er ist mein bester Freund.«

Der Schmerz in meiner Brust ließ platzen, was auch immer meinen Zorn in mir gehalten hatte. »Freunde? Ich glaube, es ist mehr als das.« Wenn mein Knöchel stärker wäre, wäre ich aufgesprungen und davongestapft. Stattdessen saß ich da und starrte wütend auf meine Chucks.

Coopers Stimme war sanfter, als ich sie je gehört hatte. »Stört dich das, Ben?«

Er versuchte nicht einmal, es abzustreiten. »Ja, das tut es! Er hat alles! Eine Frau und eine Familie und dich. Glückspilz.« Das letzte Wort zischte ich. Ich war so was von gefeuert, aber ich konnte nicht anders. Ich hatte mein Herz wieder nach außen gekehrt.

»Bist du … bist du eifersüchtig, Ben?«

»Natürlich bin ich das, verdammt noch mal! Du bist mir wichtiger, als du es ihm je sein wirst! Warum, glaubst du, habe ich dich neulich geküsst? Dachtest du, ich würde so einen karrierebeendenden Schritt machen, wenn ich nicht bis über beide Ohren in dich verliebt wäre?«

»Bis über beide Ohren?«

Jetzt lachte er mich auch noch aus. Cooper Fallon war vieles, aber grausam gehörte normalerweise nicht dazu. Ich schätzte, ein unerwünschtes Liebesgeständnis würde das mit einem Menschen machen. Ich könnte ihm nie wieder in die Augen sehen.

Ich könnte auch nie wieder im Büro mit ihm arbeiten. Nicht, wenn *bis über beide Ohren* zwischen uns schwebte wie einer von Cocos Käsefürzen.

Ich rappelte mich auf die Beine und ignorierte das Ziehen in meinem Knöchel. »Weißt du was? Vergiss es. Ich kündige.«

Ich machte zwei wackelige Schritte in Richtung SUV. Nicht, dass ich die Schlüssel oder eine Möglichkeit hätte, zu Coopers Anwesen zurückzukommen. Oder zum Flughafen, wo ich eigentlich hinmusste.

»Whoa.« Mit zwei gesunden Knöcheln war er viel schneller als ich und packte meine Arme fest, aber auch sanft. Er trat vor, um mir den Weg zum Auto zu versperren.

»Ich bin nicht gut für dich, Ben. Das weißt du.«

»Das weiß ich nicht. Oder wusste ich nicht, bevor du – du –«

»Dich verletzt habe?« Seine Augen zuckten zwischen meinen hin und her.

»Eher, als hätte ich mich selbst verletzt.« Ich sackte in mich zusammen. »Indem ich etwas wollte, das ich niemals haben könnte.«

»Niemals haben? Nein, Ben. Du bist mir wichtig. Mehr, als du es solltest. Du verdienst so viel mehr als mich.«

Ich sah ihm direkt in die Augen. »Glaubst du nicht, ich sollte beurteilen, was ich verdiene und was ich will?«

»Ich – ich schätze, das solltest du.«

»Dann will ich dich.« Zeit, alles auf eine Karte zu setzen. Ich richtete mich auf. »Ich verdiene dich.«

»Ben, ich –« Er verstärkte seinen Griff um meine Arme und ließ mich dann los. »War das mit der Kündigung wirklich dein Ernst?«

»Absolut.« Egal, was jetzt geschah, ich konnte nicht zu meinen höflichen *Mr. Fallons* und der Nicht-anfassen-Regel zurückkehren. Nicht, seit ich ihn geküsst hatte. Nicht, nachdem ich ihm gesagt hatte, dass ich seine Zuneigung verdiente.

Meinen Job zu kündigen bedeutete, dass es keine Barrieren mehr zwischen uns gab. »Ich könnte leichter einen anderen Job finden, als ich einen anderen Cooper Fallon finden könnte.«

»Du reichst offiziell deine Kündigung ein?«

Hoffnung flammte in meiner Brust auf. »Ich werde eine E-Mail aufsetzen, sobald ich wieder an meinem Laptop bin.«

»Also, da du nicht länger mein Angestellter bist …« Er legte einen Arm um meinen Rücken, fuhr mit der Hand in mein Haar und presste dann seine Lippen auf meine.

Mein Puls donnerte so laut in meinen Ohren, dass ich die Zurufe der Crew und Mateos »Endlich!« fast nicht hörte.

Aber sie waren mir egal. Alles, was zählte, war der Mann, der mich in seinen Armen hielt und mich nach allen Regeln der Kunst küsste.

22

COOPER

ALS BEN aus seinem Zimmer kam, konnte ich nicht anders. Mir klappte die Kinnlade herunter. Wahrscheinlich, damit sogar meine Weisheitszähne ihn angaffen konnten.

Er trug ein schwarzes T-Shirt, das sich an jeden schlanken Muskel schmiegte. Seine Jeans? Ich schluckte. Hätte er sein Shirt hochgezogen, hätte ich sagen können, ob er beschnitten war. Er hatte erwähnt, dass seine Familie jüdische Traditionen befolgte, also musste er es sein.

Nicht, dass ich ihn gesehen hätte. Wir hatten uns seit gestern auf der Baustelle viel geküsst, bis spät in die Nacht, bis wir aneinander gekuschelt auf dem Sofa eingeschlafen waren. Nach dem Frühstück gab es eine weitere Knutscherei. Aber jedes Mal, wenn seine Hand zu meinem Hosenbund wanderte, nahm ich sie sanft weg. Uns nackt zu sehen, war ein Punkt, an dem es kein Zurück mehr gab. Waren wir dafür bereit?

Als er mir sein Kündigungsschreiben gemailt hatte, hatte es sich nicht richtig angefühlt. Er schien zwar ziemlich glücklich darüber zu sein, aber ich machte mir Sorgen. Was würde passieren, wenn diese Sache, die wir zusammen ausprobierten, nicht hielt? Dann stünde er sowohl ohne Beziehung als auch ohne Job da. Würde er Geld von mir annehmen, um danach wieder auf die Beine zu kommen? Ich vermutete, dass er das nicht tun würde. Er hatte kein Geld von seinen Eltern angenommen, als er das College abgebrochen hatte. Ben Levy-Walters war ein stolzer Mann.

Ich hätte derjenige sein sollen, der das Opfer bringt, der kündigt. Wobei eine Kündigung für mich ein größerer Schritt war. Sie erforderte Nachfolgepläne und Übergänge. Egal, wie sehr ich es mir gewünscht hatte, als ich zum ersten Mal auf die Insel kam, ich konnte nicht einfach weggehen. Die Menschen, die für Synergy arbeiteten – für die ich als COO die Verantwortung trug –, verdienten mehr.

Ich wünschte mir beinahe, Ben wäre immer noch einer dieser Menschen. Als Angestellter wäre er so viel einfacher zu beschützen als als mein Geliebter.

Und deshalb hatte ich, obwohl ich jeden Zentimeter seiner Haut erkunden, seinen Geschmack und seinen Duft kennenlernen und die Geräusche hören wollte, die er machen würde, wenn er vor Erregung verzweifelt war, zwei Barrieren zwischen uns aufrechterhalten, und eine davon war unsere Kleidung.

Als seine Augen heute Morgen glutflüssig und golden wurden und er seine Hand mein Bein hinaufschob, ging ich joggen, wohin er mir mit seinem verstauchten Knöchel nicht folgen konnte. Nach dem Mittagessen ging ich in den Kraftraum.

Aber jetzt hatte er mich auf der Couch gefunden. Und er sah *so* aus.

»Zieh dich an.« Es war dieser ganz leicht schnippische Ton, den er im Büro benutzte, wenn ich im Zeitplan hinterherhinkte und zu einem Meeting oder einem Flug musste. Der Ton, der mich dazu brachte, es noch ein wenig länger hinauszuzögern, damit er ihn noch einmal benutzte.

»Anziehen?«, fragte ich und legte meinen Laptop beiseite, auf dem der zweite Verkaufsauftrag geöffnet war. Sobald ich ihn ausführte, wäre ich immer noch ein Großaktionär, aber Jackson hätte die alleinige Kontrolle. Er könnte entscheiden, ob er bleiben oder sich von der Firma – und von mir – lossagen wollte. Ich hatte es noch nicht geschafft, auf den Knopf zu klicken, um den Handel auszuführen. Jedes Mal, wenn mein Finger über dem Trackpad schwebte, begann er zu jucken.

»Wir gehen aus. Trag deine Anzughose und dieses anthrazitfarbene Hemd. Ohne Krawatte.«

Mein Atem stockte. »Aus?«

»Du hast mich drei Tage lang in diesem Haus festgehalten. So sehr ich dich auch mag, ich muss andere Menschen sehen.«

»Aber was ist, wenn dieser Kerl ...«

»Mateo hat niemanden gesehen. Es war ein willkürlicher Angriff, und der Typ ist längst über alle Berge. Hör zu.« Er stemmte die Hände in die Hüften. »Ich habe dir Zeit gegeben, es zu verarbeiten. Und wenn du dich entschieden hast, dass du das mit mir nicht machen willst, ist das in Ordnung. Sag es mir einfach jetzt.«

»Nein, ich ... ich will. Du hast gekündigt, um Himmels willen.«

»Ich weiß.« Sein voller Mund verzog sich zu einer dünnen Linie. »Lass es mich nicht bereuen.«

Ich stand auf und schritt unter dem Vorwand, Coco nach draußen zu lassen, zur Schiebetür. Pflichtbewusst trabte er durch die Tür, um der Bougainvillea einen Besuch abzustatten.

Mit dem Rücken zu Ben fragte ich: »Bereust du es? Denn ich habe dein Kündigungsschreiben noch nicht an die Personalabteilung weitergeleitet.« Die andere Barriere.

»Warum zur Hölle nicht? Ich bin voll dabei. Es sei denn, du nicht?«

Ich wirbelte herum und sah ihn an. Ich hasste die Unsicherheit in seiner Stimme. Eine Unsicherheit, für die ich verantwortlich war. »Ich bin dabei.«

»Dann zieh dich an. Wir gehen tanzen. Mit Ramón und einigen der anderen Jungs hier im Resort.«

»Tanzen?« Ich starrte auf seinen Knöchel. Seine hautenge Jeans fiel glatt darüber und verbarg jede Schwellung. »Du kannst kaum laufen. Wie willst du tanzen?«

Das Funkeln in diesen Whiskeyaugen war boshaft. »Ich tanze nicht mit den Füßen, Cooper.«

Verdammt. Jetzt konnte ich mir nur noch das Wogen von Bens Hüften vorstellen. Meine Kehle wurde trocken und wie ein Roboter marschierte ich in mein Zimmer und zog genau das an, was er mir gesagt hatte. Ich putzte mir die Zähne und rasierte mich zum zweiten Mal an diesem Tag.

Ich schnitt mich am Kiefer, als ich den Fehler machte, mich daran zu erinnern, wie Ben in seiner Jeans aussah. Er musste diese engen Klamotten nicht für mich tragen. Schon in seinen leuchtenden Golf-hemden und Bermudashorts lief mir das Wasser im Mund zusammen. Ich tupfte mit einem Taschentuch an dem Schnitt. Außerdem tanzte ich nur, wenn ich musste. Das letzte Mal war auf Jacksons Hochzeit im Herbst gewesen. Mit Marlee, nach unserer Rede. Und mit Jamila. Ich konnte mich nicht erinnern, wann ich das letzte Mal mit jemandem getanzt hatte, den ich unbedingt ficken wollte.

Ich beendete die Rasur und tat etwas Creme in mein Haar, um es zu glätten. Der Schnitt von der Rasur hatte sich geschlossen und ich sah aus, als wäre ich bereit für ein Meeting am Casual Friday im Büro. Überhaupt nicht wie ein Mann, der in Clubs ging und verdammt noch mal tanzte. Waren das *graue Haare* an meiner Schläfe? Gott sei Dank hatte ich dieses … dieses Was-auch-immer nicht weitergehen lassen. Ben konnte es sich noch anders überlegen.

Ich stampfte aus der Master-Suite und stellte mich vor Ben, der auf einem Barhocker am Küchentresen saß und durch sein Handy scrollte. Als er aufsah, breitete ich die Arme aus. »Ent-spreche ich Ihren Vorstellungen?«, fragte ich und drehte mich im Kreis.

Als ich ihm wieder gegenüberstand, biss er sich auf die Lippe. »Absolut, Mr. Fallon.«

Ich schätzte, das war ein Vorteil von Bens enger Hose. Eine

engere Passform meiner Hose hätte verhindert, dass sich mein Schwanz von meinem Bein weg wölbte. Ich drehte mich um, um meine Reaktion zu verbergen und schrieb Mateo, er solle den Wagen vorfahren.

Ben musste sich schon darum gekümmert haben, denn als Mateo eine Minute später in einem von Luis' SUVs vorfuhr, saß Ramón bereits auf dem Beifahrersitz. Er stieg aus dem Auto und bot Ben seinen Platz an. Ich zwängte meine langen Beine in die dritte Sitzreihe neben Ramón. Die mittlere Reihe war von einem Trio besetzt, das ich als zwei von Luis' Kellnern und einen Barkeeper erkannte.

Mateo traf meinen Blick im Rückspiegel und hob die Augenbrauen. Mir gefiel die ganze Vorstellung nicht – Ben neben meinem flirtenden Cousin, in einem Club, in dem ich nichts trinken würde, und Ben beim Tanzen zuzusehen – aber ich nickte trotzdem. Wenn Ben das wollte, würde ich es ihm geben.

Zwanzig Minuten später hielt Mateo vor einem Club in der Stadt, und wir folgten alle Ben hinein. Ich war seit Jahren nicht mehr in einem Club gewesen, nicht mehr, seit Jackson aufgehört hatte, mich einzuladen, aber es war genauso, wie ich es in Erinnerung hatte. Laute Musik und Lichter, die im Takt blitzten und sich direkt an meinen Schläfen festsetzten. Ramón führte uns zu einem reservierten Tisch in der Nähe der Tanzfläche. Eine Sitzbank bog sich um den runden Tisch, und Ben quetschte sich zwischen Mateo und mich.

Der Kellner brachte einen Eiskübel mit Wasserflaschen, eine Flasche Rum und sieben Gläser. Als er die Flasche in Richtung des Glases vor mir neigte, legte ich meine Hand über den Rand. »Für mich nichts, danke.«

Mateo grinste und rief: »Heißt das, du bist der Fahrer?«

Mein flirtender Cousin, Rum und Ben? Nein, danke. Ich zog eine Grimasse. »Nein. Du fährst.«

Als er schmollte, fügte ich hinzu: »Das ist für Isaac.«

»Isaac.« Er lehnte sich zurück und starrte auf das Muster der bunten Lichter an der Decke. »Diese winzige, gelbe Speedo.«

»Genau die.« Ich hielt ihm eine Flasche Wasser hin, und er stieß mit seiner eigenen dagegen. Wir tranken auf das erste Date, das er mir gestohlen hatte.

Ben beobachtete den Austausch mit großem Interesse. Dann grinste er. »Nö, ich sitze nicht zwischen zwei nüchternen Typen.« Er stand halb auf und wand sich über meinen Schoß.

Meine Finger streckten sich zu Bens Hüften aus, als wollten sie ihn auf meinem Schoß festnageln. Und für eine hoffnungsvolle Sekunde dachte ich, er würde innehalten, um sich dort niederzulassen. Aber in der nächsten Sekunde ließ er sich auf der Sitzbank zwischen Bobby, dem Barkeeper, und mir nieder.

Lange blieb er dort nicht. Nachdem Ben ein Glas Rum hinuntergestürzt hatte, huschte er auf die Tanzfläche. Und er hatte recht. Seine Füße bewegten sich kaum. Seine Schultern, Bauchmuskeln und Hüften erledigten die ganze Arbeit, ein hypnotisches Kreisen, das mehr als eine Person in seine Umlaufbahn zog.

Große, schlaksige Kerle und stämmige. Hellhäutige und dunkle. Typen, die wie ich schicke Hemden trugen und Typen, die sich in T-Shirts und strategisch zerrissenen Jeans leger kleideten. Sogar ein paar oberkörperfreie Männer mit Brustgeschirren und winzig kleinen Latex-Shorts. Ben tanzte mit ihnen allen, aber nie länger als ein oder zwei Lieder.

Jesus, wie sehr wünschte ich, ich könnte einer von ihnen sein. Dass ich hinter ihm stehen und meine Hüften mit seinen wiegen könnte. Die Konturen seiner Brust nachzeichnen.

Aber das war nicht ich. Ich war der Beschützer, nicht das Partytier. Und die Person, vor der Ben am meisten Schutz brauchte? Das war ich.

Ich nahm eine kalte Flasche Wasser aus dem Kübel und hielt sie an meine pochende Schläfe.

Ramón rutschte zurück auf die Sitzbank. Ich hatte nicht bemerkt, mit wem er getanzt hatte; mein Blick war nur auf Ben gerichtet gewesen – und war es immer noch –, der sich einen lindgrünen Bowlerhut von seinem aktuellen Tanzpartner geliehen hatte und ihn unter dem Rand hervor anblickte.

Ramón goss einen Fingerbreit Rum in ein Glas und nippte daran. »Ich hatte noch keine Gelegenheit, dir zu danken. Für die Aktien.«

Ich riss meinen Blick von Ben los, um Ramón anzusehen. »Gern geschehen. Ich halte meine Versprechen, auch die, die ich im betrunkenen Zustand mache.«

Er nickte und nippte wieder an seinem Drink. »Er wartet auf dich, weißt du.«

»Wer wartet auf mich?«

Er deutete mit dem Kinn auf die Tanzfläche. Ben starrte mich unter dem grünen Hut an. Seine Hüften kreisten, und in meiner Fantasie stießen sie gegen meine. Es raubte mir den Atem.

Ohne unseren Blickkontakt zu unterbrechen, nahm er den Hut vom Kopf und warf ihn dem anderen Mann zu. Seine dunklen Locken spiegelten das Rot und Blau der bunten Lichter des Clubs wider. Ben hob sein Kinn und forderte mich heraus, mich ihm auf der Tanzfläche anzuschließen.

Ich ließ meinen Blick über ihn gleiten. Sein Hemd klebte jetzt an ihm, und die Vorderseite war hochgerutscht und zeigte einen Streifen seines flachen Bauches über dem Bund seiner hautengen Jeans. Die Scheinwerfer des Clubs huschten über ihn und enthüllten Blitze seiner straffen Oberschenkel, die Rundung seines Hinterns, sogar für einen quälenden Moment die Umrisse einer Leiste, die sich von seinem Schritt zu seinem Hüftknochen erstreckte.

Hilflos, widerstehen zu können, rutschte ich an den Rand der Sitzbank und schwamm wie ein Fisch an der Angel durch die Tänzer auf ihn zu. Ich trat in seinen Raum, so nah, dass er seinen Hals beugte, um zu meinem Gesicht aufzusehen. Ich stand still, während er vor mir schwankte.

»Willst du nicht tanzen?« Er musste schreien, damit ich ihn über die Musik hinweg hören konnte, und seine Stimme war bereits heiser.

»Ich tanze nicht.«

»Natürlich tust du das. Ich habe gehört, du hast mit Marlee getanzt auf … einmal.«

»Nicht so.« Ich deutete mit der Hand auf die Masse wirbelnder Tänzer.

»Es ist nicht kompliziert. Ich bringe es dir bei.« Er legte seine Hände auf meine Hüften und versuchte, sie hin und her zu wiegen. Ich rührte mich nicht. Dafür war ich viel zu massiv.

Er hob die Augenbrauen. »Nein?«

»Nein.«

Seine Augen glänzten golden. »Dann versuchen wir es so.«

Er drehte mir den Rücken zu und schob seinen Hintern in meinen Schritt, was mich gerade so aus dem Gleichgewicht brachte, dass ich instinktiv nach seinen Hüften griff. Sie schwankten, und als wären wir zusammengeklebt, folgten meine.

Er sah mich über die Schulter an. »Siehst du? Schön einfach.«

An der Art, wie mein Schwanz an seiner engen Jeans hart wurde, war nichts Schönes. Oder einfach an der Art, wie sich meine Finger in seine Hüften gruben, um mich in dem wirbelnden, verwirrenden Club zu verankern.

Es spielte keine Rolle, dass es neue Silberfäden in meinem Haar gab. Dass ich steif und mürrisch war und verdammt noch mal Business-Casual in einem Club trug. Unerklärlicherweise wollte Ben mich. Es zeigte sich in jedem Reiben seines Hinterns an mir, in der Art, wie er seinen Rücken an meine Brust lehnte. Im Knabbern seiner Zähne an seiner Lippe. Als ich seine Hüften fester packte, stieß mein rechter Mittelfinger gegen etwas Hartes und Schweres an der Vorderseite seiner Jeans. Ben sog scharf die Luft ein.

Er legte seine schweißnassen Hände über meine und krümmte seine Finger. Im nächsten Moment führte er eine fließende Bewegung aus, als hätte er es schon tausendmal getan. Er hob meine Hände von seinen Hüften und wirbelte herum, sodass wir uns von Angesicht zu Angesicht gegenüberstanden, die Hände hoch über unseren Köpfen verschränkt.

Seine Brust stieß gegen meine, und meine Brustwarzen

wurden bei der Berührung hart. Meine Bauchmuskeln drückten sich an seinen Bauch, so wie ich es mir für meine Fingerspitzen wünschte. Die Beule an der Vorderseite seiner Jeans streifte meine Erektion, als seine Hüften sich hoben, und ich zitterte trotz der Hitze des Clubs. Er rieb seine Hüften an meine und rückte näher und näher, bis sein Gesicht nur noch wenige Zentimeter unter meinem schwebte.

»Willst du hier raus?«, fragte er leise. Selbst unter dem hämmernden Rhythmus der Musik hörte ich jedes Wort.

Meine Kehle war zu trocken, um zu sprechen, also nickte ich.

Eine Taxifahrt und eine SMS an Mateo später betraten wir mein Haus, meine Ohren klingelten noch vom Club.

Trotz Bens Behauptung, sein Knöchel würde eine Nacht des Tanzens aushalten, verzog er das Gesicht, als er seine eleganten Schuhe aufband und sie neben die Tür stellte.

»Setz dich auf die Couch und leg deinen Fuß hoch. Ich mache dir einen Eisbeutel.« Ich wusch mir am Küchenwaschbecken die Hände.

»Ich will meinen Fuß nicht hochlegen. Ich will …«

Ich fixierte ihn mit dem Blick, der bedeutete, dass mein Wort Gesetz war. »Du wirst dich auf die Couch setzen und deinen Knöchel schonen.«

»Ja, Mr. Fallon«, sagte er atemlos.

Als er sich auf der Couch niedergelassen hatte, den Fuß auf dem Couchtisch abgestützt, reichte ich ihm ein Glas Wasser. Ich zog ihm die Socke aus und fand den Verband, der in seinen geschwollenen Fuß einschnitt. »Okay, wenn ich den Verband von deinem Fuß abwickle?«

»Fass meinen Fuß nicht an. Er ist verschwitzt.«

»Dein Schweiß macht mir nichts aus.« Tatsächlich wollte ich meine Nase in seiner Brust vergraben und seinen herben Duft einatmen. Meine Beherrschung an einem seidenen Faden haltend, zog ich sanft das Klebeband von seinem Fuß und legte den Gel-Eisbeutel, den Sara mitgebracht hatte, über seinen Knöchel.

»Besser?«, fragte ich.

Ein Mundwinkel zuckte nach oben. »Besser.«

Ich knüllte das Klebeband zusammen und brachte es in die Küche, um es in den Müll zu werfen. Ich wusch mir erneut die Hände und holte mir mein eigenes Glas Wasser.

Im Wohnzimmer zögerte ich. Ich sollte mich der Versuchung entziehen. Ich sollte in mein Zimmer gehen und die Tür abschließen.

Aber was, wenn Ben Hilfe brauchte, um in sein Zimmer zu humpeln? Ich konnte ihn nicht allein lassen.

Ben nahm mir die Entscheidung ab. »Komm her. Erzähl mir, was du von dem Club gehalten hast.«

»Es war ein Club, wie jeder andere auch.« Ich zuckte mit den Schultern und versuchte, nonchalant zu wirken, als ich mich auf den Couchtisch vor ihm setzte.

»Und das Tanzen?«

Die Erinnerung daran, wie er mich auf die Tanzfläche gelockt hatte, wie unsere Hüften aneinandergestoßen waren, wie er mich fast direkt dort unter den drehenden Lichtern geküsst hätte, machte meine Hose unangenehm eng. Ich räusperte mich. »Es hat mir gefallen.«

»Mir hat es auch gefallen.« Er beugte sich vor und legte seine Hand auf mein Knie. Ein Verlangen schoss mein Bein hinauf direkt in meinen Schritt und nistete sich dort ein, heiß und schwer. Mein Atem wurde flach.

»Die Kerle im Club waren ziemlich heiß. Besonders der mit dem Hut.«

Er schnaubte verärgert. »Cooper Fallon, du bist nicht so klug, wie du denkst, wenn du glaubst, ich hätte mich für irgendjemanden außer dir interessiert. Ich bin mit genau der Person nach Hause gekommen, mit der ich wollte.« Er fuhr mit der Hand höher mein Bein hinauf, bis er nur noch einen knappen Zentimeter von meinem Schritt entfernt war. »Du nicht?«

Der letzte Faden meiner Selbstbeherrschung riss. »Doch.« Ich stürzte nach vorne, stützte meine Hände auf das hintere Sofakissen und presste meinen Mund auf seinen. Es war nicht sanft oder schön. Unser Kuss war voller Verlangen, dem Klackern von Zähnen, dem Ringen unserer Zungen, dem Brennen seiner Bartstoppeln auf meinen Lippen. Ich schwang ein Knie auf die Couch neben seinem unverletzten Bein und rieb meine Erektion überall – an seinem Oberschenkel, seiner Hüfte – um das Gefühl von unserem Tanz wiederzuerlangen.

Er griff nach der Vorderseite meines Hemdes und zog meine Brust näher an sich. »Brauche dich«, murmelte er zwischen dem Saugen an meiner Zunge.

Ich erstarrte. Ich hatte seit der Highschool nichts mehr mit einem anderen Kerl gemacht. Seit ich Jackson kennengelernt hatte. Wusste ich noch, wie es funktionierte? Ich hatte kein Gleitgel, keine Kondome oder …

»Schsch.« Er ließ von meinem Mund ab, um zu meinem Ohr hinüberzuküssen. »Wir lassen es langsam angehen. Ich werde dafür sorgen, dass du dich gut fühlst.«

Ich unterdrückte einen Schauer, der an der Stelle begann, die er geküsst hatte, und direkt bis zur Basis meiner Wirbelsäule kroch. »Du bist verletzt. Ich will dich nicht …«

»Mit meinem Mund ist nichts falsch.« Ich spürte das boshafte Kräuseln seiner Lippen auf der Haut meines Halses. Dann zog er sich zurück. »Es sei denn, du willst nicht?«

»Nein, natürlich will ich. Ich …« Ich musste aufhören zu reden, sonst würde ich etwas sagen, was ich nicht zurücknehmen konnte. Stattdessen ging ich zurück und kniete zwischen seinen Beinen nieder. Ich rieb mein Gesicht über sein schweißnasses Hemd und atmete tief ein, um meine Lungen mit seinem Duft zu füllen. Mit meiner Nase zog ich eine Linie seinen Bauch hinunter bis zu seinem Hosenbund. Dort roch er auch nach Schweiß, gemischt mit moschusartiger Erregung. Ich schnippte den Knopf seiner Jeans auf und blickte in sein Gesicht. »Darf ich?«

Er kicherte. »Ich weiß nicht, ob du das kannst. Es könnte die Rettungsschere brauchen, um mich aus dieser Jeans zu befreien.«

Ich fuhr mit einem Finger über den Grat seiner Erektion. Sie zuckte unter meiner Berührung.

»Entschuldigung.« Er sog die Luft ein. »Ich meinte, ja, bitte.«

Ich zog den Reißverschluss herunter und fand darunter nichts als Ben. »Ich glaube, angemessene Unterwäsche gehört zur Kleiderordnung, Mr. Levy-Walters.« Aber meine hauchige Stimme untergrub die Strenge meiner Worte.

»An meinem Outfit heute Abend ist nichts arbeitsgerecht, Mr. Fallon.«

Ich zog die Seiten seiner Jeans auseinander, bis ich seinen Schwanz befreite, dunkel gerötet und beschnitten, wie ich es gewusst hatte. Ich legte meine Zunge flach darauf und leckte von der Stelle, an der er aus seiner Hose trat, bis zur dunklen Spitze.

Er stöhnte. »Wenn so die Disziplinarmaßnahme für einen Verstoß gegen die Kleiderordnung aussieht, wünschte ich, ich wäre jeden verdammten Tag ohne Unterwäsche im Büro erschienen.«

Meine Finger verkrampften sich an seiner Hose. *Das Büro.* Es gab kein Zurück mehr, nachdem ich ihm einen geblasen hatte.

Als hätte er meine Gedanken gehört, krallte Ben seine Finger in mein Haar und lenkte meinen Blick sanft zu sich. »Sorry. Kein Gerede über die Arbeit mehr. Ich habe meine Kündigung eingereicht. Heute Nacht bist du mein … Geliebter.«

»Geliebter?« Jeder Zentimeter meiner Haut kribbelte.

»Für mich sieht es so aus, als ob du gleich meinen Schwanz lutschen wirst. Also denke ich, der Begriff ist angemessen, findest du nicht?«

»Und wir sind exklusiv?«

Seine Stirn legte sich in Falten. »Natürlich. Ich habe nur mit den anderen Kerlen getanzt, weil du nicht mit mir tanzen wolltest.«

»Aber ich habe. Mit dir getanzt.«

»Das hast du.« Sein Ausdruck wurde für eine Minute weich, aber dann verengten sich seine Augen. »Und jetzt?«

»Jetzt werde ich dir einen blasen.«

Gold loderte in seinen Augen auf. »Ja, bitte.«

Es erforderte etwas Manövrieren, die Jeans an seinen Beinen

herunterzuziehen, ohne seinen geschwollenen Fuß zu verletzen, aber ich schaffte es, und bald lag Ben auf der Couch, nur mit seinem engen T-Shirt bekleidet. Ich begann an der Spitze seines Schwanzes, fuhr mit der Zunge an seinem Schlitz entlang und saugte an der Spitze, bis ich den herben Geschmack seiner Lusttropfen schmeckte. Ich nahm ihn tiefer, machte ihn richtig nass und saugte lange an seinem Schaft. Daraufhin warf er den Kopf gegen die Kissen zurück und stöhnte.

Macht durchströmte mich, besser als damals, als wir eine Milliarde Dollar Umsatz erreicht hatten. Besser, als wir fünf Milliarden erreicht hatten. Alles wegen eines Stöhnens.

Ich leckte hinunter zu seinen Eiern und wog sie mit meiner Zunge. Seinen Schaft mit der Hand umgreifend, glitt ich mit meiner Faust zur Spitze, drehte oben und glitt wieder hinab. Sein scharfes Einatmen zeigte mir, dass ich etwas gefunden hatte, das ihm gefiel.

Ich leckte so weit hinunter, wie ich konnte, aber die Couch hinderte mich daran, weiterzugehen. Das würde ich das nächste Mal erkunden. Verdammt. Nächstes Mal. Ich rieb meine eigene Erektion gegen das Sofakissen. Ich saugte an seinen Eiern, bis sie sich zusammenzogen.

»Werde, werde …«, krächzte Ben.

»Noch nicht.« Ich drückte die Basis seines Schwanzes zusammen und hielt seinen Orgasmus zurück.

Er stieß mit den Hüften. »Ich brauche …«

»Ich weiß. Du wirst in meinem Mund kommen.« Ich wollte ihn schmecken, ihn in mir pulsieren fühlen. Ihn so fertigmachen, wie er mich bereits fertigmachte.

Ich tauschte meinen Mund gegen meine Hand und nahm so viel von seinem Schaft, wie ich konnte. Mit meiner Hand massierte ich seine Eier. Dann schenkte ich ihm einen langen, harten Saugstoß.

Sein Rücken krümmte sich. »Ja, so«, keuchte er.

Ich höhlte meine Wangen um ihn und ließ ihn gegen meinen Rachen stoßen, bis ich würgen musste. Dann saugte ich wieder und wieder. Hart, dann nachlassend, dann wieder hart. Er wimmerte tief in seiner Kehle, und das brachte mich dazu, brüllen zu wollen. Stattdessen umklammerte ich seine Hüfte und presste ihn auf das Kissen.

Seine Eier zogen sich zusammen, kurz bevor sich mein Mund mit seinem Sperma füllte. Ich glitt seinen Schaft entlang, saugte jeden Tropfen seines Ergusses auf, bis er herausploppte, und ich schluckte ihn hinunter.

»Verdammt«, stöhnte er. Ein Handgelenk bedeckte seine Augen. Er sah völlig fertig aus, sein Schwanz erschlaffte an seinem Oberschenkel, sein T-Shirt war über seinen Nabel hochgerutscht. Ich wollte meine Zunge in die Vertiefung tauchen. Jeden Zentimeter seiner Brust schmecken. Nächstes Mal.

»Komm schon.« Ich erhob mich, legte einen Arm unter seine Knie und schob den anderen hinter seinen Rücken.

Seine Augen flogen auf. »Warte! Was machst du da?«

»Ich bringe dich ins Bett. Du siehst …« – ich grinste – »… erledigt aus.« Ich hob ihn an meine Brust.

»Nein, mir geht's gut. Gib mir eine Minute. Dann gehe ich bei dir runter.«

»Nein.« Ich umrundete den Couchtisch und trug ihn seitwärts den Flur entlang, um zu vermeiden, dass sein Fuß angestoßen wurde. »Du schonst deinen Knöchel. Im Bett.«

Sein Schaudern bei dem letzten Wort entging mir nicht. »Aber ich will …«

»Alles zu seiner Zeit.« Ich legte ihn auf sein Bett und zog das Laken über ihn. »Gute Nacht.«

Ich wollte ihm nur einen keuschen Kuss auf die Lippen geben, aber er packte meinen Hinterkopf und zog mich zu sich. Der Geschmack von ihm, vermischt mit dem Nachgeschmack seines Spermas, verleitete mich dazu, mich auf ihn zu setzen. Ihn umzudrehen und über mein Gesicht zu ziehen und zu sehen, ob ich ihn so schnell wieder zum Höhepunkt bringen konnte. Seine Lippen auf mir zu spüren.

Aber ich zog mich zurück. Seine Augenlider hingen schwer, und ich wusste, dass sein Knöchel pochen musste.

Ich klopfte seine Dosis Schmerzmittel aus der Flasche neben dem Bett und reichte ihm die Tablette. »Wir sehen uns morgen früh.«

Er stöhnte, schluckte aber pflichtbewusst die Pille und drehte sich auf die Seite. »Nacht, Cooper. Danke für … für den Tanz.«

Grinsend schlenderte ich hinaus. Tanzen war eine perfekte Art gewesen, den Abend zu verbringen. Und in diesem Moment war es mir egal, welche Veränderungen der Morgen bringen würde.

23

BEN

ALS ICH DIE Augen aufschlug und das Sonnenlicht durch die durchsichtigen Vorhänge hereinströmen sah, wusste ich, dass ich es vermasselt hatte.

Ich hatte eigentlich im Morgengrauen aufstehen, mich in Coopers Zimmer schleichen und ihn mit dem Blowjob wecken wollen, für den ich letzte Nacht zu müde gewesen war. Danach – ich lächelte bei der Vorstellung – würden wir wieder einschlafen, während er sich wie ein Löffelchen an mich schmiegte.

Warum hatte mein Wecker mich nicht geweckt? Ich blickte auf den Nachttisch, der bis auf die Flasche mit Schmerzmitteln und ein Glas Wasser leer war.

Ach, richtig. Mein Handy war in meiner Jeanstasche, und meine Jeans lag immer noch zerknüllt auf dem Boden im Wohnzimmer, wo Cooper Fallon mich völlig um den Verstand gebracht hatte. Ich schauderte bei der Erinnerung daran, wie seine blauen Augen zwischen meinen Oberschenkeln ausgesehen hatten, wie perfekt sich seine sexy Lippen um meinen Schwanz angefühlt hatten.

Dafür hatte es sich absolut gelohnt, meinen Job zu kündigen.

Nachdem ich ihn endlich davon überzeugt hatte, nach San Francisco, zurück zu Synergy zu gehen, würde ich einen anderen finden. Er würde nicht so gut sein wie der, den ich bei Synergy gehabt hatte – obwohl die Arbeit für Cooper Fallon kein Zuckerschlecken gewesen war –, aber alles, was ich brauchte, war ein Einkommen, das mich bis zum Ende meines Studiums über Wasser hielt und –

Verdammt. Die Studiengebühren. Ich wäre in der gleichen Situation wie damals, als ich meinen letzten Job verloren hatte. Studiengebühren oder Miete. Obwohl Mimi gesagt hatte, es würde ihr nichts ausmachen, wenn ich auf ihrer Couch schliefe. Vielleicht könnte ich ein paar Nächte bei Cooper verbringen? Oder trug ich da mein Herz schon wieder auf der Zunge?

Musste ich es überhaupt noch im Inneren behalten?

Cooper hatte meinen Knöchel verbunden und den Verband wieder abgenommen. Er hatte meinen verschwitzten Fuß berührt und darauf geachtet, dass ich meine Tabletten nahm und Wasser trank. Er war mit mir tanzen gegangen, und er *hatte tatsächlich getanzt*, was ich nicht zu hoffen gewagt hatte. Und dann hatte er mich nach Hause gebracht und mir einen Wahnsinns-Blowjob verpasst, ohne sich darum zu scheren, ob er selbst kam oder nicht.

Und was hatte ich getan? Ich hatte ihn in einen Club geschleppt, in dem er nicht einmal etwas getrunken hatte – wahrscheinlich, weil er mir eine Freude machen wollte – und mit einem Dutzend Typen getanzt, in der Hoffnung, er würde es bemerken, wie ein Urmensch herüberstapfen, mich in irgendeine dunkle Ecke ziehen und mich in Grund und Boden küssen.

Ich hatte mich wie ein ungezogener Bengel benommen.

Cooper brauchte keinen ungezogenen Bengel. Er brauchte jemanden, der sich um ihn kümmerte, der ihn im Gleichgewicht hielt, damit er nicht alles hinschmiss und weglief.

Das konnte ich tun. Von heute an. Und der erste Schritt war, ihn zurück ins Büro zu bringen, wo er hingehörte. Damit er sich um Leute wie Mimi und Marlee und all die anderen kümmern konnte.

Und Jackson Jones? Ich spürte, wie sich meine Mundwinkel hoben. Ihm hatte Cooper nie einen geblasen. Sicher, sie waren Freunde, und das würde ich ihm niemals missgönnen, aber Cooper gehörte jetzt mir.

Mir.

Ich kniff mich und grinste über den Schmerz.

Nachdem ich geduscht und meinen Knöchel verbunden hatte, humpelte ich auf die Terrasse hinaus, wo er mit seinem Tablet saß. Coco sprang von der Stelle auf, an der er zu Coopers Füßen gelegen hatte, und rannte zu mir, seine Krallen klackerten auf den Holzdielen.

Als Cooper von seinem Tablet aufblickte, konkurrierte sein Lächeln mit der Helligkeit der Morgensonne. Er legte das Tablet weg und sprang auf – nein, schritt; Cooper Fallon *sprang* nirgendwohin – und kam zu mir. Seine Finger legten sich um meinen angespannten Kiefer und hoben mein Kinn an, direkt bevor er einen sanften, nach Kaffee schmeckenden Kuss auf meine Lippen drückte. »Guten Morgen.«

»G-guten Morgen.« Seine Berührung ließ mich dahinschmelzen. Ich drückte mich an seine Brust und atmete ihn ein. Starker Inselkaffee, die frische Baumwolle des Muschelhemds, das ich ihm gekauft hatte, und ein Hauch von Minze.

»Platz, Coco!« Als Coco Coopers Tonfall verstand, hörte er auf, an meinen Knien hochzuspringen, und setzte sich mir zu Füßen.

»Wie geht es deinem Knöchel?«, Cooper fasste mich an den Schultern und beugte sich zurück, um ihn anzusehen.

»Gut. Ich … ich habe ihn verbunden.«

»Gut.« Er küsste meine Schläfe – Gott, ich war eine einzige Pfütze – und führte mich mit einer Hand an meinem Ellbogen zum Tisch, wo uns eine Auswahl an Obst und Gebäck erwartete. Er setzte mich auf den Stuhl neben sich und schenkte mir eine Tasse Kaffee mit Sahne und einem ordentlichen Löffel Zucker ein.

»Nach dem Frühstück muss ich in die Stadt. Ich würde mich freuen, wenn du mitkommst, falls du dich danach fühlst.«

»Oh?«, Ich nippte an dem perfekt gesüßten Kaffee. »Was machen wir in der Stadt?«

Er griff in die Obstschale und löffelte etwas auf meinen Teller, bevor er sich selbst bediente. »Einkaufen. So sehr ich die Kleidung auch mag, die du mir gekauft hast, ein paar mehr Hemden könnte ich schon gebrauchen.«

Ich zupfte an seinem Ärmel. »Erzähl mir keinen Mist. Du hasst dieses Hemd.«

Seine Lippen verzogen sich nach oben. »Ich mag dieses Hemd. Ich hasse das mit den Eidechsen.«

»Das mag ich auch.« Ich richtete seinen Kragen und strich ihm mit der Hand über die Brust. Einkaufen war etwas, das feste Freunde zusammen taten. Waren wir das jetzt? »Okay, ich bin dabei.«

Nach dem Frühstück fuhr uns Mateo in die Stadt und folgte uns in diskretem Abstand, als wir an den Touristenläden vorbeigingen, die T-Shirts und Muschelketten verkauften, an dem großen Juweliergeschäft, das den Larimar anbot, für den die Insel berühmt war, und an dem Spirituosenladen, der aus Puerto Rico und anderen nahegelegenen Inseln importierten Rum verkaufte. Coco machte sich keine Sorgen um Diskretion; er trabte an unseren Fersen und rümpfte die Nase über die anderen Coconut Hounds, die in den Gassen herumschlichen.

Anstatt in einen der Läden für Inselkleidung zu gehen, bog Cooper in eine Seitenstraße ab. Der Bürgersteig war hier unebener, von den Wurzeln der riesigen Bäume, die die Straße beschatteten, angehoben, und als er meine Hand ergriff, raste mein Herz.

In dieser Straße gab es keine Touristen mit ihren tropisch bedruckten Hemden, blendend weißen Turnschuhen und Baseballkappen. Hier zogen Menschen mit zerbeulten Strohhüten und weißen Leinen-Guayaberas Einkaufswagen hinter sich her oder trugen Netztaschen. Ladenbesitzer lehnten in den Türen und riefen den Passanten auf Spanisch etwas zu.

Und sie kannten Cooper. Manche Leute nickten schüchtern. Andere gingen auf ihn zu und verwickelten ihn in ein Gespräch.

Er lächelte – nicht das sonnige Lächeln, das er mir an diesem Morgen geschenkt hatte, sondern ein höfliches – und plauderte sofort mit ihnen. Als eine ältere Dame in einem verblichenen geblümten Kleid ihm in die Wange kniff und die Augenbrauen wegen mir hob, ergriff er meine Hand und nannte mich seinen Novio. Selbst mit meinem Schulspanisch verstand ich das. Er hatte mich nicht als seinen Amigo vorgestellt, sondern als seinen festen Freund. Ein Grinsen breitete sich auf meinem Gesicht aus.

Als sie seine Wange küsste und weiterging, drückte ich seine Hand. »Ich bin also dein Novio?«

Seine Wangenknochen röteten sich. »Wie möchtest du lieber genannt werden? Es gibt hier ein Wort für Freundschaft plus, aber ich …« Er zuckte zusammen. »Das war meine Großtante.«

Er hatte recht. Wir waren nie Freunde gewesen. Und ich bezweifelte, dass das Wort höflich war. »Novio ist perfekt.« Ich zog ihn zu mir herunter, um seine Wange zu küssen, und er wich nicht zurück. Er legte seinen Arm um meine Taille. Er blickte zurück zu Mateo, der mit seiner Großtante sprach, und warf ihm einen strengen Blick zu.

Wir kamen an einem Lebensmittelladen, einer Schuhreparatur und einem Friseursalon vorbei. Auf der anderen Seite der Bäckerei öffnete Cooper eine Tür, und eine Glocke bimmelte über uns.

»¡Tío! es Miguel«, rief er.

Das Summen einer Nähmaschine verstummte, und ein Mann mit schütterem grauem Haar und einem gepflegten Ziegenbart stand von einem Tisch im hinteren Teil des Ladens auf. Er schob seine Brille auf den Scheitel und kniff die Augen zusammen. »Lito!« Er machte einen krummen Rücken, bis es knackte, und schlurfte dann auf uns zu.

Er umarmte Cooper, trat einen Schritt zurück, um seine Brille herunterzuschieben und Coopers Hemd zu mustern. Kopfschüttelnd schnalzte er mit der Zunge. Er sagte etwas auf Spanisch, und ich verstand die Worte *camisa fea*. Er hatte das Hemd als hässlich bezeichnet. Cooper antwortete kurz auf Spanisch und wechselte dann in langsames Englisch.

»Tío, das ist mein Freund Ben.«

»Buenos dias«, sagte ich und streckte meine Hand aus.

Coopers Onkel ignorierte meine Hand und umarmte mich. »José María, aber du kannst mich Tío nennen.«

Er trat zurück und musterte mich von Kopf bis Fuß, von meinem Golfhemd bis zu meinen Bermudashorts. »Ihr zwei braucht Kleidung.«

Ich war mit einem vollen Koffer tropentauglicher Kleidung angereist. »Nein, ich …«

Coopers schwere Hand landete auf meiner Schulter. »Ja, bitte, Tío. Freizeitkleidung.«

»Etwas für Sonntag?«

»Nein, danke, wir …«

»Sí, sí. Ihr werdet zum Abendessen zu eurer Tía kommen.«

Cooper zuckte zusammen, widersprach aber auch nicht. Sonntagsessen mit seiner Familie? Seiner *Familie?*

José María wuselte durch den Laden und zog Kleidungsstücke von den Bügeln. Die Hälfte gab er mir und die andere Hälfte Cooper, dann schob er uns zu zwei Kabinen an der Seite des Ladens. Der Vorhang schnappte hinter mir zu.

»Zieh es an, dann komm raus«, sagte José María.

Ich stieg aus meinen Shorts und in eine weit geschnittene, cremefarbene Leinenhose. Ich zog mein Polohemd aus und knöpfte eine ziegelrote Guayabera zu. Ich warf einen Blick in den kleinen Spiegel. Obwohl ich normalerweise Schwarz und Grau trug, sah das Rot gut an meiner Haut aus, und die Hose fühlte sich selbst in dem unklimatisierten Laden kühl und leicht an.

Ich schlüpfte durch den Vorhang und trat heraus. José María nickte anerkennend. »Dreh dich um«, bellte er.

Ich drehte mich um und spürte, wie er den Stoff an meinem Hintern packte. »Hier nehme ich es ein wenig enger. Es wäre eine Schande, diesen … wie sagen die jungen Leute auf Englisch? Booty? … zu verstecken.«

Ich grinste ihn über meine Schulter an. »Danke.«

»Ah«, sagte er, sein Blick wanderte an mir vorbei. »Einen Moment.«

Cooper trat aus seiner Umkleidekabine. Wie ich trug er eine Leinenhose und eine Guayabera, eine himmelblaue, die zu seinen Augen passte. Um seine Hüften war kein überschüssiger Stoff; die Hose sah aus, als wäre sie für ihn gemacht worden, umschmeichelte seine schmalen Hüften und muskulösen Oberschenkel und endete genau an seinem Knöchel, anstatt sich unten zu stauen, wie es bei meiner der Fall war.

»Ich sehe, du führst immer noch meine Größe«, sagte er.

Oh ja, und wie. Meine Augen wanderten über Coopers breite Schultern und seine schmale Taille.

»Sei nicht albern. Als ich hörte, dass du da bist, habe ich das für dich gemacht, Lito.«

Coopers Wangen röteten sich, aber er lächelte. »Gracias, Tío.«

José María steckte meine Hose ab, und ich kehrte in die Umkleidekabine zurück, um das nächste Outfit anzuprobieren, das ähnlich war, aber das Hemd war in einem blassen Austern-rosa gehalten. José María steckte auch diese ab. Die letzte Auswahl war eine eng anliegende, steingraue Hose, ein Hemd in Französischblau und ein Seersucker-Blazer.

Während José María die Hose absteckte, trat Cooper in einer atemberaubend engen khakifarbenen Hose, einem blau karierten Hemd und einem marineblauen Leinenblazer mit einem kecken, rot gemusterten Einstecktuch hervor. »Tío, ich weiß nicht wegen dieser Hose ... Ich glaube, die hast du für einen meiner Cousins gemacht.«

»Nein«, seufzte ich.

»Nein«, sagte José María zur gleichen Zeit. »Die sind perfekt. Dreh dich um.«

Cooper drehte sich um, und ich musste mir auf die Zunge beißen, damit sie mir nicht wie bei einem Wolf in einem alten Zeichentrickfilm aus dem Mund hing. Die Hose betonte und formte seinen Hintern, und wenn José María nicht dagewesen wäre, hätte ich meine Hände den Kurven folgen lassen, die mein Blick nachzeichnete. *Heilige Scheiße.*

José María kicherte durch seinen Mund voller Stecknadeln. »Siehst du? Perfekt. Ben ist auch dafür.«

Ich zuckte zusammen. Ich hatte es laut gesagt.

Cooper schien es nichts auszumachen. Er drehte sich langsam zu mir um, und der blaue Blazer ließ seine blauen Augen wild wirken. »Dann nehme ich es. Genau so, wie es ist.«

»Fertig.« José María stand auf, seine Knie knarrten. »Ich lasse die Sachen von einem der Jungs zu eurem Haus bringen. Außer dem ersten Outfit. Das werdet ihr heute tragen. Ben, du kannst das rote Hemd anziehen. Es muss nicht geändert werden.«

»Ja, Sir.« Ich trat hinter den Vorhang zurück und zog die rote Guayabera mit meinen Khakishorts an. Ich trug sie nicht so selbstverständlich wie Cooper sein blaues Hemd, aber ich sah etwas weniger wie ein Tourist aus.

Als ich mit meinem Arm voller abgesteckter Kleidung herauskam, tippte Cooper auf seinem Handy herum. Er küsste die Wange seines Onkels. »Gracias, Tío.«

Ich kramte nach meiner Brieftasche. Unmöglich, dass ich genug Bargeld für handgemachte Kleidung dabeihatte.

»Ich übernehme das.« Cooper hielt meine Hand auf und zeigte sein Handy mit der Bezahl-App auf dem Bildschirm. »Ich bin an der Reihe, dir Kleidung zu kaufen.«

Ich hatte seine hässlichen Hemden auf meine Firmenkarte gesetzt, also hatte eigentlich er sie bezahlt. Aber ich stritt nicht. Mein Novio hatte mir Kleidung gekauft. Mein Herz machte einen Hüpfer in meiner Brust. Ich hatte den Kampf verloren. Nicht nur den mit Cooper ums Geld. Sondern auch den mit meinem allzu schnell verliebten Herzen. »Danke.«

Draußen stand Mateo mit verschränkten Armen im Schatten neben Coco, der freudig bellte, als wir aus José Marías Laden kamen. Er hatte eine Leine. Keine brandneue Nylonleine, die wir in einem Zoogeschäft auf dem Festland hätten kaufen können. Sie war aus weichem Leder, abgenutzt vom Alter. Als hätte sie vielen

Coconut Hounds gedient, die beschlossen hatten, sich selbst zu domestizieren. Mateo reichte mir das Ende der Leine, und Coco trottete wie selbstverständlich an meiner Seite.

Wir schlenderten zurück zur Hauptstraße, dorthin, wo das Auto geparkt war. Als wir an den makellosen Fenstern des Juweliergeschäfts vorbeikamen, erhaschte ich unser Spiegelbild. Wir sahen nicht aus wie ein paar Amerikaner, die in dem süßen karibischen Dorf ein wenig einkaufen. Wir sahen aus wie ein Paar Auswanderer, die sich voll und ganz dem Inselstil angepasst hatten. Mit einem Hund an der Leine als Beweis.

Als wir das Auto erreichten, summte mein Handy in meiner Tasche. Ich zog es heraus, um die Nachricht zu lesen.

MARLEE

Weston trifft sich heute Morgen schon wieder mit Leuten von Gurusoft. Was zum Teufel machst du da?

Meine Augen weiteten sich. Was zum Teufel machte ich da? Kleidung kaufen, als ob wir länger als nur ein paar weitere Tage bleiben würden. Und völlig vergessen, wofür ich mich auf die Insel geschleppt hatte.

Ich musste wieder in die Spur kommen. Sicherstellen, dass Cooper keine weiteren Synergy-Aktien verkaufte. Und ihn dazu bringen, nach Kalifornien zurückzukehren, wo er hingehörte. Wo wir beide hingehörten.

COOPER

AUF DEM RÜCKWEG von unserem Einkaufsbummel sah ich zu, wie Bens Daumen über sein Handy flogen.

Es war ein guter Tag gewesen, mit ihm durch die Stadt zu spazieren und ihm Kleidung zu kaufen, damit er aussah, als würde er auf die Insel gehören.

Wäre es so schlimm, wenn wir nicht zurückgingen? Jamila hatte gesagt, ich solle tun, was das Beste für meine psychische Gesundheit sei, und dazu gehörte auch, Synergy und Jackson wie die zu klein gewordene Hülle eines Einsiedlerkrebses hinter mir zu lassen.

Ben hatte Freunde und Familie in San Francisco. Es könnte ihm schwerfallen, sie zu verlassen. Aber ich war ein wohlhabender Mann, und mir standen viele Verhandlungsinstrumente zur Verfügung.

Während er auf sein Handy tippte, plante ich meine Strategie.

Er hatte seinen Job gekündigt, damit wir zusammen sein konnten. Dann war er rot geworden, als mir herausgerutscht war, ihn *mi novio* zu nennen. Das Leben auf der Insel schien ihm zu gefallen. Er hatte sich mit Ramón und den anderen angefreundet.

Vielleicht wollte er überredet werden zu bleiben. Aber die Sache war zu wichtig, um sie der Hoffnung zu überlassen.

Eine Verhandlungsregel lautet, die Umgebung zu kontrollieren. Am überzeugbarsten wäre Ben in einer romantischen Umgebung. Ich schrieb Luis eine Nachricht, er solle ein Abendessen für zwei direkt vor meinem Grundstück am Strand arrangieren, wo Ben in direktem Kontakt mit der Schönheit der Insel sein würde. Und obwohl er hinter dem verschlossenen Tor sicherer wäre, war es wichtig, ihm ein Gefühl von Freiheit zu geben, damit er wusste, dass er gehen konnte, wenn er wollte. Bei dem Gedanken, dass er gehen könnte, brannte es mir in der Brust.

Obwohl ich in meiner Karriere reichlich Geschäfte abgeschlossen hatte – Unternehmenskredite, Übernahmen, Jobangebote –, war ich noch nie in einer persönlichen Verhandlung gewesen, bei der so viel auf dem Spiel stand. Sicher, ich hatte mit vielen Frauen verhandelt, damit sie für diese oder jene Veranstaltung meine vorübergehende Freundin waren. Ein oder zweimal sogar für eine ganze Saison von Veranstaltungen. Wenn sie den Bedingungen nicht zustimmten, konnte ich entweder jemand anderen finden – es schien immer jemanden zu geben, der begierig darauf war einzuspringen – oder allein gehen und den Hype um meinen Status als begehrtester Junggeselle anheizen.

Aber das hier war anders. Von Ben konnte ich nicht weggehen. Wenn ich es täte, würde ich mein Herz zurücklassen. Zum ersten Mal seit Jahren war ich glücklich. Und ich würde fast alles tun, um es zu bleiben.

Ben war immer noch mit seinem Handy beschäftigt, also griff ich über den Sitz und legte meine Hand auf sein Knie. Er sah erschrocken auf, schenkte mir aber ein kurzes Lächeln. Er tippte mit der linken Hand weiter und legte seine Rechte über meine Finger.

Die Anspannung wich aus meiner Brust. Ben war nicht gleichgültig. An jenem letzten Tag im Büro hatte er meine blutende Hand mit seinem Taschentuch verbunden. Dann war er auf die Insel gekommen, um nach mir zu sehen. Um zu versuchen, mich zur Rückkehr zu überreden. Obwohl ich es nicht verdient hatte, kümmerte er sich um mich.

Jetzt, wo wir zusammen waren, musste er einsehen, dass es die beste Entscheidung für mich war, hierzubleiben. Nichtsdestotrotz würde ich die schweren Geschütze auffahren. Blumen. Champagner. Jenes dreifache Schokoladendessert aus dem Resort-Restaurant, das Jamila dahinschmelzen ließ.

Sobald wir vor dem Haus hielten und die Türen öffneten, schnüffelte Coco in die Luft und knurrte.

»Was ist los, Coco?«, fragte Ben, als würde der Hund auf Englisch antworten.

»Cooper.« Mateos Tonfall hatte etwas Warnendes.

Ich ging auf ihn zu, wo er mit der Hand am Griff der Haustür stand.

»Die Tür ist nicht abgeschlossen«, sagte er. »Und ich weiß, dass ich sie geprüft habe, als wir gegangen sind. Ihr beide steigt wieder ins Auto und schließt die Türen ab.«

Coco bellte aus vollem Hals, als ich Ben zurück in den Geländewagen drückte. Ich rutschte hinter ihm hinein und griff zum Fahrersitz, um den Knopf für die Türverriegelung zu drücken.

»Was ist hier los?« Ben zog Coco auf seinen Schoß und strich ihm über die Flanken, bis er sich beruhigte. Der Hund starrte zur Haustür, als könnte er hindurchsehen.

»Mateo glaubt, dass jemand drinnen sein könnte. Er sieht nach.«

»Wird es Mateo gut gehen?«

»Wenn er in fünf Minuten nicht draußen ist, gehe ich rein.«

»Ich komme mit.«

»Nein.« Ich legte eine Hand auf seine Schulter und starrte in seine erschrockenen Augen. »Du bleibst hier draußen. Wo es sicher ist.«

»Nimm Coco mit.«

Ich kraulte den Kopf des Hundes. »Okay. Er kann wieder den Tag retten, indem er dem Bösewicht in den Knöchel beißt.«

Mateo kam aus dem Haus und joggte zum Auto. Ich entriegelte es für ihn, und er steckte seinen Kopf hinein.

»Alles klar«, sagte er. »Eine Verwechslung beim Zimmerservice. Ein Neuer dachte, er solle dein Haus machen.«

Ein Wagen des Zimmerservice holperte durch die Eingangstür. Der Mann, der ihn schob, war fast zu massig für seine Uniform. Die Knöpfe spannten, als würden sie gleich abplatzen. Er hinkte hinter dem Wagen den Weg entlang und winkte uns verlegen zu. Coco knurrte.

»Luis sollte davon wissen. Und er sollte ihm eine besser passende Uniform besorgen.« Ich griff nach meinem Handy.

»Lass es.« Ben legte eine Hand auf meine. »Es war ein ehrliches Versehen. Und er ist neu. Ich möchte nicht, dass er deswegen seinen Job verliert.«

Ben war immer so rücksichtsvoll gegenüber Dienstleistern. Ich ließ mein Handy zurück in meine Tasche gleiten. »Okay.«

»Danke.« Er küsste meine Wange. »Ich glaube, ich gehe rein und mache ein Nickerchen.«

Ich hob meine Hand zu seiner Wange und lenkte den Kuss auf meine Lippen. »Klingt gut. Ich habe ein besonderes Abendessen geplant.«

»Mmm.« Das Geräusch schoss mir direkt in die Leistengegend. »Das gefällt mir.«

Es war lange her, dass ich in einem Auto rumgemacht hatte, aber wenn Mateo nicht dagestanden hätte und wenn Coco nicht geknurrt und am Fenster gekratzt hätte, hätte ich es vielleicht versucht. Aber unter den gegebenen Umständen öffnete ich die Tür und packte Coco um die Mitte, damit er dem Hausangestellten nicht nachjagte. Ich klemmte ihn mir unter den Arm und half Ben beim Aussteigen. Unser Spaziergang durch die Stadt vorhin musste für seinen Knöchel hart gewesen sein.

Während Ben schlief, ging ich ins Fitnessstudio und besorgte mir danach ein paar wichtige Dinge aus der Körperpflegeabteilung des Geschenkladens. Wichtige Dinge, von denen ich hoffte, sie später mit Ben benutzen zu können. Ich sprach mit Luis über die Pläne für das Abendessen, aber wie ich Ben versprochen hatte, sagte ich nichts über den fehlgeleiteten Hausangestellten.

Luis klopfte mir auf den Rücken. »Viel Glück, mein Freund. Ich bin froh, dass du endlich die Liebe gefunden hast.«

Meine Augen müssen groß geworden sein, denn Luis lachte. »Sag mir nicht, dass du ihm noch nicht gesagt hast, was du fühlst.«

»Ich … nein. Was fühle ich denn?« Abgesehen davon, dass ich verdammt besitzergreifend war, wann immer Mateo über einen von Bens Witzen lachte. Und überglücklich, wenn Ben mich küsste. Ich liebte es sogar, dieses verdammt hässliche Leguan-Hemd zu tragen, das er für mich ausgesucht hatte.

»Ich glaube, du weißt es. Du musst es dir nur eingestehen. Und ihm.«

Hatte Luis recht mit dem, was ich fühlte? Ich dachte darüber nach, während ich zum Bungalow zurückjoggte und meine Tasche mit den Vorräten umklammerte. Ich war nie in jemanden verliebt gewesen, außer in Jackson. Und ich wusste schon damals, dass meine Gefühle nicht gesund waren. Die Enge in meiner Brust, wenn ich mit Jackson zusammen war, war nicht warm und prickelnd wie bei Ben. Mit Jackson war es immer Schmerz, weil ich wusste, dass er nicht dasselbe für mich empfand. Egal, dass er mich ein paarmal geküsst hatte, wenn er betrunken war, Jackson war komplett hetero. Ich hatte fast vom ersten Tag an gewusst, dass ich keine Chance bei ihm hatte.

Und doch hatte ich ihn angeschmachtet wie ein Teenager einen Rockstar. Warum? Warum hatte ich das fünfzehn Jahre lang getan? Ich hatte gedacht, es läge daran, dass wir uns so nahestanden wie Brüder. Beste Freunde, die nur einen Katzensprung von einem Liebespaar entfernt waren, wenn er nur aufwachen und sehen würde, was ich für ihn empfand.

Als er Alicia heiratete, dachte ich, das könne nicht von Dauer sein. Er hatte nie eine ernste Beziehung gehabt. Außerdem hatte ich, trotz all seiner Fehler, immer noch gehofft, dass er und ich füreinander bestimmt waren. Deshalb hatte ich jede Arbeit aufgegriffen, die er hatte fallen lassen. Damit er wusste, dass ich da sein würde, wenn alles auseinanderbrach. Aber in der Nacht, als ihr Baby geboren wurde, als ich die Hochstimmung in seinen Augen gesehen hatte, als er seine neue Familie fest im Arm hielt …

Vielleicht hatte Dr. Pradhi all die Jahre recht gehabt.

Was ich für Ben empfand, war anders. Ich kannte nicht alle seine Geheimnisse. Ich kannte ihn erst seit sechs Monaten. Doch wenn ich bei ihm war, fühlte ich mich ganz.

Ich rief den Cateringservice an und bat sie, das Blumenarrangement doppelt so groß zu machen.

Zurück im Bungalow duschte ich und verbrachte extra viel Zeit damit, die Welle in meinem Haar genau richtig hinzubekommen. Ben war auf meine Haare fixiert. Er liebte es, sie zu berühren. Ich war noch nie zuvor wegen meines Aussehens nervös gewesen, schon gar nicht auf der Insel, wo mich jeder akzeptierte. Aber heute Abend musste alles perfekt sein. Für Ben.

Als er ins Wohnzimmer kam, sprang ich von der Couch auf, wo ich mit einem unberührten Glas Sprudelwasser auf dem Couchtisch vor mir gesessen hatte. Ich verschlang ihn mit meinen Augen. Er sah aus wie im Büro, mit einem grau karierten Hemd und einer dunkel gewaschenen Jeans, die lockerer saß als die, die er im Club getragen hatte. Seine Füße waren nackt, und sein Haar war noch feucht von der Dusche.

Ich atmete den Honig seines Lippenbalsams und den warmen Duft frisch gebügelter Baumwolle ein. Er hatte sich auch für mich zurechtgemacht.

»Hungrig?« Ich küsste ihn, nur ein nervöses Pressen meiner Lippen auf seine.

»Ausgehungert. Ich hätte nicht gedacht, dass ich so lange schlafe.« Er ergriff meine Hand, um mich bei sich zu halten, und erwiderte meinen Kuss, länger und mit einem Streichen seiner Zunge, bei dem sich meine Zehen in den Teppich krallten.

Als wir uns lösten, lehnte ich meine Stirn an seine. Ich hoffte, ich hatte genug getan, um sicherzustellen, dass wir noch lange gemeinsam am Strand zu Abend essen würden. Dass ich seine Küsse jede Nacht haben könnte.

»Das Essen ist fertig. Al fresco.« Ich führte ihn an der Hand über die Terrasse und zum Hintertor, das direkt zum Strand führte. Meine Füße sanken in den warmen Sand, und ich hielt inne, um meine Hosenbeine hochzukrempeln.

Ben tat dasselbe, und als er sich aufrichtete, entdeckte er den Tisch. Oder was er davon unter dem riesigen Arrangement aus tropischen Blumen sehen konnte. Er keuchte.

»Gefällt es dir?« Vielleicht war es zu viel. Der Champagner. Die Blumen. Der Kellner, der an einem Vorbereitungstisch mit Warmhaltegeräten stand.

»Machst du Witze? Ein romantisches Abendessen am Strand bei Sonnenuntergang? Hätte ich dir gar nicht zugetraut, Cooper. Ich liebe es.«

Mein Magen machte einen Hüpfer, und ich wollte die Faust in die Luft stoßen, so wie ich es in der Highschool getan hatte, wenn ich eine Prüfung mit Bravour bestanden hatte. Aber ich gab mich cool, half ihm über den unebenen Sand zum Tisch und zog seinen Stuhl hervor. Ich ließ meine Hand über seine Schultern gleiten, als ich hinter ihm zu dem Stuhl neben seinem ging, und er erschauderte.

»Ist dir nicht kalt, oder?« Eine leichte Brise wehte vom Wasser herüber.

»Nein, nur … nur glücklich.« Er grinste, und etwas in mir rastete ein. Ich ergriff seine Hand und hob sie an meine Lippen. Ich war auch glücklich.

»Señores, sind Sie bereit für den ersten Gang?« Der Kellner trat lautlos hinter mich.

»Sí, por favor.«

Er stellte unsere Vorspeisen vor uns ab. Bens Augen weiteten sich, als er das Essen sah. »Es ist traumhaft. Zu schön, um es zu essen.«

Mein Blick verließ sein Gesicht nicht. »Nein, ist es nicht.«

Bens Wangen färbten sich rosa. »Oh, Mr. Fallon. Ich glaube,

das war eine sexuelle Anspielung. Was soll ich nur mit Ihnen machen?«

Mir fielen eine Menge Dinge ein, die ich ihn mit mir machen lassen würde. Aber wir mussten erst reden. Und ich wollte, dass er guter Laune war, wenn wir es taten. Ich ließ einen Mundwinkel nach oben zucken. »Erst Abendessen. Und dann können wir darüber reden, was du mit mir machst.«

Seine Augen funkelten golden im Sonnenuntergang. Er blickte über seine Schulter zum Kellner, der sich mit dem Inhalt der Warmhaltegeräte beschäftigte. Dann spürte ich, wie Haut über meinen Spann glitt. Seine Füße waren sandig, und meine auch, aber es ließ mich mir vorstellen, wie sich unsere Körper anfühlen könnten, aneinander gleitend. Die rauen Locken auf seiner Brust. Meine Bartstoppeln, die seinen inneren Oberschenkel kratzten. Ich erschauderte. »Iss.«

Ben machte sich über die Vorspeise her. Mein Magen war ein harter Klumpen, Nervosität vermischt mit Lust, also bot ich ihm meinen Teller an, als er seinen geleert hatte.

»Isst du nichts?«

Ich verzog wieder den Mund. »Ich bin nach etwas anderem hungrig.«

Er hob die Augenbrauen. »Wir sind immer noch bei der Vorspeise.«

»Vielleicht warte ich auf den Nachtisch.«

Er hob seine Stimme. »Señor, ich glaube, wir sind bereit für den Hauptgang.«

Der Kellner räumte unsere Vorspeisenteller ab und richtete den Hauptgang an. Einen stellte er vor Ben, den anderen vor mich.

»Gracias, señor«, sagte Ben. »Ich glaube, wir schaffen das ab hier alleine.«

Der Kellner sah mich an, und ich nickte. Er stapelte die Vorspeisenteller auf ein Tablett und trug sie den Weg entlang zum Resort.

»Cooper, das ist zu gut, um es zu verpassen. Probier einen

Bissen.« Ben griff über den Tisch und hielt mir seine Gabel an die Lippen. Ohne hinzusehen, schloss ich meinen Mund darum. Eine Art Fisch, leicht und flockig. Ben zog die Gabel weg. »Gut, oder?« Seine Stimme war heiser geworden.

Vielleicht musste ich nicht warten. Vielleicht war dieser Moment, köstliches Essen zu teilen, die Brise, die durch unsere Haare wehte, das Rauschen der Wellen im Hintergrund, der richtige.

»Ben, ich … ich möchte das weitermachen.«

»Romantische Essen miteinander haben? Da bin ich definitiv dabei.« Er zwinkerte und nahm einen weiteren Bissen von dem Fisch.

»Ja, und … und der ganze Rest. Zusammen einkaufen gehen. Dich auf Dates ausführen. Und ich möchte, dass du in mein Schlafzimmer ziehst.«

Er legte seinen Fuß in meinen Schoß und drückte seinen Absatz in meine Leistengegend. »Willst du das? Das gefällt mir.«

Ich murmelte einen Fluch und nahm seinen neckischen Fuß in meine Hand. Ich knetete seinen sandigen Spann.

»Ich möchte, dass du« – ich schluckte – »Teil meines Lebens bist.«

Sein Fuß zuckte aus meiner Hand, und der träge Dunst wich aus seinen Augen. »Teil deines Lebens?«

Ich streckte meine Hand, Handfläche nach oben, über den Tisch aus, und er legte seine Hand in meine. Die Berührung beruhigte mich, gab mir den Mut, weiterzumachen. »Ich will dich.« Ich räusperte mich. »Auf Dauer.«

»Auf Dauer?« Er umklammerte meine Hand. »Für immer?«

Ich atmete tief ein, nicht länger eingeengt durch ein Drücken auf meiner Brust. »Für immer.«

Er lockerte seinen Griff und zeichnete einen Kreis auf meinem Handgelenk, der mich erschaudern ließ. »Auch nachdem du zurück zur Arbeit gegangen bist?«

Das Schaudern verwandelte sich in einen eisigen Schauer, der durch meinen Körper jagte. Arbeit? Er wollte jetzt darüber reden, wo ich mich gerade für ihn aufschnitt? »Scheiß auf die Arbeit. Scheiß auf Synergy.« *Scheiß auf Jackson.* »Ich will dich, Ben. Siehst du das nicht?«

»Auch wenn ich dort nicht mehr arbeite, mache ich mir Sorgen um die Leute, die es tun. Du kannst Synergy nicht aufgeben. Nicht für mich.«

Zu spät. »Ich habe mich hier, auf der Insel mit dir, noch nie so frei gefühlt. Ich will nicht zurück. Nicht in nächster Zeit. Vielleicht nie.«

Seine Augen wurden weich, aber seine Stimme nicht. »Sie brauchen dich bei Synergy. Marlee. Meine Schwester, Mimi. Und Jackson. Dein Freund.«

Ich biss die Zähne zusammen. »Synergy – und Jackson – werden überleben, ob ich da bin oder nicht. Selbst wenn ich bis auf meine letzte verdammte Aktie alles verkaufe. Aber alles da drüben ist mir scheißegal. Wir müssen nicht nach San Francisco zurück. Wir könnten hier bleiben. Bist du hier nicht glücklich?« Die Insel tat ihm gut. Seine olivfarbene Haut war in der Sonne golden geworden, und sein dunkles Haar hatte sonnenuntergangsrote Strähnen. Aber Ben war sogar unter den Leuchtstoffröhren im Büro wunderschön.

Er nahm meine Rettungsleine weg und fuhr sich mit beiden Händen durch die Haare. »Ich kann nicht hier bleiben. Ich habe ein Leben. Familie. Studium.«

»Das können wir alles regeln. Fernstudium. Besuche auf dem Festland. Wir können sogar unsere Familien hierher bringen.« Mamá würde es lieben, wieder bei der Familie zu sein. Manchmal dachte ich, ich – und ihre Kirchendamen – seien das Einzige, was sie in den USA hielt.

»Ich weiß nicht, ob du das weißt« – ich schenkte ihm mein charmantestes Lächeln –, »aber ich bin stinkreich. Keiner von uns muss je wieder einen Tag in seinem Leben arbeiten.«

Ich hatte erwartet, dass sein Gesicht bei diesem Gedanken aufleuchten würde, bei dem Gedanken, alles zu teilen, was ich hatte, aber seine Lippen pressten sich zusammen. »Ich will nicht von dir abhängig sein, Cooper. Nicht so.«

Kälte durchfuhr mich. »Früher warst du für deinen Gehaltsscheck von mir abhängig. Inwiefern wäre das anders?«

Er blinzelte auf seinen Teller hinab. »Ich … ich weiß nicht. Selbst als ich am Tiefpunkt war und meine Eltern helfen wollten, wollte ich ihr Geld nicht annehmen. Ich schätze, ich musste beweisen, dass ich es allein schaffen kann. Ich habe hart gearbeitet, um mir ein eigenes Leben aufzubauen. Vielleicht ist es nicht großartig, aber es ist meins, weißt du?«

Das Bild von Ben allein in einem Obdachlosenheim ließ mein Blut von eiskalt zu kochend heiß werden. »Warum zum Teufel solltest du das wollen? Ich habe alles, und ich biete es dir an!«

Seine Augen glitzerten in der untergehenden Sonne. »Du bietest mir nicht alles an, oder? Ich habe dir alles darüber erzählt, was mir als Kind passiert ist. Aber du hast mir kein einziges Wort über dein Leben vor Jackson Jones erzählt.«

Mein Magen drehte sich um. Wenn ich es ihm erzählte, würden seine gütigen Augen hart vor Urteil werden. Oder schlimmer, vor Mitleid. »Das willst du nicht.«

»Natürlich will ich das«, schnappte er.

Ich stand auf, meine Hände zitterten. »Ich habe dir gerade meine Adern aufgeschnitten. Ich verblute für dich. Ich biete dir mein verdammtes Leben an!« Ich schlug mit der Faustkante gegen den Zaun, und er schepperte wie eine Glocke.

Ben erhob sich langsam. »Ich glaube nicht, dass das wahr ist. Du hast dich überhaupt nicht geöffnet. Nicht mir gegenüber, nicht irgendjemand anderem. Mir gefallen die Einblicke, die du mir diese Woche gegeben hast. Aber ich will alles.«

»Alles?« Ich spürte, wie meine Augen hervortraten, und es war mir egal. Meine Stimme riss durch meine Brust. »Niemand will alles, was in mir steckt.« Jemand so wunderschön und perfekt wie Ben konnte die Hässlichkeit, gegen die ich jeden Tag kämpfte, nicht ertragen. Ich war es gewohnt, sie zu verbergen. Und für einen Moment hatte ich gehofft, dass das, was ich bereit war, ihm zu zeigen, genug sein könnte.

Bens Augen wurden hart und glänzten wie Topas. »Wir brauchen eine Abkühlung. Wir können reden, wenn du nicht so drauf bist.« Er drehte sich auf der nackten Sohle um und hinkte um die Seite des Zauns herum zum Pfad, der zum Resort führte.

»Warte.« Wie hatte ich das nur so vermasseln können? Ich sprintete zur Ecke des Zauns und rannte gegen eine massive Wand.

»Geh mir aus dem verdammten Weg, Mateo«, knurrte ich.

»Nein, Lito. Du kannst nicht mit ihm reden, wenn du wütend bist.«

»Warum zur Hölle nicht?«

»Weil du mir gesagt hast, ich soll ihn beschützen. Und jetzt beschütze ich ihn vor dir.«

All die Hitze wich aus mir wie die zurückweichende Flut. »Ich würde nicht … ich würde niemals …«

Er verschränkte die Arme.

Er hatte recht.

Die Seite meiner Handfläche schmerzte dort, wo ich sie gegen den Metallzaun geschmettert hatte. Scheiße. Ich rieb mir mit der anderen Hand über die Augen. »Geh ihm bitte nach. Stell sicher, dass er in Sicherheit ist.« Ich fügte nicht hinzu: *vor mir*.

Im nächsten Augenblick war er verschwunden.

Ich wandte mich wieder dem Tisch zu. Die grellen Blumen. Bens halb aufgegessenes Abendessen. Mein unberührter Teller. Die Kühlbox mit dem zu süßen Schokoladendessert, das er geliebt hätte. Ich legte meine Hände auf meinen Kopf und zog an den Haarwurzeln. Ich hatte alles versaut. Und jetzt war er weg.

Ich wollte den Tisch umtreten. Die Blumen mit bloßen Händen zerfetzen. Die Teller zerschmettern. Es würde sich für eine Minute gut anfühlen. All die Anspannung lösen, die sich in meinen Muskeln aufgebaut hatte.

Aber es würde ihn не zurückbringen.

Ich ließ meine Haare los, und meine Hände fielen schlaff an meine Seiten.

Ein Wimmern kam von unten, und als ich hinabsah, blickte Coco zu mir auf und blinzelte mit seinen großen, braunen Augen.

»Was zum Teufel machst du hier? Warum bist du nicht mit Ben gegangen?«

Der Hund gähnte und rieb dann sein Gesicht an meinem Bein.

»Hirnloses Tier. Jeder weiß, dass Ben ein besserer Mensch ist als ich. Ich werde wahrscheinlich vergessen, dich zu füttern. Du solltest ihm folgen. Los.«

Er ließ seinen Hintern in den Sand plumpsen und starrte mich an.

»Na gut. Dein Fehler.«

Ich stellte meinen Teller mit Fisch und Gemüse in den Sand. Während Coco ihn verschlang, spülte ich meine Füße unter dem Wasserhahn mit kaltem Wasser ab und stapfte dann zurück ins Haus. Ich fand ein Handtuch und wischte Coco ab. Als er sauber war, ließ ich ihn mir ins Haus folgen. Ich schlug ihm die Schlafzimmertür vor der Nase zu – ich hatte meine Grenzen – und kroch allein unter die Decke.

25

BEN

ICH WACHTE vom Duft kräftigen Inselkaffees auf.

»Mmm, Cooper.« Ich streckte mich, und als meine Hände auf das Sofakissen trafen, machte mein Magen einen Satz, als hätte ich auf der Treppe eine Stufe verfehlt.

Ich riss die Augen auf und starrte an die unbekannte Decke, auf der kein von Coopers Pool reflektiertes Licht tanzte.

Und ein Paar braune Augen, keine blauen, beobachtete mich über die Rückenlehne des Sofas hinweg.

Ich setzte mich so schnell auf, dass dunkle Flecken vor meinen Augen tanzten.

»Morgen«, sagte Ramón. »Kaffee?« Er hielt mir eine weiße Tasse hin.

»Bitte.« Ich nahm sie ihm ab und nippte daran. Er hatte ihn mit Sahne und reichlich Zucker verfeinert, und ich lehnte mich in die Sofakissen zurück. »Danke, dass ich hier pennen durfte.«

»Kein Problem. Aber du gehst heute zurück, ja?«

»Ich weiß nicht.« Gestern, als wir durch die Stadt gelaufen waren und Coopers Tío kennengelernt hatten, war das pures Glück gewesen. Die Zukunft hatte sich vor mir aufgetan, und ich hatte uns beide gesehen, Cooper und mich, Seite an Seite, wie wir uns den Herausforderungen und Belohnungen des Lebens stellten. Gemeinsam.

Dann, als er versucht hatte, mein Leben neu zu ordnen, und schlimmer noch, als er diesen Teil von sich zurückgehalten hatte, waren die vertrauten Gefühle des Zweifels, des Selbsthasses, der Eifersucht wieder in mir hochgekrochen. Hatte er seine Wahrheit mit Jackson geteilt? Wieder einmal war ich gut genug für eine Affäre, aber nicht für die ernsten Dinge.

»Heute.« Ramón nickte, als hätten wir es beschlossen. Er hatte keine Fragen gestellt, als ich letzte Nacht an seine Tür geklopft hatte. Er hatte mich einfach hereingelassen und sich wieder auf das Sofa gesetzt, um Baseball zu schauen. Ich hatte das Gefühl, dass er zugehört hätte, wenn ich hätte reden wollen. Aber er schien zu wissen, was ich nicht gesagt hatte. Dass ich Cooper Fallon genauso wenig aufgeben konnte, wie ich das Atmen aufgeben konnte.

»Du hast recht. Ich sollte mit ihm reden. Ich bin ein erwachsener Mann.«

Er gluckste. »Ja, das bist du. Und jetzt hol dir deinen Mann.«

Ich trank den letzten Rest Kaffee aus und versuchte, mich in Ramóns Bad präsentabel zu machen. Meine Augen waren verquollen und mein Hemd war vom Schlafen darin zerknittert. Aber ich brauchte meine harte Nacht nicht vor Cooper zu verbergen. Sollte er ruhig sehen, was er angerichtet hatte. Wie er mich verletzt hatte. Damit er es nicht wieder tat.

Zwanzig Minuten später atmete ich tief durch und verließ den Pfad an Coopers Gartentor. Nachdem ich ihn letzte Nacht einfach verlassen hatte, fühlte es sich nicht richtig an, die Schlüsselkarte zu benutzen, die er mir gegeben hatte. Genauso wenig wie an der Haustür zu klingeln.

Ein vertrautes Bellen kam vom Strand. Ich machte zwei Schritte in diese Richtung, bevor Coco auf mich zusprintete, seine Schlappohren flogen nur so. Ich kniete mich hin, öffnete meine

Arme, und er zappelte sich hinein und leckte jede Stelle ab, die er erreichen konnte.

»Hör auf, Coco«, sagte ich lachend. »Ich habe dich auch vermisst.«

Er hielt einen Moment inne, um über seinen wedelnden Schwanz zurückzublicken. Cooper stand sechs Meter entfernt und hielt einen Tennisball in der Hand.

Als ich aufstand, trabte Coco zurück zu Cooper und setzte sich ihm zu Füßen.

»Hi«, sagte Cooper. Er trug die Shorts und eines der Guayaberas, die wir bei unserem Einkaufsbummel gekauft hatten. Seine Sonnenbrille spiegelte den bedeckten Himmel wider.

»Hi.« Ich überbrückte die halbe Entfernung zwischen uns.

»Ich bin froh, dass es dir gut geht. Mateo hat gesagt, du bist zu Ramón gegangen?«

»Ja. Wir haben Baseball geschaut, und ich habe auf seiner Couch geschlafen.«

»Er ist ein guter Mann, Ramón.«

»Ja.« Ich ließ ein Grinsen über mein Gesicht huschen. »Er macht besseren Kaffee als du.«

Sein Kiefer spannte sich an und er starrte auf die Wellen, die den Strand umschmeichelten.

Langsam ging ich auf ihn zu, bis ich nah genug war, um ihn zu berühren. Ich griff nach seiner Hand und nahm den widerlich feuchten Tennisball. Ich warf ihn in Richtung Strand und wischte meine Hand an meiner Jeans ab. Dann schob ich meine Hand in seine. Ich wartete.

»Hör zu, es tut mir leid, dass ich letzte Nacht so ausgerastet bin. Wenn du dich bei Ramón sicherer fühlst –«

Ich drückte seine Hand, um ihn zu unterbrechen. »Dein Bellen macht mir keine Angst. Das solltest du inzwischen wissen.«

Coco raste über den Sand und ließ den Ball in Coopers Hand fallen. Er warf ihn mit der rechten Hand, und Coco schoss davon.

Ich straffte die Schultern. »Als du dich mir gegenüber

verschlossen hast, hat das einen wunden Punkt bei mir getroffen, weißt du? Ich hatte eine Menge Beziehungen, aber niemand bleibt. Langsam glaube ich, es liegt nicht an ihnen, es liegt an mir.«

Er trat näher, bis sich unsere Schultern berührten. »Ben, es liegt nicht an dir. Du bist –«

»Lass mich einfach ausreden, okay?« Ich wünschte, er würde die Sonnenbrille nicht tragen, damit ich ihm in die Augen sehen konnte. »Mimi – meine Schwester – sagt mir ständig, dass ich mein Herz auf der Zunge trage. Ich brauche nicht, dass du das tust, aber ich brauche, dass du dich ein wenig öffnest. Dass du teilst, was in dir vorgeht. Wenn du Gefühle hast, sprich darüber, anstatt zu versuchen, mich mit einem deiner Ausraster abzulenken. Okay?«

Unter der Sonnenbrille wurde sein Mund schmal. Nach ein paar Sekunden des Schweigens sagte er: »Es tut mir leid, Ben. Dass ich dich angefahren habe und dass ich mich zurückgehalten habe. Ich werde versuchen, es besser zu machen. Bleib einfach … bleib einfach.«

Ich trat näher, bereit, ihn in die Arme zu nehmen, aber er hielt eine Hand hoch und griff mit der anderen in seine Hosentasche. Während er auf dem Handy tippte, warf ich den Ball für Coco, der über den Sand sprintete, wieder den Strand entlang.

»Schau.« Cooper hielt mir sein Handy hin.

Ich überflog den Bildschirm. »Ein Verkaufsauftrag für Aktien?« Ich rümpfte die Nase. »Ich dachte, wir hätten hier gerade einen besonderen Moment, und du denkst an dein Portfolio?«

»Kein Verkauf. Eine Übertragung. An dich.«

»An mich? Sind das Synergy-Aktien?«

»Ja. Freu dich nicht zu früh. Es sind nur etwa fünf Prozent meiner Anteile.«

Ich schaute genauer auf die Zahl. Das waren eine Menge Nullen. »Für … für mich? Bist du sicher?«

»Ich löse die Partnerschaft mit Jackson auf. Ich will dein Partner sein.«

Ich zuckte zusammen. »Cooper, das klingt nicht nach der gesündesten Art und Weise, um –«

»Schh. Ich setze alles auf dich, Ben. Auf dich und mich. Ist es nicht das, was du wolltest?«

Ich blickte zu dem Mann, der im Sand stand, die Sonne umschmeichelte die goldenen Wellen seines Haares und die gebräunte Haut seiner Wangenknochen. Alles auf eine Karte zu setzen war genau das, was ich wollte. Was ich nach der langen Reihe von Männern, die mich nie für genug gehalten hatten, brauchte. Ich nickte.

Er öffnete seine Arme, und ich trat in sie, schmiegte mein Gesicht in die Kuhle zwischen seinem Hals und seiner Schulter.

Geborgen in seiner Umarmung, die sich anfühlte wie die Küche meiner Eltern an Rosch Haschana, ein warmer Schlafsack in einer kühlen Nacht und ein Latte Macchiato mit genau der richtigen Menge Milchschaum, wollte ich nie wieder gehen. Wenn er bereit war, es zu versuchen, mir einen Blick auf den wahren Cooper Fallon zu gewähren, den, den niemand, nicht einmal Jackson Jones, je zu sehen bekam, dann wäre es das wert.

»Okay«, sagte ich mit einem Seufzer.

Er neigte seinen Kopf, um mich zu küssen, seine Lippen zerrten an meinen, als könnte er mir nicht nahe genug kommen. Ich öffnete mich ihm und ließ ihn mit seiner Zunge plündern. Er musste mich für sich beanspruchen, so wie er den Chefsessel vor einem Raum voller Führungskräfte beanspruchte. *Meins*, sagte sein Kuss.

Und weil wir gleichberechtigte Partner waren, knabberte ich an seiner Zunge. *Meins.*

Als ich keine Luft mehr bekam, zog ich mich zurück. Ich ließ meine Lippen sich kräuseln bei dem Anblick, wie auch sein Brustkorb sich hob und senkte, bei dem verzweifelten Ausdruck auf seinem Gesicht. »Wollen wir das vielleicht drinnen fortsetzen?«

Wortlos zerrte er mich durch das Tor und ins Haus. Direkt den Flur hinunter zu seinem Schlafzimmer. Er schloss die Tür. Coco wimmerte einmal und ließ sich dann dagegenfallen.

Cooper legte seine Hand auf meine Hose, während er mir einen weiteren fordernden Kuss gab. Gott, würde er mich endlich ficken? Ich musste erst duschen. Ich brauchte –

»Hör auf zu denken. Lass mich mich wenigstens hier um dich kümmern«, knurrte er an meine Lippen. Er öffnete meinen Reißverschluss und schob meine Hose und Unterwäsche nach unten. Dann führte er mich zum Bett, damit ich mich hinsetzte, und kniete vor mir nieder.

»Oh, Gott«, flüsterte ich.

Ohne den Blickkontakt zu unterbrechen, senkte er seine Lippen zu meinem Schwanz. Er leckte die Spitze. Dann öffnete er seinen Mund und umschloss die Eichel. Diese blauen Augen, durchzogen von Lust, sagten: *Du gehörst mir.* Dieses *hier gehört mir.*

Ich schloss die Augen, überwältigt von der Intensität. Cooper Fallon hatte mich erobert.

Er saugte an mir. Es war nicht der geschickteste Blowjob, den ich je bekommen hatte, aber das machte er durch Eifer wieder wett. Der Druck in meinen Eiern baute sich auf und das vertraute Kribbeln lief mir den Rücken hinunter. Ich berührte seinen Kopf, eine Warnung. »Cooper, ich –«

Er stand auf, fummelte an seiner Hose und ließ sie fallen. Verdammt, ich wäre fast gekommen, als ich seinen Schwanz anstarrte. Er war länger und dicker als meiner, mit einer Aufwärtskurve. Unbeschnitten. Und hart, nur für mich. Es würde sich unglaublich in mir anfühlen. Ich beugte mich vor, begierig, die glänzende Spitze zu lecken, aber er riss mich hoch und nahm uns beide in die Hand. Er machte sich nicht die Mühe, Gleitgel zu verwenden, sondern sammelte mit seinem Daumen unser Präejakulat und verteilte es auf seiner Handfläche.

Seine große Hand umschloss uns beide, und er rieb uns aneinander. Mein Schwanz glitt an seinem entlang. Das Kribbeln in meinem unteren Rücken verstärkte sich. Ich beugte mich zu ihm und nahm seine Unterlippe zwischen meine Zähne. Dann umfasste ich seine Eier, und er stöhnte, seine Hand bewegte sich schneller.

Ich stand kurz davor, wie ein Vulkan auszubrechen, also griff ich tiefer und fuhr mit einem Finger von seinem Damm zu seinem Loch. Ohne Gleitgel legte ich nur meine Fingerkuppe darauf. Was könnten wir später miteinander anstellen, wenn wir nicht so verzweifelt nach Verbindung suchten, wenn der Versöhnungssex vorbei war? Mochte er es, dort berührt zu werden?

Er mochte es. Er zuckte gegen mich und bespritzte mein Hemd, sein Hemd und mein Kinn mit seinem Sperma. Ich erschauderte und kam ebenfalls, spritzte über uns beide. Er hielt mich die ganze Zeit über fest. Schließlich sank ich gegen ihn. Er ließ mich los und legte eine klebrige Hand auf meinen Rücken, um mich zu stützen.

Ich gluckste. »So sehr ich Versöhnungssex auch liebe, lass uns nicht noch einmal so streiten, okay?«

Sein Lachen wuschelte durch meine Haare. »Okay. Obwohl es ziemlich fantastisch war.«

Ich küsste seine Wange und lehnte mich dann zurück. »Ich zeige dir, was fantastisch ist. Nachdem wir uns saubergemacht haben. Und ein Nickerchen gemacht haben.«

Er blinzelte mit seinen blutunterlaufenen Augen. »Mir gefällt, wie du denkst.«

Und, als hätten wir das schon ewig und nicht erst zehn Tage im Paradies getan, folgte er mir ins Bad und stieg mit mir unter die Dusche.

26

COOPER

»SIEHT SO AUS, als hättet ihr zwei euch wieder vertragen.«

Ich grunzte und ließ meinen Blick nicht von dem Hacky Sack, den Mateo in meine Richtung kickte. Ich konnte nicht fassen, dass er das alte Ding in Tía Camelias Schuppen gefunden hatte. Ich hatte so etwas nicht mehr gesehen, seit wir Teenager waren. Ich war etwas aus der Übung, aber ich konnte meinen Cousin nicht gewinnen lassen. Ich nahm ihn mit dem Spann an, ließ ihn ein paarmal auftippen und schoss ihn zurück zu Mateo.

»Als er zu Ramón gegangen ist, dachte ich, na ja, vielleicht ist es mit euch aus und er ist bereit, sich jemand …« – er machte eine Kopfbewegung hinter mich, und ich hörte Ramóns tiefes Bauchlachen und dann Bens helleres – »… Unkomplizierterem zuzuwenden.«

Meine Augen brannten vor dem Verlangen zu sehen, was sie taten. Bens Lachen war wie ein eigener Schlüssel zu meinem Herzen, und wenn er mit mir – oder häufiger über mich – lachte, wollte ich diesen Klang wie einen Schatz hüten.

Ich kickte den Sack hoch in die Luft, aber Mateo köpfte ihn mühelos zu mir zurück. Ich nahm ihn mit der Brust an, ließ ihn auf meine Zehenspitze fallen und schoss ihn zurück in Richtung von Mateos Schritt.

Er machte einen Schritt zur Seite, tippte den Ball mit der Hüfte und dann mit der Ferse an, ein Rainbow-Flick über seine Schulter, und spielte ihn mit der Fußspitze zu mir zurück. »Ich schätze, Ben ist einfach von Natur aus anhänglich.«

Der Sack traf mich am Hintern, weil ich herumgewirbelt war, um Ben wütend anzustarren. Aber er kraulte Coco hinter den Ohren und Ramón stand zwei Meter entfernt und schenkte einen weiteren von Tía Abuela Isobels Rumpunschen ein. Wenn Ben zu viele davon trank, müsste ich ihn hier raustragen. Mateo und ich hatten unseren Teil davon in Camelias Büsche gekotzt.

»Arschloch«, knurrte ich.

»Kannst du es mir verübeln?« Mateo zuckte mit den Schultern und hob die Hände. »Es macht einfach zu viel Spaß, dich aufzuziehen.«

Ich hob den Hacky Sack auf und knallte ihn ihm in die Handfläche. »Ich habe fertig. Geh mit den anderen Kindern spielen.«

Er steckte ihn in seine Hosentasche. Dann legte er seine Hand auf meine Schulter. »Es ist schön, dich so zu sehen. Ich freue mich für dich, Primo.«

Ein ungewohntes Gefühl, das meine Wangen zu einem breiten Lächeln dehnte, zerrte an Muskeln, die ich eine Weile nicht benutzt hatte. »Ich freue mich auch für mich.« Ich schlug meine Hand auf seine und hielt sie für eine Sekunde dort. Dann schlug ich seine Hand weg. »Ich suche dich, wenn wir bereit sind zu gehen.«

Er salutierte mir mit zwei Fingern, bevor er davon joggte, um sich seinen Nichten und Neffen bei ihrem Fußballspiel auf Tía Camelias kleinem Rasenstück anzuschließen.

Ich drehte mich wieder zu Ben um, der sich in einem niedrigen Adirondack-Stuhl fläzte und einen Becher von Isobels pinkem Punsch kippte. Er war derjenige, der mich zum Sonntagsbrunch mit meiner Familie geschleppt hatte. Und er schien eine gute Zeit zu haben, verschlang das einfache Essen und übte sein rudimentäres Spanisch mit meinen Verwandten. Er war bei meiner Familie zu Hause. Bei mir.

Sein Glück, seine Behaglichkeit, waren für mich das Wichtigste geworden.

Er mochte mich, so wie ich war, mit all meinen lächerlichen Ausrastern. Obwohl ich hoffte, dass ich mit Bens beruhigendem Einfluss in meinem Leben nicht mehr so viele Ausraster haben würde. Und mit der neuen Freiheit, weniger in Synergy investiert zu sein.

Sobald ich als COO zurückgetreten war und meine Verantwortlichkeiten übergeben hatte, müsste ich nicht mehr der perfekte Manager sein. Ich müsste nicht mehr nach Singapur, Mumbai oder London jetten. Oder mit einem Tag Vorwarnung nach Boston. Ich konnte mich auf meine Familie auf der Insel konzentrieren. Ihnen helfen. Ich müsste mir keine Sorgen um die Leute eines globalen Konzerns machen, plus all die Aktionäre und Geschäftspartner. Nur um die Menschen, die mir wichtig waren.

Einschließlich Ben.

Ich konnte ihn glücklich machen. Er würde einen Job finden, höchstwahrscheinlich wieder in Kalifornien, denn seine Familie – und seine Unabhängigkeit – war ihm wichtig. Aber wir könnten die Insel so oft besuchen, wie er wollte. Meine Familie hatte ihn bereits aufgenommen. Einer meiner jungen Cousins reichte ihm einen Mantecadito, und er stopfte sich den butterweichen Keks in den Mund. Das Kind lachte, als Ben die Augen verdrehte und so tat, als würde er in Ohnmacht fallen.

Er würde niemals die andere Seite meiner Familie kennenlernen müssen. Meinen Vater mit seinem Alkoholismus und seiner Wut und seinen prügelnden Fäusten. Ich würde ihm von Mick erzählen, damit er die Gefahr kannte, sowohl von Mick als auch von mir als seinem Sohn. Wenn Ben immer noch mit mir zusammen sein wollte, würde ich eine Brandschutzmauer um ihn errichten, genau wie ich es bei Mamá getan hatte.

Mamá würde ihn lieben. Sie würde seine Fürsorge, seine

Freundlichkeit erkennen, seine Ahnungslosigkeit, dass ihm jemand wehtun könnte.

Unsere Blicke trafen sich über den Garten, und plötzlich wollte ich die Süße des Punsches auf seinen Lippen schmecken. Ich pirschte auf ihn zu und schlängelte mich den Pfad zwischen Camelias Blumenbeeten entlang. Seine Augen weiteten sich, und ein Lächeln spielte um seine Mundwinkel.

Mein junger Cousin hüpfte davon. Ich konnte nicht erkennen, was Ramón tat oder ob er überhaupt noch bei Ben war. Mein Blick wich nicht von seinen klaren braunen Augen. Als ich ihn erreichte, beugte ich mich in der Taille und stützte meine Hände auf die breiten Armlehnen des Stuhls. Diese Position brachte mein Gesicht direkt vor seins. Sein Atem ging schnell durch seine geöffneten Lippen.

Langsam überbrückte ich die Distanz, bis meine Lippen auf seine trafen, klebrig vom zuckrigen Punsch. Ich leckte einen Kekskrümel weg und drang dann mit meiner Zunge in seinen Mund ein. Ein oder zwei meiner Verwandten johlten uns zu, aber das war mir egal. Alles, was ich wollte, war mein Ben und die Freiheit, einfach auf ihn zuzugehen und ihn zu küssen, wann immer mir verdammt noch mal danach war.

Als ich mich löste, flatterten seine Augen auf. »Wofür war das?«

»Wofür? Für nichts. Ich hab's getan, weil ich es kann.« Ich ließ meinen Blick von seinen glasigen Augen zu seinem kussgeröteten Mund wandern, bis hin zur Beule in seinen Shorts. Ich verweilte dort, und als ich meinen Blick wieder auf Bens Gesicht richtete, hatten sich seine Augen geschärft.

Er leckte sich über die Lippen. »Bereit zu gehen?«

»Und ob ich das bin«, knurrte ich, zu leise, als dass es jemand anderes hätte hören können.

Er rutschte im Stuhl hin und her und fuhr sich verstohlen über die Shorts, bevor er mir seinen Arm entgegenstreckte. »Hilfst du mir aus diesem Ding hier raus?«

Ich packte seine Hand und zerrte ihn aus dem niedrigen

Stuhl, ganz nach oben, bis seine Brust auf meine traf. Er schwankte, und ich ergriff seine Schultern. »Alles in Ordnung bei dir?«

»Ja.« Er blinzelte. »Der Punsch ist ziemlich stark.«

»Und wie. Ich bin fast passiv betrunken geworden, als ich dich geküsst habe.«

»Gut, dass wir eine Mitfahrgelegenheit nach Hause haben.«

Nach Hause. Ich lächelte.

In meiner Familie sind Abschiede nie schnell. Oder nüchtern. Fast eine Stunde später warf ich Bens letzten Punschbecher weg und folgte ihm auf den Rücksitz des SUVs. Mateo blickte über seine Schulter, um sicherzugehen, dass wir uns angeschnallt hatten. Ich half Ben bei seinem Gurt.

Er ließ den Kopf gegen die Kopfstütze sinken. »Hattest du Spaß, Mateo?«

»Natürlich. Es ist immer gut, meinen Primo wieder zu Hause zu haben. Ich kann ihn aufziehen, so wie früher, als wir Kinder waren.«

»Oh, wirklich?« Ben warf mir einen schelmischen Seitenblick zu, bevor sein Blick Mateos im Rückspiegel traf. »Womit hast du ihn denn früher aufgezogen?«

»Mädchen. Und Jungs. Und Sport. Aber nie mit der Schule, denn das war das Einzige, worin er mir den Arsch aufgerissen hat.«

»Das Einzige?« Ich zog eine Augenbraue hoch.

»Das Einzige. Ich habe dich gerade im Hacky Sack besiegt. Und fang bloß nicht von Isaac an.«

»Okay, okay.« Ich streckte ihm meine Handflächen entgegen. »Du gewinnst.«

»Ich habe heute eine interessante Geschichte gehört«, sagte Ben. »Von Luis.«

»Ach wirklich?« Ich rieb über das Zifferblatt meiner Rolex.

»Er hat gesagt, dass du Teilhaber des Resorts bist. Dass du ihm das Startkapital gegeben hast.«

Luis. Gib ihm einen Becher Punsch und er plapperte wie eine

Elster. Ich spannte meine Kiefermuskeln an. »Es war eine gute Investition.«

»Und Isobel hat gesagt, dass du deinen Anteil am Gewinn zurück in die Gemeinde fließen lässt.«

»Ich bin sicher, das hat sie nicht gesagt.« Tía Abuela war keine betrunkene Plaudertasche.

»Sie hat gesagt, dass du den Bau des neuen Gemeindezentrums finanzierst. Und ich erinnere mich, dass deine Freundin der Familie meinte, du hättest dasselbe mit der Schule gemacht. Also, sie mit deinen eigenen Händen gebaut.«

»Isobel liebt das Gemeindezentrum«, grummelte ich. »Tanzen ist eine gute Übung für jemanden in ihrem Alter.«

Mateo schnaubte. »Wir wünschten, er würde sich aufs Spendensammeln beschränken. Um ihn davon abzuhalten, mit diesen Geldhänden zu hämmern.«

Ich starrte ihn wütend im Spiegel an. »Nach dem Hurrikan mussten alle mit anpacken. Ich wollte meiner Familie helfen.«

»Ist hier auf der Insel jeder deine Familie?« Ben drehte den Kopf zu mir und blinzelte langsam.

»Nicht jeder. Nicht in der Stadt. Aber in diesem Teil hier schon, so ziemlich. Mamá und ich lebten in den USA, aber sie brachte mich zurück, wann immer sie konnte.« Wann immer Mick es ihr erlaubte oder wenn er zu betrunken war, um sich darum zu kümmern. Obwohl es ihm normalerweise nicht egal war, wenn wir zurückkamen. Trotzdem waren diese paar Tage oder Wochen des Friedens es wert gewesen. Und in das Resort zu investieren, half nicht nur meinem Freund, sondern war auch eine Art, der kleinen Gemeinde für das zu danken, was sie für mich getan hatte.

»Sogar der Bürgermeister ist unser Cousin dritten Grades, zweifach entfernt. Wir sind alle eine Familie, und jetzt bist du es auch, Ben.« Mateo nickte zu seiner eigenen Feststellung, während er den SUV vor dem Bungalow parkte.

»Wartet hier«, sagte er. Er schloss die Tür auf und ging hinein. Ich hätte nicht gedacht, dass er seine Bodyguard-Pflichten so ernst nehmen würde. Der Cousin, an den ich mich erinnerte, neigte dazu, sich durchs Leben zu lachen und anderen die Verantwortung zu überlassen. Es schien, als hätte er sich verändert. Könnte ich mich in die andere Richtung verändern, sorgloser werden und den Ruhestand tatsächlich genießen?

Ich warf einen Blick auf Ben. Seine Augen waren zugefallen. Ich strich ihm eine verirrte Locke von der Stirn, und er lächelte. Womit hatte ich das Recht verdient, ihn hier bei mir zu haben, und dass er mich so sehr mochte, dass er mit mir zu einem meiner Familientreffen kam? Dass er bereit war, ein Haus mit mir zu teilen, und ein Bett?

Nichts. Ich hatte nichts getan. Ben, mit seinem Herzen auf der Zunge, der sich nach Liebe sehnte, hatte alles getan. Und wenn er sein eigenes Herz nicht schützen konnte, würde ich es für ihn tun.

Mateo öffnete meine Tür. »Alles klar.«

Ich stieg aus, umrundete den SUV und öffnete Bens Tür. Nachdem ich seinen Sicherheitsgurt gelöst hatte, tauchte ich unter seinem Arm durch und hob ihn halb aus dem Auto. Er schlug die Augen auf, als seine Füße die Auffahrt berührten. »Zuhause?«

»Ja. Zuhause.« Ich stützte ihn bis zur Tür. »Danke, Mateo. Gute Nacht.«

»Buenas noches, Lito. Bis morgen.«

Ich schloss die Tür ab und schleppte mich mit Ben durch mein Schlafzimmer ins Badezimmer, wo ich ihn an der Theke abstützte. »Brauchst du Hilfe?«

Seine Augenlider hingen immer noch schwer, aber er stand stabil genug. »Ich schaffe das schon.«

Als ich das Gästebad benutzt und mich in eine leichte Pyjamahose umgezogen hatte, kam Ben aus dem Badezimmer, immer noch voll bekleidet, roch aber nach Zahnpasta und Minze.

»Der Punsch hat mich echt umgehauen«, sagte er mit einem entschuldigenden Lächeln.

»Ich hätte dich warnen sollen. Isobel hat damit schon größere Männer zur Strecke gebracht.« Ich legte einen Arm um seine Taille und stützte ihn zum Bett. »Hattest du trotz des Punsches Spaß?«

»Ja. Ich mochte es, Teil deiner Familie zu sein.«

Meine Knie wurden weich, und ich ließ ihn weniger elegant als geplant aufs Bett fallen. Er lachte und federte auf.

»Wirklich?« Ich ließ mich neben ihm nieder. Ich beugte mich vor, um ihm seine Schuhe und Socken auszuziehen.

Er rieb mir den Rücken. »Ja.«

Nachdem ich ihm sein Hemd über den Kopf gezogen hatte, half ich ihm, sich auf die Matratze zu legen. Ich öffnete den Reißverschluss seiner Shorts und zog sie ihm von den Beinen, sodass er nur noch seine Unterwäsche anhatte. Dann faltete ich sein Hemd und seine Shorts zusammen, legte sie auf den Nachttisch, bevor ich zur anderen Seite des Bettes ging und unter die Decke stieg.

Ben kam mir in der Mitte entgegen. Er küsste mich und drehte sich dann um, um der kleine Löffel zu sein, und schob seinen Hintern gegen mich. Er hatte vielleicht einen Whiskey-Schwanz, aber ich nicht. Ich bewegte mich, um zu versuchen, meine Erektion weniger offensichtlich zu machen.

»Ich kann verstehen, warum es dir hier gefällt.« Bens Stimme war lallend und langsam.

»Tust du das?« Ich küsste seine Schulter. »Was gibt es nicht zu mögen? Weiche Laken, ein umwerfender Mann in meinen Armen …«

»Ich meinte nicht mich. Obwohl ich sowohl umwerfend als auch fantastisch bin.« Er gähnte. »Ich meine hier, die Insel. Deine Familie.«

Ich summte zustimmend. Jetzt, wo Ben schläfrig und betrunken war, war nicht der richtige Zeitpunkt, um das Thema eines dauerhaften Umzugs hierher wieder aufzugreifen. Aber die Möglichkeit, dass er sich nicht erinnern würde, was ich sagte, machte mich kühn. »Meine Familie – meine Inselfamilie – sie sind wunderbar. Aber ein Teil meiner Familie ist es nicht.«

»Ja?« Er verlagerte sein Gewicht, aber ich hielt ihn fest. Dieses Gespräch wäre einfacher, ohne in seine wunderschönen Augen zu blicken.

»Ich schulde dir ein wenig Vorgeschichte.« Ich legte meine Nase an sein Schulterblatt. »Mein Vater hatte ein Temperament. Nein, ich werde es nicht beschönigen. Er war gewalttätig. Zuerst gegenüber meiner Mutter und dann gegenüber uns beiden.«

»Cooper.« Er versuchte, sich wieder umzudrehen, aber ich hielt ihn fest.

Ich kniff meine Augen fest zu. »Und ich bin – ich bin wie er. Ich bin sogar nach ihm benannt. Ich bin Michael Cooper Fallon. Deshalb nennen mich die Leute hier Miguelito oder Lito. Das bedeutet kleiner Michael.«

»Du bist nicht wie er. Cooper, lass mich …« Als er sich windete, um mir gegenüberzutreten, traf einer seiner spitzen Ellbogen meinen Bauch, und ich grunzte. »Du bist es nicht.«

Ich starrte auf die Mitte seiner Brust, als könnte ich durch sie hindurch bis zu seinem weichen Herzen sehen. »Erinnerst du dich nicht, warum ich hierhergekommen bin? Ich habe meinen verdammten Schreibtisch zerbrochen.«

»Das Glas ist zerbrochen, weil es nicht die richtige Art von Glas war. Eine dieser schrecklichen Aushilfen, die du vor mir hattest, muss das Falsche bestellt haben.« Er durchbohrte mich mit seinem Blick. »Ja, du hast ein Temperament. Und du solltest wahrscheinlich daran arbeiten. Aber du bist kein Gewalttäter. Du wirst mich nicht verletzen.«

Er kapierte es nicht. Er war noch nie mit einem Gewalttäter zusammen gewesen. »Ich habe meine Hand gegen den Zaun geschlagen, in der Nacht, als du weggegangen bist.«

»Du hast den Zaun geschlagen, nicht mich. Ich bin gegangen, weil wir uns beide abkühlen mussten. Das haben wir getan, und ich bin zurückgekommen.«

»Aber ich–«

»Schsch.« Er küsste die Mitte meiner Brust. »Du wirst mich nicht verletzen.«

Das konnte er nicht wissen. Nicht einmal ich wusste das. Mick war nie auf der Insel gewesen, aber in dieser Nacht war er in meinem Schlafzimmer und schwebte direkt hinter mir. Das jähzornige Temperament, die hämmernden Fäuste, die Reue danach. All meine Sitzungen bei Dr. Pradhi hatten mich nicht davon überzeugt, dass er nicht tief in mir lauerte und auf seine Zeit wartete, bis er ausbrach und ich jemanden schlug, den ich liebte.

Und trotz meiner Rede an Ben neulich, dass ich voll und ganz dabei war, war das ein Risiko, das ich nicht eingehen würde. Ich würde diesen letzten Teil von mir wegschließen, den, der ihn liebte.

Große Emotionen wie Liebe waren gefährlich. Sie taten weh.

»Schlaf«, flüsterte ich in sein Haar.

»Mhm«, murmelte er gegen mein Brustbein.

Ich rollte auf den Rücken und zog ihn mit mir, sodass sein Kopf auf meiner Brust ruhte. Seine Atemzüge wurden gleichmäßig und langsamer.

Diese Art von Intimität konnte ich schaffen. Das romantische Abendessen, das Treffen mit der Familie, das Kuscheln-im-Bett-Zeug, das Ben liebte. Er brauchte diesen letzten Teil von mir nicht. Wenn er wüsste, wie gefährlich ich war, würde er ihn nicht wollen.

Selbst wenn er ihn wollte, könnte ich ihn ihm niemals geben.

27

COOPER

BEN SCHLIEF NOCH und schnarchte leise, als ich mich am nächsten Morgen früh von ihm löste. Ich lief in die Nachbarstadt und zurück, während die dampfige Luft meine Lungen füllte und die Sonne am Himmel emporstieg, was mich nach den kühlen, nebligen Morgen in San Francisco sehnen ließ.

Ich würde die Stadt vermissen, die ich immer mein Zuhause genannt hatte. Aber Synergy würde ich nicht vermissen. Die Unruhe, die sich in den letzten Tagen in mir geregt hatte, bedeutete nicht, dass ich die Herausforderung, das Gefühl, am Ende eines langen Tages etwas geschafft zu haben, oder die Menschen, die ich früher meine Arbeitsfamilie nannte, vermisste. Ich hatte das Gemeindezentrum, an dem ich arbeiten konnte, und das war genug.

Ich hatte alles, was ich auf der Insel brauchte. Köstliches Essen, ein gemütliches Zuhause, WLAN, wenn ich es wollte, eine liebevolle – wenn auch etwas aufdringliche – Familie und Ben. Ben machte mich glücklich. Wir würden ein gemeinsames Hobby finden. Golf. Spontane Fußballspiele mit den Teenagern aus der Nachbarschaft. Vielleicht könnte ich meine handwerklichen

Fähigkeiten auffrischen und eine echte Bereicherung für die örtliche Gemeinde sein. Es gab noch mehr Wiederaufbau zu leisten, selbst zwei Jahre nach dem Hurrikan.

Ich musste Ben nur davon überzeugen zu bleiben. Dass er mich genauso sehr brauchte wie ich ihn.

Während ich die Straße nach Hause entlanglief, schmiedete ich einen Plan. Mit meiner Unterstützung könnte Ben entweder per Fernstudium studieren oder an die Universität auf der Insel wechseln. In Vollzeit könnte er sein Studium innerhalb eines Semesters abschließen. Es gab auf der Insel viele Kinder, die Hilfe brauchten. Er würde ehrenamtlich arbeiten oder einen bezahlten Job bei einer lokalen Organisation finden. Und wir würden eine Lösung finden, damit er seine Freunde und Familie in Kalifornien so oft sehen konnte, wie er wollte. Zufrieden mit meinen Argumenten, wurde ich langsamer und ging zum Haus zurück.

Immer noch schweißnass, streifte ich meine Turnschuhe ab und schlich leise zur Schlafzimmertür. Ben hatte sich auf den Bauch gerollt und umklammerte mein Kissen. Ich sah zu, wie sich sein Rücken hob und senkte. Ich hätte ihn den ganzen restlichen Tag beobachten können, aber ich war klebrig und roch nach Schweiß.

So leise wie möglich schnappte ich mir saubere Kleidung und ging ins Badezimmer im Flur, um zu duschen.

Zwanzig Minuten später hatte ich mir gerade eine Tasse Kaffee eingeschenkt, als mein Handy auf der Anrichte summte. Als ich mich darüberbeugte, um es stummzuschalten, sah ich ein Gesicht, das mir das Herz in den Hals schießen ließ. Jacksons.

Ich war nicht bereit, mit ihm zu reden. Noch nicht. Ich hatte seit drei Wochen nicht auf seine Anrufe oder Nachrichten geantwortet, seit ich an jenem Tag aus meinem Büro geschlichen war, als mein Blut Bens Taschentuch durchtränkte. Wir waren seit fünfzehn Jahren beste Freunde und hatten uns noch nie so lange nicht gemeldet. Selbst als er in den Flitterwochen war, hatte er mir Fotos vom Strand, von Eidechsen und Vögeln geschickt, ein albernes Selfie, auf dem er eine Kokosnuss neben seinen Kopf hielt.

Das Handy hörte auf zu summen. Ich konnte wieder atmen. Ich sog einen Atemzug klimatisierter Luft ein und blickte auf, als Cocos Krallen auf den Fliesen klickten.

Der Hund ging Ben voraus ins Wohnzimmer. Coco bezog seinen Posten und bewachte die Schiebetür. Bens Haare waren zerzaust, und eines meiner T-Shirts hing an seinem schlankeren Körper. Seine Wangen waren gerötet, eine davon hatte einen Abdruck vom Kissen. Er kam auf mich zu und stellte sich auf die Zehenspitzen, um meine Wange zu küssen.

»Morgen.« Sein Atem roch nach Zahnpasta.

»M-Morgen.« Ich versuchte zu lächeln.

Ich konnte Ben nichts vormachen. »Was ist los?«

»Nichts.« Aber ich konnte nicht umhin, einen Blick auf mein Handy zu werfen.

Ben folgte meinem Blick, und das Banner auf dem Sperrbildschirm verriet mein Geheimnis.

»Du solltest mit ihm reden.« Er ging an mir vorbei auf dem Weg zur Kaffeekanne. Seine steifen Schultern standen im Widerspruch zu seinen beiläufigen Worten.

Mein Magen verkrampfte sich. Diese abweisende Version von Ben gefiel mir nicht. Ich griff nach seiner Hand. »Was ist los?«

Er schwieg so lange, dass ich dachte, er würde nicht antworten. Aber nachdem er sich eine Tasse eingegossen und sie mit Milch und Zucker aufgehellt hatte, nahm er meine Hand und führte mich zum Sofa.

»Wie lange bist du schon in ihn verliebt?« Er sah mich nicht an, als er fragte, sondern starrte nur über den Pool zum Strand.

»Was? Das bin ich nicht…«

Er drehte sich um, und ein trauriges Lächeln zog seinen Mund in der Mitte nach unten, aber an den Ecken nach oben. »Natürlich bist du das. Jeder, der aufgepasst hat, kann es sehen. Schade, dass Jackson es nie tut.«

»Moment mal.« Ich zog die Schultern zurück, konditioniert

durch zu viele Jahre, in denen ich meinen besten Freund verteidigt hatte.

»Reg dich nicht auf. Es ist eine Tatsache. Jackson ist zu sehr
mit sich selbst beschäftigt, um jemals an dich und das, was du
brauchst, zu denken. Und du hast ihn das seit Jahren tun lassen.«

Er hatte recht. Ich hatte Jackson verteidigt, ihn schikaniert,
damit er besser wurde, und seine Versäumnisse ausgeglichen, fast
seit dem ersten Tag, an dem wir uns getroffen hatten. Aber erst an
jenem letzten Tag in meinem Büro hatte ich ihm jemals gezeigt,
wie ich mich dabei fühlte.

»Er macht den ersten Schritt.« Ben drückte meine Hand fester.
»Du solltest dir anhören, was er zu sagen hat.«

Ich warf einen Blick zurück auf mein Handy auf der Anrichte,
als wäre es tatsächlich Jackson. »Ich schätze, ich könnte mich
entschuldigen.«

Ben wartete, bis ich ihn wieder ansah. »Oder du könntest ihn
dir anhören.«

Ich sog einen tiefen Atemzug ein und seufzte ihn wieder aus.
»Okay.«

Ben stand vom Sofa auf. »Ich gehe dann mal…«

»Bleib.« Ich griff nach seiner Hand. »So ist das nicht. Nicht
mehr. Schon eine Weile nicht mehr. Er ist mir nicht so wichtig wie
du. Bleib. Bitte.« Ich war mir nicht sicher, ob ich es ohne ihn
schaffen konnte.

Er lächelte, dieses Mal nicht traurig, sondern beruhigend.
»Okay.« Er zog seine Hand aus meinem Griff, ging um das Sofa
herum und reichte mir mein Handy. Dann setzte er sich neben
mich und drehte sich so, dass sich unsere Knie berührten.

Die Berührung verlangsamte meinen Herzschlag. Lindete das
Kribbeln in meinen Fingerspitzen. Meine Hand zitterte nicht, als
ich auf die Wahlwiederholungstaste drückte und das Gerät an
mein Ohr hob.

»Coop.« Mein Name kam wie ein Seufzer heraus, und mein
Herz setzte einen Schlag aus.

»Hi, Jay. Was gibt's?«

»Spiel das verdammt noch mal nicht so runter, als wäre es nicht drei Wochen her, dass wir geredet haben. Geht es dir gut?«

Ich hatte gedacht, ich könnte mich durch diesen Anruf durchmogeln. Ich hatte mich geirrt. »Mir geht's gut.«

»Jamila sagt, Ben ist bei dir auf der Insel. Ich bin froh, dass jemand auf dich aufpasst.«

»Jamila hat dich angerufen?« Ich hätte nicht gedacht, dass sie mich verpfeifen würde.

»Ich habe sie angerufen, du Arschloch. Weil du mich nicht angerufen hast.«

»Hör zu, ich bin…«

»Nein. Hör zu.« Seine Stimme war stumpf wie das Ende eines Hammers. »Es tut mir leid. Es fällt mir schwer, mich an … an alles zu gewöhnen. Und ich schätze, ich habe dich ausgenutzt. Unsere Freundschaft. Ich dachte mir, du wärst immer da, um meine Versäumnisse auszubügeln. Aber das ist nicht fair, und es tut mir leid.«

Mein Atem stockte in meiner Brust. Er hatte sich für vieles entschuldigt, aber niemals dafür. »Es ist … danke?« Es war nicht in Ordnung. Ich hatte genug Sitzungen bei Dr. Pradhi gehabt, um das zu wissen. Aber ich konnte seine Entschuldigung annehmen.

»Ja?« Ich konnte ihn vor mir sehen, diesen hoffnungsvollen Ausdruck in seinem Gesicht.

»Ja.« Ben legte eine Hand auf mein Knie, und ich legte meine darüber.

»Gut, denn ich … ich muss dich um einen Gefallen bitten. Einen großen.«

Die Schwere war zurück in meinem Magen. »Was ist es?«

»Ich hasse es, dich zu stören, während du im Urlaub bist. Besonders nachdem du dich um alles gekümmert hast, als ich im Vaterschaftsurlaub war. Und davor bei unseren Flitterwochen. Verdammt, ich bin so ein Arsch …«

Ich schnaubte. »Einverstanden. Und?«

»Im Büro läuft es nicht gut. Leute waren hier. Von Gurusoft.«

Ich zuckte zusammen. Nicht Gurusoft. Und Jackson hatte es

allein durchgestanden. Vor fünfzehn Jahren hatten sie seinen Vater bedrängt, sein Startup zu verkaufen. Jasper Jones hatte sich bis zur Erschöpfung verausgabt und sich bis zu seinem Tod geweigert zu verkaufen. Dann hatte seine Witwe die Firma, seinen ganzen Stolz, an Gurusoft verkauft. Jackson hegte eine Menge komplizierter Gefühle gegenüber der Firma.

Er redete hastig weiter. »Weston dachte, ich würde sie nicht kennen, aber das tue ich. Ich habe einen von den Wichsern auf der Konferenz getroffen, auf der ich letzten Sommer war. Erinnerst du dich, ich habe dir erzählt, wie er mir Drinks gekauft und versucht hat, mich dazu zu bringen, seine Assistentin mit auf mein Zimmer zu nehmen?«

Verdammt, ja, daran erinnerte ich mich. Obwohl er verlobt gewesen war, war ich überrascht gewesen, dass der Trick nicht funktioniert hatte. Ich grunzte.

»Jedenfalls hat Weston jetzt eine dringende Vorstandssitzung einberufen. Ich glaube, sie haben angeboten, uns aufzukaufen.«

»Was?«

»Ich schätze, keiner von euch hat seine E-Mails gecheckt.«

»Äh … nein.« Wir waren auf weitaus angenehmere Weise beschäftigt gewesen. Ich hatte die Arbeitsbenachrichtigungen auf meinem Handy ausgeschaltet.

»Weston erwähnte, du hättest einige deiner Anteile verkauft.«

Das hatte er bestimmt, das Arschloch. Obwohl, wer war das größere Arschloch, Weston, weil er meine Geheimnisse ausplauderte, oder ich, weil ich es meinem Freund nicht gesagt hatte? »Ja, ich…«

»Wirklich? Es ist also wahr?« Seine Stimme brach.

»Ja. Ich habe … ich habe über die Firma nachgedacht.« Ben bewegte seine Hand meinen Unterarm hinauf und streichelte ihn. Bei seiner Berührung atmete ich etwas leichter. »Darüber, wie viel von mir ich ihr gebe. Darüber, ob ich weitermachen will.« Das würde er verstehen. Besonders angesichts dessen, was mit seinem Vater passiert war.

»Und du dachtest, der beste Weg, damit umzugehen, wäre, zu

verkaufen, ohne mit mir zu reden? Wir hatten eine Abmachung, Coop.«

Selbst Bens Berührung konnte die Schwere nicht ausgleichen, die sich von meinem Bauch in meine Brust ausbreitete. »Ich … ich konnte nicht mit dir reden. Nicht nach dem …« Mein Hals schnürte sich zu, und ich hatte Mühe, daran vorbeizuschlucken.

»Okay. Okay. Aber kannst du zurückkommen? Die Sitzung ist übermorgen. Wenn du vorher hier sein könntest, könntest du Weston zur Vernunft bringen. Vielleicht ist dir Synergy inzwischen scheißegal, aber mir nicht.«

»Ist sie dir nicht egal? Weston sagte, du würdest überlegen auszusteigen.«

»Gottverdammt. Weston würde verdammt noch mal alles sagen. Natürlich ist mir Synergy wichtig. Wir haben sie zusammen aufgebaut.«

Alle Gründe, warum ich nicht konnte – warum ich nicht sollte –, drängten sich in meinem Kopf. Jackson hatte sich nicht so verhalten, als wäre ihm unsere Firma wichtig. Sie sollte mir auch nicht wichtig sein. Oder er.

Und was würde aus Ben und mir werden, wenn ich zurückginge? Unsere Beziehung war so neu. Ich hatte sie auf der Insel festigen wollen, bevor wir dem Druck von San Francisco wieder ausgesetzt waren.

Was, wenn die Wut zurückkam? Was, wenn die Stressfaktoren der Arbeit den Teil von mir aktivierten, den Mick Fallon erschaffen hatte? Was, wenn ich nicht auf einen Schreibtisch oder einen Tisch oder einen Zaun einschlug, sondern auf Ben?

Ich blickte in seine Augen, die voller beständiger Unterstützung waren. Könnte ich ihn überzeugen, auf der Insel zu bleiben und darauf zu warten, dass ich diese Sache erledigte und zurückkehrte?

Ich verschränkte meine Finger mit seinen. Ich konnte es fragen.

Und jetzt bat mein Freund um Hilfe. Ich konnte ihm nie Nein sagen.

»In Ordnung. Ich werde morgen da sein.«

Sein Seufzer knisterte durchs Telefon. »Danke. Und wir reden danach? Über dich und Synergy?«

Wir wussten beide, dass er nicht Synergy und mich meinte. Er meinte, wir würden über uns beide reden.

»Das werden wir.«

»Okay. Bis morgen. Hab dich lieb, Mann.«

Es war seine übliche Verabschiedung. Aber dieses Mal bohrte sie sich nicht wie ein Messer in meine Eingeweide.

»Ich dich auch.«

28

BEN

COOPER HIELT MEINE FINGER FEST, obwohl ich am liebsten davongelaufen wäre. Er hatte mit seinem besten Freund gesprochen und unsere Beziehung nicht erwähnt. Und dann sagte er, er würde nach San Francisco zurückkehren. Nicht *wir* kehren zurück. *Ich* kehre zurück.

Wenn Cooper Fallon dachte, er würde mich als Platzhalter auf der Insel zurücklassen, dann hatte er sich aber gewaltig geschnitten.

Er legte sein Handy auf den Tisch und drehte sich so zu mir, dass sich unsere Knie berührten. Dann blickte er auf, eine Entschuldigung in seinen Augen, und sagte: »Ich muss zurück.«

Ich versuchte, meinen Tonfall unbeschwert zu halten. »In welches Schlamassel hat Jackson sich denn jetzt wieder reingeritten?«

»Es geht um die ganze Firma.« Er nahm meine andere Hand. »Jay hat sich mit Details zurückgehalten – er und Weston sind nicht gerade Vertraute –, aber es waren Leute von Gurusoft im Gebäude, und Weston hat für übermorgen eine Dringlichkeitssitzung des Vorstands einberufen. Vielleicht haben sie ein feindliches Übernahmeangebot zusammengezimmert.«

Arme Marlee. Mein Handy hatte gesummt, während Cooper mit Jackson sprach, aber ich war zu sehr damit beschäftigt gewesen, Cooper zuzuhören, um ranzugehen. »Glaubst du, Weston unterstützt eine Übernahme?«

»Nein. Er ist ein guter Kerl. Wahrscheinlich war er so damit beschäftigt, Arbeit zu machen, die ich hätte machen sollen, dass er …« Er runzelte die Stirn.

»Das ist nicht deine Schuld, Cooper.« Ich streckte die Hand aus und berührte sanft die Falte zwischen seinen Augenbrauen.

Sie glättete sich nicht. »Doch, eigentlich schon. Ich habe diese Aktien verkauft.«

»Ich nehme an, wir müssen herausfinden, was los ist und wie wir reagieren sollen. Wie würde eine Übernahme funktionieren?« Ich wünschte, ich hätte ihm das alles abnehmen können, aber Cooper blühte bei der Lösung von Problemen auf. Das Beste für ihn war, die Sache durchzuarbeiten. Dabei konnte ich ihm helfen.

Er strich mit dem Daumen über meinen Handrücken und starrte darauf, als wäre es eine seiner Tabellenkalkulationen. »Sie können nicht genug Aktien gekauft haben, um die Firma direkt zu übernehmen. Ich habe immer noch einen guten Anteil, und Jay hat seinen. Weston hat ebenfalls eine starke Position. Es ist möglich, dass sie eine bedeutende Minderheit angehäuft haben, genug, um die Entscheidungen des Vorstands zu beeinflussen. Ich schätze, Weston will den Vorstand proaktiv zusammenrufen, um unsere Reaktionsstrategie festzulegen.«

Ich verstärkte meinen Griff um seine Finger. »Ich komme mit dir.«

»Ich verspreche, ich werde nicht lange weg sein. Höchstens ein paar Tage. Und es ist einfacher, wenn du nicht mitkommst.« Er blickte auf unsere verschlungenen Hände hinab.

Ich erstarrte am ganzen Körper. Wir hatten unsere Zukunft noch nicht geklärt, aber ich hatte gedacht, wir wären auf dem Weg zu etwas Dauerhaftem. »Warum wäre es einfacher?«

»Es ist so eine kurze Reise. Du müsstest dich nicht mit dem Jetlag herumschlagen. Du könntest genau hier bleiben und dich ohne Ablenkungen entspannen.« Er beugte sich für einen Kuss vor, aber ich drehte mich weg, sodass er nur meinen Mundwinkel erwischte.

»Und was ist mit dir?« Diesmal wurde mein Ton schnippisch. »Wird Jackson Jones eine Ablenkung sein?«

Er wich zurück, und obwohl ich stinksauer war, vermisste ich die Verbindung seiner Hände. Er strich sich über die Beine seiner Shorts. »So ist es nicht. So war es noch nie.«

»Du meinst, deine Anziehung ist einseitig? Denn so ist es definitiv.«

»Jay ist hetero«, sagte er mit flacher Stimme. »Er hat nie so für mich empfunden. Und ich wollte nie unsere Freundschaft gefährden, indem ich ihm sage, was ich fühle. Dr. Pradhi sagte, ich hätte diese Gefühle für ihn gehabt, weil er sicher war. Unerreichbar. Vielleicht hatte sie recht.«

Sicher? Jackson Jones war alles andere als sicher. Er war umwerfend und reich und Coopers bester Freund, seit sie Teenager waren. Das Einzige, worauf man sich bei Jackson verlassen konnte, war, dass er Mist baute, und dieses Mal könnte sein Mist das zerstören, was Cooper und ich zusammen aufbauten.

Jackson Jones hatte breite Schultern, und ich spürte, wie sie sich zwischen uns zwängten. Ich konnte bereits fühlen, wie Coopers Zuneigung zu mir nachließ, während er sich seinen Weg zurück zu Synergy bahnte, indem er Probleme löste.

Ich hatte genau das getan, was ich Mimi gesagt hatte, nicht zu tun. Ich hatte ihm mein Herz geschenkt. Aber jetzt, wo ich gekündigt hatte, würde Jackson anstelle von mir mit Cooper im Büro sein. Ich kannte ihn erst seit sechs Monaten, und unsere Beziehung war weniger als zwei Wochen alt. Er und Jackson hatten eine ganze Geschichte, mit der ich niemals mithalten könnte. Wenn er sich mit seinem Freund versöhnte, würde dann noch Platz für mich sein?

Nicht, wenn ich ihm nicht sagte, was ich wollte. Was ich

brauchte. Wir hatten auch etwas Besonderes aufgebaut. Es mochte neu sein, aber es war es wert, dafür zu kämpfen.

»Hör mir zu.« Ich wartete, bis er meinen Blick erwiderte. »Wir gehen zusammen zurück. Ich bin nicht mehr dein Assistent der Geschäftsführung, aber ich will dabei helfen. Weil du mir wichtig bist. Weil ich – ich liebe dich.« Mein Herz setzte aus, denn ich hatte es mir aus der Brust gerissen und dem Mann zu Füßen gelegt, für den es schlug.

Er blinzelte mich an. »Wirklich?«

Nicht die Reaktion, die ich mir erhofft hatte. Trotzdem legte ich noch einen drauf. »Ja, wirklich.«

»Ben, ich –«

»Scheiße.« Ich sprang vom Sofa auf und starrte auf den Pool hinaus. Ich kannte dieses Drehbuch bereits. Viele Male. Und es war besser, wenn ich ihnen nicht in die Augen sah, während sie mein Herz auf den Boden warfen und darauf herumtrampelten.

»Nein, Ben, ich –«

Ich spürte seine Masse hinter mir, aber er berührte mich nicht. »Schon gut.« Ich versuchte, meine Stimme leicht klingen zu lassen, als wäre es mir egal, aber sie brach und verriet mich. Ich räusperte mich. »Schon gut.«

Seine große Hand legte sich auf meine Schulter, und er versuchte, mich zu sich umzudrehen. Ich wehrte mich.

Er trat um mich herum, aber ich weigerte mich, zu seinem schönen Gesicht aufzublicken, das nur Mitleid für mich und meine lächerlichen Gefühle bereithalten würde.

»Ben.« Seine Stimme brach, und endlich sah ich auf. Seine Lippe zitterte. »Wegen dem, was mein Vater meiner Mutter und mir angetan hat, habe ich ein paar Probleme mit der Liebe. Mit dem, was sie bedeutet. Damit, mich einem anderen Menschen zu öffnen. Nachdem er sie geschlagen hatte, hat sich mein Vater immer bei meiner Mutter entschuldigt und ihr gesagt, wie sehr er sie liebt.«

»Heilige Scheiße.« Ich fuhr die harte Linie seines Kiefers nach. »Das würde jeden fertigmachen.«

»Ich arbeite daran«, sagte er. »In der Therapie. Und ich glaube, ich kann es schaffen. Wenn du Geduld mit mir hast.«

Mein Herz begann wieder zu schlagen, und die Wärme kehrte in meine Finger zurück. »Ich kann dir Zeit geben. Was auch immer du brauchst. Wäre es dir lieber, wenn ich es dir nicht noch einmal sage?«

»Nein.« Er trat näher, bis sich unsere Brustkörbe berührten. »Sag es noch mal?«

»Ich liebe dich.«

Er strich mir die widerspenstige Locke von der Stirn. »Ich habe etwas für dich gefühlt, in dem Moment, als du in mein Büro kamst. In dem Augenblick, als du mir die Hand geschüttelt hast. Eine Energie. So wie ich mich hier auf der Insel fühle. Wie Zugehörigkeit. Als ob wir zusammengehören.« Er lächelte, wobei ein Mundwinkel höher zuckte als der andere. »Ich finde nicht die richtigen Worte. Was ich sagen will, ist, dass ich an jenem ersten Tag angefangen habe, mich in dich zu verlieben, und seitdem habe ich mich jeden Tag ein bisschen mehr in dich verliebt.«

»Jeden Tag?« Ich legte meine Hände auf seine Brust und spürte sein Herz schnell schlagen. »Sogar an dem Tag, an dem ich zickig war, weil du mir mit nur einem Tag Vorwarnung diese unternehmensweite Betriebsversammlung aufgehalst hast?«

»Besonders an dem Tag. Du warst ein General, der das Team mobilisiert und alles möglich gemacht hat. Und es lief wie am Schnürchen. Ich habe jeden bösen Blick verdient, den du mir zugeworfen hast. Aber erst, als du hier auf die Insel kamst und mich entgiftet und mir Hemden gekauft hast« – er zupfte an dem mit Muscheln bedruckten Hemd, das er trug –, »dachte ich …«

Ich würde gleich ohnmächtig werden von dem Druck, der sich in meiner Brust aufbaute. »Dass du was dachtest?«

»Dass du vielleicht genauso empfindest. Dass wir zusammen sein könnten. In einer Beziehung. Feste Freunde, obwohl ich mich bei dem Wort fühle wie fünfzehn.«

Alles fügte sich zusammen, als würde Mjölnir in Thors Hand zurückschnellen. Cooper fühlte dasselbe wie ich. Er konnte es nur noch nicht sagen. Ich beugte mich vor und küsste ihn, eine sanfte Berührung der Lippen. »Ich werde dein fester Freund sein, Cooper Fallon.«

Ein Aufflammen in seinen blauen Augen war die einzige Warnung, die ich hatte, bevor mein Rücken auf den Sofakissen landete, meine Handgelenke an die Armlehne gepinnt, seine Hüften zwischen meine Beine gekeilt. Ich sog keuchend die Luft ein und erwiderte seinen Kuss. Er küsste mich, aggressiv, strafend, verzweifelt wie ein Soldat, der an die Front ausrückt. Die Reibung seiner Shorts an der Vorderseite meiner Boxershorts löste ein warmes Kribbeln aus, das bis in meine Zehenspitzen ausstrahlte, die ich um seine muskulösen Waden schlang.

Stöhnend küsste ich ihn von seinem glatten Kiefer hinunter zu seinem Hals.

Er zog sich zurück, um seinen Mund auf meinen zu schmettern, und ich öffnete mich ihm, ließ ihn meinen Mund erobern wie der forsche Manager, der er war. Er schmeckte nach Macht. Und Zuneigung. Ich glaubte an ihn. Er hatte die Macht, die Dinge für uns in Ordnung zu bringen. Er würde bleiben, wenn es schwierig wurde.

Ich ließ meine Hand von seinem Knie zur Beule in seiner Shorts gleiten. »Schlafzimmer.«

»Jesus Christus, ja.« Er stand auf, streckte dann eine Hand aus und zog mich hoch. Seine Hand haltend führte ich ihn ins Schlafzimmer und setzte mich auf die Kante des ungemachten Bettes. Er gesellte sich zu mir, sein Oberschenkel presste sich an meinen. Seine Küsse waren diesmal sanfter, fast süß.

Aber ich wollte nicht süß. Ich wollte verschwitzt und schmutzig. In Besitz nehmen und in Besitz genommen werden. Wir standen kurz davor, unser Inselparadies zu verlassen und in die kalte Stadt zurückzukehren, wo die Dinge anders sein würden. Ich wollte ihn nicht ungezeichnet, unverändert zurückkehren lassen. Vielleicht konnte ich nicht mit ihm in die Vorstandszimmer gehen, aber er würde sich an mich erinnern, wenn er dort war.

Ich setzte mich rittlings auf ihn und drückte ihn auf den Rücken. Ich hob den Saum meines Hemdes.

»Nein«, bellte er. »Lass es an. Ich liebe es verdammt noch mal, dich in meinem Hemd zu sehen.«

Ich verzog einen Mundwinkel zu einem Grinsen. Also wollte er mich auch in Besitz nehmen. »Gut. Aber dein Hemd kommt aus.«

Er begann oben mit dem Aufknöpfen und ich arbeitete von unten nach oben, bis wir seine Brust entblößten. All diese Muskeln. Alle mein. Ich fuhr mit einem Finger von der Vertiefung an seinem Schlüsselbein zu seinem Brustbein, wo sein Haar im frühen Nachmittagslicht golden schimmerte. Ich fuhr mit dem Finger tiefer, über die Konturen seiner Bauchmuskeln, die sich bei meiner Berührung anspannten. Als ich meinen Finger durch seinen Lustpfad wirbeln ließ, krümmte er sich, und diese Bauchmuskeln wölbten sich.

Ich drückte ihn mit einem Finger auf sein Brustbein nieder. »Ich überlege, wo ich dich markieren werde. Nicht zu hoch. Ich will deinen hübschen Hals nicht ruinieren und dich zwingen, ihn mit zugeknöpftem Kragen zu verstecken. Obwohl ich es liebe, dich in einer Krawatte zu sehen.« Ich rieb mich an seinem Becken. Eines Tages würden wir uns lieben, während er eine seiner seidigen Krawatten trug. Vielleicht würde ich seine Handgelenke damit fesseln. Oder er könnte meine fesseln.

»Markier mich«, stöhnte er und stieß nach oben. »Ich gehöre dir.«

Ich wollte ihn auf der Stelle ausziehen und meinen Mund an eine Stelle legen, die ich nicht markieren würde. Noch nicht.

Mit meiner Fingerspitze umkreiste ich eine Stelle direkt über seiner Hüfte. »Hier? Oder hier?« Ich fuhr um seinen Nabel herum. Dann seine Rippen hinauf, wo seine Haut sich kräuselte, bis direkt unter seinen linken Brustmuskel. »Hier?« Ich stieß mit dem Finger über seine Brustwarze zum fleischigen Teil seines oberen Brustmuskels.

Er stieß seine Hüften erneut nach oben.

»Ich denke, dort.« Aber ich tat es noch nicht. Ich küsste zuerst seine hungrigen Lippen, ein heftiger Druck und ein Gleiten der Zunge. Als er stöhnte, wanderte ich seinen Kiefer entlang zu seinem Hals. Sein Puls pochte und lockte mich, aber Cooper Fallon, COO, konnte nicht mit einem Knutschfleck am Hals ins Büro zurückkehren wie ein Teenager. Ich ließ meine Lippen zu seiner Brustwarze hinabgleiten und küsste sie, nahm dann die erigierte Knospe zwischen meine Zähne und saugte daran.

Er rieb seine Hüften gegen meine. »Bitte.«

Meine Haut prickelte unter der Macht seiner Bitte. Endlich zog ich mit meiner Zunge eine Linie seinen Brustmuskel hinauf und umkreiste mein Ziel einmal, zweimal, bevor ich meine Lippen über seine Haut schloss und saugte. Er bog sich unter mir durch und stöhnte.

Ich schob eine Hand zwischen uns und umfasste die Vorderseite seiner Shorts. Er zischte. Ich leckte, um die Stelle zu beruhigen, und senkte mich dann erneut, saugte und knabberte, bis ich zufrieden war, dass er die Erinnerung mit nach Kalifornien nehmen würde. Ich küsste die Stelle und verschlang dann seine Lippen. Als ich mich hob, jagte er meinem Kuss hinterher.

Ich stieg von ihm ab und stellte mich auf den Boden zwischen seine gespreizten Knie. Ich begann an seinem Hals, zog eine Linie über seine Brust, die Mitte seines flachen Bauches, seinen Nabel. Als ich ihm die Shorts und die Unterwäsche auszog, schnellte seine Erektion hoch, gerötet und verzweifelt.

Ich senkte mich zu seinen Hoden und atmete die Mischung aus Seife und Moschus ein. Dann leckte ich mich nach oben und umkreiste die Eichel. Sein Körper spannte sich an, und er umklammerte das Laken.

Ich saugte ihn so weit wie angenehm hinunter und wollte ihn gerade weiter hinunterarbeiten, als er mich an den Haaren packte. »Nein.«

Ich wich zurück und hielt die Basis seines Glieds in meiner Hand. »Nein?«

»Ich will –« Er stemmte sich auf die Ellbogen und sein Mund bewegte sich. »Ich will, dass du mich fickst.«

Mein Herzschlag galoppierte. »Du willst mich ficken?« Darauf hatte ich die ganze Woche gewartet. Seit Monaten, eigentlich. Mein Arschloch verkrampfte sich.

Er schüttelte den Kopf. »Nein. Ich will, dass du es tust. Fick mich.«

Meine Augen weiteten sich. Ich hatte Cooper immer für einen Top gehalten. Seine Schroffheit, seine Beschützerinstinkte, sogar sein verdammter Titel mit »Chef« darin, alles deutete auf einen dominanten Mann hin. Ich verengte meine Augen. »Das ist nicht dein erstes Mal mit einem Mann, oder?«

»Nein. Aber es ist das erste Mal seit langer Zeit.«

Ich seufzte durch die Nase. »Du meinst, es ist das erste Mal, seit du Jackson Jones kennengelernt hast?«

Er schaute weg. »Ja.«

Verdammter breitschultriger Jackson Jones. Er wollte Cooper nicht einmal, nicht so, wie ich ihn wollte, und trotzdem füllte seine Anwesenheit das Schlafzimmer.

»Bist du sicher? Ich meine, ich bin nicht riesig, aber es ist eine große Sache, jemandes Kirsche zu knacken. Oder sie nach so vielen Jahren wieder zu knacken, nehme ich an.« Ich zuckte zusammen. Warum verhielt ich mich wie ein Arschloch? Jackson war nicht hier. Ich war es. Und Cooper bat mich, ihn zu ficken.

»Ich benutze Spielzeug. Ich denke, du wirst feststellen, dass ich dich aufnehmen kann.« Er sah mir direkt in die Augen, eine Herausforderung. »Die Sachen, die du brauchst, sind im Nachttisch.«

Ich ging zum Tisch und öffnete die obere Schublade. Tatsächlich, da war eine Flasche Gleitgel, eine ungeöffnete Schachtel Kondome und eine Auswahl an Spielzeug. Ein Vibrator, ein Dildo und ein abgestuftes Set von Buttplugs, einer davon der größte, den ich je im wirklichen Leben gesehen hatte.

Ich zog ihn aus der Schublade. Er war ein Monster, so groß wie meine Faust. »Den hast du benutzt?«

»Ja.«

»Hmm.« Nächstes Mal würden wir sein Spielzeug heraus-
holen und spielen.

Aber er wollte kein Spielzeug. Er wollte mich. Zumindest
dachte er das. Penetrationssex veränderte die Dinge manchmal.
Und meine Beziehung zu Cooper stand auf Messers Schneide. Er
hatte gerade vorgeschlagen, mich hier zu lassen, während er nach
Kalifornien zurückging. Ich wollte nicht, dass ein peinliches erstes
Mal ein weiterer Grund für ihn war, sich wieder zu verschließen.

»Bist du dir da sicher? Wir müssen es nicht tun. Ich bin glücklich mit dem, was wir bisher gemacht haben.«

»Ich will dich, Ben. Ich bin mir verdammt sicher.«

Die Enge in meiner Brust löste sich. Er hatte gesagt, was er
wollte, und ich würde es ihm geben. Ich öffnete die Kondom-
schachtel und zog eines heraus. Ich stellte die Flasche mit dem
Gleitgel auf das Bett.

Ich trat wieder zwischen seine Knie. Seinen Blick haltend,
knotete ich den Saum meines T-Shirts, um es aus dem Weg zu
halten, dann, mit so viel Lässigkeit, wie ich aufbringen konnte,
wand ich mich aus meiner Unterwäsche.

Das war es: die Inbesitznahme, die ich gewollt hatte. Was auch
immer ich darüber gesagt hatte, dass ich es nicht brauchte, der
Höhlenmensch-Teil meines Gehirns bestand darauf. Ein paar
Tropfen Lusttropfen perlten an der Spitze meines Schwanzes.

»Ben, hör auf zu denken und fick mich. Ich brauche dich.«
Cooper legte seine Hände hinter seine Kniekehlen und hob seine
Beine, öffnete sich für mich.

Ich riss die Kondomverpackung auf und rollte das Latex ab.
»Du bist sicher.«

»Verdammt, Ben, reiz mich nicht.«

Ich lächelte. Da war er. Er mochte physisch für mich passiv
sein, aber er hatte immer noch das Sagen.

Ich goss das Gleitgel in meine Hand und ließ es ein paar
Sekunden lang warm werden. Dann schmierte ich es über seinen
Schwanz und streichelte ihn, bis er seufzte und seine ange-

spannten Muskeln entspannte. Schließlich schmierte ich es über sein Loch und umkreiste es mit einem glitschigen Finger. »Okay?«

»Mmm. Ja.«

Ich arbeitete einen Finger hinein, dann zwei, während ich ihn mit der anderen Hand träge weiter bearbeitete. »Willst du zuerst kommen? Das könnte dich entspannen.«

»Nein, ich will kommen, während du in mir bist, wenn ich kann.«

»So ein Romantiker.« Ich schnalzte mit der Zunge. Aber das war es, was mein romantisches Herz auch wollte. Ich quetschte einen dritten Finger in ihn hinein und fand seine Prostata. Sanft rieb ich sie, und er begann sich zu winden. Ich stoppte die Bewegung meiner Finger. »Fühlt sich gut an?«

»J-ja. Hör nicht auf.«

»Nein, Liebling.« Ich arbeitete meine Finger in ihm und beobachtete sein Gesicht. Seine Lippen waren geöffnet und seine Augen geschlossen. Als ich meine Bewegung beschleunigte, zitterten seine Beine. Das war mein Signal.

Ich zog meine Finger heraus, glitt selbst ein und richtete mich an seinem Eingang aus. »Sieh mich an, Liebling.«

Als er seine Augen öffnete, stieß ich hinein. Er verkrampfte sich nicht, also machte ich weiter, bis ich ganz in ihm war. Die enge Umarmung schickte Funken direkt in meine Wirbelsäule. Ich hielt inne. »Okay?«

Er nickte, ohne den Blick abzuwenden. Als ich mich zurückzog und erneut hineinstieß, ertrank ich in den eisblauen Seen seiner Augen. Ich war diesem Mann so verfallen. Wie konnte er nur daran denken, ohne mich nach Kalifornien zurückzukehren? Ich war mir nicht sicher, ob ich ihn überhaupt alleine ins Büro gehen lassen konnte. Ich wollte diese Verbindung niemals unterbrechen, die Elektrizität, die jedes Mal durch mich strömte, wenn ich ihn berührte.

Hitze schoss mir die Wirbelsäule entlang und drängte mich, schneller zu werden, aber ich behielt ein gleichmäßiges Tempo bei. Mein Herz hämmerte in meiner Brust, während ich ihn beobachtete, sein Kiefer war entspannt und seine Augen waren unscharf. Haut klatschte gegen Haut. Ein paar Lusttropfen fielen auf seinen Bauch, und ich tauchte einen Finger hinein und schmierte die Flüssigkeit über die Eichel seines Schwanzes. »Ist das okay?«

»Gott, ja, ich –« Er schloss seine Augen, als er am ganzen Körper zuckte und sein Sperma über meine Hand und auf seine Bauchmuskeln spritzte.

Ich beschleunigte meine Stöße, während ich zusah, wie sein Schwanz gegen seinen Bauch zuckte. Mein eigener Orgasmus schoss auf mich zu. Ich zog mich zurück, riss das Kondom ab, und ein paar Stöße später spritzte mein Sperma neben seines auf seine Brust.

Ich stützte eine Hand auf seinem Knie ab, Punkte tanzten vor meinen Augen, und meine Brust hob und senkte sich schwer.

Als meine Sicht klarer wurde, blickte ich zu Cooper hinunter. Seine Augen waren wieder offen, weich und verschwommen. Er fuhr mit einem Finger über seine klebrige Brust. »Das war … unglaublich.«

Meine Brust weitete sich. Der Höhlenmensch in mir tanzte bei dem Anblick meines Liebhabers, der von unserer Lust überzogen war. Der weichere, moderne Mann war bereit für eine Kuschelrunde.

»Ich bin gleich wieder da.« Ich schnappte mir ein Handtuch aus dem Bad, säuberte uns und warf das Handtuch in den Wäschekorb. Dann kuschelten Cooper und ich uns zurück ins Bett und zogen die Decke hoch. »Immer noch gut?«, murmelte ich in seine Brust.

»So gut.« Er küsste meinen Scheitel und legte seinen schweren Arm über meine Seite. »Du?«

Ich schob meinen Fuß zwischen seine Beine und zog ihn näher an mich. »Perfekt.«

Und für diese herrliche Stunde waren wir nur zu zweit im Schlafzimmer. Keine Synergy, kein Jackson Jones. Nur ich und mein fester Freund.

29

BEN

COOPER STARRTE DEN HUND AN, der auf dem Rücksitz des SUVs zwischen uns saß. »Ich glaube, er wäre glücklicher, wenn er auf der Insel bliebe.«

Er dachte, ich wäre auch glücklicher, wenn ich zurückbliebe. Nicht ohne ihn. Und ich wusste, dass Coco genauso empfand. Ich zog Coco an meine Brust und hielt ihn fest. Er leckte an meinem Ohrläppchen. »Er geht dorthin, wohin ich gehe.« *Und ich gehe dorthin, wohin du gehst.*

Coopers Lippen verzogen sich zu diesem neutralen halben Lächeln, an das ich mich in Kalifornien gewöhnt hatte. »Okay. Was immer du willst.«

Mateo hielt den Wagen direkt auf dem Rollfeld eines Teils des Flughafens an, den ich bei meiner Ankunft nicht gesehen hatte. Der Firmenjet von Synergy parkte etwa dreißig Meter entfernt, leuchtend weiß vor den dunklen Wolken, die sich vor der Küste auftürmten.

Ich hatte das Flugzeug schon ein paar Mal zuvor gesehen, wenn Cooper mich am Flughafen brauchte, um ihm etwas zu bringen oder um ihn vor oder nach einem Flug zu briefen, aber –

ich schluckte – ich war noch nie darin geflogen. Es war nicht größer als das winzige Flugzeug, mit dem ich von Charlotte Amalie hierhergeflogen war, das, in dem ich mich übergeben hatte. Und wir mussten durch diese dichten, turbulenten Wolken und dann quer durchs Land damit fliegen. Ich umklammerte Coco fester.

Als könnte er meine Gedanken lesen, sagte Cooper: »Keine Sorge. Emily fliegt uns um den Sturm herum. Es ist gut, dass wir ihm zuvorkommen.«

Mateo drehte sich auf dem Fahrersitz um. »Bist du sicher, dass du mich nicht brauchst, Lito?«

»Ich bin sicher, wer auch immer Ben angegriffen hat, hat entweder aufgegeben oder bleibt auf der Insel. Ich habe ein Sicherheitsteam in San Francisco. Uns wird es gut gehen.«

Mateo nickte, aber seine Augen funkelten nicht so wie sonst.

»Danke.« Cooper griff auf den Vordersitz und packte die Schulter seines Cousins. »Dass du uns beschützt hast. Du kannst uns in San Francisco besuchen kommen, wenn wir uns entscheiden zu bleiben.«

Nach der Anspannung in seiner Stimme zu urteilen, war Bleiben das Letzte, was Cooper wollte.

Mateo schien es nicht gehört zu haben. Er grinste. »Das würde mir gefallen.«

»Vielleicht sind wir zurück, bevor du die Gelegenheit hast, uns zu besuchen.« Coopers Stimme war rau, so wie sie in Kalifornien immer klang. Ich vermisste die unbeschwerte Melodie, an die ich mich auf der Insel zu sehr gewöhnt hatte.

Ich hielt Coopers Hand. »Wir reden darüber, sobald du die Dinge bei Synergy geklärt hast.« Uns stand ein großes Gespräch bevor. Aber wir konnten das schaffen. Wenn ich ihn dazu bringen könnte, häufiger Urlaub zu machen, könnte er die Sonne genießen und den Druck von zu Hause loslassen. Verdammt, er könnte in Rente gehen, wenn er wollte. Ich könnte uns niemals den Lebensstandard bieten, den Cooper gewohnt war, aber sobald ich meinen Abschluss hätte, könnte ich einen

Job finden, der uns über Wasser halten würde. Und Coopers reichliche Ersparnisse und Kapitaleinkünfte könnten für den Rest sorgen.

»Lass uns gehen.« Cooper öffnete die Tür und stieg aus.

Ich ließ Coco los. Er sprang aus dem SUV und schüttelte sich, während ich aus dem Wagen kletterte und mich dann gegen den böigen Wind stemmte. Ich packte das Ende seiner Leine und ließ mich vom Sturm zum Heck des Wagens wehen, um meinen Koffer zu holen.

Mateo wuchtete beide Koffer so mühelos hoch, als hätte ich ein paar Laptoptaschen angehoben. »Die nehme ich. Geht ihr schon mal hoch.«

Cooper wartete ein paar Schritte entfernt auf mich, meine Laptoptasche über seiner Schulter. Die Sonne versteckte sich hinter den bedrohlichen Wolken, die sich matt in seiner Sonnenbrille spiegelten. Ohne das helle Sonnenlicht, an das ich mich gewöhnt hatte, wirkte er glanzloser, verblasst, so wie er früher im Büro ausgesehen hatte.

Er streckte seine Hand aus und dankbar ergriff ich sie. Kaum vom peitschenden Wind gestört, ging er zügig zur Flugzeugtreppe und stieg sie hinauf. Ich folgte ihm und klammerte mich am Geländer fest, als ich die steilen Stufen erklomm. Oben atmete ich ein letztes Mal die frische Inselluft ein. Unser Paradies, wo ich mich endlich in einen Mann verliebt hatte, der mich auch liebte, selbst wenn er die Worte nicht aussprechen konnte.

Wir duckten uns in das Flugzeug. Kühle, trockene Luft und ein warmes, graues Interieur empfingen uns. Auf der einen Seite befand sich eine Couch, komplett mit blauen Zierkissen. Sie stand einem Tisch gegenüber, über dem ein großer Fernseher angebracht war. Weiter hinten im Flugzeug gab es Gruppen von weichen Ledersesseln, ebenfalls in neutralen Grautönen.

Cooper führte mich an der Couch vorbei zu zwei Sitzen, die sich auf der linken Seite gegenüberstanden. Er setzte sich in Flugrichtung, und ich nahm den Platz ihm gegenüber ein. Coco beschnupperte den Sitz und sprang dann neben mich.

Der Steward trat an uns heran. »Mr. Fallon. Mr. Levy-Walters. Was kann ich Ihnen bringen? Bourbon? Saft?«

Es war noch nicht einmal neun Uhr morgens. Ich zog eine Augenbraue hoch und sah Cooper an. Bourbon?

»Wasser für mich, bitte. Ben?«

»Orangensaft.«

Der Steward sagte: »Wir haben Guavensaft, falls Sie den bevorzugen.«

»Ja, bitte.« Ich riss mich gerade lange genug zusammen, bis der Steward in der Bordküche verschwunden war, bevor ich Cooper mit großen Augen ansah. »Du hast sie veranlasst, mir Guavensaft zu besorgen?«

»Es ist ein Privatjet. Sie besorgen, worum ich sie bitte.«

Cooper Fallon lebte ganz anders als ich. Woran würde ich mich noch gewöhnen müssen?

Der Steward kehrte mit unseren Getränken zurück. »Kann ich Ihnen sonst noch etwas bringen?«

Cooper überprüfte stumm meine Reaktion und sagte dann: »Nein, danke. Und wir sind bereit zum Abflug, wenn die Pilotin es ist.«

»Ich werde es ihr ausrichten.« Der Steward ging durch eine Tür im vorderen Teil des Flugzeugs.

Ich schnallte mich an. Mir gegenüber runzelte Cooper die Stirn über seinem Handy.

»Ist im Büro alles in Ordnung?«

Er wischte etwas weg und legte es dann auf den Tisch zwischen uns. »Weston hat für heute frühen Nachmittag ein Meeting angesetzt. Ich werde direkt dorthin gehen müssen.«

»Und Jackson?« Ich hasste es zu fragen, aber ich musste auch ihre Beziehung verstehen. Der Gedanke, dass Cooper und Jackson zusammenarbeiteten, zusammen abhingen – verdammt noch mal, zusammen tranken –, während Cooper wieder in den Bann von Jackson Jones geriet, stach mir direkt ins Herz. Würde ich ihm noch wichtig sein, wenn Jackson in der Nähe war?

»Was ist mit Jackson?«

»Findest du nicht, du solltest reinen Tisch machen?« Ich hielt den Atem an.

»Es spielt keine Rolle mehr. Er ist mit Alicia zusammen. Und ich bin mit dir zusammen.«

Meine Lippen wollten sich kräuseln. *Ich bin mit dir zusammen.* Aber –

»Du solltest ihm sagen, wie du dich fühlst. Gefühlt hast. Ihr seid beste Freunde, und es ist nicht fair, so etwas zurückzuhalten.«

»Ich« – er zog die Augenbrauen zusammen – »okay. Vielleicht nicht heute, aber bald.«

Ich musste es akzeptieren. Es war seine Freundschaft. Seine Beziehung. Und ich musste an meiner eigenen Beziehung arbeiten.

»Also, wenn du ins Büro gehst, werde ich ...« Mist. So weit hatte ich nicht gedacht.

»Ich bestelle einen anderen Wagen, der dich ... ah.«

Ich konnte nicht sagen, ob der Schauer, der mir über den Nacken lief, Freude darüber war, dass er beinahe gesagt hätte, der Wagen würde mich nach Hause zu ihm bringen, oder eine Warnung, dass wir zu schnell vorgingen, dass er versuchte, die Kontrolle zu übernehmen. »Nein, ich komme mit dir ins Büro. Ich melde mich bei Marlee. Es gibt wahrscheinlich ein paar Dinge, um die ich mich kümmern sollte, bevor ich – bevor ich meinen Schreibtisch leere.« Ich würde Synergy vermissen, aber mit Cooper zusammen zu sein, war es wert, meinen Job aufzugeben.

»Und danach?«

Ich hätte es besser wissen müssen, als zu denken, er würde mich dieses Gespräch auf später verschieben lassen.

»Ich denke, ich sollte zu meiner Schwester zurückgehen. Findest du nicht?« Meine Stimme war piepsig wie die von Micky Maus. Ich kippte meinen Saft hinunter.

»Wenn du deine Sachen holen musst. Oder ich kann jemanden schicken, der sie für dich holt.«

»Ganz schön herrisch, was?« Aber ich machte meine bissige

Bemerkung zunichte, indem ich die Armlehnen umklammerte, als das Flugzeug sich in Bewegung setzte. Mein Herz raste.

»Das bin ich, und du gewöhnst dich besser daran.«

Verdammt. Ich brauchte einen Fächer. Und eine Reisetablette. Ich schluckte. Das Flugzeug bebte, als es von der Startbahn abhob. Kaltes Kribbeln lief über meine Haut.

»Ist alles in Ordnung bei dir?« Cooper zwängte sich auf den Sitz neben mich und verfrachtete Coco auf seinen frei gewordenen Platz.

»Solltest du nicht angeschnallt sein?« Ich umklammerte seine Hand und fixierte meinen Blick auf den Tisch, irgendwohin, nur nicht aus dem Fenster, wo der Jet durch die schwarzen Wolken riss.

»Du hast mir nicht gesagt, dass du Flugangst hast.« Er rieb meine Hand.

»Ich schätze, das wusste ich selbst nicht. Ich bin zum ersten Mal geflogen, als ich hierherkam.« Die Vorderseite meines Hemdes zitterte von der Wucht meines Herzschlags.

Er zog seine Hand aus meinem Griff. »Ich bin gleich wieder da.«

»Nein, du darfst dich nicht in der Kabine bewegen!«

Aber er war schon weg. Einen Moment später war er mit einer Flasche Wodka zurück. Er goss einen Schluck in mein Saftglas. »Trink aus.«

Meine Finger zitterten, als ich nach dem Glas griff. Aber ich tat, wie er geheißen hatte, und schlürfte den süßen Saft, der den Alkoholgeschmack überdeckte.

Als ich es bis auf die Eiswürfel ausgetrunken hatte, legte er seinen Arm um mich und ließ meinen Kopf auf seine Schulter sinken. »Alles wird gut. Emily macht diese Reise ständig. Schau nach draußen. Wir sind dem Sturm entkommen. Spürst du, wie ruhig es ist, jetzt, wo wir die Flughöhe erreicht haben? So wird es den ganzen Weg bis nach Kalifornien sein.«

Ich rieb mir die Brust, in der Hoffnung, mein rasendes Herz beruhigen zu können. »Versprochen?«

»Ich verspreche es. Es wird ein ruhiger Flug bis nach Kalifornien.«

Ich atmete aus. Ein. »Und dann?«

»Vielleicht ein oder zwei Holprer beim Landeanflug.« Er
küsste mich auf den Scheitel. »Aber uns wird es gut gehen.«

»Ich liebe dich, Cooper.« Ich wandte mein Gesicht ihm zu.

Er küsste mich, ein beruhigender Druck seiner Lippen. Aber er
erwiderte es nicht. Das war in Ordnung. Vorerst.

Der Steward räusperte sich. »Noch mehr Saft?«

»Bitte.« Cooper küsste mich noch einmal, ein wenig zärtlicher.

Der Steward nahm mein Glas vom Tisch und ging.

»Du hast mich gerade vor einem Synergy-Mitarbeiter geküsst,«
weißt du«, murmelte ich gegen seine Lippen.

»Tatsächlich?« Sein Mundwinkel zuckte nach oben. »Du
gewöhnst dich besser daran, dass ich dich überall küsse.«

»Überall, Mr. Fallon?« Meine Lippen fühlten sich taub und
locker an.

»Überall.« Er beugte seinen Kopf und drückte einen
saugenden Kuss direkt unter meinen Kiefer.

Ich schauderte. »Daran könnte ich mich gewöhnen.«

30

COOPER

WIR WAREN ZU SPÄT DRAN, weil ich den Hund vergessen hatte.

Ich hatte ihn nicht wirklich vergessen; er war den ganzen Flug über bei uns. Mithilfe einer Freundin von Sara, einer Tierärztin, hatte ich in aller Eile die Impfungen und Papiere besorgt, um Coco in die USA zu bringen. Der ganze Aufwand und die Tatsache, dass ich bei Sara nun noch einen Gefallen in der Kreide stand, hatten sich für den strahlenden Ausdruck auf Bens Gesicht gelohnt, als er sich mit Coco in den Flugzeugsitz kuschelte.

Nachdem Ben an meiner Schulter eingeschlafen war, sprang Coco hoch, halb auf den Sitz und halb auf Ben, und warf mir einen finsteren Blick zu, den ich bei ihm noch nie gesehen hatte. Diese braunen Augen ließen mich nicht aus den Augen, schlossen sich nicht einmal zum Schlafen, bis wir in San Francisco landeten.

Da wurde mir klar, dass wir ein separates Auto brauchten. Für den Hund. Denn wir mochten zwar ein fortschrittliches Unternehmen sein, aber Hunde waren im Büro nicht erlaubt.

Wegen des Verkehrschaos' in San Francisco kam das Auto nie an, also fuhren wir mit Coco zum Büro.

Als Ben sich auf einen der lindgrünen Stühle in der Lobby setzte, ließ Coco sich zu seinen Füßen nieder. »Mach dir keine Sorgen um uns«, sagte Ben. »Wir warten hier auf dich.« Er hatte sein Handy gezückt, bereit, seiner Schwester oder einem seiner vielen Freunde bei Synergy zu schreiben.

»Warum gehst du nicht einfach …« Ich räusperte mich. Ich wollte *nach Hause* sagen. Zu mir nach Hause. Aber Ben hatte den Flug verschlafen und wir hatten keine Zeit gehabt, unsere Wohnsituation zu klären. Ich beäugte den Hund. Vielleicht wäre er bei diesen Verhandlungen von Vorteil. Erlaubte die Wohnanlage seiner Schwester Hunde? Natürlich wäre es typisch mein Glück, wenn Ben nicht bereit wäre, bei mir einzuziehen, und ich irgendwie das Sorgerecht für einen Hund bekäme, den ich nicht wollte.

»Wir warten. Ich schaue mal, ob Marlee runterkommen kann.«

»In Ordnung. Ich schreibe dir, wenn es länger dauert.« Weston hatte sich mit den Details zu unserem Treffen zurückgehalten. Das hätte mich nicht überraschen sollen. Er ließ sich nie in die Karten schauen. Sein Ego war sogar noch größer als meins.

Oben ging ich direkt zu Westons Büro auf der sonnigen Seite, am gegenüberliegenden Ende des Stockwerks von dem von Jackson. Ich hatte keine Zeit, bei Jackson im Büro vorbeizuschauen, selbst wenn ich gewollt hätte.

Wollte ich das? Seit wir geredet hatten, schien es nicht mehr so schlimm. Bis mir wieder einfiel, was ich laut Ben beichten sollte.

Darum würde ich mich später kümmern, wenn ich nicht zu spät zu einem Treffen mit dem CEO kam.

Julie blickte von ihrem Bildschirm auf. Mit einem Blick auf die Uhr presste sie die Lippen zusammen. »Er erwartet Sie.«

Ich hasste es, zu spät zu kommen. Aber ich konnte nichts daran ändern. Also klopfte ich an die Tür, drückte die Klinke herunter und trat ein.

»Cooper.« Weston saß an seinem Schreibtisch, sein weißes Hemd am Kragen offen, sodass ein Hals zum Vorschein kam, der fast so gebräunt war wie meiner. Er musste kürzlich mit seinem

Boot unterwegs gewesen sein. Wie üblich war sein Haar perfekt getrimmt, nicht zerzaust, wie meins es oft war, weil ich mir mit den Fingern durchfuhr, oder platt gedrückt wie Jacksons von seinen Kopfhörern.

»Harris.« Ich überquerte den weichen Seidenteppich und schüttelte seine Hand. Sie war kühl, wie immer. Aber sein Lächeln war wie immer warm und die Anspannung zwischen meinen Schulterblättern ließ nach.

»Nehmen Sie Platz.« Er deutete auf die besetzten Lederstühle vor seinem Schreibtisch.

Ich setzte mich auf das steife Polster und lehnte mich vor, meine Ellbogen auf den Knien abgestützt. »Was höre ich da von …«

Er sprach über mich hinweg. »Der Urlaub steht Ihnen gut. Haben Sie sich auf der Insel amüsiert?«

»Das habe ich.« Normalerweise zog Weston es wie ich vor, direkt zur Sache zu kommen, aber es war sinnvoll, sich auf den neuesten Stand zu bringen, da ich ihn seit drei Wochen nicht gesehen hatte. »Was gibt es daran nicht zu mögen? Ein bisschen Sonne, Sand und Drinks mit Schirmchen.« Ich hatte ihm nie verraten, dass meine Familie dort lebte. Das war nichts, was ich normalerweise preisgab. Sollen doch alle denken, ich sei dort ein Tourist, einer, der aus einem wohlhabenden, weißen Vorstadt-Elternhaus stammte wie die meisten Tech-Führungskräfte, denen ich begegnete. Wie Weston selbst.

»Ich mache mir Sorgen um Sie, Cooper.« Seine Augenbrauen senkten sich, obwohl sich auf seiner Stirn keine Falte bildete. Er mochte das Grau an seinen Schläfen zwar zeigen, aber ich hatte noch nie eine Falte im Gesicht von Harris Weston gesehen. »In den letzten ein oder zwei Jahren schienen Sie nicht mehr so glücklich wie damals, als ich Sie und Jones zum ersten Mal traf.«

Vielleicht hätte es mir Botox leichter gemacht, mein Gesicht ausdruckslos zu halten. Um diese Zeit im letzten Jahr hatte ich gewusst, dass Jackson mich niemals so lieben würde, wie ich ihn geliebt hatte. Aber nichts davon zählte jetzt. Nicht, während Ben unten auf mich wartete.

»Mir geht es jetzt besser. Die Auszeit hat mir eine neue Perspektive gegeben.«

»Offensichtlich haben Sie die nach dem Vorfall in Ihrem Büro gebraucht. Ist Ihre Hand in Ordnung?«

Julie musste es ihm erzählt haben. Eine Hitze stieg von meinem Scheitel auf und überzog mein ganzes Gesicht. Ich schenkte ihm ein gezwungenes Lächeln und hielt meine rechte Hand hoch. Nur ein paar rote Striemen waren darauf zu sehen. »Es war nur ein Kratzer. Kein Grund zur Beunruhigung.«

Er legte den Kopf schief. Mit seiner römischen Nase erinnerte er mich an einen Falken. »Ich glaube, die Leute hier waren sehr alarmiert. Besonders Jones. Und noch mehr, als Sie Ihre Synergy-Anteile verkauft haben.«

Die Hitze brannte sich bis in meine Brust hinunter. Ich wollte meinen Kragen aufknöpfen, konnte es aber nicht, nicht unter seinem falkenartigen Blick. Ich blieb still wie ein Feldmäuschen.

»Glücklicherweise hatte ich einige Mittel zur Verfügung und konnte sie sichern. Sie sind also in der Synergy-Familie geblieben.« Er öffnete die Hände in einer wohlwollenden Geste.

Kühle Erleichterung durchströmte meine Adern. Meine Anteile waren nicht in den Fängen von Gurusoft gelandet. Ich hatte das Unternehmen nicht zu einem Übernahmekandidaten gemacht. Weston hatte ursprünglich einen kleineren Anteil als Jackson oder ich, aber jetzt würden er und ich ungefähr gleich viel am Unternehmen halten, wobei Jackson der größte Anteil gehörte. Zusammen hielten wir drei immer noch eine gesunde Mehrheit. Ich lehnte mich im Stuhl zurück. »Ich bin froh, dass Sie das getan haben. Ich habe nicht klar gedacht, als ich den Verkauf veranlasst habe, sonst hätte ich mit Ihnen darüber gesprochen.«

»Interessant, dass Sie auch nicht mit Jones darüber gesprochen haben. Er schien nicht zu wissen, dass Sie sich von Ihren Anteilen trennen.«

Ich zuckte zusammen. »Ich, äh. Wie gesagt, ich habe nicht klar gedacht.« Obwohl ich sturzbetrunken gewesen war, als ich diesen Verkauf eingeleitet hatte, war ich bei klarem Verstand gewesen, als ich an den Ruhestand mit Ben dachte und ihm den nächsten Batzen geschenkt hatte. Sobald wir das hier hinter uns hatten, würde ich eine rationale Entscheidung über den Rest meiner Anteile treffen. Wenn ich mich zum Verkauf entschließen würde, würde ich sie Jackson oder Weston anbieten.

»Ich nehme an, aus übereilten Entscheidungen kann auch Gutes entstehen.« Aber er kräuselte die Lippe. Ich bezweifelte, dass Weston jemals eine übereilte Entscheidung getroffen hatte. Und ich hatte ihn noch nie, wirklich niemals betrunken gesehen. Nicht einmal in der Nacht nach dem Börsengang, als wir alle zu Multimillionären geworden waren.

»Ja. Das können sie.« Wäre ich nicht durchgedreht und auf die Insel geflohen, wäre Ben mir nicht gefolgt. Wir wären Chef und Angestellter geblieben, hätten uns nie berührt, nie das Feuer gespürt, das zwischen uns funkte, diese Anziehungskraft, die ich genau in diesem Moment zu ihm spürte, fünf Stockwerke unter mir.

»Und aus Ihrer Entscheidung, Ihre Anteile zu verkaufen, ist etwas sehr Gutes entstanden.« Weston lehnte sich in seinem Stuhl zurück und legte die Fingerspitzen über seiner Brust aneinander. »Wir haben ein Übernahmeangebot von Gurusoft erhalten. Und Jones hat nicht genug Anteile, um es zu blockieren.«

Ein Schauer lief mir über die Haut. »Ein ... was?«

»Ein außerordentlich attraktives Übernahmeangebot. Bar plus Aktienbeteiligung. Sie werden ein sehr reicher Mann sein.« Er lachte leise. »Ein noch reicherer Mann.«

Galle stieg mir in der Kehle hoch. Ich hatte Jackson versprochen, unseren Mehrheitsblock genau aus diesem Grund zu halten. Und jetzt hatte ich es vermasselt und Synergy würde in den Fängen von Gurusoft landen. Alles, was wir zusammen aufgebaut hatten, würde von dem größeren Unternehmen geschluckt, die Software – Jacksons Geistesblitz – zerlegt und in ihre integriert oder aber komplett eingestellt werden. Genau das, was mit dem

Unternehmen seines Vaters passiert war. Die Mitarbeiter, von Marlee über Bens Schwester bis hin zum neuesten, jüngsten Entwickler, würden Abfindungspakete erhalten und auf die Straße gesetzt werden. Nur ein paar Star-Entwickler, wie Jacksons Schützling Tyler Young, wären für Gurusoft wertvoll genug, um sie zu behalten. Ich schluckte.

»Machen Sie sich keine Sorgen.« Er schenkte mir ein väterliches Lächeln. »Sie werden den Ruhestand genießen. Und wenn nicht, können Sie ein neues Unternehmen gründen, solange es nicht gegen die Wettbewerbsverbotsklausel verstößt.«

Ein verdammtes Wettbewerbsverbot. Gurusoft würde auch die juristische Macht aufbringen, es durchzusetzen. Sie würden uns niemals erlauben, aus der Asche von Synergy ein neues Softwareunternehmen zu gründen. Jackson wäre stinksauer. Und ich hatte es verdient. Meine Selbstsucht hatte gerade alles zerstört, was wir zusammen aufgebaut hatten. Als ich die Aktien verkauft hatte, wollte ich mit Synergy fertig sein. Aber nicht so. Die vertraute Wut kochte in meinem Bauch hoch.

»Nein!« Ich sprang aus dem Stuhl auf. »Ich – ich will das nicht. Nicht jetzt.«

Seine Augenbrauen hoben sich einen Bruchteil. »Es ist das Beste für Sie. Und für das Unternehmen. Sie und Jones können wieder Freunde sein, ohne all diese« – er machte eine Handbewegung – »Unannehmlichkeiten zwischen Ihnen.«

Unannehmlichkeiten. So nannte er die stürmische – wenn auch höchst effektive – Partnerschaft von Jackson und mir. Synergy, das milliardenschwere Unternehmen, das wir in unserem Studentenwohnheimzimmer aufgebaut hatten, war zu *Unannehmlichkeiten* geworden.

Ich atmete tief durch, so wie ich es bei Dr. Pradhi geübt hatte. Aber trotz des Verrats meines Mentors war die Wut, die normalerweise knapp unter der Oberfläche brodelte, nicht da. Sicher, es gab Hitze und Schmerz, aber mein berüchtigtes Temperament war immer noch im Urlaub.

»Nein«, sagte ich wieder, ruhiger. »Jackson und ich werden uns dagegen wehren. Wir werden mit dem Vorstand sprechen ...«

»Cooper, seien Sie vernünftig. Es ist das Beste für uns alle.« Er hob die Arme, um sein Büro, den sechsten Stock, das historische Gebäude zu umfassen. »Wir alle werden unsere Auszahlungen nehmen und uns dem nächsten Unternehmen widmen. Sie werden mehr Zeit haben, sie mit Ihren Lieben zu verbringen. Wir alle.« Er ließ seinen Blick zu dem gerahmten Foto auf seinem Schreibtisch schweifen, dem von ihm, seiner Tochter Phoebe und ihrem Pferd.

Die Menschen, die ich liebte, waren von Synergy abhängig. Selbst wenn Ben nicht mehr mein Assistent war, konnte ich keinen von ihnen, besonders nicht seine Schwester, arbeitslos zurücklassen. Ich ging ein paar Schritte von seinem Schreibtisch weg und dann wieder zurück, um vor ihm zu stehen. »Ich kann nicht. Ich kann Sie das nicht tun lassen.«

Weston biss die Zähne zusammen. »Sie werden es tun. Es ist das Richtige.«

Meine Wut blieb in mir zu einem Ball zusammengerollt, wie Coco, wenn er ein Nickerchen machte. Ich stemmte die Hände in die Hüften und nutzte meine Größe aus. Aber ich hielt meine Stimme leise. »Das werde ich nicht.«

Er schüttelte den Kopf und ein Ausdruck, der fast wie Bedauern aussah, huschte über sein Gesicht. »Sie werden es tun. Ich habe einige Anreize, um Sie von meiner Sichtweise zu überzeugen.«

»Anreize?« Was könnte er mir möglicherweise anbieten, das meine Meinung ändern würde?

»Sie haben schon von Zuckerbrot und Peitsche gehört. Ich glaube, Sie haben bereits ein Zuckerbrot. Sie wollen meine Peitsche nicht sehen.«

»Ein Zuckerbrot?«

Ein leichtes Lächeln hob seine Lippen. »Sie betrachten Ihren gutaussehenden jungen Mann doch sicher als Zuckerbrot? Er schien Sie ziemlich glücklich zu machen.«

Ein Schauer jagte mir den Rücken hinunter. Ich schob meine tauben Finger in meine Hosentaschen. »W-was?«

»Mir wurde ein Video zugespielt, das dokumentiert, wie Sie Ihre Frühlingsferien verbracht haben.« Er tippte eine Tastensequenz auf seiner Tastatur ein und drehte seinen Monitor zu mir. Das Video war stumm und körnig, aber mein Gesicht war leicht zu erkennen, mein Mund in Ekstase geöffnet, während Ben, mit dem Rücken zur Kamera, in mich stieß.

Mein Atem stockte mir in der Brust. Dieser wunderschöne Moment, den wir geteilt hatten, die Nähe, die wir erfahren hatten, die Verletzlichkeit, für die ich so hart gearbeitet hatte, um sie Ben zu geben, all das war dort in grobem Schwarz-Weiß für Weston zu sehen, zum Untersuchen und Verurteilen.

»Mr. Levy-Walters ist Ihr Assistent, nicht wahr?« Er reckte den Hals, um das Video zu sehen, sein Gesicht unbewegt. »Ich frage mich, was der Vorstand von Ihren Argumenten halten wird, wenn sie das sehen.«

»Er hat gekündigt. Davor.« Ich wedelte mit einer zitternden Hand auf den Bildschirm und riss dann meinen Blick davon los. Wie zum Teufel war er an dieses Video gekommen? Niemand betrat jemals meine Wohnung, nicht einmal das Reinigungspersonal. Hatte Ben …? Ich schluckte. Nein. Ben hätte keine Kameras im Bungalow platziert. Niemals. Aber wer dann?

Weston schaute noch ein paar Sekunden auf den Bildschirm. »Spielt das wirklich eine Rolle?«

Das tat es nicht. In diesem Video war ich ein privilegierter Mann, der einen Untergebenen ausnutzte, unabhängig davon, ob ich noch sein Arbeitgeber war. »Erpressen – erpressen Sie mich?« Ich sank in den Stuhl. Ohne den Stahl meiner Wut hatte ich nichts, was mich stützen konnte.

Er legte wieder den Kopf schief. »Ich lege Ihnen lediglich alle Fakten dar.«

Es war reine Erpressung. Aber wenn ich ihn darauf anspräche, würde das Video öffentlich werden. Und er hatte wahrscheinlich noch mehr. Weston kam nie unvorbereitet zu einer Verhandlung.

Es spielte keine Rolle. Was zählte, war, wie ich auf seine Drohung reagierte. Langsam stand ich auf. »Ich liebe Ben. Ich bin stolz auf unsere Beziehung.«

Weston spitzte die Lippen. »Sie sind der Chief Operating Officer und beaufsichtigen die Personalabteilung dieses Unternehmens. Mit seinem Sekretär zu vögeln – oder von ihm gevögelt zu werden – macht kein gutes Bild.«

»Sie haben recht.« Ich schluckte. Ich dachte, nachdem Ben gekündigt hatte, wäre unsere Beziehung akzeptabel. Aber das Schwarz-Weiß-Video bewies mir das Gegenteil. Ich hatte die ganze Macht. Ich hatte Ben praktisch zur Kündigung gezwungen. Das war kein gutes Bild für den COO, der für die Mitarbeiterbeziehungen zuständig war.

»Ich werde eine Erklärung an die Mitarbeiter abgeben«, sagte ich. »Der Vorstand wird über die Konsequenzen für mein Handeln entscheiden. Wenn sie beschließen, mich zu entlassen, dann sei es so.« Es war das, was ich verdiente. Und gar nicht so anders als das, was ich wollte. Obwohl Ben stinksauer über die Verletzung unserer Privatsphäre sein würde. Verdammt, ich war es auch. »Wie sind Sie an dieses Video gekommen?«

Er pausierte die Wiedergabe und durchbohrte mich mit einem harten Blick. »Spielt das eine Rolle?«

Tat es nicht. Ben wäre noch aufgebrachter, wenn Synergy an Gurusoft verkauft würde und alle, die ihm wichtig waren, ihre Jobs verlören.

Ich hatte mich so sehr in Weston getäuscht. Jackson hatte die ganze Zeit recht gehabt. Niemand, dem ich wichtig war, der mich respektierte, würde ein solches Video benutzen, um zu bekommen, was er wollte.

Ich hatte ihn als Vaterfigur betrachtet. Aber wie meinem leiblichen Vater war ich ihm scheißegal.

Ich stützte eine Hand auf die Rückenlehne des Stuhls. »Veröffentlichen Sie es, wenn Sie müssen. Ich rücke nicht von meiner Position ab.«

Er biss die Zähne zusammen. »Ich habe noch eine weitere

Karte zu spielen. Ich wollte das nicht tun, aber Sie lassen mir keine andere Wahl.« Fast bedauernd nahm er sein Tischtelefon und drückte eine Taste. »Julie, schicken Sie bitte unseren neuen Wachmann herein.«

»Wachmann? Was zum Teufel, Weston?« Wollte er mich aus meinem eigenen Gebäude eskortieren lassen? Weil ich einvernehmlichen Sex hatte? Weil ich nicht seiner Meinung war? Die Wut, heiß und vertraut, erwachte endlich und rührte sich in meinem Magen. Meine Faust ballte sich, wollte etwas zerschmettern. Ich presste sie an meinen Oberschenkel.

Die Bürotür öffnete sich und die letzte Person, die ich erwartet hatte, schlängelte sich hindurch. Er trug ein verblichenes marineblaues Poloshirt. Seine Khakihose hatte nie ein Bügeleisen gesehen, und sie war zu kurz für seine langen Beine und zeigte ein paar Zentimeter schmuddelige graue Tennissocken. Er war immer noch drahtig und fit, als hätte er sein Boxtraining beibehalten, aber sein Haar und die Stoppeln an seinem Kiefer waren komplett weiß geworden, und sein Gesicht war faltiger als bei unserem letzten Treffen.

Er war unverkennbar mein Vater.

Er zog eine finstere Miene, und der Ausdruck ersetzte meine Wut durch eine Welle kalter Angst, selbst nach all den Jahren.

Ich wich zurück, bis meine Oberschenkelrückseiten an Westons Schreibtisch stießen. »Was …?«

Weston stand auf und seine Stimme ertönte an meinem Ohr. »Ist es nicht ein Zufall, dass sein Nachname auch Fallon ist? Ich fand das interessant genug, um ihn hierher zu bringen, damit er Sie kennenlernt.«

»Mikey. Ist eine Weile her. Wie geht's deiner Ma?«

Mamá. Wenn Weston meinen Vater gefunden hatte, wusste er wahrscheinlich auch über meine Mutter Bescheid. Es würde nur ein kleiner Ausrutscher nötig sein – beabsichtigt oder nicht – und Mick würde wissen, wo sie lebte. Und wenn er wüsste, wo sie lebte, wäre es egal, dass ich eine kleine Armee hatte, die sie beschützte. Er würde sich einschleichen und sie verletzen.

Ich stieß mich von Westons Schreibtisch ab und machte einen Schritt auf meinen Vater zu. »Was zum Teufel machst du hier, Mick?«

Er grinste mich an. »Ist das eine Art, mit deinem alten Herrn zu reden?«

Ein Keuchen kam von außerhalb der Tür. Tatsächlich hatte Mick sie offengelassen, und drei Leute, Julie, Marlee und – verdammt – Ben, versammelten sich um Julies Schreibtisch, ihre Münder aufgerissen wie Mamás vor einer ihrer Telenovelas.

Durch zusammengebissene Zähne murmelte ich: »Mach die Tür zu.«

Er ignorierte mich und trat weiter ins Büro. »Ist das ein Porno?« Er zeigte auf den Bildschirm neben mir. »Schwulenporno? Was zum Teufel ist hier los?«

»Das ist eine Sicherheitsaufnahme von Ihrem Sohn und seinem Assistenten.« Ich hatte vergessen, dass Weston noch da war.

»Ehemaligem Assistenten«, knurrte ich. Meine Hände ballten sich zu Fäusten. Was, wenn Mick auch noch auf die Idee kam, Ben zu bedrohen?

Mick lachte leise. »Du treibst es mit deinem Assistenten?« Er legte den Kopf schief. »Oder er treibt es mit dir. Ich hätte wissen sollen, dass du so wirst. Weich. Wie deine Ma.«

»Halt dein verdammtes Maul.« Meine Stimme war so leise, dass ich sie kaum wiedererkannte. »Ich bin nicht weich, und sie auch nicht.«

»Anscheinend nicht.« Er schnaubte verächtlich über das Video hinter mir. »Nicht, wenn es um deinen Freund geht.«

Verdammt, wenn er Ben verletzte, so wie dieser Mann ihn auf der Insel verletzt hatte – nein. Ich konnte ihm diesen Hebel nicht geben. Ich konnte ihn nicht in die Nähe von Ben lassen. Konnte ihn nicht wissen lassen, wie besonders Ben für mich war.

Meine Wut zog sich an den Ort zurück, an dem sie sich immer versteckt hatte, wenn mein Vater mich bedrohte. Meine Fäuste lockerten sich und meine Hände hingen schlaff an meinen Seiten. »Er ist nicht mein Freund.«

Wieder ein Keuchen von der anderen Seite der offenen Tür. Ich unterdrückte ein inneres Zusammenzucken. Ich würde es später erklären. Wenn er mich lassen würde.

»Was zum Teufel ist das hier für ein Laden, Weston?« Als Mick einen Schritt näher kam, roch ich den Scotch. War er in meinem Gebäude betrunken? Ich konnte nicht zulassen, dass Mick Fallon auch meine anderen Mitarbeiter gefährdete. Als wir eine Familie waren, war ich nie in der Lage gewesen, Mamá zu beschützen. Aber ich war jetzt älter, und ich hatte die Macht meiner Position und meines Reichtums. Ich würde alles tun, um meine Synergy-Familie zu schützen, besonders Ben.

»Nein.« Ich drehte mich zu Weston um und behielt meinen Vater im Auge. Ich hatte vor langer Zeit gelernt, ihm niemals den Rücken zuzukehren. »Nein.«

Westons Lächeln war gezwungen, als ob das ganze Drama, das sich hier abspielte, sogar für ihn zu viel war. »Es tut mir leid, dass es so weit kommen musste. Aber ich bin froh, dass Sie zur Vernunft kommen, Cooper.«

Schritte entfernten sich stampfend, und als ich an meinem Vater vorbeiblickte, waren nur noch Marlee und Julie da, die auf die Ruine starrten, die ich aus meinem Glück gemacht hatte.

31

BEN

NICHT SEIN VERDAMMTER FREUND. Ich hatte befürchtet, unsere Beziehung würde dem Druck der Vorstandsetagen nicht standhalten, aber ich hatte nicht vorausgesehen, dass Cooper in weniger als einer Stunde einknicken würde.

Ich warf meine Taschentuchbox in den Umzugskarton auf meinem Schreibtisch. Ich würde sie nicht brauchen. Meine Augen waren trocken und brannten vor Wut. Wut auf Cooper, aber auch auf mich selbst. Ich hatte gehofft, er hätte mich gesehen und geliebt, was er sah. Aber es war nichts weiter als das gewesen: Hoffnung.

Absätze klackerten auf dem Boden, und ich nahm den Duft von Marlees Parfüm wahr. »Tu das nicht, Ben. Bleib und rede mit ihm.«

»Oh, ich werde mit ihm reden, verlass dich drauf.« Ich starrte auf die Tür von Westons Büro, die endlich jemand vernünftigerweise geschlossen hatte.

»Stimmt es also? Seid ihr zusammen?«

Ich erstarrte, während meine Hand nach dem winzigen Kaktus griff, den ich auf meinem Schreibtisch hatte. Scheiße, ich hatte ihre alte Schwärmerei für meinen Boss vergessen. Und ihren Kuss. Langsam drehte ich mich zu ihr um. »Das waren wir.«

»Oh, Ben.« Ihre Augen füllten sich mit Tränen. »Bleib. Klärt die Sache.«

»Du hast ihn gehört. Er ist nicht mein Freund. Da gibt es nichts mehr zu klären.« Ich wirbelte herum und griff nach dem Kaktus, verfehlte ihn aber. Ein Schmerz schoss mir durch den Finger, und ein Blutstropfen trat an der Stelle hervor, wo mich der Stachel gestochen hatte.

Ein Paar Turnschuhe quietschte, und dann dröhnte Jacksons Stimme durch das stille Stockwerk. »Wow, hier ist die Luft aber zum Schneiden dick. Coop muss wieder da sein.«

»Nicht jetzt, Jackson.« Marlee legte eine Hand auf meine. »Stell den Karton weg.«

»Warte, was ist hier los?« Jacksons Blick fiel auf den Packkarton. »Ben, du gehst doch nicht etwa, oder? Das kannst du nicht machen. Cooper wird durchdrehen.«

»Wirklich, Jackson, nicht jetzt. Geh zurück in dein Büro. Ich erkläre dir das alles später.« Marlees Stimme war sanft wie eine Welle am Strand, aber mit der Kraft des Ozeans dahinter.

»Aber Ben kann nicht …«

»Doch, kann ich.« Ich verstaute den Kaktus neben der Taschentuchbox und klemmte die andere Seite mit meinem Notvorrat an Müsliriegeln fest. »Und ich werde es auch tun.« Ich würde Coco von José in der Lobby holen und ihn dann zurück in Mimis Wohnung schmuggeln. Ich würde nicht zu Coopers opulentem Haus fahren, von dem ich fantasiert hatte, es mit ihm und unserem Hund zu teilen. Er war beim allerersten Test unserer Beziehung durchgefallen. Er liebte mich nicht. Er würde es niemals tun.

»Ben.« Als hätte ich ihn mit diesem Gedanken heraufbeschworen, war er da und drängte sich zwischen Marlee und Jackson. »Hör auf.«

Ich griff in die Schublade, aber sie war leer. Ich knallte sie zu. »Nein.«

»Coop, was zum Teufel ist hier los?« Jackson plusterte sich auf, groß und borstig. »Du kannst Ben nicht so schikanieren wie die anderen Assistenten. Du brauchst ihn.«

»Genau das ist die Sache, Jackson«, sagte ich. »Ich habe bereits gekündigt. Also gehe ich.« Ein flüchtiges Bedauern über das Studiengebührenprogramm, mein Gehalt und die Aussicht, den Rest meiner Zwanziger auf Mimis Couch zu schlafen, schoss mir durch den Kopf. Aber ich hatte mein Herz wieder einmal ungeschützt gelassen, und nun hatte Cooper es zerbrochen wie das Glas auf seinem Schreibtisch. Ich konnte nicht bleiben.

»Ich brauche dich, Ben.« Coopers Stimme war leise, und seine blauen Augen waren sanfter, als ich sie je gesehen hatte. »Ich liebe dich.«

Jacksons Mund klappte auf.

Ich starrte in Coopers Augen. »Das sagst du *jetzt?* Nachdem du mich verleugnet hast?« Ich hatte mich verdammt noch mal wieder übernommen. Er hatte die Worte gesagt, aber seine Taten sprachen eine andere Sprache. Cooper Fallon konnte mich niemals so lieben, wie ich es brauchte.

»Lass es mich erklären.«

»Was zum Teufel ist hier los?«, sagte Jackson in einem scharfen Flüstern. »Cooper, bist du … schwul?«

»Halt die Klappe, Jackson.« Marlees Flüstern war scharf. »Cooper, Ben, tragt euer Drama in deinem Büro aus. Das ganze Stockwerk hört zu.«

Mir war es egal; ich ging ja sowieso. Aber um Synergys willen musste Cooper sein Gesicht wahren. Ohne ein Wort zu sagen, drehte ich mich um und stürmte in sein Büro.

Cooper folgte mir. Langsam schloss er die Tür und nahm sich dann einen Moment Zeit, um die Jalousien über den Innenfenstern zu öffnen.

»Keine Sorge. Ich habe nicht vor, dich jemals wieder anzufassen.« Ich ließ mich in den Stuhl fallen, in dem ich normalerweise saß, auf der anderen Seite seines Schreibtisches, wenn ich ihm sein tägliches Update gab und seine Anweisungen entgegennahm.

Dann sprang ich auf. Nichts an dieser Situation war normal. Und ich war nicht mehr sein Assistent. Das hatte er selbst gesagt. Ich ging zu seiner Sitzecke und ließ mich in einen Ohrensessel sinken.

Als er mit den Jalousien fertig war, drehte er sich um. Als trüge er das Gewicht des Gebäudes auf seinen Schultern, trottete er zur Sitzecke und ließ sich auf das Sofa neben meinem Sessel fallen.

Er fuhr sich mit beiden Händen durch seine sandfarbenen Wellen, jene Wellen, die ich einst berühren durfte, und starrte an die Decke. »Ich habe alles verbockt.«

Ich schnaubte. »Wenn das nicht die Wahrheit ist.« Gerechter Zorn richtete meinen Rücken auf, und ich funkelte ihn an. »Wie konntest du nicht wissen, dass in deinem Schlafzimmer eine Überwachungskamera ist? Du musst diese Aufnahme vernichten.«

»Natürlich.« Er rieb sich die Kopfhaut. »Ich habe die Firma in Gefahr gebracht. Ich habe mein Versprechen gegenüber Jackson gebrochen ...«

Er redete weiter, aber ich hörte auf zuzuhören, als er Jacksons Namen sagte. Ein roter Schleier trübte meine Sicht. Er hatte allen erzählt, ich sei nicht sein Freund. Das Wunderschöne zwischen uns war auf ein verdammtes Sexvideo reduziert worden. Nach allem, was wir auf der Insel gesagt hatten, seiner Zärtlichkeit im Jet erst heute Morgen, bedeutete ihm das alles nichts. Sein *Ich liebe dich* war bedeutungslos. Ich war der Narr, der es für mehr gehalten hatte. Der seinen gottverdammten *Job* für ihn aufgegeben hatte.

Obwohl er immer noch redete, stand ich auf. »Ich muss nicht mehr hören.«

»Aber ich habe dir gesagt, dass ich dich liebe, Ben. Bedeutet das denn gar nichts?« Er stand auf, überragte mich wie üblich, und alles, was ich tun wollte, war, mich an ihn zu lehnen.

Aber das konnte ich nicht. »Das sagst du ständig. Ich bin nicht sicher, ob du und ich das Gleiche darunter verstehen.«

»Es bedeutet, dass ich mich um dich kümmern werde. Immer.

Fahr zu meinem Haus. Nimm ein Bad im Pool. Oder ein schönes, langes Bad in der Wanne. Norma wird dir etwas zu essen machen. Coco auch. Und wenn ich hier die Schadensbegrenzung abgeschlossen habe, komme ich nach Hause, und wir reden.«

»Schadensbegrenzung?« Er zuckte zusammen, als er hörte, wie hoch und laut meine Stimme geworden war. »Ich bin Schadensbegrenzung für dich? Nein, danke. Du kümmerst dich um die verdammte Aufnahme. Ich habe dir gesagt, ich kann auf mich selbst aufpassen.« Ich reckte mein Kinn und funkelte ihn an.

Seine Hände ballten sich zu Fäusten. »Ich weiß, dass du das kannst, aber das ist es, was ich für Menschen tue, die ich liebe.«

»Menschen, die mich lieben, sind bereit, es öffentlich zuzugeben.«

Coopers Gesicht wurde rot, aber seine Stimme war beherrscht. »Du musst mir noch eine Chance geben.«

»Nein. Muss ich nicht.« Ich drängte mich an ihm vorbei und öffnete die Tür. Ich nahm meinen Karton und schritt mit erhobenem Kopf auf die Aufzüge zu.

Ich hielt inne, als ich zu Marlees Schreibtisch kam. Sie und Jackson waren in seinem Büro, ihre Stimmen ein leises Murmeln. Ich griff in meinen Karton und zog die Packung Müsliriegel heraus. Sie würde wissen, was sie damit anfangen sollte, wenn Cooper zu beschäftigt war und vergaß zu essen.

Ich drehte mich um und riss die Tür zum Treppenhaus auf. Ich wartete heute nicht auf den Aufzug. Ich war fertig mit Synergy. Fertig mit Cooper Fallon.

Ich kannte das Prozedere. Ich würde nach Hause gehen, heulen und meinen Frust in mich hineinfressen. So wie immer. Die einzige Komplikation diesmal war, dass ich jetzt auch arbeitslos war.

32

COOPER

SORBETFARBENE STRAHLEN STRÖMTEN durch mein Bürofenster und ließen mein Herz bei dem Gedanken an die vielen Sonnenuntergänge, die Ben und ich von der Veranda des Bungalows aus beobachtet hatten, schmerzhaft pochen. Aber ich konnte ihm nicht nachlaufen. Noch nicht. Zuerst musste ich verdammt noch mal herausfinden, was ich mit meiner Firma machen sollte, denn wenn ich zuließ, dass Gurusoft sie übernahm und all seine Freunde entließ, würde Ben mir das niemals verzeihen. Er war in ein verdammtes Flugzeug gestiegen – zweimal –, um das zu verhindern. Ich konnte ihn nicht auch noch darin enttäuschen.

Ich biss mir auf die Lippe und starrte auf die rosaroten Wolken. Auf der Insel hatte Ben ein Poloshirt in dieser Farbe getragen. Es war das erste Mal, dass ich seine nackten Arme sah. Würde ich sie jemals wiedersehen? Vielleicht nicht, nachdem ich genau das getan hatte, wovor ich mich gefürchtet hatte. Ich hatte ihn verletzt.

Ein Klopfen schreckte mich auf und mein bester Freund

steckte den Kopf zur Tür meines Büros herein. »Bist du bereit, über« – er machte eine vage Handbewegung – »alles zu reden?«

Ich schenkte ihm ein gequältes Lächeln mit zusammengepressten Lippen, das die Leere in meinem Inneren verbarg. »Ich bin mir nicht sicher, ob über alles. Aber wir müssen reden.«

Die Sorgenfalte, die sich immer auf seiner Stirn bildete, wenn er verletzt war, erschien. Er schloss die Tür. »Wir sind beste Freunde. Wir haben immer über alles geredet.«

Ich ging um meinen Schreibtisch herum und setzte mich, nicht auf das Sofa, auf dem ich gewesen war, als Ben mir die kalte Schulter gezeigt hatte, sondern gegenüber am Kaffeetisch in die Ecke der Chaiselongue. Ich fuhr mir mit der Hand übers Gesicht. »Jay, ich habe dir nie alles erzählt.« Ich war nie offen gewesen, nicht einmal meinem besten Freund gegenüber.

Bis Ben kam. Und ihm gegenüber war ich nicht ehrlich genug gewesen.

Er ließ sich auf das Ende der Chaiselongue fallen. »Du hast mir nie erzählt, dass du schwul bist.«

Ich atmete aus. »Ich bin bisexuell. War ich schon immer.«

»Warum hast du es mir nicht erzählt?« Die Sorgenfalte vertiefte sich.

»Weil ich … es war kompliziert.«

»Inwiefern kompliziert?«

Verdammt, ich war gerade vor dem CEO, meinem homophoben Vater und dem halben sechsten Stock geoutet worden. Warum sollte ich das vor ihm geheim halten?

»Weil ich in dich verliebt war. Und ich wollte nicht, dass du dich unwohl fühlst. Ich wollte unsere Freundschaft nicht gefährden.« Das Geständnis, das so lange auf sich hatte warten lassen, erleichterte mich nicht im Geringsten. Ich wappnete mich für seine Reaktion.

Die Sorgenfalte verschwand. Er öffnete den Mund und holte Luft. Dann schloss er ihn wieder.

Sag was. Jetzt, da es zu spät war, wollte ich, dass er mich sah. Sah, was ich durchgemacht hatte.

Endlich sprach er. »In *mich* verliebt? Aber du hast mich doch immer nur angeschrien.«

Ich sank tiefer in die Ecke. »Meine Therapeutin meint, ich hätte meine unangebrachte Zuneigung durch Wut verdrängt. Und dass ich dachte, ich wäre in dich verliebt, weil du eine sichere Wahl warst. Du würdest meine Gefühle niemals erwidern, also musste ich mich nie verletzlich machen. Klassische Sublimierung.«

Er runzelte die Stirn. »Du hast viel darüber nachgedacht. Du hast mit deiner Therapeutin darüber gesprochen. Und trotzdem hast du mir nie ein Wort gesagt. Du hättest mir verdammt noch mal eine Chance geben können.«

»Jay.« Ich ließ meine Stimme sanfter klingen. »Ich weiß es zu schätzen, dass du glaubst, unsere Freundschaft sei stark genug, um ein Liebesgeständnis auszuhalten, aber du hättest es niemals erwidern können. Was hätte es also gebracht?«

Er griff nach meiner Hand und schloss sie zwischen seinen rauen Handflächen ein. »Du weißt, dass ich dich lieb habe, Mann …«

Ich legte meine Hand auf seine. »Ich weiß. Aber ich habe das alles losgelassen, als Valentine geboren wurde. Ich wusste, du hattest, was du brauchtest. Du warst vollkommen. Du warst so glücklich. Du bist so glücklich.«

Er drückte meine Hand und zog sie dann zurück. »Also hast du deine Anteile verkauft.«

Bedauern durchzuckte mich, kalt und scharf. »Ich habe nicht gesagt, dass ich nicht eifersüchtig war. Verletzt. Und wütend.«

»Willst du nicht mehr mit mir zusammenarbeiten? Ich dachte, das hier – Synergy« – er deutete mit den Händen auf das Büro – »wäre das, was dir am wichtigsten ist.«

»Du warst mir wichtig. Und was wir zusammen aufgebaut haben. Und dann, dann wurde es zu viel. Als es so schien, als wäre es dir nicht mehr wichtig.«

»Verdammt, Cooper.« Er rieb sich die Brust. »Es ist nicht so, dass es mir nicht wichtig war. Ich musste nur für eine Weile meine Prioritäten neu ordnen.«

Ich umschloss meine Faust mit der anderen Hand und löste die Anspannung daraus. »Und es fühlte sich so an, als ob unsere Freundschaft – ich – die niedrigste Priorität hatte.«

»Immer schön weiter mit den Granaten werfen, Coop. Lass alles raus.«

Ich funkelte ihn an. »Willst du mich gerade verarschen?«

»Nein, es ist mein verdammter Ernst. Ich bin froh, dass du mir endlich sagst, wie du dich wirklich fühlst. Danach bin ich vielleicht nur noch ein pulverisierter Haufen von Gefühlen, aber das wird es wert sein.«

»Okay.« Ich rieb mir die Fingerknöchel. »Okay.«

»Mit Alkohol wäre das vielleicht einfacher. Willst du irgendwohin gehen?«

»Nein, ich …« Ich straffte die Schultern. »Ich habe mit dem Trinken aufgehört.«

Er riss die Augen auf. »Du hast was, bitte?«

»Ich war ein Wrack, als ich auf der Insel ankam. Ich hab mich volllaufen lassen und bin so geblieben. Bis Ben mich dazu gebracht hat, aufzuhören. Und ich – ich mag mich ohne Alkohol lieber. Willst du stattdessen eine Runde laufen gehen?«

»Ja. Okay. Treffen wir uns in fünf Minuten auf dem Flur?«

»Bist du sicher, dass du Zeit hast? Hast du nicht eine Frau und Kinder, zu denen du nach Hause gehen solltest?«

»Coop.« Er streckte erneut die Hand aus und umfasste meine. »Du brauchst mich. Du bist jetzt meine oberste Priorität.«

Meine Augen brannten. »Fünf Minuten.«

»Klar doch.« Er wandte sich zum Gehen.

Ich packte sein Handgelenk. »Warte. Noch eine Sache. Weston hat diese … diese Aufnahme. Von Ben und mir. Die muss weg.«

Ein Glanz trat in seine braunen Augen und er ließ die Fingerknöchel knacken. »Ich habe da vielleicht genau den richtigen Code, um das zu erledigen. Gib mir zehn Minuten, um ihn einzurichten. Er kann seine Arbeit machen, während wir laufen.«

Je weniger Fragen ich stellte, warum er diesen Code herumliegen hatte, desto besser. »Danke. Du bist der Beste.«

»Stimmt, ich bin der beste Coder. An dem ›bester Freund‹-Ding arbeite ich noch.«

Meine Stimme war heiser und drang angestrengt durch meine zugeschnürte Kehle. »Da sind wir schon zwei. Und jetzt verpiss dich hier.«

———

UNSERE TURNSCHUHE SCHLUGEN auf den Asphalt, unsere Schritte synchron, während wir die Innenstadt hinter uns ließen und uns auf den Weg machten, der an der Bucht entlangführte.

»Also, was willst du wegen der Firma machen?«, warf Jay mir einen Blick zu.

»Was willst du denn machen? Sie aufgeben oder bist du voll dabei?«

Die Sorgenfalte war wieder da. »Natürlich bin ich voll dabei.«

»Wirklich? Weston sagte, du …« Verdammt. Weston.

»Weston? Nachdem was dieses Arschloch dir heute angetan hat, wie kannst du auch nur irgendetwas glauben, was er sagt?«

»Du hast recht. Tut mir leid. Ich hätte mit dir reden sollen.«

Jay starrte auf den Weg vor uns. Ich war froh, dass er nicht aussprach, was er dachte.

Ich verlängerte meine Schritte. »Das wird verdammt viel Arbeit. Und einiges an Schleimerei.«

»Schleimerei? Du bist der Idiot, der seine Anteile an Weston verkauft hat.«

Ich zuckte zusammen. »Nicht an ihn. An den Vorstand.«

»Oh. Dann bin ich wohl dabei.« Er wich einem schlendernden Paar Yorkies an einer Doppelleine aus. »Glaubst du, wir können genug schleimen, um sie bei der morgigen Sitzung auf unsere Seite zu ziehen?«

Wenn wir nicht fast gesprintet wären, hätte ich geseufzt. Aber als ewiger Wettkämpfer hatte ich das Tempo zu hoch angesetzt und mir fehlte die Luft dazu. »Alles, was wir bei der morgigen Vorstandssitzung tun können, ist, die Entscheidung zu verzögern. Ich werde es als Sieg verbuchen, wenn wir eine Woche herausschlagen können, um unsere Magie wirken zu lassen.«

»Vielleicht ist Gurusofts Angebot nicht so toll.« Jay sah mich hoffnungsvoll an. »Vielleicht ist es leicht, es abzulehnen.«

»Das bezweifle ich. Weston hat es außergewöhnlich genannt. Er wird sie dazu gebracht haben, ihr bestes Angebot vorzulegen.«

»Weston.« Jay spuckte auf das Gras neben dem Laufweg. »Was er dir angetan hat, war unterste Schublade. Wir müssen ihn jetzt loswerden.«

»Wenn wir ihn rausdrängen, sind wir nur zu zweit, bis wir jemanden Neuen einstellen können. Das ist eine Menge Arbeit. Ich kann das nicht allein schaffen. Du musst deinen Teil schultern.«

»Ich werde mehr Leute einstellen. In einem Monat, wenn die Schule in Texas aus ist, können wir Alicias Mütter bitten, den Sommer bei uns und den Kindern zu verbringen.« Er starrte den Weg entlang. »Aber wenn ich es verbocke – und das werde ich –, wirst du nicht einfach stillschweigend meine Versäumnisse ausbügeln. Du wirst es mir sagen, ja? Und wir werden die Arbeit zusammen machen. Oder sie delegieren.« Er warf mir einen kurzen Blick zu.

Ich entspannte meine Schultern und schüttelte meine Hände aus. »Ja.«

»Okay, also dann. Wir tragen dem Vorstand unseren Fall vor. Und was dann?«

Ich beschleunigte, um ein langsameres Joggerpärchen zu überholen. »Beten, dass sie es so sehen wie wir.«

»Du weißt, dass ich Atheist bin.«

»Dann solltest du dir besser den Arsch aufreißen mit der Schleimerei.«

»Apropos Schleimerei« – er sah mich von der Seite an – »was wirst du wegen Ben tun?«

»Ich weiß es nicht. Ich habe es ziemlich vermasselt.« Ich

konnte immer noch den Schock und den Schmerz in seinem Gesicht sehen, sein Keuchen hören, als ich unsere Beziehung verleugnet hatte. »Ich habe versucht, ihn anzurufen, bevor wir los sind, aber er ist nicht rangegangen. Ich bin nicht sicher, ob er denkt, dass ich es wert bin.«

Es war klug von Ben, nicht ranzugehen. Nichts mehr mit mir zu tun haben zu wollen. Mir keine weitere Chance zu geben, ihn zu verletzen.

Ich wünschte, ich wäre klug genug, ihn nicht zurückhaben zu wollen.

Jay schwenkte nach rechts, um meine Schulter anzustoßen. »Du bist es wert. Wenn ich schwul wäre, würde ich total auf dich abfahren.« Er wedelte mit der Hand von meinem verschwitzten Gesicht zu meinem Hemd, das an meiner Brust klebte und nach Angst und Verzweiflung roch.

»Das würdest du, ja?« Ich kicherte zum ersten Mal, seit ich Synergy früher betreten hatte. »Ich glaube, Ben hat höhere Ansprüche.«

»Im Ernst. Er wäre nicht so verletzt gewesen, wenn du ihm nicht wichtig wärst.«

Meine Lungen setzten aus. In der Konfrontation mit Mick Fallon hatte ich Ben nur beschützen wollen – und mich selbst. Wie all die anderen Male war ich erstarrt. Ich hätte für mich einstehen sollen. Für Ben. Ich hatte ihn nicht verdient.

»Du weißt, was du jetzt tun musst, oder?« Zum Glück dämpfte er sein Grinsen.

Ich wurde schneller und er passte seine Schritte meinen an. Ich grunzte.

»Eine große Geste, Baby. Marlee hat diesen Stapel Bücher.« Er deutete über seinen Kopf.

»Nein.« Ich fuhr mit der Hand durch die Luft. »Keine verdammten Liebesromane.«

Er zuckte mit den Schultern. »Dein Verlust. Einige von denen sind ziemlich heiß. Und sie hat auch welche nur mit Typen, die« – er räusperte sich – »die sind nicht so schlecht.«

»Diese große Geste. Fass sie für mich zusammen.«

»Achtung links!« Ein Fahrrad sauste an uns vorbei.

Jay wurde langsamer und ich auch. »Der Punkt ist, du musst dich verletzlich machen. Etwas von diesem« – er wedelte wieder mit der Hand über mich – »diesem Stolz opfern. Dieser Selbstbeherrschung. Zeig ihm, dass du ihn liebst. Denn nach dem, was du getan hast, reichen Worte nicht aus.«

Ich kniff für einen Moment die Augen zusammen. »Seit wann bist du so verdammt schlau?«

»Seitdem ich meinen Scheiß mit Alicia auf die Reihe gekriegt habe. Du schaffst das auch. Es braucht nur Übung.«

»Übung? Du meinst, ich muss mehrere große Gesten machen?« Ich wusste nicht, wie man eine macht. Wie sollte ich mehr davon machen?

»Nein, du großer Nerd.« Er tippte mir mit der flachen Hand auf den Hinterkopf. »Eine Beziehung ist verdammt harte Arbeit. Man macht ständig irgendetwas, für das man sich entschuldigen muss. Und man lernt, es einfach hinzunehmen und sich zu entschuldigen.«

Wenn unsere Zeit auf der Insel ein Indikator war, hatte er recht. Wie oft hatte ich mich bei Ben entschuldigt? Trotzdem war er geblieben. Bis ich unsere Beziehung in der Öffentlichkeit verleugnet hatte.

Und das bewies, dass ich nicht das Beste für ihn war.

Ich hatte Ben nicht verdient. Das Klügste – das Netteste – wäre, mich von ihm fernzuhalten.

»Keine großen Gesten«, schnaufte ich. »Lass uns an unserer Strategie arbeiten, um unsere Firma zu retten.«

»Du meinst, du wirst dich erst um Synergy kümmern, richtig? Und dann um Ben?«

»Ich meine, verpiss dich gefälligst aus meinem Liebesleben. Wir haben Arbeit zu erledigen.«

33

BEN

»SCHATZ, wir sind zu Hause.«

Ich schloss die Tür hinter mir und stellte die zappelnde Sporttasche ab, in der ich Coco zurück in Mimis Gebäude geschmuggelt hatte. Er sprang aus der Tasche, schüttelte sich und begann, am Rand des Zimmers entlang zu schnüffeln.

Ich schnupperte hoffnungsvoll, aber aus der Küche kamen keine Essensgerüche. Ich hätte etwas mitbringen sollen, aber ohne Job und da in ein paar Monaten die Studiengebühren für das nächste Semester fällig waren – und ohne Gehaltsscheck, geschweige denn ein Firmenprogramm, das dafür aufkam –, hasste ich den Gedanken, Geld für teures Essen zum Mitnehmen auszugeben.

Ich warf meinen Rucksack auf die Couch – auch als mein Bett bekannt – und drehte mich zur Küche um. Mimi stand am Spülbecken und warf eine Allergietablette ein. Im Licht der Dunstabzugshaube sah sie genauso erschöpft aus, wie ich mich fühlte.

»Hast du lange gearbeitet?« Ich ging in die Küche und goss frisches Wasser in Cocos Napf.

»Ja. Sie lassen uns alle möglichen zusätzlichen Berichte erstellen. Ich nehme an, für die Übernahme.«

»Du hast doch niemandem davon erzählt, oder?« Ich hatte bei meiner Einstellung bei Synergy eine Verschwiegenheitserklärung unterschrieben. Das hatten wir alle. Mimi irgendetwas zu erzählen, was ich im sechsten Stock gehört hatte, war tabu, aber gestern Abend war einfach alles aus mir herausgesprudelt, als ich mit meiner Kiste hereingekommen war. Und meinem Hund. Und einer Flasche Antihistaminika für meine Schwester.

Coco trabte in die Küche und schlabberte laut Wasser aus seinem Napf.

»Natürlich nicht. Ich bin eine brave kleine Buchhalterin und halte meine Nase aus Dingen heraus, die mich nichts angehen.« Sie stellte das Glas in die Spüle und warf mir einen ausdruckslosen Blick zu. Natürlich ging die Übernahme sie etwas an. Abteilungen wie die Buchhaltung und das Marketing waren für gewöhnlich die Ersten, die entlassen wurden.

»Jackson und C-Cooper werden sich dagegen wehren. Ich weiß, dass sie das tun werden.« Wenn er nicht vorhätte, sich der Übernahme zu widersetzen, hätte er sich nicht die Mühe gemacht zu sagen, dass ich nicht sein fester Freund sei. Er hätte seine Abfindung nehmen und mit seinen intakten Geheimnissen einfach gehen können. Mit unserer intakten Beziehung.

Nicht, dass unsere Beziehung wichtiger war als Synergy. Die Jobs meiner Freunde hingen davon ab, die Firma intakt zu halten. Ich schätzte, das wusste er auch. Auch wenn er mein Herz zu Staub zermahlen hatte, musste ich ihn doch ein wenig bewundern.

»Du hast ihn heute nicht gesehen, oder?« Die Frage platzte aus mir heraus, bevor ich sie aufhalten konnte.

»Nein. Heute war die Vorstandssitzung. Ich bin sicher, er war oben im sechsten Stock abgeschottet.« Sie ging zum hinteren Tresen, wo wir die Post aufbewahrten, und zog einen großen, steifen Umschlag unter dem Stapel hervor. »Das kam für dich, als du weg warst.«

Sie reichte ihn mir und ich sah mir die Absenderadresse an. Synergy. Ich nahm an, es könnten Unterlagen zu meiner Kündigung sein. Besser, ich kümmerte mich darum, solange ich mich sowieso beschissen fühlte. Was war schon ein weiterer Stich in meine leere Brust? Ich schob meinen Finger unter die Lasche und zog ein paar Blätter Papier mit einer Pappunterlage heraus. Ein Anschreiben. Und eine Aktienurkunde. Für eine schwindelerregende Anzahl an Aktien.

»Scheiße.« Er hatte mir von der Aktienübertragung erzählt, aber diese gestochenen Urkunden zu sehen, machte es real. Ich schob die Papiere zurück in den Umschlag. Ich hasste den Gedanken, sie anzunehmen. Ich sollte sie schreddern und ihm in Fetzen zurückschicken. Aber ich würde das Geld brauchen, wenn ich nicht bald einen Job fände.

»Was ist das?«, fragte Mimi.

»Ein Geschenk.«

Meine Schwester zog die Augenbrauen hoch.

»Wir waren zusammen, als er das gemacht hat. Es bedeutet jetzt nichts mehr.«

Sie deutete auf den Umschlag und zog die Urkunde heraus. Sie pfiff leise. »So ein bedeutungsloses Geschenk würde ich jederzeit nehmen. Das ist, quasi, Geld für eine Eigentumswohnung. *Und* Geld für einen europäischen Sportwagen.« Immer die praktisch denkende Buchhalterin, kniff sie die Augen zusammen und sah mich an. »Ich meine, Geld für die Rente. Und jetzt braucht Cooper dich.«

»Er braucht mich nicht.« Ich war nur ein Spielzeug für ihn, etwas, mit dem er spielte, wenn es ihm gefiel, und das er wegwarf, wenn nicht.

»Synergy braucht dich. *Ich* brauche dich. Wenn es zu einer Aktionärsabstimmung kommt, musst du gegen den Verkauf stimmen.«

»Meine Stimme wird nichts ausmachen. Die Führungskräfte halten so viele Aktien, dass es auf sie ankommen wird.«

»Benny, das wird heiß umkämpft sein. Jede einzelne Stimme zählt. Tu es für die Firma. Tu es für mich.«

Sie hatte recht. Sie, Marlee und all meine anderen Freunde brauchten mich. »Für dich. Aber nicht für ihn.«

»Okay. Wir eröffnen ein Konto für dich, auf das du die legen kannst. Und dann kommst du nicht in Versuchung, sie zu verunstalten.«

»Du meinst, ups, sie sind zufällig in den Schredder gefallen?«

»Genau. Das ist ein schöner Batzen Geld. Du wirst ihn brauchen, falls …«

»Ja.« Ohne eine Empfehlung von meinem früheren Arbeitgeber, mit einer weiteren seltsamen Lücke in meinem Lebenslauf, würde es eine Herausforderung werden, einen neuen Job zu finden. »Jetzt, wo ich meine Abschlussprüfung hinter mir habe, werde ich morgen mit der Suche beginnen.«

Sie lächelte mich gequält an. »Ich fange vielleicht auch damit an. Nur für den Fall.«

Meine Brust zog sich zusammen. »Mimi, es tut mir leid.«

»Schon gut. Wenigstens weiß ich im Voraus Bescheid. Ich wollte schon eine Weile etwas anderes machen.«

»Etwas anderes? Warum haben wir nicht darüber geredet?«

Sie zuckte mit den Schultern. »Du hattest alle Hände voll zu tun. Und ich wollte nicht, dass Mom sich Sorgen macht.«

Das brachte mich ein wenig zum Lächeln. »Mom macht sich immer Sorgen.«

»Ja.«

»Etwas anderes?« Ich stupste sie in den Arm.

»Eine gemeinnützige Organisation, glaube ich. Deine Freiwilligenarbeit hat mich immer inspiriert.«

»Eine gemeinnützige Organisation? Mom wird sich Sorgen machen.«

»Das wird schon«, sagte sie. »Du weißt, wie vorsichtig ich bin.«

»Ja.« Wenn ich nur einen Hauch ihrer Vorsicht hätte, wäre ich nie auf meinen Boss hereingefallen. Dann hätte ich Cooper überzeugen können, früher ins Büro zurückzukehren, damit Weston nicht so viel Zeit gehabt hätte, seinen Plan auszuhecken. Wenn ich wie Mimi wäre, hätte ich meinen Job gemacht und nicht mein Herz verloren.

»Lass uns feiern«, sagte sie. »Pizza?«

»Was zum Teufel feiern wir denn?« Ich schluckte, aber der Kloß in meinem Hals blieb.

»Du hast ein kleines Polster.« Sie wedelte mit dem Umschlag. »Okay, es ist nicht so klein. Ein schönes, fettes Polster. Und seit heute habe ich einen Job. Wir sind beide gesund, wir haben ein Dach über dem Kopf« – wir sahen beide zum gelben Wasserfleck an der Decke; breitete er sich aus? – »und wir haben einen fruchtigen Chianti, der dazu passt.«

Also bestellten wir Pizza, trotz meines niedrigen Kontostands und der drohenden Studiengebühren. Und auf meiner Bettcouch sitzend tranken wir den Chianti. Nach zu viel Wein und nicht genug Pizza sagte ich: »Mimi. Mimi. Sieh mich an.«

Sie blinzelte mich mit blutunterlaufenen Augen an. Eine niedrige Alkoholtoleranz war ein Familienmerkmal. »Ja, Benny?«

»Ich bin fertig mit der Liebe. Hörst du? Nie wieder. Du wirst jemanden finden und ein paar Kinder haben, und ich werde der coole Onkel sein und nebenan wohnen.«

»Du weißt, dass dich das nicht glücklich machen wird, Süßer. Wenn irgendjemand jemals Liebe und ein paar Kinder gebraucht hat, dann du.«

»Liebe brauchen?« Ich lachte bitter auf. »Nicht mehr. Ich liebe diesen Hund.« Ich kraulte Coco zwischen den Ohren. »Ich liebe dich. Und ich werde deinen Mann lieben. Wie einen Bruder, meine ich, nicht wie in einem seltsamen Liebesdreieck. Und ich werde deine Kinder lieben. Und Mom und Dad. Das muss reichen.«

Das musste es. Denn ich hatte das Gefühl, dass mein Herz diesmal nicht wieder von selbst zusammenwachsen würde, nicht so wie nach der Trennung von Trey.

»Aber was ist mit« – sie wedelte mit ihrer Pizzaschnitte in Richtung meines Schritts – »Gesellschaft?«

»Oh, ich werde jeden vögeln, der mich will. Aber keine Liebe mehr. Ich verspreche es. Tatsächlich werde ich mir jetzt sofort jemanden zum Vögeln suchen.« Ich stand auf, aber zu schnell. Ich schwankte und plumpste zurück auf die Couch, und das Weinglas in meiner Hand schwappte über und bespritzte mich und die Couch. »Scheiße, tut mir leid.« Ich griff nach einer Serviette vom Stapel auf dem Couchtisch und tupfte daran herum.

»Mach dir keine Sorgen. Der Stoff ist dunkel. Das sieht man nicht. Es ist sowieso eine beschissene Couch.«

»Glaub mir, ich weiß.«

Wir lachten so, wie ich es nicht mehr getan hatte, seit ich die Insel verlassen hatte. Seit er mir das Herz gebrochen hatte. Und das Lachen gab mir die Hoffnung, dass ich über Cooper Fallon hinwegkommen könnte. Dass ich mein Leben mit meinem Herzen im Inneren leben könnte, wo es hingehörte, und nicht jeden, den ich traf, ein Stück davon abbrechen lassen würde.

Coco schien zu wissen, was ich brauchte. Er rollte sich neben mir zusammen, seinen Kopf auf mein Knie gestützt, und beobachtete mich mit seinen seelenvollen braunen Augen. *Cooper ist weg,* schien er mir zu sagen, *aber du hast immer noch mich.*

Es würde reichen müssen.

34

COOPER

»SETZ DICH.«

Ein Wort genügte, damit ich wusste, wie mein Gespräch mit Jamila verlaufen würde. Ich ließ mich in den gepolsterten Korbstuhl auf ihrer Veranda mit Blick auf den Ozean sinken. Sie setzte sich auf den Stuhl neben mich und schenkte mir eine heiße Tasse des Kamillentees ein, den sie mochte. Er roch nach Erde und den falschen Blumen, blass und klein.

Sie hob ihre eigene Tasse an die Lippen und sagte: »Ich nehme an, dein Besuch ist geschäftlich und nicht privat?«

»Ja.« Jackson und ich hatten uns den Vorstand aufgeteilt. Er hatte seinen Stiefvater Charles, der auch der Vorsitzende war, und die Hälfte übernommen, die am ehesten auf ihn hören würde. Er dachte, er könnte Charles auf unsere Seite ziehen.

Ich hatte mir Jamila und die andere Hälfte vorgenommen. Die schwierige Hälfte. Keiner meiner anderen Besuche war erfolgreich gewesen. Entweder war Weston mir zuvorgekommen, oder sie hatten das Vertrauen in Jackson und mich verloren. Vielleicht beides. Ich war davon ausgegangen, dass Jamila ein leichtes Spiel sein würde, also hatte ich sie mir für den Schluss aufgehoben.

Angesichts unserer langjährigen Freundschaft hätte sie mir zustimmen sollen. Aber das Stirnrunzeln auf ihren tiefvioletten Lippen ließ meine Brust eng werden.

»Hör zu, Jamila …«

»Komm mir nicht mit ,Hör zu, Jamila'. Ich bin Mitglied im Vorstand von Synergy. Ich muss für das stimmen, was für die Aktionäre am besten ist. Weston, das Arschloch, das er ist, hat neulich ein starkes Argument vorgebracht. Und ich bin nicht so sicher, ob es der beste Schritt für dich ist, mein Freund, Synergy unabhängig zu halten.«

»Was?« Ich stellte den brühend heißen Tee ab. Trotz der kühlen Morgenluft wurde mein Körper heiß. »Ich habe diese Firma aufgebaut. Warum sollte ich wollen, dass sie von Gurusoft zerschlagen wird?«

Sie nippte an ihrem Tee und stellte ihre Tasse ab. Ihre Augenbrauen zogen sich in die Höhe. »Ich meine, mich zu erinnern, auf einer anderen Veranda gesessen und über deine Zukunft in der Firma gesprochen zu haben. Der Cooper, mit dem ich damals gesprochen habe, war ausgebrannt. Verletzt. Fertig mit Jackson. Und mit Synergy. Da klangst du noch ganz anders.«

Mist, ich erinnerte mich auch daran. An den Schmerz. Die Erschöpfung. Die Hoffnungslosigkeit. Was hatte sich geändert? Zum einen hatte ich mir drei Wochen freigenommen. Und ich hatte ein gutes Gespräch mit Jackson gehabt. Er legte sich bis jetzt mächtig ins Zeug, indem er genau die Art von Gesprächen mit den Vorstandsmitgliedern führte, die er hasste, Smalltalk hielt und über Zahlen redete, wo er doch eigentlich nur Code schreiben wollte.

Aber der größte Unterschied war Ben. Er hatte mich daran erinnert, dass die Firma nicht nur mir und Jackson gehörte. Sie war größer als wir beide. Menschen, die mir wichtig waren, verließen sich auf sie, glaubten an sie. Es war egoistisch von mir gewesen, nur an mich selbst zu denken.

»Ich kann – wir können – unsere Mitarbeiter nicht im Stich lassen. Wenn Gurusoft übernimmt, sind diejenigen, die sie entlassen, die Glücklichen. Du weißt, wie toxisch deren Arbeitsumfeld ist.«

Sie biss sich auf die Lippe. »Ich habe da so einiges gehört. Jeder hat das. Aber bist du sicher, dass du bereit bist zu bleiben, die Kontrolle von Weston zurückzuerobern und dich wie der Firmengründer zu verhalten, den sie in dir sehen müssen?«

Meine Antwort kam automatisch. »Das bin ich.«

»Nicht so schnell, Coop.« Sie beugte sich über den Beistelltisch, der uns trennte. »Es geht nicht nur um die Aktionäre. Du bist mir auch wichtig. Hast du mit deiner Therapeutin gesprochen, seit du zurück bist?«

»Ich bin seit fünf Tagen zurück, und die meiste Zeit davon war ich damit beschäftigt, mich mit Aktionären zu treffen. Wann hätte ich Zeit gehabt, mit ihr zu reden?«

»Nimm dir die Zeit. Du bekommst meine Stimme erst, wenn du es tust. Und was ist mit Ben?«

Sein Name auf ihren Lippen ließ mich am liebsten um das Loch in meiner Brust zusammenkrümmen. Ich erzählte ihr, was am Dienstag im Büro passiert war. Die Aufnahme, die Weston mir gezeigt hatte. Wie er meinen Vater mit hineingezogen hatte und die alte Angst wieder hochkam, bis ich Dinge sagte, die ich nicht so meinte.

»Diese Schlange!«, explodierte Jamila. »Ich wünschte, ich hätte das bei der Vorstandssitzung gewusst. Weston ist so ein tiefgesunkenes Arschloch, der muss nach oben schauen, um die Hölle zu sehen.« Sie strich sich über ihre perlenfarbene Hose, als könnte sie seinen Händedruck abwischen. »Brauchst du Hilfe dabei, diese Aufnahme zu löschen?«

»Jay hat sich darum gekümmert. Aber das war nur der physische Beweis. Ich hätte niemals mit meinem Assistenten schlafen dürfen.«

»Technisch gesehen …«

»Technisch gesehen gar nichts. Als COO war es falsch von mir, ihn so auszunutzen. Ich soll ein Vorbild sein. Sobald wir das hier hinter uns haben, werde ich vor den Mitarbeitern eine Erklärung abgeben.«

»Cooper.« Ihre Stimme war sanft. »Du kannst nicht die ganze Zeit der COO sein. Du musst auch ein Mensch sein. Menschen verlieben sich eben.«

»Ich dachte nicht, dass ich das könnte. Mir erlauben, jemanden zu lieben, der mich zurücklieben könnte. Aber am Ende war ich ein besserer Mensch mit Ben. Wegen Ben.«

»Am Ende? Der Cooper Fallon, den ich kenne, gibt nicht auf.«

»Mila, er hat seine Sachen gepackt und ist gegangen, ohne sich umzudrehen. Außerdem bin ich toxisch. Ohne mich ist er besser dran.«

»Toxisch? Geht's auch eine Nummer kleiner?« Sie grinste. »Ich gebe zu, es wird harte Arbeit erfordern, deinen Mann zurückzugewinnen, nachdem du diesen Scheiß abgezogen hast. Aber ich habe noch nie erlebt, dass du vor harter Arbeit zurückschreckst.«

Jackson hatte mir dasselbe gesagt. Aber ich wusste nicht, wie man diese Art von Arbeit leistet. Gib mir einen Stapel Tabellenkalkulationen, und ich würde sie durchackern. Präsentationen? Die konnte ich aus dem Stegreif erstellen. Aber ich hatte noch nie wirklich gesehen, wie Menschen Arbeit in eine Beziehung stecken. Ich schauderte bei der Erinnerung an die Ehe meiner Eltern. Die ständige Angst in den Augen meiner Mutter.

»Was, wenn ich … was, wenn er mich nicht zurückwill?« Ich nahm die Teetasse und nippte daran, um das Zittern meiner Lippen zu verbergen. Der Tee war widerlich, und ich spuckte die Hälfte zurück in die Tasse und hustete die andere Hälfte in meine Armbeuge.

Sie lachte. Über mich. Aber die Wut stieg nicht wie sonst in meine Brust, wenn mich bei den seltenen Gelegenheiten jemand – meistens Jackson – verspottete. Mein Herz tat zu sehr weh.

»Natürlich will er dich zurück. Er war überglücklich mit dir, als ich euch auf der Insel gesehen habe. Er braucht von dir den Beweis, dass du ihn wirklich willst.«

»Jay sagte, ich muss eine große Geste machen.«

Sie schnaubte. »Das weiß ich nicht. Du musst beweisen, dass du es ernst mit ihm meinst.«

»Ich meine es total ernst. Aber ich muss auch darüber nachdenken, was das Beste für ihn ist. Was, wenn ich das nicht bin?«

Sie machte eine Handbewegung, als wären meine Mängel leicht genug, um mit der Meeresbrise davongetragen zu werden. Ich wusste es besser. Sie waren massiv. Schwer. Sie hatten mich jahrelang niedergedrückt. Ich konnte nicht zulassen, dass sie auch Ben erdrückten. Was ich letzte Woche im Büro getan hatte, hatte ihn fertiggemacht. Das hatte er nicht verdient.

»Wir gehen rein.« Jamila stand auf. »Wir besorgen dir etwas zu trinken, etwas zu essen. Dann kannst du besser denken. Und wir machen einen Plan für Synergy und für Ben. Wenn du ihn durchziehst, wenn du versprichst, mehr Urlaub zu machen und regelmäßig zu deiner Therapeutin zu gehen, werde ich gegen die Fusion stimmen.«

Mit Jamilas Stimme könnten wir eine Mehrheit haben. Weniger zuversichtlich war ich bei ihrer Hilfe mit Ben. Sie hatte noch mehr bedeutungslose Beziehungen gehabt als ich. »Kein Kamillentee mehr.«

Sie stand auf und zog mich auf die Beine. Ihre Arme schlangen sich um mich, und ich entspannte mich in ihrer Umarmung. Ich hatte mich nicht mehr so sicher gefühlt, seit ich mich an unserem letzten Morgen auf der Insel von Ben gelöst hatte. »Okay.«

Ich ließ mich von ihr ins Haus führen. Denn eines hatte ich aus all dem gelernt: Der einzige Weg, die Kontrolle über mein Leben zurückzugewinnen, war, die Kontrolle aufzugeben.

———

AN DIESEM NACHMITTAG machte ich meine Mutter ausfindig. Hätte ich daran gedacht, dass Sonntag war, hätte ich mir den Anruf bei ihrem Sicherheitsteam gespart. Es gab nur einen Ort, an dem sie sein konnte.

Obwohl die Messe schon seit Stunden vorbei war, hing der

Geruch von Weihrauch am Gebäude wie Efeu an den Bäumen auf der Insel. Verbittert wandte ich mich von den Türen zum Altarraum ab. Gott hatte uns nicht vor Mick Fallon gerettet. Seine Kirche hatte uns nicht gerettet. Ich hatte uns beide gerettet.

Ich fand sie in der Kleiderkammer. Eine junge, dünne Latina, die ein gewickeltes Baby an ihre Brust drückte, stand in der Nähe, ihre großen Augen auf meine Mutter gerichtet, während diese in Plastiktüten mit Kleidung wühlte. Ein blaues Auge schwoll auf der gebräunten Haut der Frau.

Mamá tauchte aus der Tüte auf und hielt ein Paar schwarze Hosen und eine grelle geblümte Bluse hoch, als hätte sie das Heilmittel gegen Krebs gefunden. »Pruébate estos, querida.« Sie reichte sie der jungen Frau.

Dann sah sie mich.

»Lito! Du bist hier!«

Sie wusste, dass ich zurückkommen würde; ich hatte sie in der Nacht unserer Rückkehr angerufen.

»Freu dich nicht zu früh. Ich suche keine Erlösung. Ich suche dich.«

Sie hielt einen Finger hoch. Sanft nahm sie der Frau das Baby ab und gab ihr die Kleidung. »Pruébate estos.« Sie nickte auf die Kleider, die die Frau umklammerte.

Mit dem Baby im Arm trat Mamá in den Flur hinaus, und ich folgte ihr. Bilder von Maria Magdalena, wie sie den Stein von Jesu Grab wegrollt, bunt mit Wachsmalstiften von den Kindern aus dem Kommunionsunterricht gemalt, flatterten an den Wänden.

Mamá legte den Kopf schief, so wie Coco es manchmal getan hatte. »Du siehst nicht glücklich aus. Isobel hat gesagt, du warst glücklich.«

»Jesus, Mamá. Hallo auch an dich.«

Sie bedeckte das Ohr des schlafenden Babys mit einer Hand. »Du missbrauchst den Namen des Herrn in der Kirche, Miguel? Ich habe dich besser erzogen.«

Meine Haut wurde heiß, so wie immer, wenn ich mich an den Mann erinnerte, nach dem sie mich benannt hatte. »Er hat dich nicht belästigt, oder?« Die Sicherheitsleute berichteten, dass er nicht versucht hatte, sie zu sehen, aber sie überwachten ihr Telefon nicht. Das würde sie mir nicht erlauben.

»Nein. Hat er versucht, dich zu sehen?«

»Nicht seit Dienstag, als ich ihn bei der Arbeit gesehen habe.« Ich wünschte, ich hätte es ihr nicht sagen müssen, aber ich hatte es zu ihrer eigenen Sicherheit getan.

»Gut. Aber sag mir, warum bist du nicht glücklich? Ist es seinetwegen?«

Ich lehnte mich gegen die weiß gestrichene Betonwand. »Nee. Arbeit und … andere Dinge.«

»Ah. Isobel hat mir von tu novio erzählt. Ben. Was ist passiert?«

»Ich – der CEO hat mich mit einem – einem Video konfrontiert. Von Ben und mir. Dann hat er Pa… Mick dazugeholt. Es war alles zu viel, und ich habe schlecht reagiert.«

»Hast du mit deiner Therapeutin darüber gesprochen?«

»Je…« Ich erstickte den Fluch. Sie klang genau wie Jamila. »Ich habe diese Woche einen Termin.«

»Gut. Ich wünschte …« Sie blickte in das Gesicht des schlafenden Babys und zupfte an seiner Decke herum.

Ich berührte ihre Schulter. »Was wünschst du dir, Mamá?«

»Dass ich stärker gewesen wäre, als du klein warst. Dass ich mich ihm widersetzt hätte.«

Die von Weihrauch durchtränkte Luft war zu schwer zum Atmen. »Mamá, nein. Du hast dein Bestes getan.«

»Und das hast du auch, Lito. Ich bin stolz auf dich.«

»Ich habe mich ihm nie widersetzt. Nicht so, wie ich es hätte tun sollen.« All die Male, die ich sie in ihrem Zimmer gehört hatte, hätte ich da reinstürmen sollen. Etwas tun. Irgendetwas. Aber ich hatte nie den Mut dazu.

»Nein, nein. Was ich von dir gebraucht habe, war, dass du größer als er wirst. Und das bist du geworden.«

»Das sind nur die Gene …«

»Nein.« Sie legte ihre Hand auf ihr Herz. »Hier größer.«

Mein eigenes geschwärztes Herz pochte. »Das bin ich aber nicht.«

Die junge Frau trat in den Türrahmen. Die Bluse, so grell sie auch war, passte ihr gut und betonte die roten Strähnen in ihrem Haar.

Mamá reichte ihr das Baby. »Un minuto, querida.«

Als die Frau in die Kammer zurückkehrte, sah Mamá mir fest in die Augen. »Du bist ein guter Mann.«

Ich rieb mit meinem Anzugschuh über die schmuddeligen Linoleumfliesen. »Bin ich das wirklich?« Ich zählte die Punkte an meinen Fingern ab. »Ich hätte meinen besten Freund beinahe geschlagen. Ich habe meine Aktien verkauft, obwohl ich Jay versprochen hatte, es nicht zu tun, und das hat meine Firma und jeden einzelnen meiner Mitarbeiter gefährdet. Und dann, als es schwierig wurde, habe ich gesagt, Ben sei nicht mein Freund. Obwohl ich wollte, dass er es ist. Ich habe ihm erst gesagt, dass ich ihn liebe, als es zu spät war.« Ich kniff die Augen fest zu, damit ich den Ekel auf ihrem Gesicht nicht sehen musste.

»Lito.« Sie griff nach oben, um mein Kinn anzuheben, damit ich ihr in die Augen sah. »Jeder macht Fehler. Manchmal macht man eine ganze Menge davon, hintereinander. Aber hör zu, du bist nicht wie dein Vater. Ich kannte ihn in seinen besten und seinen schlimmsten Zeiten. Und selbst an deinem schlimmsten Tag bist du besser als er an seinem besten.«

»Wirklich? Denn als ich meinen Schreibtisch zertrümmert habe, habe ich mich sehr nach ihm gefühlt.«

»Wirklich.« Sie legte ihre arbeitsraue Handfläche auf meine Wange. »Dir ist es wichtig, das Richtige für andere Menschen zu tun. Für deine Familie. Für die Menschen, die du liebst.«

»Aber das habe ich nicht, Mamá. Ich habe verda… ich habe alles vermasselt.«

»Aber du arbeitest daran, es besser zu machen, nicht wahr?«

Ich seufzte. »Ich habe mich bei Jay entschuldigt. Und ich tue alles, was ich kann, um die Firma zu retten.«

»Und Ben?«

»Ohne mich ist er besser dran.«

»Nach dem, was du gesagt hast, sieht er das nicht so. Er liebt dich. Und wer bist du, dass du diese Entscheidung für ihn triffst?«

Ich kniff die Augen fest zu. »Hör auf, so weise zu sein.«

»Lito. Ich habe mir diese Weisheit verdient. Indem ich viele, viele Fehler gemacht habe.« Sie tätschelte meine Wange. »Ich möchte, dass du bessere Entscheidungen triffst. Entschuldige dich bei ihm. Zeig ihm, dass du ihn liebst. Wenn er dich noch liebt, wird das alles sein, was nötig ist. Du verdienst es, glücklich zu sein.«

»Mamá. So einfach ist das nicht.« Laut Jackson und Jamila brauchte ich etwas mehr, um Ben zurückzugewinnen. Jacksons Ideen für große Gesten waren Mist. Und Jamila mochte zwar großartig im Planen von App-Entwicklungen sein, aber ihr Plan, Ben zurückzugewinnen, grenzte an Stalking und Entführung und würde mich eher ins Gefängnis bringen, als Bens Herz zu erweichen.

»Für dich? Nein, es ist nicht einfach.« Sie tätschelte meine Wange. »Du musst zuerst diese Mauern von dir einreißen. Für dich ist das der schwierigste Teil.«

Die eiskalte Kälte in meinem Magen sagte mir, dass sie recht hatte. »Und dann?«

Sie lächelte. »Dann zeigst du ihm, was für ein Mann du bist. Hier drin.« Sie legte eine Hand auf mein Herz.

Ihm zeigen klang sehr nach Jacksons verdammter großer Geste. Und ich kannte den Experten, der mich dabei anleiten konnte.

35

COOPER

KAFFEE SCHWAPPTE über den Rand meiner Tasse und spritzte auf die Theke in der Mitarbeiterküche im sechsten Stock.

Jackson sprang mit einem Bündel Papiertücher herbei, um zu helfen. »Bleib zurück! Du kannst nicht mit Kaffee auf dem Anzug in die Vorstandssitzung gehen.«

»Verdammt noch mal, das weiß ich«, knurrte ich und trat von der Kaffeelache, die sich über die Theke ergoss, weg, während ich versuchte, das Zittern meiner Hände zu verbergen. »Mehr Papiertücher.«

»Leute! Weg von der Sauerei«, bellte Marlee hinter uns. Sie seufzte, als läge die ganze Last der Welt darin. »Ich mache das sauber. Hier.« Sie reichte mir einen grünen Smoothie. »Trink stattdessen den.«

»Danke.« Ich schenkte ihr ein schwaches Lächeln.

»Wir können nicht zulassen, dass unser Starspieler seine Antioxidantien oder was auch immer verpasst.« Ihr Tonfall war scherzhaft, aber ihre Besorgnis zeigte sich in der Anspannung um ihren Mund. Ihr Job hing heute Morgen von meiner Leistung im

Sitzungssaal ab. Wenn Gurusoft die Firma übernahm, wären Jay und ich – und seine Assistentin – die Ersten, die gehen müssten.

»Ich werde mein Bestes geben.« Ich wünschte, ich könnte sagen, ich würde sie nicht im Stich lassen, aber ich war mir nicht sicher, ob wir die Stimmen zusammenbekamen. Da ich Jamilas Plan, Ben zurückzugewinnen, nicht befolgt hatte, hatte sie sich nicht verpflichtet, gegen die Übernahme zu stimmen. Und mindestens einer von Charles' zwei Wählern würde umschwenken, wenn sie es nicht tat. Weston hatte drei Vorstandsmitglieder fest auf seiner Seite.

Wenn Jay nur noch im Vorstand wäre, würde ich mich besser fühlen. Aber Westons erster Machtkampf vor ein paar Jahren hatte darin bestanden, ihn aus dem Vorstand zu wählen, nachdem Jackson zu viele Vorstandssitzungen verpasst hatte. Na gut, er hatte jede einzelne verpasst, aber ich hatte mich hart für meinen Freund eingesetzt.

Jay klopfte mir auf die Schulter. »Ich weiß, dass du das schaffst. Jetzt trink aus und lass uns gehen.«

Ich stieß den Strohhalm in den Deckel und nahm einen tiefen Schluck von dem grünen Smoothie. Wie die anderen, die Marlee mir diese Woche besorgt hatte, schmeckte er nach Gras und Erde. Ben musste eine Art Smoothie-Magie besitzen, die Normalsterbliche nicht nachahmen konnten. Der Gedanke an ihn vergrößerte das Loch in meinem Bauch. Ich legte meine Hand darauf.

»Wie schmeckt der Smoothie?«, fragte Marlee und warf die kaffeedurchtränkten Papiertücher in den Kompostbehälter.

»Köstlich. Danke.« Sie würde schon klarkommen. Ich würde dafür sorgen, dass sie und Ben danach einen Job hatten, selbst wenn es kein Synergy mehr gab, um sie zu beschäftigen. *Ben.* »Hast du, äh—?«

»Ich habe ihn zum Mittagessen eingeladen. Wir werden unten in der Cafeteria essen, du wirst uns also finden können. Du *weißt* schon, wo die Mitarbeiter-Cafeteria ist?« Sie zog eine Augenbraue hoch.

»Ja. Ich esse da nur nicht. Unsere Mitarbeiter haben eine schockierend schlechte Vorstellung von Ernährung. Aber ich sehe euch dann dort. Danach.«

»Komm. Ich bringe dich zur Tür.« Jay bot mir seinen Arm an.

Ich beäugte ihn mit Abscheu.

Er zwinkerte, eine Angewohnheit, die er sich letztes Jahr in Texas zugelegt hatte. »Zu früh?«

»Dafür wird es immer zu früh sein, Arschloch.«

Er grinste. »Da ist ja mein Cooper Fallon. Aber im Ernst, geh mit mir.«

Er führte mich aus der Mitarbeiterküche und wir gingen nebeneinander zum Sitzungssaal, möglicherweise zum letzten Mal. Der Sitzungssaal war etwas opulenter als die anderen Konferenzräume, mit unseren bequemsten Stühlen und der besten Videokonferenzausstattung. Ich wusste genau, dass unser Reinigungsteam nach jeder Sitzung schuftete, um die Fingerabdrücke von dem glatten Glastisch zu wischen. Weston hatte ihn ausgewählt, ich vermutete, weil er in der Lage sein wollte, jeden Teil des Körpers einer Person zu mustern, von ihren verschwitzten Händen, die unter dem Tisch verkrampft waren, bis zu ihren nervös wippenden Zehen.

An der Tür richtete ich mich auf. Jay zupfte einen imaginären Fussel von der Schulter meines Sakkos. »Zeig's ihnen.«

Er brauchte nichts weiter zu sagen. Ich wusste an der Steifheit seiner Haltung, der Anspannung in seiner Stimme, dass das, was im Sitzungssaal geschah, ihm wichtig war. Und ich hatte nicht vor, meinen Freund im Stich zu lassen.

Ich nickte und trat durch die Tür. Die anderen Vorstandsmitglieder waren bereits drinnen. Einige saßen am Tisch und überflogen die Papiere, die Julie an jedem Platz hingelegt hatte. Andere standen am Kredenz, füllten ihre Teller mit Gebäck oder schenkten sich Kaffee nach. Weston saß allein am Kopfende des Tisches. Er fing meinen Blick auf und lächelte. Früher hätte ich gesagt, sein Lächeln sei selbstsicher. Vertrauenerweckend. Seit diesem Fiasko in seinem Büro, als er mir all meine Dämonen ins

Gesicht geschleudert hatte, wirkte sein Lächeln geheimnistuerisch. Selbstgefällig.

Ich drehte mich für einen letzten beruhigenden Blick zu Jackson um, aber das war nicht der, der an der Tür stand. Der Mann war bullig. Und sah vertraut aus. Woher kannte ich ihn? Die Art, wie das zu kleine Synergy-Sicherheitshemd an den Knöpfen spannte, erinnerte mich an eine andere schlecht sitzende Uniform. Ich sog die Luft ein. Der Hausmeister in meinem Bungalow. Ich wusste es mit Sicherheit, als er sich umdrehte und davonhumpelte.

Was zum Teufel machte der in meinem Gebäude? Ich stürmte durch die Tür. Ich würde ihn zur Rede stellen. Seinen Ausweis verlangen. »Jay, hol—«

Meine Stimme versiegte in meiner plötzlich trockenen Kehle. Die letzte Person, die ich je wieder sehen wollte, stand im Flur. Ich fluchte leise und mein Herz hämmerte.

Anders als bei dem anderen Mann passte sein Hemd mit dem Synergy-Logo zu seiner schlanken, muskulösen Statur. Aber seine dunkle Hose, der ein Gürtel fehlte, hing an der Taille. Und seine schwarzen Schuhe waren abgewetzt und an den Spitzen abgenutzt.

»Wollen Sie irgendwohin, mein Sohn?« Mein Vater verschränkte die Arme.

Jackson war auf dem Weg zu seinem Büro, aber beim Klang der Stimme meines Vaters wirbelte er herum, um ihm entgegenzutreten. »Was zum Teufel? Was machen Sie hier?«

»Sicherheitsdienst.« Mick Fallon schnalzte verächtlich mit den Zähnen.

Meine Hand ballte sich zu einer Faust, aber Jackson trat zwischen uns. »Sie werden hier oben verdammt noch mal Sicherheitspersonal brauchen, wenn ich—«

»Gibt es ein Problem?« Weston glitt mit einem Grinsen im Gesicht aus dem Konferenzraum.

»Was zum Teufel, Weston?«, brach es aus Jackson heraus. »Sie können ihn nicht hierherbringen.«

Mein Vater sträubte sich, und ich zuckte zusammen. Ich war so groß wie er und schwerer, aber ein Dutzend Jahre als sein Prügelknabe hatten mich zu gut trainiert.

Sein Lächeln wurde breiter, als Weston sich in den Türrahmen lehnte. »Ich glaube, das kann ich sehr wohl.«

»Lass es gut sein, Jay«, murmelte ich.

»Aber—«

»Es ist in Ordnung.« Es war alles andere als in Ordnung, und Jackson wusste das. Weston hatte meinen Vater wieder hierhergebracht, um mich psychisch fertigzumachen. Auch als Drohung. Er würde mich als den Sohn eines gewalttätigen Säufers outen, eines armen, so anders als die meisten der wohlhabenden Vorstandsmitglieder. Ich zuckte zusammen. Würden die Vorstandsmitglieder, die wir auf unsere Seite gezogen hatten, ihre Meinung ändern, wenn sie wüssten, dass ich nicht einer von ihnen war? Wenn sie wüssten, dass ich ohne die Ermutigung meiner Mutter und eine Menge Stipendiengelder als ihr Gärtner oder ihr Fahrer hätte enden können?

Der Geruch von saurem Schweiß und Whiskey stieg mir in die Nase. Ich warf meinen Plastik-Smoothie-Becher in den Müll. »Es ist in Ordnung«, sagte ich mehr zu mir selbst als zu irgendjemand anderem.

»Ich denke, es ist Zeit für Sie, wieder an die Arbeit zu gehen, Jones.« Weston stemmte die Hände in die Hüften.

Mein bester Freund sah mir in die Augen. »Coop, bist du—«

»Mir wird es gut gehen. Ich lasse dich wissen, was passiert.«

Er starrte meinen Vater an, dann Weston. Dann schritt er in Richtung seines Büros davon.

»Sie können hier draußen warten, Herr Fallon«, sagte Weston zu meinem Vater. »Ich werde Sie rufen, wenn wir Sie brauchen.«

Meinte er, wenn es im Sitzungssaal hoch herging, oder wenn er mir meinen Vater wieder unter die Nase reiben musste? Ich straffte die Schultern. Es spielte keine Rolle. Oder sollte es nicht. Ich hatte eine Aufgabe zu erledigen. *Konzentrier dich.*

»Warten Sie«, sagte ich.

Weston drehte sich um und hob die Augenbrauen.

»Hier draußen war noch ein anderer Mann. Ein Mann, der hinkte. Wer war das?«

»Ich habe keine Ahnung.« Westons Gesicht war eine Maske. Aber seine tiefblauen Augen zuckten so schnell zur Seite, dass ich es verpasst hätte, wenn ich ihn nicht genau beobachtet hätte. Er kannte den Mann. Warum war er jetzt ein Sicherheitsmann bei Synergy?

Aber bevor ich nachhaken konnte, sagte Weston: »Es ist Zeit, dass die Sitzung beginnt. Sie wissen ja, wie wir zur Pünktlichkeit stehen.«

Er hatte recht. Ich war bereits im Nachteil. Das Letzte, was ich brauchte, war, dass der Vorstand noch einen Grund hatte, gegen mich zu stimmen.

Wie betäubt folgte ich Weston in den Raum. Die Vorstandsmitglieder hatten ihre üblichen Plätze am Tisch eingenommen. Charles Hayes saß am Kopfende, und die Plätze zu seiner Rechten und Linken waren für Weston und mich reserviert. Jamila saß auf dem Ledersessel links von mir; der Protokollant, Rod Sanchez, beugte sich über seinen Laptop am Fuß des Tisches, und der Rest war an den Seiten angeordnet.

Weston schloss die Tür hinter mir. Das Klicken der Klinke fühlte sich an, als wäre ich in einen Käfig gesperrt worden, um um mein Leben zu kämpfen. Ich zwang mir ein Lächeln auf und begrüßte jedes der Vorstandsmitglieder, die sich plötzlich weniger wie mein Team und mehr wie meine Gegner anfühlten. Selbst Jamila, der das Zittern meiner Finger nicht entging, als sie meine Hand schüttelte.

»Geht es dir gut?«, fragte sie, ihre großen, braunen Augen weiteten sich besorgt.

»Mir geht es gut. Ich habe gestern mit Dr. Pradhi gesprochen«, flüsterte ich. Sie hatte nicht dafür gesorgt, dass ich mich besser fühlte, aber es war zumindest eine Stunde gewesen, in der ich mir keine Sorgen um das Schicksal meiner Firma gemacht hatte. Ich hatte größere Dämonen zu bekämpfen gehabt.

Und jetzt bedrohte mich einer dieser Dämonen, mein Vater, von außerhalb des Sitzungssaals. Und der geheimnisvolle Mann – Westons Mann, der *in meinem Zuhause* gewesen war – streifte frei durch die Gänge.

Sie flüsterte: »Was ist mit—«

Ich schüttelte den Kopf. Ich musste bis zum Ende der Sitzung warten, um meinen letzten verzweifelten Versuch zu starten. Wenn Ben mir an diesem Nachmittag nicht zuhören würde, war ich am Ende. Keine weiteren Chancen.

Ich nahm Platz und während Charles die Sitzung eröffnete und die Tagesordnung durchging, wippte ich mit dem Knie unter dem Tisch. Weston grinste durch das Glas darüber, aber ich konnte nicht aufhören. Ich wollte jedes Vorstandsmitglied schütteln. Sie wären nicht hier, wenn es Jay und mich nicht gäbe. Sie mussten einsehen, dass wir eine weitere Gelegenheit verdient hatten, die Aktionäre – und jeden von ihnen – um Millionen von Dollar reicher zu machen. Ich schielte auf die Uhr. Würden wir rechtzeitig fertig werden, damit ich nach unten eilen und Ben treffen konnte? Und würde ich ihm und Marlee gute oder schlechte Nachrichten überbringen?

Schließlich kam Charles zum Hauptpunkt. »Erster Punkt. Wie wir in der Sitzung der letzten Woche besprochen haben, haben wir ein Übernahmeangebot von Gurusoft erhalten. Wir haben vereinbart, uns heute zu treffen, um darüber abzustimmen, ob wir das Angebot annehmen oder ablehnen. Wenn wir es annehmen, rufen wir eine Aktionärsabstimmung zur Bestätigung ein. Hiermit eröffne ich die Diskussion. Harris, ich glaube, Sie wollten als Erster sprechen?«

Weston stand auf. »Danke, Charles.« Er umrundete langsam den Tisch. »Ich glaube, einige von Ihnen wurden kontaktiert, um um Ihre Stimme gegen die Fusion zu bitten. Ich verstehe, dass emotionale Argumente vorgebracht wurden, um Sie zu ermutigen, sich auf die Seite von Mr. Fallon zu stellen, der anscheinend kürzlich seine Meinung über das Unternehmen geändert hat.

»Sehen Sie, Mr. Fallon« – ich zuckte jedes Mal zusammen,

wenn er meinen Nachnamen benutzte, da er mich daran erinnerte, dass ich ihn mit dem verabscheuungswürdigen Menschen
auf der anderen Seite der Tür teilte – »hat kürzlich eine erhebliche
Anzahl seiner Stammaktien des Unternehmens mit der Absicht
verkauft, seine Position aufzugeben. Nun, plötzlich, hat er wieder
Interesse daran, das Unternehmen unabhängig zu halten.
Warum?« Weston breitete die Hände aus. »Vielleicht wird er es
uns sagen, wenn er an der Reihe ist zu sprechen. Vielleicht hat es
damit zu tun, was Mr. Fallon während seiner Auszeit so getrieben
hat.«

Eisige Erkenntnis durchströmte meine Adern. Das war es.

Westons Mann, der angebliche Hausmeister und jetzt angebliche Sicherheitsmann, hatte Kameras in meinem Haus installiert
und Weston berichtet, was ich *so getrieben hatte*. Mein Gehirn benebelte sich vor Wut, aber ich kämpfte mich hindurch, um klar zu
denken. Wo hatte ich ihn noch gesehen? Vielleicht in der Bar, aber
ich war zu betrunken gewesen, um meiner Erinnerung zu trauen.
In dem Restaurant mit Ben an jenem Abend? Da war ein Mann
gewesen, der allein aß, und er hatte eine ähnliche Statur gehabt.
Der Tag, an dem wir einkaufen waren? Ich konnte nicht sicher
sein. An diesem Tag hatte ich nur Augen für Ben. Und ich hatte
mir Sorgen um seinen Knöchel gemacht.

Sein Knöchel.

Ben sagte, ein bulliger Typ hätte ihn angegriffen und Coco
hätte ihn gebissen. Humpelte er deshalb? War er der Typ, der Ben
angegriffen hatte?

Meine Sicht färbte sich rot.

Neben mir räusperte sich Jamila. Sie verengte ihre Augen auf
den Stift in meiner Faust. Ich hatte ihn mit der Kraft meines Griffs
verbogen, und rote Tinte tropfte über meinen Handrücken. Ich
schnappte mir eine Serviette und tupfte sie ab.

Konzentrier dich.

»Unabhängig davon sollte Mr. Fallons« – Weston zögerte und
spuckte das nächste Wort aus, als schmeckte es schlecht – »Insta-
bilität Anlass zur Sorge für dieses Unternehmen und diesen

Vorstand geben. Wir alle haben Gründer mit emotionalen Bindungen zu ihren Unternehmen beobachtet, die nicht erkennen, was im besten Interesse der Aktionäre ist. Ich fürchte, wir befinden uns jetzt in dieser Situation. Mr. Fallon scheint eine emotionale Verstrickung zu haben« – sein blauäugiger Blick traf meinen und hielt ihn fest – »die ihn möglicherweise daran hindert, klar zu sehen, dass ein Verkauf das Beste für Synergy ist.«

Neben mir bewegte sich Jamila. Trotz der klaren Anzeichen, dass ich zusammenbrach – ich wischte mehr rote Tinte weg –, konnte sie ihm doch nicht zustimmen, oder? Ich sah sie an, aber sie hielt ihren Blick auf Weston gerichtet.

Er fuhr fort: »Ich fordere Sie alle dringend auf, dieses großzügige Angebot von Gurusoft zu prüfen. Es mag für einige das Ende einer Ära bedeuten, aber es wird dem Unternehmen mit Sicherheit neue Erfolgschancen und seinen Aktionären neuen Wohlstand bringen.«

Auf Westons Seite des Tisches gab es zustimmendes Murmeln. Nachdem Weston seinen Platz eingenommen hatte, wandte sich Charles an mich. »Cooper, ich glaube, Sie möchten ein paar Worte sagen?«

»Das möchte ich.« Ich stand auf und ging hinter meinem Stuhl auf und ab, während ich meine Emotionen zur Ruhe zwingen wollte. Egal, wie sehr ich Synergy liebte, heute ging es um Logik, nicht um Emotionen. »Harris hat recht damit, dass ich vor ein paar Wochen ausgebrannt war. Entmutigt. Bereit, Synergy hinter mir zu lassen. Ich bin abrupt gegangen und habe Harris und andere zurückgelassen, um das Chaos aufzuräumen. Und dafür entschuldige ich mich.

Ich habe auch einen wesentlichen Teil meiner Anteile am Unternehmen verkauft, mit der festen Absicht, Synergy zu verlassen, wie Harris sagte.« Erneutes Murmeln brach am anderen Ende des Tisches aus. Ich ging um diese Seite herum, um sie zu beruhigen.

»Jedoch habe ich in meiner Zeit abseits von Synergy einige Dinge über mich selbst gelernt.« Auf dieser Seite des Tisches konnte ich Jamilas Gesicht sehen, aber ihr Ausdruck blieb leer. »Ich war schon immer ein harter Arbeiter. Nicht viele von Ihnen wissen das, aber ich stamme aus ärmlichen Verhältnissen. Wir hatten nie viel, aber meine Mutter ermutigte mich zu lernen und hart zu arbeiten, damit ich mich über das hinaus erheben konnte, was ich immer gekannt hatte.«

Westons Schultern versteiften sich, aber er drehte sich nicht um.

»Meine harte Arbeit und die Genialität von Jackson Jones haben dieses Unternehmen geschaffen. Wir haben ihm alles gegeben, was wir hatten: unser Geld, unsere Mühe, unsere Zeit. Ich werde Jackson, unseren ersten Mitarbeitern und diesem Vorstand, die geholfen haben, Synergy zu einem Erfolg zu formen, der weit über alles hinausgeht, was sich jener Junge, der von der Hand in den Mund lebte und das Glück hatte, groß und stark genug zu sein, um mit vierzehn seinen ersten Job auf dem Bau zu bekommen, je hätte vorstellen können, immer dankbar sein.

Ich war so stolz auf das, was wir aufgebaut hatten, so in seinen Erfolg investiert, dass ich kaum eine Pause gemacht habe, von der Gründung des Unternehmens vor anderthalb Jahrzehnten bis heute.« Ich sah zu Jamila. »Ich weiß jetzt, dass das ein Fehler war. Dass ich meine eigene psychische Gesundheit zugunsten des Unternehmenserfolgs missachtet habe.

Als ich eine unerwartete Reaktion auf eine Meinungsverschiedenheit mit Jackson hatte, wurde mir klar, dass ich eine Pause brauchte. Und in meinem emotionalen Zustand dachte ich, ich müsste diese Pause dauerhaft machen. Ich war unsicher, ob ich nach dieser Sache noch positiv zum Unternehmen beitragen könnte.

Aber während ich weg war, sprach ein guter Freund« – ich traf Jamilas Blick und hielt ihn fest – »mit mir über Ausgeglichenheit. Ich muss nicht immer derjenige sein, der die Show leitet. Ich habe starke Partner in Jackson, im Vorstand und in den vielen starken Mitarbeitern, die wir eingestellt haben, um die Last zu teilen. Ich beabsichtige, in Zukunft regelmäßig Urlaub zu nehmen. Sich von

Zeit zu Zeit zurückzuziehen, wird mich zu einem besseren Anführer machen.«

Ich setzte meinen Rundgang um den Tisch fort. »Jemand, der mir am Herzen liegt, hat mir gesagt, wie viel ihm das Unternehmen bedeutet. Andere Mitarbeiter sind diese Woche in den Gängen auf mich zugekommen, um dasselbe zu tun. Im Laufe der Jahre haben wir hart daran gearbeitet, Synergy zu einem Ort zu machen, an dem sich jeder willkommen fühlt. Wo sich unsere vielfältige Belegschaft mit dem Unternehmen verbunden fühlt und gleichzeitig eine gesunde Work-Life-Balance aufrechterhält. Nun« – ich kicherte – »außer sein COO, und wie ich Ihnen sagte, unternehme ich Schritte, um das zu ändern.«

Jamilas steinerner Ausdruck brach in ein Grinsen auf.

»Ich denke, wir alle sind uns bewusst, dass Gurusoft unsere Unternehmenswerte nicht teilt. Artikel über Artikel haben ihre toxische Arbeitskultur hervorgehoben. Von obligatorischen Überstunden über Mobbing und Belästigung bis hin zu einem enttäuschend homogenen Vorstand führt Gurusoft sein Geschäft ganz anders, als wir es bei Synergy versuchen.« Sicher, Synergy könnte vielfältiger sein, aber wir bemühten uns. Gurusoft schien das nicht zu tun. »Wir sind uns alle einig, dass die Vielfalt der Mitarbeiter und Führungskräfte zu einer Vielfalt der Ideen und zu Innovationen führt. Ich denke, dass Synergy Gurusoft in den nächsten fünf Jahren übertreffen kann, wenn wir unabhängig bleiben.

Aber das werden wir nie erfahren, wenn wir heute dafür stimmen, Gurusoft die Übernahme zu gestatten. Synergys Produkte, unsere innovative Kultur und unsere brillanten Ideen werden einen langsamen Tod in unserem Konkurrenten sterben. Ich hoffe, Sie alle werden sich mir anschließen und gegen die Übernahme stimmen.«

Ich stand noch, aber Weston erhob sich von seinem Platz, sein Ausdruck war nicht mehr gönnerhaft, sondern wütend. »Dies ist eine finanzielle Entscheidung. Ich ermutige Sie alle, Ihre treuhänderische Verantwortung gegenüber der Organisation zu bedenken, anstatt Ihre Emotionen walten zu lassen.« Er schürzte die Lippen. »Mr. Fallon hat sich, während er über die *Werte* von Synergy spricht, mit seinem Sekretär eingelassen. Er ist nicht so nobel, wie er Sie glauben machen möchte.«

Leder knarrte, als die Vorstandsmitglieder sich in ihren Sitzen umdrehten. Einige schnappten nach Luft. Alle Augen waren auf mich gerichtet.

Na, verdammt. Ich hatte gehofft, den Vorstand aus meinem Schlafzimmer heraushalten zu können, aber Weston hatte die Tür geöffnet und das Licht angeknipst.

»Es stimmt, dass ich eine romantische Beziehung mit meinem ehemaligen Assistenten eingegangen bin. Ich liebe ihn. Und ich werde alles tun, um mit ihm zusammen zu sein.

Ich liebe auch dieses Unternehmen. Ben hat gekündigt, bevor wir unsere Beziehung begonnen haben. Er war eine Bereicherung für das Unternehmen, und wenn er sich jemals entscheiden sollte, wieder bei Synergy zu arbeiten, werden die Personalabteilung und ich zusammenarbeiten, um sicherzustellen, dass es keine Ungehörigkeit bei seiner Anstellung gibt, dass wir ein gutes Beispiel für andere firmeninterne Beziehungen setzen. Ich denke, ich schulde es Ben und den anderen Synergy-Mitarbeitern, ehrlich darüber zu sein, wer ich bin und wen ich liebe.«

Das andere Ende des Tisches grummelte.

»Aber meine persönlichen Beziehungen sind heute nicht das, was zur Debatte steht. Die Übernahme von Synergy ist es. Synergy wird ohne das Gewicht von Gurusoft und seinen schädlichen Geschäftspraktiken stärker sein. Ich hoffe, Sie stimmen mir zu und stimmen heute mit Nein.«

Ich setzte mich, und nach einem langen Moment tat es Weston auch. Ich sah mich am Tisch um. Charles nickte mir subtil zu. Als wäre er stolz auf mich. Auf meiner anderen Seite tätschelte Jamila meine Schulter. Die beiden Vorstandsmitglieder links von ihr hielten ihre Mienen ausdruckslos, aber ihre Blicke hüpften zwischen Charles und mir hin und her. Am Ende des Tisches tippte Sanchez wütend die Notizen in seinen Laptop, während

Westons Gefolge die Stirn runzelte. Weston selbst starrte mich an, seine saphirblauen Augen loderten und sein Kiefer mahlte unter seinem grauen Spitzbart.

»Möchte noch jemand sprechen?«, fragte Charles. Als niemand sprach, sagte er: »Also gut. Wer beantragt die Abstimmung über das Angebot von Gurusoft, Synergy zu kaufen?«

36

BEN

DER NEONGELBE BESUCHERAUSWEIS, der an meiner Hemdtasche klemmte, raubte mir jeden Appetit. Ich saß in der Mitarbeiterkantine von Synergy und stocherte in meinem Salat herum, während meine ehemaligen Kollegen zu unserem Tisch kamen, mal einzeln, mal in Gruppen. Manche von ihnen waren überrascht, dass ich nicht mehr hier arbeitete. Andere hatten gehört, dass ich gekündigt hatte – niemand schien überrascht zu sein, dass ich den notorisch anspruchsvollen Cooper Fallon verlassen hatte – und fragten, wo ich jetzt arbeitete. *Ich wäge noch meine Optionen ab*, sagte ich ihnen, als hätte ich ein halbes Dutzend Angebote und nicht gar keins. *Ich nehme mir etwas Zeit, um über meine nächsten Schritte nachzudenken*, sagte ich, was der Wahrheit schon näherkam.

Das einzig Gute daran, Marlee zum Mittagessen in der Kantine zu treffen, war, dass ich Cooper dort auf keinen Fall über den Weg laufen würde. Die Angestellten stimmten über die Speisekarte ab und sie mochten Fett und Kohlenhydrate. Wenn man wusste, dass man am herrlich fettigen Burger-Grill vorbeigehen musste, gab es viele gesunde Optionen. Aber Cooper mied die

Kantine, als würde er schon vom bloßen Ansehen fünf Kilo zunehmen.

»Ben.« Marlee sagte meinen Namen laut, als wäre es nicht das erste Mal gewesen. »Erde an Ben.«

»Entschuldigung.« Ich spießte ein Stück Salat und eine Blaubeere auf. »Es ist einfach seltsam, wieder hier zu sein.«

»Ich weiß. Du fehlst mir.«

»Du fehlst mir auch.« Mir fehlte mein Job und meine ehemaligen Kollegen. Meinen Lebenslauf zu aktualisieren und ihn auf jeder Jobbörse hochzuladen, die ich finden konnte, war schmerzhafter, als ich erwartet hatte. Besonders, als ich ein Enddatum für meine Anstellung bei Synergy eintragen musste. Ich konnte mir die Fragen, die sie mir dazu stellen würden, bildlich vorstellen. *Warum haben Sie nach sechs Monaten gekündigt?* Und die Antwort, die ich nicht geben konnte: *Ich habe mich in meinen Boss verliebt. Schade nur, dass er nicht dasselbe empfunden hat.*

»Ich habe gehört, du hast auf seine Anrufe und Nachrichten nicht reagiert?«

Ich wirbelte ein Salatblatt durch eine Pfütze Vinaigrette. »Ich habe seine Nummer blockiert.«

»Oh, Süßer.« Ihre Stimme war voller Mitgefühl.

Es fühlte sich gut an, als ich es tat. Der endgültige Kontaktabbruch. Ich war versucht gewesen, seine Mailbox-Nachrichten abzuhören, aber ich habe auch die gelöscht. Wenn er sich in der Öffentlichkeit nicht zu mir bekennen konnte, würde ich ihm auch nicht unter vier Augen zuhören. »Es ist okay. Ich komme schon klar. Jetzt weiß ich es besser.«

»Du weißt es besser?« Sie schob ihren eigenen Salat auf ihrem Teller herum.

»Besser, als mich noch einmal zu verlieben.«

»Du verdienst Liebe, weißt du.«

Ach, Marlee und ihre romantischen Vorstellungen. »Liebe zu verdienen und bereit zu sein, mich wieder verletzlich zu machen, sind zwei völlig verschiedene Paar Schuhe.« Ich legte meine Gabel hin.

Ich blickte über den Tisch zu Marlee und ihrer immer noch vollen Salatschüssel. Scheiße, ich war so ein egozentrisches Arschloch. Etwas bedrückte sie auch. »Marlee, was ist bei dir los? Alles in Ordnung mit Tyler?«

»Oh.« Daraufhin wurde ihr Blick weich. »Ja, uns geht es gut. Wir fahren dieses Wochenende sogar zusammen weg. Irgendeine große Überraschung.« Sie wedelte aufgeregt mit den Händen.

»Und dein Vater?«

Ihr Lächeln wurde schwächer. »Ihm geht es gut. Unverändert. Aber unverändert ist besser als schlechter, schätze ich.«

Ich griff über den Tisch und tätschelte ihre Hand. »Du sorgst dafür, dass er exzellent versorgt wird. Unverändert ist gut. Ist es das, was dich bedrückt?«

Sie drehte ihre Hand um und drückte meine. »Nicht direkt. Heute ist der Tag« – sie senkte ihre Stimme zu einem Flüstern – »an dem abgestimmt wird.«

»Das ist heute?« Es hätte mir egal sein sollen. Es betraf mich überhaupt nicht mehr. Aber mir stockte der Atem. Würde Cooper in der Lage sein, seine Firma zu retten, alles, wofür er so hart gearbeitet hatte? Oder würde er bekommen, was er angeblich wollte, eine längere Auszeit, den Ruhestand? So idyllisch unsere Zeit auf der Insel auch gewesen war, ich konnte ihn mir nicht vorstellen, wie er Tag für Tag am Strand lag. Obwohl mit ihm am Strand – und im Bett – zu liegen etwas war, das ich mir einmal gewünscht hatte. Ich war seit sieben Tagen von der Insel zurück, aber es schien, als läge ein ganzes Leben zwischen mir und diesen perfekten Wochen mit Cooper.

Ich spürte es, bevor ich es hörte. Ein Kribbeln auf meinen Armen ließ die Haare zu Berge stehen. Dann wurde das Summen in der Kantine leiser.

Marlee, die zum Eingang blickte, schaute auf und riss die Augen weit auf. Ich wirbelte auf meinem Stuhl herum.

Cooper stand wenige Meter hinter dem Eingang und musterte die Gesichter in der Kantine.

»Scheiße!« Ich drehte mich weg, den Rücken zu ihm. Ausgerechnet an dem Tag, an dem Cooper der Kantine einen Staatsbesuch abstattete, musste ich hier sitzen wie ein Stalker.

Marlee winkte ihm zu.

»Nein! Tu das nicht!«, flüsterte ich.

Sie zog eine Augenbraue hoch und winkte weiter. »Ich will herausfinden, wie die Abstimmung ausgegangen ist. Und ihr beide müsst reden.«

Fick. Mich. Es war alles nur eine List gewesen. »Unsere Freundschaft ist vorbei. Ich werde nicht der liebende schwule Onkel deiner entzückenden Kinder sein.«

Ihre Wangen röteten sich. »Sei vernünftig. Du liebst ihn. Du kannst ihm nicht ewig aus dem Weg gehen.«

Sie ließ ihre Hand sinken und ich spürte ihn, groß und unnachgiebig, neben uns stehen. »Stört es euch, wenn ich mich zu euch setze?«

Unnatürliche Stille umgab uns wie stilles Wasser in einer Lagune. Ich nickte. Er würde hier, mitten in der belebten Kantine, umgeben von Angestellten, die versuchten herauszufinden, warum der COO plötzlich eine Vorliebe für das Sloppy-Joe-Spezial entwickelt hatte, sicher nichts sagen.

Er ließ seine große Gestalt auf den Stuhl neben mir sinken, aber er sah mich nicht an. Er sah Marlee an und sagte: »Es ist zu unseren Gunsten ausgegangen. Kein Verkauf.«

Etwas von der Anspannung verließ mich und ich sackte gegen die Plastiklehne meines Stuhls.

Sie quietschte auf und klatschte in die Hände. »Ich wusste, dass du es schaffen würdest! Hast du es Jackson erzählt?«

»Er lauerte vor dem Sitzungssaal.«

»Und Weston?«, flüsterte sie.

»Er ist raus. Und seine Lakaien mit ihm. Einschließlich meines Vaters.« Seine Lippen wurden schmal. »Ich habe dem Vorstand von Westons Verhalten erzählt, mit dem er mich überzeugen wollte, den Verkauf zu unterstützen. Sie haben ihm seinen Sitz im Vorstand entzogen. Er war nicht erfreut.«

Das war wahrscheinlich eine Untertreibung. Ich konnte mir

Weston vorstellen, voller kalter Wut und finsterer Rachepläne. Ich schauderte. Wenigstens würde ich nicht die Hauptlast davon tragen müssen.

Er wandte sich an mich. »Ich habe ihm sein Ass aus der Hand genommen. Ich habe ihnen erzählt, was ich für dich empfinde.«

»Das hast du nicht getan«, sagte ich mit tonloser, ungläubiger Stimme. Er hatte unsere Beziehung gegenüber Weston geleugnet. Niemals würde er sie dem Vorstand offenbaren, der ihn genauso feuern konnte wie Jackson.

»Doch, habe ich. Ben, es tut mir leid, dass ich es geleugnet habe, als wir zurückkamen. Als ich meinen Vater sah, geriet ich in Panik. Er hat mich so lange verletzt und ich wollte nicht, dass er denkt, er könnte mich verletzen, indem er dich verletzt.«

Ich schmolz dahin wie Cheddar auf dem Hamburger-Spezial. »Cooper, das ist – das ist –«

»Es war feige und es tut mir leid. Ich wünschte, ich könnte es ungeschehen machen, aber das kann ich nicht. Ich möchte dich zurückgewinnen, wenn du mich lässt.« Er lächelte. »Charles hat mir danach gratuliert. Er, äh.« Diese scharfen Wangenknochen wurden rosa. »Er denkt, es wird einfach sein. Dass du mir einfach in die Arme fallen wirst. Ich weiß, dass du das nicht tun wirst.«

»Oh. Ähm.« Marlee schob ihren Stuhl zurück. »Ich glaube, ich sollte euch –«

»Schon gut, Marlee. Es ist mir egal, wer es hört.« Seine stahlblauen Augen schnitten mich auf. »Ich liebe dich, Ben«, sagte er mit einer Stimme, die gerade laut genug war, dass ich sie hören konnte.

Cooper Fallon, COO, sagte mir in einer überfüllten Kantine, dass er mich liebte. An den nächsten Tischen konnten sie die Worte wahrscheinlich von seinen Lippen ablesen. Mein Herz flatterte und versuchte, über den Tisch zu ihm zu springen. Ich schenkte ihm ein kokettes Lächeln. »Hast du Lust, das ein wenig lauter zu sagen, damit der Rest der Klasse es auch hören kann?«

Er grinste und zeigte dieses hinreißende Grübchen in der linken Wange. »Okay, Ben.«

Er schob seinen Stuhl zurück, die Metallbeine quietschten auf den Fliesen. Er stand auf.

»Scheiße, warte.« Ich flatterte mit der Hand und versuchte, ihn dazu zu bringen, sich wieder wie ein vernünftiger Mensch hinzusetzen.

Er ignorierte es. Mit der tragenden Stimme, die er bei unseren Gesamtbelegschaftsversammlungen benutzte, eine, die selbst von den Kantinenmitarbeitern gehört werden konnte, während sie mit Geschirr klapperten und Essen auf den zischenden Grill warfen, sagte er: »Ben Levy-Walters, ich liebe dich. Ich weiß, du bist wütend auf mich, weil ich dich verletzt habe. Ich war im Unrecht. Ich war ein Feigling und es tut mir leid. Ich werde mein Bestes tun, dich nie wieder zu verletzen.«

Wenn ich dachte, die Kantine sei vorher leise gewesen, war es nichts im Vergleich zu der Stille, die sich über den großen Raum senkte. Sogar der Grill schien leise zu werden. Jemand rief im Hinterzimmer der Küche und wurde zum Schweigen gebracht.

»Ich – was?« Ich verlor mich in den blauen Seen seiner Augen.

Er lächelte mit beiden Mundwinkeln. Nicht ganz das unbeschwerte Grinsen, das er mir auf der Insel geschenkt hatte, aber ein liebevolles Lächeln, das mit der Wärme in seinen Augen verbunden war. »Ben, ich liebe dich. Wirst du mir verzeihen und in Erwägung ziehen, mich zurückzunehmen?« Er streckte seine Hand aus.

Ich nahm sie und ließ mich von ihm auf die Füße ziehen. Ich nahm mir eine Sekunde Zeit, um mich bei den Angestellten umzusehen, die nicht mehr so taten, als würden sie essen, sondern uns mit offenen Augen und Mündern anstarrten.

»Du hättest *das* nicht tun müssen«, flüsterte ich. »Alles, was ich wollte, war, dass du sagst, dass du mich liebst und mich deinen Freund nennst. Unter vier Augen. Nicht in der verdammten Mitarbeiterkantine.«

»Ben«, sagte er, immer noch in Richtung der Küche projizierend. »Ich werde meine Liebe überall verkünden. Weil ich dich liebe und ich will, dass die ganze Welt es weiß.«

Ich kniff die Augen zusammen. »Du bist nicht einmal betrunken. Du wirst das morgen bereuen.«

»Ich glaube nicht, dass ich jemals etwas an dir bereuen könnte. Außer, was ich getan habe, um dich zu verletzen. Nimmst du mich zurück?«

In der Kantine war es still. Ich glaube, niemand wagte es zu kauen. Oder zu atmen. Konnten sie mein Herz in meiner Brust hämmern hören? Für Cooper. Es schlug für ihn.

Ich biss mir auf die Lippe und nickte. Leise sagte ich: »Ich liebe dich, Cooper Fallon.«

»Wie bitte?« Er legte eine Hand ans Ohr. »Ich glaube nicht, dass sie dich in der hintersten Ecke gehört haben.«

Ich sog tief Luft ein und projizierte meine Stimme, nicht so gut wie Cooper es getan hatte, aber so laut ich konnte. »Ich liebe dich, du großer Trottel. Ich nehme dich zurück.«

Murmeln verbreitete sich in der Kantine. Jemand klatschte.

Cooper schenkte mir ein breites Zwei-Grübchen-Grinsen, das mich beinahe einen Schritt zurückstolpern ließ.

»Und jetzt?« Wenn ich unseren Blick hätte lösen können, hätte ich zu Marlee hinuntergeschaut, um den Schlachtplan für nach der großen Geste zu erfahren.

»Ich werde dich jetzt küssen, Ben«, knurrte er und senkte seine Stimme in ein Register, das ich in meinen hinteren Backenzähnen und in meinem Bauch hören konnte.

»Was, hier?«

Seine Lippen landeten auf meinen. Selbst über meinem pochenden Puls in den Ohren hörte ich die Jubelrufe um uns herum. Cooper Fallon küsste mich. In der Öffentlichkeit.

Ich schlang meine Arme um seine Schultern und hielt mich fest. Aber als er seinen Mund öffnete, um meine Lippen mit seiner Zunge zu necken, lehnte ich mich atemlos zurück. »Hey, sachte. Nichts da. Wir sind bei der Arbeit, um Himmels willen.«

Seine Wangen waren gerötet und auch seine Brust hob und senkte sich schwer. »Vielleicht könnten wir einen Abstellraum finden, damit ich dir zeigen kann, wie sehr ich dich vermisst habe?«

Ich war froh, dass ich meine weiteren Jeans trug, die nicht zeigen würden, wie sehr mich diese Idee reizte. »Nach der Arbeit kannst du es mir irgendwo unter vier Augen zeigen. Zum Beispiel in deinem Schlafzimmer.«

»Das gefällt mir. Aber zuerst gehen wir auf ein Date. Abendessen und ein Film.«

»Ein Date in San Francisco mit Cooper Fallon? Was wird die Klatschpresse sagen?«

»Spielt das eine Rolle?«

»Gut. Abendessen. Hol mich um sieben ab. Aber ich werde keine Geduld für einen Film haben. Ich würde lieber dein Schlafzimmer auschecken.«

Er gab mir einen Kuss auf die Lippen. »Ich hole dich um sechs ab. Trag die engen Jeans.« Er klapste mir nicht auf den Hintern, aber sein heißer Blick sagte, dass er es später tun würde.

Ich leckte mir über die Lippen. »Okay. Mir ist egal, was du trägst. Ich werde es dir ausziehen, sobald ich kann.«

»Leute?« Ich hatte vergessen, dass Marlee direkt uns gegenüber am Tisch saß. »Vielleicht hebt ihr euch das für euer Date auf.«

Er griff nach meiner Hand und drückte sie. »Ich muss wieder nach oben und die Antwort an Gurusoft genehmigen.«

»Vergiss nicht zu essen.« Ich umfasste seine Hand und ließ sie los. »Wir sehen uns um sechs.«

Mit einem letzten, wie eine Gasflamme lodernden Blick drehte er sich um und ging. Ja, ich sah ihm auf den Hintern. Genauso wie die halbe Kantine.

Als ich mich wieder Marlee zuwandte, stand sie schon. Ihre Wangen waren gerötet. »Komm. Ich bringe dich raus. Dann werde ich Tyler suchen. Und einen Abstellraum.«

37

BEN

EIN DATE mit Cooper Fallon zu haben, war komplizierter, als ich erwartet hatte. Er holte mich pünktlich um sechs ab. Das war nicht der komplizierte Teil, obwohl Mimi ihm einen ihrer patentierten, bedrohlichen Große-Schwester-Blicke zuwarf, als er an die Tür kam. In seinem eleganten, grauen Elektro-Porsche fuhr er uns zu einem der schicken Restaurants mit Blick auf die Bucht.

Kompliziert waren die Blicke und die Blitzlichter der Kameras. Cooper war das Gesicht von Synergy, und die Leute kannten diese hohen Wangenknochen, diese durchdringenden blauen Augen. Selbst wenn sie sein Gesicht nicht kannten, ließ sich niemand vormachen, dass seine Kleidung von der Stange kam. Seine Hose hatte diesen teuren Glanz und sein Hemd umspielte mühelos seinen durchtrainierten Oberkörper. Er strahlte Macht und Reichtum aus und die Köpfe drehten sich nach uns um, als wir vorbeigingen.

Er hielt meine Hand, als wir das Restaurant betraten, und das Getuschel begann. Als ich hörte, wie jemand seinen Namen sagte, drehte ich mich um – er nicht – und genau in diesem Moment erwischte mich die Kamera von jemandem, wie ich mit offenem Mund dastand und aussah wie ein ungezogenes Kind, das Cooper im Schlepptau hatte. Das Foto landete am nächsten Tag auf einem lokalen Promi-Blog, wo ich als »Cooper Fallons unartiges Spielzeug« bezeichnet wurde.

Ich hasste es nicht.

Der Gastgeber platzierte uns auf einem privaten Balkon mit Blick auf das Wasser. Es hätte mich an die Mahlzeiten erinnern können, die wir auf Coopers Terrasse auf der Insel gegessen hatten, aber die Brise vom Wasser sorgte für Gänsehaut auf meinen Armen – oder vielleicht lag das daran, dass ich Cooper so nah war. Jedenfalls trug ich meine Jacke und Cooper ebenfalls. Ich vermisste den Anblick seiner Haut.

Später, Ben.

Das Abendessen selbst war fantastisch. Die Speisekarte hatte keine Preise, und als ich versuchte, die offensichtlich à la carte bestellten Vorspeisen- und Salatgänge zu überspringen, sagte Cooper, ich solle aufhören, albern zu sein, sonst würde er mein Essen bestellen. Das jagte mir einen Schauer über den Rücken, aber dann erinnerte ich mich an die gesunde Kost, die Cooper bevorzugte, und bestellte alles, was köstlich klang.

Schließlich, beim Hauptgang – Fisch für uns beide, aber meiner war frittiert und seiner gegrillt, ohne Butter –, fasste ich den Mut, nach Synergy zu fragen.

»Wie wütend war Weston? Hat ihn die Security hinausbegleitet?«

»Wütend? Schwer zu sagen. Er hat sich immer unter Kontrolle. Er ist freiwillig gegangen. Ganz ruhig. Ich wünschte, ich könnte auch so sein.«

»Nein.« Ich stellte mir Cooper so vor, wie er manchmal war, bevor man ihn kennenlernte: eisig und unnahbar. Na und, wenn er manchmal ein bisschen hitzig wurde? Ich kam damit klar. Er auch. »Ich liebe dich genau so, wie du bist.«

Er räusperte sich. »Ich habe meinen Vater vom Sicherheitspersonal hinausbegleiten lassen. Deswegen bin ich etwas ... hitzig geworden. Und es war gut, dass ich diesen Kerl nicht gefunden habe, der dich auf der Insel angegriffen hat. Der Videokameras in unserem Schlafzimmer versteckt hat.«

Ich blinzelte. »Warte, was?«

»Ich habe ihn vor der Vorstandssitzung im Gebäude gesehen. Die Haushälterin, die wir an dem Tag sahen, als wir aus der Stadt zurückkamen. Ich habe Weston nach der Sitzung zur Rede gestellt und er hat zugegeben, dass er ihn angeheuert hat, um mich zu beschatten. Er sagte, der Kerl hätte dich nicht angreifen sollen. Nur Informationen zurücksenden. Weston meinte, es sei, weil er sich Sorgen um meine geistige Gesundheit gemacht hat.« Er umklammerte seine Gabel mit einer Kraft, die eine von Mimis dünnen Gabeln verbogen hätte.

Ich wollte auch etwas zerbrechen. »Dieses Arschloch.«

»Ich habe meine Sicherheitsleute wissen lassen, dass er in San Francisco ist. Sie werden ihn finden, wenn sie können.«

»Oh mein Gott. All das, und dann hat Weston dir auch noch deinen Vater unter die Nase gerieben. Geht es dir gut?«

Er legte seine Gabel auf den Teller und griff über die weiße Tischdecke, um meine Hand zu halten. »Jetzt ja.«

Ich beugte mich vor und küsste seine Wange. »Also, die Übernahme?«

»Wird nicht stattfinden. Aber ich glaube nicht, dass in der Fusionsdebatte das letzte Wort gesprochen ist. Einige Vorstandsmitglieder, nicht nur Weston, hielten es für den besten Weg für die Zukunft von Synergy. Für unsere Sicherheit. Wir werden ihm das Gegenteil beweisen.« Er schaute auf, seine Augen loderten.

Ich schluckte. »Ich werde dich voll und ganz unterstützen.«

Er wusste, ohne dass ich es sagen musste, dass ich nicht zu Synergy zurückkehren würde. Nicht als sein Assistent. Nicht einmal ins Marketing, nachdem ich meinen Abschluss habe. »Und was ist mit dir? Was wirst du tun?«

»Weiter nach einem Job suchen. Wenigstens kann ich jetzt meine Studiengebühren bezahlen, dank deines Geschenks.«

»Du kannst diese Aktien nicht verkaufen, um deine Studiengebühren zu bezahlen. Der Kurs wird in die Höhe schießen. Warte nur ab.« Seine Wangen glühten vor Zuversicht. Ich erbebte.

»Hör mir zu, Ben. Hör mir wirklich zu.« Er wartete, bis ich seinen Blick erwiderte. »Ich weiß, du willst von niemandem abhängig sein, aber lass mich das für dich tun. Lass mich deine Studiengebühren bezahlen. Studiere in Vollzeit. Wie lange würdest du für deinen Abschluss brauchen, wenn du das tätest?«

»V-vorausgesetzt, ich bekomme die Kurse, die ich brauche, nur noch ein Semester. Aber ich bezahle pro Kurs, also –«

»Sorg dich nicht um das Geld«, knurrte er. »Ich weiß um den Wert einer guten Ausbildung. Ich habe auch Verbindungen zu einer Reihe von Stiftungen, die Kindern helfen. Ist es nicht das, was dich interessiert?«

Verdammt, er hatte es sich gemerkt. Ich blinzelte das Brennen in meinen Augen weg. »Ja.«

»Ich könnte dir ein Teilzeitpraktikum bei einer von ihnen besorgen, während du studierst. Es könnte nach deinem Abschluss zu einer festen Stelle werden.«

»Du – ich – das kannst du nicht.«

»Warum nicht? Du bist ein ausgezeichneter Mitarbeiter. Betrachte es als eine Investition in die Jugend von San Francisco. In die zukünftige Belegschaft von Synergy.«

»Wow.« Ich legte meine Gabel hin. »Toll, wie du es schaffst, dein sehr großzügiges Angebot unromantisch klingen zu lassen.« Aber das war eine Lüge. Cooper kümmerte sich um die, die er liebte, und jetzt gehörte ich zu der Gruppe von geliebten Menschen, für die er sorgte.

Er lehnte sich in seinem Stuhl zurück, seine blauen Augen leuchteten. »Ich habe mit dem romantischen Teil noch nicht einmal angefangen. Du hast nach dem Geschäftlichen gefragt, also habe ich dir Geschäftliches gegeben. Wirst du mein Angebot in Betracht ziehen?«

»Ja.« Ich wäre ein Narr, wenn ich es ablehnen würde. Und

sobald ich einen Job in meinem Bereich hätte, könnte ich ihm das Geld für die Studiengebühren zurückzahlen.

»Na gut.« Er schob seinen Teller ein wenig von sich weg, und unser aufmerksamer Kellner räumte ihn prompt ab, zusammen mit meinem. »Ich möchte, dass du heute Abend mit zu mir nach Hause kommst.«

Ich schenkte ihm ein spitzbübisches Lächeln. »Ich glaube, dem habe ich schon zugestimmt. Erinnerst du dich, wir machen Netflix und Chill ohne Netflix?«

Er warf mir einen *Blick* zu und ich erbebte. Ich konnte mir vorstellen, wie er mich so ansehen würde, während ich vor ihm kniete und seinen Reißverschluss öffnete.

»Ich möchte, dass du mit zu mir nach Hause kommst und bleibst. Ich habe in diesem Haus mehr Platz, als ich jemals brauchen könnte. Sieben Schlafzimmer, und du hättest die freie Wahl. Obwohl ich hoffe« – er pflückte einen Krümel von der Tischdecke – »dass du meins wählen wirst.«

»Was, und Mimis abgewetztes Sofa aufgeben?« Ich wartete auf ein Lächeln, das nicht kam. Okay, ich schätze, über manche Dinge macht man mit Cooper Fallon keine Witze. »Ich mache nur Spaß. Ja, lass es uns tun. Zumindest auf Probe. Vielleicht hasst du es, wie ich meine Socken auf den Boden werfe.«

Sein linkes Auge zuckte. Er würde es definitiv hassen, wie ich meine Socken auf den Boden warf. Das müsste ich mir abgewöhnen … irgendwann.

»Aber ich muss für einige Dinge bezahlen.« Cooper hatte seine Villa wahrscheinlich bar bezahlt, also hätte er keine Hypothek, die ich mit ihm teilen könnte – nicht, dass ich mir *das* jemals leisten könnte. »Lebensmittel. Abende, an denen wir ausgehen. Obwohl nichts so Schickes wie heute Abend.« Ich blickte nach drinnen auf den Kristalllüster, der den Hauptspeisesaal beherrschte.

»Ich erlaube dir, meine Smoothies zu kaufen. Sie waren nicht dasselbe, als du nicht da warst.«

Blaubeeren lag mir auf der Zunge. Aber ich behielt es für mich.

Besser, ein paar Geheimnisse für mich zu behalten, damit er mich weiterhin brauchte.

»Und« – er sah mich durch seine Wimpern an, und mein Herz machte einen gewaltigen Satz – »ich lasse dich die Hälfte unserer Verlobungsfeier bezahlen. Na ja, die Hälfte abzüglich des Werts der Zeit, die du in die Planung investieren wirst.«

»Ver-Verlobung?« Meine Lippen waren zu taub, um richtig zu funktionieren. »Machst du mir einen Antrag? Heute Abend?«

»Nein.« Er lehnte sich in seinem Stuhl zurück, ganz die selbstgefällige Lässigkeit. »Nicht heute Abend. Aber bald.«

»Wir sind seit weniger als einem Monat zusammen. Wir können nicht heiraten.«

»Natürlich können wir das. Ich bin seit Monaten in dich verliebt.« Er hob die Augenbrauen.

»Seit Monaten? Seit ich angefangen habe, für dich zu arbeiten?«

»Nun ja.« Er blickte auf die Tischdecke. »Seit ich meinen Kopf aus dem Arsch gezogen habe, wegen –« Er schüttelte den Kopf. »An der Art, wie sich deine Augenbrauen zusammenziehen, sehe ich, dass das für den Moment zu viel ist. Ich kann geduldig sein.« Er beugte sich vor und legte seine Lippen direkt neben mein Ohr. »In manchen Dingen.«

Er lehnte sich zurück, um mich anzulächeln, gerade als der Kellner mit den Dessertkarten kam.

»Möchten die Herren vielleicht –«

»Nur die Rechnung, bitte.« Meine Stimme war zu hoch und meine Wangen glühten.

»Selbstverständlich.« Er verschwand.

»Kein Dessert?« Coopers Hand landete auf meinem Knie unter dem Tisch.

»Ich warte, bis wir zu Hause sind.«

»Das gefällt mir. Zuhause.« Und er küsste mich, mit geschlossenen Lippen und süß. Aber der Kuss hielt das Versprechen von mehr. Mehr Nächte wie diese, in denen wir Händchen halten und uns in der Öffentlichkeit küssen. Und mehr Nächte allein, in denen sich die Laken um uns verheddern. Mehr gemeinsame Jahre, nachdem ich gelernt hatte, meine Socken aufzuheben, und nachdem er gelernt hatte, meine Socken auf seinem Boden zu mögen.

Dieser Kuss auf der Veranda bedeutete für immer.

EPILOG
SECHS MONATE SPÄTER

COOPER

ICH HÄTTE NICHT STOLZER SEIN KÖNNEN.

Ben trug noch seinen Absolventenhut von der Zeremonie am Vormittag, die Quaste hing über die linke Seite. Er stand zwischen seinen Eltern vor dem Pavillon, während seine Schwester Mimi mit ihrem Handy ein Foto schoss.

Mein Glas Sprudel umklammernd, ging ich hinüber. Mimi sollte auch auf dem Bild sein.

»Cooper, komm her, komm her.« Ben nahm den Hut ab, stülpte ihn Mimi auf den Kopf und zog mich eng an sich. »Zeit für ein Verlobungsfoto.« Die Party, die sich von einem beheizten Zelt aus in unserem Garten ausbreitete, war bereits seit ein paar Stunden im Gange und sein Atem roch nach Bier.

»Ich dachte, ich mache ein Foto von euch vieren zusammen.« Aber ich fuhr ihm mit den Fingern durchs Haar und wuschelte es dort auf, wo der Hut es platt gedrückt hatte.

»Oh. Das auch. Aber erst das hier.« Er legte einen Arm um meine Taille und drehte uns zu Mimi.

»Eins, zwei, drei.« Mimi drückte auf den Auslöser. »Ihr beiden seht toll aus. Ich musste dich nicht einmal daran erinnern zu lächeln, Cooper. Mom und Dad, kommt ihr auch mit rein.« Es hatte ein paar Monate gedauert, in denen ich mich beweisen musste, aber Mimi hatte mich endlich in ihrem Leben akzeptiert.

Es könnte etwas damit zu tun gehabt haben, dass ich sie dem Direktor der Stiftung vorgestellt hatte. Es schien, dass Ben nicht der einzige Levy-Walters war, der sich für Kinder engagieren wollte.

»Moment. Ich hole Mamá. Das wird ein Familienporträt.« Ich überflog die auf unserem Rasen verteilten Gäste. Meine Mutter und Mateo lehnten an der Brücke über dem Koiteich. Coco saß zu ihren Füßen. »Mamá! Mateo!« Ich winkte sie herüber. Ich hatte Mateo eingeladen, bei uns zu wohnen und die Security zu koordinieren. Da Westons ehemaliger Spion und Mick Fallon auf freiem Fuß waren, konnte ich nicht vorsichtig genug sein.

Ich verdrängte die Gedanken an meinen Vater. Er hatte bei unserem freudigen Anlass nichts zu suchen.

Als mein Cousin meine Mutter zu uns führte, während Coco bellend und tanzend neben ihnen herlief, sagte ich: »Mateo, du machst das Foto. Mimi, komm hier rüber.«

»Vorsichtig«, schnappte Mimi, als Mateo mit ihrem Handy fuchtelte. Seit er zu uns in die Staaten gekommen war, war er, der sonst immer so geschmeidig und charmant war, ungeschickt geworden. Besonders in Mimis Nähe.

Sein Gesicht wurde rot. »Jetzt habe ich es.«

Ben nahm Coco auf den Arm. Ich legte meine Hände auf die Schultern meiner Mutter und positionierte sie vor mir. Bens Eltern flankierten uns und Mimi stellte sich an den Rand. Mateo winkte uns näher zusammen und ich legte meinen Arm um Ben und drehte mich zu ihm.

Der Auslöser klickte, aber alles, was ich sah, war Bens hübsches Gesicht. Jetzt, da all der Stress des Studiums hinter ihm lag, jetzt, da sein Praktikum bei der Stiftung zu einer Vollzeitstelle geworden war, genau wie ich es vorhergesagt hatte, sah er entspannt aus, die Fältchen um seine Augen waren geglättet. Ich beugte mich vor und küsste ihn sanft. Er schmeckte herb-säuerlich von dem IPA, das er getrunken hatte. Coco zappelte und sprang zu Boden.

»Ein guter Tag bis jetzt?«, fragte ich meinen Verlobten, als die Gruppe sich aufzulösen begann.

Er schlang seine Arme um meinen Hals. »Der beste.«

»Du bereust es nicht, deinen großen Tag mit mir teilen zu müssen?« Ich hatte versucht, ihn zu überreden, getrennte Partys für seinen Abschluss und unsere Verlobung zu veranstalten. Aber, immer auf die Finanzen bedacht, sagte er, es sei effizienter, sie zusammenzulegen. Und er hatte recht: Die Planung und Organisation einer Party war einfacher gewesen als die von zweien. Meine Work-Life-Balance wurde besser, aber ich reiste immer noch viel für Synergy.

»Mein Abschluss ist genauso dein Meilenstein wie meiner. Ohne dich wäre ich nicht hier.«

»Natürlich wärst du das. Es hätte nur länger gedauert.« Ich fuhr ihm mit einer Hand über den Rücken, einfach weil ich es konnte.

»Nein.« Er schüttelte den Kopf. »Das Cooper-Fallon-Stipendium zu haben, war eine Sache. Aber ich habe immer zu dir aufgesehen. Schon bevor ich dich kennengelernt habe. Du bist eine verdammte Inspiration, Liebling.«

Ich versteckte mein heißes Gesicht an seiner Schulter. »Danke.«

Er küsste meine Wange und löste sich sanft. »Hey, Marlee. Tyler.«

Bens Eltern waren mit meiner Mutter weggegangen. Mimi und Mateo waren verschwunden. Und vor uns standen Marlee und Tyler, Händchen haltend.

»Herzlichen Glückwunsch, Ben. Herzlichen Glückwunsch euch beiden.« Marlee beugte sich vor und umarmte Ben, dann mich. »Lasst mal hören.«

»Was hören?«, fragte ich und schüttelte Tylers Hand.

»Eure romantische Verlobungsgeschichte.«

»Ich habe sie dir auf der Arbeit erzählt, gleich nachdem wir zurückkamen. Erinnerst du dich nicht?«

Sie verdrehte die Augen. »Ich will sie von Ben hören. Deine Version war nicht romantisch genug.«

Ich blinzelte. Ich dachte, mein Antrag sei sehr romantisch gewesen. Und ich hatte ihr die Geschichte erzählt und die meisten ihrer Fragen beantwortet.

»Außerdem will Tyler sie auch hören. Nicht wahr, Schatz?«

Nachdem ich mit Ben zusammengekommen war, hatte Tyler endlich aufgehört, mich anzustarren.

»Klar«, sagte er grinsend. »Ich würde sie liebend gern hören, Ben.«

»Okay, also wir sind für Thanksgiving auf die Insel gefahren. Wir haben auch Rosa mitgenommen, um die Familie zu sehen. Ich habe also nichts erwartet, klar? Ich dachte mir, wenn er bis Silvester nicht gefragt hätte, würde ich ihm dann einen Antrag machen.«

»Du wolltest mir einen Antrag machen?«, unterbrach ich ihn.

»Hast du nicht bemerkt, wie ich versucht habe, deine Ringgröße herauszufinden?«

»Ich dachte, das wäre als Ersatz für den Larimar-Ring, bei dem ich einen Sprung verursacht habe.«

Er tippte sich an die Schläfe. »Schlau wie ein Fuchs. Aber du bist mir zuvorgekommen. Jedenfalls« – er drehte sich zu Tyler, als ob Tyler die Geschichte überhaupt interessieren würde – »blieb Rosa eines Abends nach dem Essen bei Tía Abuela Isobel, und Cooper und ich gingen allein zurück zu unserem Haus. Er hat mich gefragt, was ich machen wollte, und ich sagte, am Strand spazieren gehen. In dieser Nacht war Vollmond und es war so wunderschön auf dem Wasser.«

Ich erinnerte mich auch daran, wie das Mondlicht auf seinem dunklen Haar schimmerte. Ich berührte eine glänzende Locke, die im Nachmittagssonnenschein burgunderrot funkelte.

»Wir spazierten also so dahin und ich erzählte ihm von etwas, das ich in meinem Psychologiekurs gelernt hatte. Was war das noch mal?«

»Verhaltensgenetik«, murmelte ich.

»Genau. Und plötzlich blieb er stehen, und ich drehte mich um, und da war er auf einem Knie.«

»Ach du heilige Scheiße! Ich hätte nicht gedacht, dass du auch nur einen romantischen Knochen im Leib hast, Cooper Fallon.« Marlee schlug mir auf den Arm.

»Ich schätze, doch.« Ich zuckte mit den Schultern. »Das ist es, was du wolltest, oder, Ben?«

»Mondlicht und mein Mann auf den Knien. Genau das, was ich wollte. Und dann, *dann*, hielt er eine Rede.«

»Warte, Cooper Fallon auf Knien im Sand, der eine Rede hält? Ich hab's dir ja gesagt, du hast die ganzen guten Teile weggelassen, Cooper.«

»Die Rede war persönlich.« Ich warf Ben einen strengen Blick zu, konnte mir aber ein Lächeln nicht verkneifen. Tränen hatten silbern auf seinen Wangen geglitzert.

»Es war das Romantischste überhaupt.« Ben legte seinen Arm um meine Taille und meine Hand landete auf seinem unteren Rücken, genau dort, wo sie hingehörte.

»Siehst du? Ich wusste, es gab eine bessere Geschichte als die, die du mir erzählt hast.« Marlee senkte ihre Stimme, um meine nachzuahmen. »›Wir sind auf die Insel gefahren und haben uns verlobt.‹« Sie verdrehte die Augen. »Ich bin froh, dass du mich verstehst.« Sie küsste Tyler auf die Wange. »Du würdest mir nie so eine Geschichte erzählen.«

Ben zog mich fester an sich und schenkte mir ein verschwörerisches Lächeln. Er verstand, dass ich meine romantischen Momente für die wichtigen Augenblicke aufsparte, nur für ihn.

»Herzlichen Glückwunsch, Leute«, sagte Tyler. »Und danke für die Einladung. Ich glaube, Marlee braucht noch einen Drink.«

»Oder eine Knutscherei hinter der Garage«, murmelte Ben. Mir war nicht entgangen, wie ihre Lippen nur einen Hauch von denen ihres Verlobten entfernt verweilt hatten.

»Benny!« Mimi taumelte gegen Bens Schulter, ihre dunklen Locken wild. »Sorry, muss los. Glückwunsch, ihr zwei.«

»Wohin gehst du?«, fragte Ben. Ich hatte es während der Fotos nicht bemerkt, aber Mimi schwankte auf den Füßen, ihre Augen waren nicht fokussiert.

»Mädelsabend! Ich hab's dir doch gesagt, Benny, erinnerst du dich?«

»Ich erinnere mich. Bist du sicher, dass du ausgehen willst? Sieht so aus, als hättest du schon genug getrunken.«

Sie lächelte ihn an, aber es erreichte ihre Augen nicht. »Ich habe es versprochen. Und mir wird es gut gehen. Für jedes Getränk ein Glas Wasser.«

Selbst das würde sie nicht nüchtern machen. »Sei vorsichtig, okay? Hast du eine Mitfahrgelegenheit?«

»Ja–« Sie biss sich auf die Lippe, um nicht weiterzusprechen. Das tat sie oft in meiner Gegenwart. Ich wünschte, sie könnte mich als den Verlobten ihres Bruders sehen und nicht als ihren Boss, der mehrere Ebenen über ihr stand.

»Viel Spaß. Und pass auf dich auf.« Ben umarmte sie und sie trippelte davon, mit diesen übervorsichtigen Schritten, an die ich mich aus meiner eigenen Trinkerzeit erinnerte.

»Soll ich–?«

»Ja, bitte.« Er biss sich auf die Lippe.

»Mateo!«, rief ich scharf.

Überraschenderweise war er sofort an meiner Seite. »Ja, Lito?«

»Du kennst Bens Schwester, Mimi?«

Er nickte mit einem undurchdringlichen Ausdruck im Gesicht.

»Behalte sie bitte im Auge. Aus der Ferne. Stell sicher, dass sie sicher nach Hause kommt. Und allein.«

»Verstanden.« Er klopfte Ben auf den Rücken. »Herzlichen Glückwunsch, Benny. Und ich werde auf deine Schwester aufpassen.«

»Danke.« Er umarmte die Schulter meines Cousins. Mateo schlich in dieser katzenartigen Art davon, wie er sich bewegte.

»Endlich allein«, seufzte Ben.

»Wir sind auf einer Party mit hundert unserer engsten Freunde und Verwandten und du hast erwartet, allein zu sein?« Aber ich zog ihn an mich, egal, wer zusah.

»Nicht wirklich. Aber das ist das Beste daran, meine Abschlussparty mit unserer Verlobungsfeier zu kombinieren.«

»Was denn?«

»Dass ich das hier tun kann.« Er stellte sich auf die Zehenspitzen und küsste mich, und ich ließ ihn gewähren, seine Zunge gegen meine gleiten zu lassen. Um uns herum gab es Pfiffe und das Klirren von Gläsern, aber das war mir egal. Alles, was zählte, war, dass dieser Mann, Ben, mein war, um ihn zu küssen. Dass er für den Rest seines Lebens nur mich küssen wollte.

»Ich nehme an, auf einer Abschlussparty gibt es keine Zungenküsse?«, murmelte ich an seinen Lippen.

»Nicht annähernd so viele wie auf einer Verlobungsfeier.« Er senkte sich auf die Fersen und achtete darauf, sich an mir zu reiben, als er herunterkam.

Ich hielt ihn fest, um die Beule in meiner Anzughose zu verbergen. »Womit können wir auf einer Verlobungsfeier noch durchkommen?«, flüsterte ich, meine Lippen streiften die Muschel seines Ohres.

Er zitterte. »Ich denke, ein kurzes Verschwinden des verlobten Paares wäre nicht unangebracht.«

»Führe mich, mein Lieber. Ich bin direkt hinter dir.«

Unser Verschwinden war nicht so kurz, wie es hätte sein sollen. Aber die Party ging ohne uns weiter. Und als wir später zurückkamen, unsere Kleidung zerknittert und unsere Lippen vom Küssen geschwollen, verstanden das alle. Jeder jedenfalls, der wusste, wie es war, die Liebe seines Lebens getroffen zu haben und sich auf eine Ewigkeit mit ihm zu freuen.

BONUS-EPILOG
VALENTINSTAG

BEN

ALS DIE DUSCHE ANGING, zog ich meinen Kopf unter dem Kissen hervor und setzte mich auf. Coco hob den Kopf von meinem Schienbein. Er durfte eigentlich nicht auf dem Bett sein. Coopers Regeln.

Ich kraulte ihn zwischen den Ohren. »Zeit, aufzustehen, mein Freund. Hast du Hunger?«

Er ließ sein Kinn zurück auf mein Bein fallen. Cooper musste ihn schon gefüttert haben. Er behauptete, Coco sei mein Hund, aber er erledigte mindestens fünfzig Prozent der Arbeit, vom Füttern des Frühstücks bis zum Mitnehmen auf seine Laufrunden.

Apropos, Cooper setzte nach seinem Training normalerweise den Kaffee auf. Ich wollte mich nach unten schleichen, um ein paar Tassen zu holen und zu versuchen, ihn zum Kuscheln wieder ins Bett zu locken.

Faule Samstagmorgen mit meinem Verlobten im Bett waren meine liebsten. Ich wünschte, ich könnte den ganzen Tag mit Champagner, schokoladenüberzogenen Erdbeeren und ihm im Bett verbringen – es war schließlich unser erster gemeinsamer

Valentinstag –, aber Cooper hatte einen Tisch für die Gala von Jacksons Stiftung gekauft.

Wer zum Teufel veranstaltet eine verdammte *Gala* am Valentinstag? Nur dieser Spielverderber, Jackson Jones.

Obwohl ein paar Stunden mit einem Cooper Fallon im Smoking an meinem Arm nicht die schlechteste Art waren, den Abend zu verbringen. Und später konnte ich ihm den Smoking vom Leib reißen und mich über ihn hermachen.

Aber zuerst Kaffee. Ich stand auf, streckte mich, fand dann meine Unterhose auf dem Teppich und zog sie an. Coco sprang auf den Boden und rollte sich in seinem Hundebett in der Ecke zusammen.

»Braver Hund. Lass dich bloß nicht von Cooper auf dem Bett erwischen.«

Das Schlafzimmer war kühl, und auf meinen Armen bildete sich eine Gänsehaut, also ging ich zu Coopers Kleiderschrank, um mir ein Sweatshirt zu holen. Nicht Coopers Kleiderschrank. *Unser* Kleiderschrank. Obwohl er so groß war wie die Wohnung, die ich vor meinem Einzug bei Mimi gehabt hatte.

Cooper hatte viele Klamotten, hauptsächlich maßgeschneiderte Anzüge, dunkle, elegante Hosen und eine Auswahl an Oberhemden, aber er hatte sie zusammengeschoben und die Hälfte davon für mich freigemacht. Tío José María schickte mir jeden Monat ein paar wunderschöne neue Teile, und meine Seite begann, weniger karg auszusehen.

Das Leben war gut.

Mit dem Sweatshirt in der Hand konnte ich meinen Blick nicht von der Kommode in der Mitte des Schranks abwenden.

Genauer gesagt, von der obersten Schublade.

Ich spähte zur Tür hinaus, aber von Cooper war keine Spur zu sehen. Die Dusche lief immer noch.

Ich ging zurück zur Kommode und zog vorsichtig die oberste Schublade heraus. Es war eine breite, flache, die für Schmuck gedacht war. Cooper trug nicht viel Schmuck – seine Uhren hatten ihr eigenes Regal –, aber neben seiner bescheidenen Manschetten-knopfsammlung gab es zwei Schmuckstücke. Zwei Ringe.

Unsere Eheringe.

Wir hatten sie bei einer Reise nach New York über Neujahr ausgesucht. Coopers war ein schlichtes Platinband, breit und flach. Professionell. Unaufdringlich.

Meiner war alles andere als unaufdringlich. Er war auch aus Platin, hatte aber eine Reihe funkelnder Diamanten in der Mitte, einmal ganz herum. Als wir sie im Laden anprobiert hatten, hatte ich mich bei jeder Handbewegung durch das aufblitzende, reflektierte Licht selbst erschreckt.

Ich liebte ihn.

Ich probierte ihn heute nicht an, aber ich strich über beide Ringe in ihrem samtenen Nest.

Wir hatten darüber gesprochen, ein Datum festzulegen, aber Coopers Reiseplan war so brutal, dass ich ihn nicht hatte drängen wollen. Es wäre vielleicht sinnvoller, einfach eines Nachmittags zum Standesamt zu gehen. Das würde zu Coopers Persönlichkeit passen. Reingehen, erledigen. Kein Tamtam, kein Theater.

Aber jedes Mal, wenn ich darüber nachdachte, zuckte ich zusammen.

Ich wollte das Tamtam. Und das Theater. Ich wollte die große Hochzeit mit Mimi an meiner Seite. Und wenn Cooper Jackson an seiner Seite haben wollte, war mir das recht. Ich würde selbstgefällig zu ihm hinüberschauen. Cooper gehörte jetzt ganz mir.

Okay, vielleicht war das ein bisschen kleinlich.

Aber, verdammt noch mal, ich hatte das Recht, an meinem Hochzeitstag kleinlich zu sein.

Ich hörte, wie die Dusche abgestellt wurde, mein Zeichen, mit dem Träumen über die Ringe aufzuhören. Vorsichtig schob ich die Schublade zu.

Als ich das Sweatshirt über meinen Kopf zog, fiel mir auf meiner Seite des Schranks etwas Unerwartetes ins Auge.

Mit dem an einem Arm festhängenden Sweatshirt schlich ich mich daran heran, als wäre es ein schlafender Tiger.

Aber es war nur ein Smoking.

Ich schnappte nach Luft. Nicht nur ein Smoking. Ein *Tom Ford* Smoking. Ich würde aussehen wie der verdammte Daniel Craig.

Okay, vielleicht würde ich eher aussehen wie Tom Holland, der sich verkleidet, um wie Daniel Craig auszusehen, aber trotzdem. Ich fuhr mit einem Finger über das seidenweiche Satinrevers. Könnte ich es vermeiden, bei der Gala Essen darauf zu kleckern? Vielleicht wäre es besser, nichts zu essen – oder zu trinken. Auf keinen Fall essen. Ich würde meine Wangen einziehen und wie ein Schauspieler auf dem roten Teppich aussehen.

»Gefällt er dir?«

Bei Coopers Stimme machte ich einen Satz von einem halben Meter in die Luft.

»Scheiße! Du hast mich erschreckt!« Ich legte eine Hand auf mein rasendes Herz und wirbelte herum, um ihn anzusehen.

Mein armes Herz hatte keine Chance. Cooper lehnte am Türrahmen, Wasser perlte von seinen Haarspitzen und tropfte auf seine nackte Brust. Die Tropfen vereinigten sich zu winzigen Flüssen, die sich ihren Weg durch den Wald seiner dunkelblonden Brusthaare bis hinunter zu dem weißen Handtuch bahnten, das um seine Hüften geschlungen war.

Tot. Ich war tot.

»Also ... gefällt er dir?«

Mein Mund war zu trocken, um zu sprechen. Ich leckte mir über die Lippen, aber meine Stimme kam immer noch rau und heiser heraus. »Du gefällst mir.«

Ein Mundwinkel von ihm zuckte nach oben. »Ich meinte den Smoking.«

»Oh.« Ich drehte den Kopf, um ihn anzusehen, und da wurde mir klar, dass ich mein Sweatshirt immer noch halb anhatte, an meinem Hals zusammengeknüllt. Ich riss es über meinen Kopf und ließ es auf den Boden fallen. Mir war nicht mehr kalt. »Er ist wunderschön.«

»Du bist wunderschön.« Er pirschte auf mich zu. »Und du wirst heute Abend in diesem Smoking umwerfend aussehen.«

»Umwerfend?« Eine Wolke aus Lust wirbelte in meinem Gehirn, als er sich näherte, mein Blick zielte auf die Stelle, wo das Handtuch seine Hüften umschloss.

Er beugte seinen Kopf und küsste mich, sein Atem minzig und seine Zunge glitt langsam gegen meine. Cooper zu küssen war das Beste. Er küsste mich so, wie er alles tat, mit Selbstvertrauen, niemals nachgebend, als hätte er etwas zu beweisen. Aber darunter lag ein Hauch von Zögern, von dem Verdacht, dass er es nicht verdiente, es nicht tun sollte. Ich öffnete mich ihm, hieß ihn willkommen und zeigte ihm, dass ich nichts als ihn wollte. Ich umklammerte seine Schultern, um mich zu stabilisieren, und jagte seinen Lippen nach, als er sich zurückzog.

»Umwerfend«, wiederholte er.

»Du auch.« Ich ließ meinen Blick von seinen blauen Augen zu seinem harten Kiefer schweifen, zu den köstlichen Muskeln seiner Brust und Bauchmuskeln, zu seinen schmalen Hüften und der Beule dazwischen. Dann ließ ich meinen Blick wieder zu seinem Gesicht wandern. »Fröhlichen Valentinstag.«

»Fröhlichen Valentinstag. Ich wünschte, wir müssten heute Abend nicht zu dieser Gala gehen.«

»Oh, wirklich?« Ich biss mir auf die Lippe. »Was würdest du lieber tun?«

Er fuhr mit einem Finger von meiner Wange zu meinem Kiefer. »Den ganzen Tag damit verbringen, dir zu zeigen, wie sehr ich dich liebe.«

Ich drehte meinen Kopf, um seine Handfläche zu küssen. »Das kannst du tun und trotzdem zur Gala gehen. Beweisstück A, dieser wunderschöne Smoking. Beweisstück B ...«

Hinter mir war eine Bank, auf der wir manchmal saßen, um unsere Schuhe anzuziehen. Ich ließ mich darauf sinken, was mich auf Augenhöhe mit der Beule unter seinem Handtuch brachte. Ein einziger kräftiger Ruck genügte, und das Handtuch fiel zu Boden. Sein Schwanz schnellte hoch, gerötet und steif. Und ganz meiner.

»Hallo, Beweisstück B«, sagte ich, kurz bevor ich um die Eichel leckte.

Er stöhnte auf und trat näher, wobei er das Handtuch beiseitestieß.

Dieses hilflose Stöhnen, das von meinem steifen Manager kam und mir die Macht überließ, ihn zu befriedigen, ließ mein Verlangen zu einem Freudenfeuer werden. Ich grub meine Finger in seine muskulöse Arschbacke und saugte ihn so tief hinunter, wie ich konnte. Mit der anderen Hand wiegte ich seine Eier, wie er es mochte, und tippte mit den Fingerspitzen in Richtung seines Damms.

Er ging in eine breitere Stellung, aber ich nutzte das noch nicht aus. Langsam bewegte ich mich an seiner Länge auf und ab und fuhr mit der Zunge an der Ader an der Unterseite entlang. Seine Brust hob und senkte sich, und ich jubelte innerlich. Mein Mann verlor die Kontrolle.

Scheiße, ich auch. Ich nahm eine Hand von ihm und umfasste meine eigene Erektion durch meine Unterhose. *Noch nicht.*

Ich umkreiste seine Eichel mit meiner Zunge und wollte noch mehr, wobei ich meine Wangen einzog, um ihm den Druck zu geben, den er brauchte. Als ich schließlich mit meiner Fingerspitze sein Loch anstieß, hielt er den Atem an. Er war kurz davor.

Doch anstatt meine Wange zu berühren, wie er es normalerweise als Zeichen tat, zog er sich zurück.

»Bett«, knurrte er.

Er zog mich von der Bank hoch, führte mich aus dem Kleiderschrank und zurück zu unserem ungemachten Bett. Er setzte sich auf die Kante und zog mir die Unterhose aus. Sich über die Lippen leckend, verband er seinen Blick mit meinem und bat schweigend um Erlaubnis.

»Warte«, sagte ich. »Leg dich hin.«

Ein Grinsen spielte um seine Mundwinkel, aber er gehorchte, und ich setzte mich rittlings auf ihn, rückwärts, und rutschte hoch, bis meine Hüften über seinem Gesicht schwebten und ich auf seinen Schwanz hinuntersah, der noch von meiner Spucke glänzte.

»Okay?«, fragte ich.

Er antwortete nicht, verschlang mich nur mit der warmen Nässe seines Mundes.

Funken schossen mir die Wirbelsäule hoch. »Na gut, dann«, sagte ich.

Ich leckte seinen Schwanz hinunter bis zu seinen Eiern, die noch seifenfrisch von seiner Dusche waren. Ich umfuhr sie mit meiner Zunge, während ich mit der Hand an seinem Schwanz wichste. Die Lust, die seine Zuwendung zu meinem Schwanz auslöste, rollte sich in meinem unteren Rücken zusammen.

Ich versuchte, mich auf Coopers steinharten Schwanz zu konzentrieren, auf die Art, wie sich seine Bauchmuskeln unter mir anspannten, aber meine Sicht verengte sich. Alles, was ich tun konnte, war, meinen Mund wieder auf ihn zu legen und mich festzuhalten, während ich ruckartig auf und ab wippte, als die Ekstase meine Gelenke lockerte und mein Gehirn benebelte.

Ich tippte ihm auf die Hüfte, um ihm zu zeigen, dass ich mich nicht mehr halten konnte. Er stieß in meinen Mund und pulsierte, sein Erguss schoss in meinen Mund.

Gott sei Dank. Ich ließ meinen schwachen Halt an meinem eigenen Orgasmus los und kam, zitternd über ihm. Ich bemerkte kaum, wie er meine Hüften zur Seite schob, sodass ich neben ihm liegen konnte, mein Kopf auf seinem Oberschenkel ruhend.

Lange Minuten später fand ich mich unter die Decke gekuschelt wieder und Cooper hinter mir eingerollt.

Ich hatte, was ich wollte: eine Samstagmorgen-Kuscheleinheit. Ich seufzte und ließ meine Augen zufallen.

Aber etwas kitzelte in meinem Hinterkopf. »Cooper?«

»Mm-hmm?« Er klang genauso sex-berauscht wie ich mich fühlte.

»Jetzt, wo ich diesen wunderschönen Smoking habe, sollten wir vielleicht darüber nachdenken, einen Termin festzulegen. Für unsere Hochzeit.«

Ich spürte, wie sich seine Muskeln um mich herum anspannten. »Sollten wir?«

Oh, Scheiße. Ich rutschte weg und rollte mich um, um ihn anzusehen. »Willst du das nicht?«

Er nahm meinen Kiefer in seine große Hand und küsste mich, mit geschlossenem Mund und süß. »Natürlich will ich. Aber—«

»Aber?« Meine Fingerspitzen kribbelten, und ich konnte meine Füße nicht spüren. Aber was?

»Ich hatte gehofft, wir könnten weniger formell heiraten.«

Mein Magen sank. Standesamt. Ein gehetzter Standesbeamter in einem Dreißig-Minuten-Slot. Zwei Zeugen. Keine Smokings. Ein schneller, keuscher Kuss, während sie uns hinausschickten, damit das nächste Paar unseren Platz einnehmen konnte. Ich versuchte, meine Stimme leicht klingen zu lassen. »Weniger formell.«

Er fuhr mit einem Finger durch die spärlichen Haare über meinem Herzen. »Auf der Insel. Mit meiner Familie dort. Wir könnten die anderen Gäste einfliegen. Deine Familie, unsere Freunde von hier. Ich habe mit Luis gesprochen—«

»Hast du das?« Das klang viel besser als das Gerichtsgebäude. Er hatte das geplant?

Er lächelte, angespannt und nervös. »Habe ich. Er kann uns erst im November einen Block Zimmer geben. Wäre das in Ordnung?«

»November? Das sind nur noch neun Monate. Ich weiß nicht, ob ich—«

»Mach dir keine Sorgen.« Er strich mir eine Locke von der Stirn. »Luis hat einen Hochzeitsplaner, der sich um alles kümmern wird.«

»Nicht um alles.« Meine Unterlippe schob sich vor. »Ich will es planen.«

»Natürlich.« Er fuhr mit der Hand von meiner Schulter meinen Arm hinunter und verschränkte seine Finger mit meinen. »Alles, was du willst.«

Wärme füllte meine Brust. »Alles?«

»Alles.«

»Passende Hemden mit Leguan-Print?«, fragte ich mit einem neckischen Lächeln.

Seine Augenbrauen zogen sich für eine Sekunde zusammen, aber dann klärte sich seine Stirn. »Alles, was du willst. Solange ich am Ende mit dir verheiratet bin.«

Ich rutschte näher und vergrub mein Gesicht in seiner Halsbeuge. Er sagte nicht immer das Richtige, aber dieses Mal hatte er es getan. »Ich liebe dich.«

Seine Arme schlangen sich um meinen Rücken und zogen mich fest an sich. »Ich liebe dich auch.«

Ich atmete ihn ein. Wir brauchten die Ringe oder die Hochzeit nicht. Er war mein Mann, und ich war seiner. Ich spürte unsere Verbindung jedes Mal, wenn wir zusammen waren, in seiner sanften Berührung und in der Ehrfurcht in seiner Stimme, die mir verriet, dass er noch nicht ganz glaubte, so viel Glück gehabt zu haben, jemanden – mich – zu finden, der ihn zurückliebte.

Nicht, dass wir nicht manchmal stritten. Er war immer noch Cooper Fallon mit dem aufbrausenden Temperament. Aber er liebte mich durch die Stürme hindurch. Und ich musste noch einen riskieren, um mit ihm zu reden.

Ich rutschte zurück, bis ich sein Gesicht sehen konnte, entspannt und friedlich. »Also, wegen der Gala—«

»Du hast beschlossen, dass wir nicht hingehen müssen?« Mit einer kraftvollen Bewegung drückte er mich flach auf den Rücken und stützte sich auf den Unterarmen über mir ab. Seine zum Anbeißen aussehenden Bizepse ballten sich neben meinen Schultern. Sein hart werdender Schwanz schmiegte sich an meinen.

»Mal langsam.« Ich kicherte. »Wir müssen gehen. Es ist nicht nur Jacksons Stiftung, sondern das ist Mimis Baby. Sie würde mich umbringen, wenn wir nicht auftauchen. Aber, äh ...« Scheiße, wie konnte ich ihm etwas sagen, worüber er definitiv nicht nachdenken wollte?

Er küsste mich und rollte zur Seite, wobei er seine Wärme mitnahm. Ich folgte ihm, schmiegte mich an seine Rippen und legte meinen Kopf auf seine Brust. Es wäre für uns beide einfacher, wenn ich sein Gesicht nicht ansehen würde.

»Du weißt doch, Mimi und Mateo?«

»Wovon redest du? Natürlich kenne ich deine Schwester und meinen Cousin.«

»Ich meine« – ich fuhr mit einem Finger durch die rauen Haare auf seiner Brust –, »sie … treffen sich irgendwie. Oder haben es getan.«

»Hmm.«

Coopers Beziehung zu seinem Cousin war … kompliziert. Aber egal, was sie sagte, Mimi brauchte das.

»Sie brauchen einen Anstoß.«

»Einen Anstoß? Das hört sich nicht gut an.«

»Sie sind perfekt füreinander.«

»Perfekt? Sie streiten sich wie Coco und dieser psychotische Malteser die Straße runter.«

»Sie streiten sich, weil sie sich lieben.«

Er schnaubte. »Hat Mimi das gesagt?«

»Nicht direkt.« Ich musste nicht erzählen, was sie über seinen Cousin gesagt hatte. Sie meinte es nicht so. Zumindest glaube ich nicht, dass sie es tat.

»Also … ein Anstoß?« Cooper fuhr mit einer Hand über meinen Rücken.

»Du solltest mit Mateo reden. Bitte ihn, heute Abend zur Gala zu kommen und mit ihr zu reden.«

»Du weißt, dass es zweitausend Dollar pro Gedeck sind.«

»Das Geld geht an Jacksons Stiftung. Und ist dir Mateos Glück nicht zweitausend Dollar wert?«

Als er mit den Schultern zuckte, kniff ich ihn in die Brustwarze.

»Aua!« Er zog mich hoch, sodass ich ihm in die Augen sah. »Ich will jetzt nicht über meinen Cousin reden. Dein Glück ist es wert. Und wenn es dich glücklich macht, werde ich es tun.«

»Es macht mich glücklich.« Ich küsste seine Lippen. »Danke.«

Cocos Halsband klimperte, und dann spürte ich eine Bewegung auf dem Bett, als er hochsprang. Er schnüffelte an meinen Haaren und seufzte dann, als er sich neben Cooper zusammenrollte.

»Dein Hund ist schon wieder auf dem Bett«, sagte er und drehte seine Finger in meine Locken.

»Du liebst meinen Hund«, murmelte ich.

»Ich liebe dich. Dein Hund—«

Coco stützte seinen Kopf auf Coopers Brust und leckte meine Nase.

Cooper kraulte ihn zwischen den Ohren. »Ich schätze, ich liebe ihn auch.«

———

Vielen Dank, dass Sie *Boss gesucht!* gelesen haben. Bitte ziehen Sie in Erwägung, eine Rezension bei Ihrem bevorzugten Händler, BookBub oder Goodreads zu hinterlassen. Rezensionen helfen anderen Lesern, neue Autoren wie mich zu finden.

Wird Bens Anstoß bei Mimi und Mateo funktionieren? Das nächste Buch der Reihe, *Erinnerung gesucht,* ist eine romantische Komödie über eine Scheinbeziehung nach dem ›Gegensätze ziehen sich an‹-Prinzip mit einer lustigen Variante des Amnesie-Tropus. Es handelt von einer zugeknöpften Buchhalterin und einem Himbo, der in ihrer Nähe die Fassung verliert. Es kann als eigenständiges Buch gelesen werden und ist das fünfte Buch der Synergy-Workplace-Romance-Reihe. Lesen Sie weiter für eine kleine Vorschau.

KAPITEL 1

MIMI

ICH HATTE ALLES VERGESSEN. Außer seine schönen Augen.

Blau und rund, obwohl der Tequila die Details hatte verblassen lassen. Ich konnte mich nicht an den genauen Farbton erinnern oder ob sie Sprenkel hatten. Einfach nur blau. Und eine Brille. Eine Clark-Kent-Brille. Das Licht der Hängelampe über unseren Köpfen spiegelte sich in den Gläsern.

Die Form und Farbe des Gestells waren in meiner Erinnerung verschwommen, aber ich war mir zu zweiundneunzig Prozent sicher, dass sie nicht rund und aus Metall waren wie die von Byron. Selbst so betrunken, wie ich war, hätte ich das Weite gesucht.

Wie lange hatte ich ihm in die Augen gestarrt, während wir in dieser Bar in der Divisadero Street saßen? Es fühlte sich an wie Stunden, aber der Tequila. So viel Tequila.

Ein Erinnerungsblitz: blaue Augen, die sich besorgt zusammenzogen, und eine große Hand, die meinen Arm ergriff, um mich auf dem Hocker zu stabilisieren. Und noch ein Blitz, obwohl dieser mir entglitt, gerade außer Reichweite. Sein Blick, der sich in mich bohrte, ernst und intensiv. Etwas, das er mir in die Hand drückte.

Ich blickte auf meine Handfläche, als ob es immer noch da wäre. Aber da war nichts außer einem hässlichen Plastikring, der leuchtende falsche Diamant so groß wie eine Walnuss. Als ich darauf tippte, flackerte er schwach in Neonpink. Als Brees Trauzeugin hatte ich die Regel aufgestellt: kein vulgärer Kram auf ihrem Junggesellinnenabschied. Aber eine von Brees anderen Freundinnen hatte einen ganzen Sack voll Plastikmüll mitgebracht. Und nach ein paar Tequila-Shots waren mir die Regeln egal. Ich zog den Ring von meinem Finger und ließ ihn auf die Theke fallen.

Verdammter Kater. Ich rieb mir die Schläfe, aber das linderte die Enge um mein Gehirn nicht im Geringsten.

Obwohl ich mich nicht mehr gut an sein Aussehen erinnerte, wusste ich noch, wie ich mich durch den mysteriösen Mann von letzter Nacht gefühlt hatte. Interessant. Umsorgt. Sicher. Und ich hatte so sehr gelacht, dass meine Bauchmuskeln immer noch ein wenig schmerzten.

Wobei, das könnte auch vom Kotzen gekommen sein.

Das Summen meines Handys auf der Küchentheke löste einen neuen Schmerz irgendwo im Bereich meiner Backenzähne aus.

Ich zupfte die billige, fuchsiafarbene Schärpe davon – darauf stand in geschwungener Schrift »Hot Mess«, und hatte *das* sich nicht als wahr herausgestellt? – und warf sie beiseite. Ich kratzte das Handy von der Theke und kniff ein Auge zusammen, um auf das Display zu blicken. Bree. Ich stach auf den Annahme-Knopf.

»Warum bist du schon so früh wach?«

Sie stöhnte, und ihre Stimme klang heiser. »Ich musste den Thron umarmen. Du hast genauso viel getrunken wie ich. Wie geht es dir?«

»Genauso.« Wie war mein Atem? Ich konnte nicht zu meiner Präsentation mit einer Fahne nach wieder hochgewürgtem Tequila auftauchen. Ich hielt meine Hand vor den Mund, atmete aus und schnupperte. Minzig frisch. Ich presste eine Kapsel in die Kaffeemaschine und drückte den Startknopf.

»Mimi«, jammerte meine beste Freundin, »war das nicht einfacher, als wir in den Zwanzigern waren?«

»Das Trinken oder der Kater?«

»Beides. Ich erinnere mich, dass wir am Samstagabend ausgingen und dann am Sonntag beim Brunch Mimosen tranken. Jetzt will ich schon beim bloßen Gedanken an Champagner – oder Orangensaft – kotzen.«

»Ich schätze, viele Dinge sind anders, jetzt, wo wir über dreißig sind.« So wie der seltsame Ausschlag um meinen Mund, den ich mit einer zusätzlichen Schicht Foundation hatte abdecken müssen. Der, der verdächtig nach Bartbrand aussah, obwohl ich mich definitiv nicht daran erinnerte, jemanden geküsst zu haben. »Hey, erinnerst du dich an viel von letzter Nacht?«

»Ugh, nicht wirklich. Besonders nicht nach der dritten Runde Tequila-Shots.«

Dritte Runde? Ich strengte mein träges Gedächtnis an, aber es war alles nur ein verschwommener Brei aus Brees zurückgeworfenem Kopf beim Lachen, dem Gekicher der anderen Mädchen und dieser Brille, die ein Paar funkelnder blauer Augen einrahmte.

Das Licht der Kaffeemaschine blinkte und erlosch, und ich nahm meine Tasse. Ihr bitterer Duft ließ meinen Magen verkrampfen. Ich stellte sie wieder auf die Theke. »Hattest du eine gute Zeit?«

»Ja. Danke, dass du gekommen bist. Ich weiß, dass du mit der Verlobungsfeier deines Bruders gestern viel um die Ohren hattest.«

»Ich hätte deinen Junggesellinnenabschied um nichts in der Welt verpasst. Dafür sind wir schon zu lange befreundet.« Wir waren beste Freundinnen, seit wir uns im Kino bei *Die Unglaublichen* getroffen hatten. Keiner aus unseren beiden Familien wollte ihn mit uns sehen. Für mich war es das dritte Mal, für sie das fünfte. Wir hatten uns darüber verbunden gefühlt, wie sehr wir uns mit Violet identifizierten, obwohl wir damals noch nicht wussten, wie wir es ausdrücken sollten. Als unsere Freundschaft tiefer wurde, waren wir besessen von Spider-Man, Henry Cavills Superman und jedem einzelnen der Avengers gewesen.

Auch wenn ich normalerweise keine Zeit auf Partys verschwendete, hatte ich mein ganzes Wochenende umgestellt, um sowohl Bens Feier als auch ihre unterzubringen, und hatte am Freitagabend lange gearbeitet, um meine Präsentation fertigzustellen.

»Gott sei Dank haben wir einen Tag, um uns zu erholen, bevor wir wieder zur Arbeit müssen«, sagte sie.

Ich summte und zog meine Präsentation aus meiner Umhängetasche, nur um sie ein letztes Mal zu überprüfen. Die gestochen scharfen Tortendiagramme, die Liniendiagramme mit meinen Prognosen. Es gab nichts, woran die perfekte Larissa etwas auszusetzen hätte, und wir würden ihren Chef, Jackson Jones, beeindrucken. Der zufällig auch eine Führungskraft bei Synergy war, wo ich arbeitete.

»Oh, nein«, sagte Bree. »Das ist kein ›Ich-geh-wieder-ins-Bett‹-*Hmm*. Das ist ein ›Ich-gehe-jetzt-zehn-Meilen-laufen‹-*Hmm*.«

Ich kicherte. »Du weißt, dass ich Laufen hasse. Tatsächlich muss ich heute arbeiten.«

»An einem Sonntag?«

»Es ist für die Stiftung. Wir haben in einer halben Stunde ein Brunch-Meeting im Mission District, und ich präsentiere Jackson Jones das Budget für nächstes Jahr.«

»Warte, du wirst dafür nicht mal *bezahlt*?«

»Nein.« Obwohl, wenn ich eines Tages meinem kleinen Bruder nacheifern und meine Leidenschaft zu einem bezahlten Job machen würde, könnte ich mir ab und zu einen Tag frei nehmen. »Hustle-Kultur, du weißt schon.«

»Ugh, komm mir nicht mit dem Scheiß. Du bist ein Mensch. Du tust es für … für die Kinder.«

Ich wusste, dass sie beinahe *für mich* gesagt hätte. Es stimmte, dass ich wegen meiner besten Freundin angefangen hatte, mich ehrenamtlich für die Stiftung zu engagieren. Seit dem Tag, an dem ich gehört hatte, wie dieser Idiot, Anthony Anker, sie an unserem ersten Tag in der siebten Klasse Blinzel-Barbie genannt hatte. Ich hatte ihm am liebsten die Meinung gegeigt, den Schlag ausprobiert, den mein Bruder mir im Sommer zuvor beigebracht hatte, und *definitiv* sichergestellt, dass Anthony sich nie wieder über den Tick meiner Freundin lustig machen würde, aber Bree hatte mich zurückgehalten und mir gesagt, er sei es nicht wert, dafür nachsitzen zu müssen. Aber all die Jahre später hatte ich meine ehrenamtliche Arbeit fortgesetzt, weil ich die Arbeit der Stiftung für Kinder mit Tourette-Syndrom wirklich liebte. Kinder, wie Bree eines gewesen war.

Ich hatte gerade den Mund geöffnet, um die Spannung mit einem Witz zu lösen, als sie sagte: »Hast du darüber nachgedacht, worüber wir gestern Abend gesprochen haben?«

Während ich auf mein Poster von Doctor Strange starrte, suchte ich nach einer Erinnerung an etwas anderes als Tequila, schallendes Gelächter und Tanzen. Tanzen? »Du wirst meine Erinnerung auffrischen müssen.«

»Du erinnerst dich nicht?« Verdammt, sie klang verletzt. »Wir haben darüber gesprochen, dass du die letzte Single in unserer Freundesgruppe bist. Du hast versprochen, zu versuchen—«

»Zweifelhaft.« Ich drehte meine Tasse auf der Theke, bis ihr Henkel in einem exakten 45-Grad-Winkel stand. »Du weißt, wie sehr ich mich jetzt auf meine Karriere konzentriere. Und auf die Stiftung. Ich habe keine Zeit für Ablenkungen.«

»Eine Ablenkung wie Byron, meinst du? Dieser Kerl war eine Arschgeige. Es gibt Unmengen von guten Männern da draußen, Mimi. Männer, die dir helfen und dir nicht deine Beförderung stehlen.«

»Ich brauche keine Hilfe. Ich kann ganz allein erfolgreich sein.« Die Worte kamen schärfer heraus, als ich beabsichtigt hatte.

»Ich weiß, ich weiß. Alles, was du brauchst, ist Verstand, Ehrgeiz …«

»Und Selbstvertrauen«, beendeten wir gemeinsam. Meine Mutter hatte diese Worte ungefähr eine Million Mal gesagt.

»Deine Mutter hat geheiratet«, sagte Bree.

»Sie ist die Top-Anwältin für Umweltrecht im ganzen Bundesstaat. Ich würde mich niemals mit ihr vergleichen. Und nur weil du eine Woche davon entfernt bist, ›Ja, ich will‹ zu sagen, heißt das nicht, dass es für jeden das Richtige ist. Ich will mich erst in meiner Karriere etablieren.«

»Und diesen Reiz mit One-Night-Stands befriedigen?«

Ich hob das Kinn, auch wenn sie mich nicht sehen konnte. »An meinen unverbindlichen Affären ist nichts auszusetzen. Ich bekomme alle Vorteile und keinen Streit darüber, zu welcher Arbeitsveranstaltung wir gehen müssen und wo wir die Feiertage verbringen.«

»Es ist irgendwie schön, jemanden zu haben, mit dem man die Feiertage verbringen kann, weißt du.«

Ich lehnte eine Hüfte gegen die Theke. Mir war nicht entgangen, wie die Augen meiner Mutter weich geworden waren, als mein Bruder mit seinem Verlobten auf ihrer Chanukka-Party aufgetaucht war. Sie hatten passende hässliche Chanukka-Pullover getragen. Selbst mein kaltes, schwarzes Herz war ein wenig geschmolzen, weil sie zusammen so bezaubernd waren.

Ich? Ich konnte schlecht eine meiner Affären bitten, zur Party meiner Eltern zu kommen, nachdem ich mich vor Sonnenaufgang aus seiner Wohnung geschlichen und aufgehört hatte, auf seine Nachrichten zu antworten.

»Was, du willst, dass ich zu deiner Hochzeit mit einer Begleitung auftauche?«

»Nein!« Ihr Lachen war hoch und angespannt. »Wir haben dem Caterer schon die endgültige Gästezahl durchgegeben. Aber du weichst aus. Selbst Ben——«

Die Gegensprechanlage summte und bewahrte mich vor der Rede meiner besten Freundin darüber, wie selbst mein kleiner Bruder endlich die große Liebe gefunden hatte. Sie hatte recht, was das ganze Sich-Verpaaren anging. Es verging keine Woche, ohne dass eine Einladung zu einer Hochzeit, einem Brautempfang oder einer Verlobungsfeier eintrudelte. Wenn mir jemand eine Geburtsanzeige schickte, würde ich kotzen. Schon wieder.

»Tut mir leid, Bree. Jemand ist an der Tür.« Es war wahrscheinlich Ben, der vorbeikam, um nach mir zu sehen. Obwohl er, als ich ihn gestern Nachmittag auf seiner Verlobungsfeier zuletzt gesehen hatte, selbst ziemlich angetrunken gewesen war.

»Viel Glück bei deiner großen Präsentation. Ich weiß, du rockst das. Rufst du mich danach an?« Sie machte ein Kussgeräusch, bevor ich auflegte.

Ich ging zur Gegensprechanlage. Es war ganz wie Ben, mir eine Tüte mit Frühstücksgebäck zu bringen, um den Alkohol aufzusaugen. Mein Magen knurrte.

»Hey«, sagte ich in den Lautsprecher, als ich ihn hochsummte.

Ich öffnete die Tür einen Spalt und ging zurück in die Küche, um meine Präsentation in meine Tasche zu stecken. Dann erstarrte ich. Ben hatte immer noch einen Schlüssel. Warum sollte er den Summer benutzen?

Als ich mich wieder umdrehte, füllte die Antwort meinen Türrahmen aus. Ein-Meter-neunzig gebräunte Haut, blondes Haar, ein glatt rasierter Kiefer, der Glas schneiden konnte, und Augen in der Farbe des Pazifiks an einem seltenen sonnigen Tag. Bens Freund und der Cousin seines Verlobten, Mateo. Ich starrte auf seine muskulöse Schulter, um die sich sein zu enges schwarzes T-Shirt spannte. In sein Gesicht zu sehen war wie ein Blick in die Sonne. Augenverblendend hell und wunderschön. Zu schön, um wahr zu sein. Und heute brauchte ich keine Ablenkung in Form eines flirtenden Thor-Doppelgängers.

»Guten Morgen, bella«, sagte er und trat in meine Wohnung ein.

Ich rümpfte die Nase über den leichten Geruch nach Zigarettenrauch, der mit ihm hereinschwebte. Ich kannte Mateo lange genug, um kein Kribbeln in meinem Bauch zu spüren. Jeder in seiner Welt – männlich, weiblich, alt, jung – bekam einen flirtenden Spitznamen. Er war ein Player, der bei niemandem einen Unterschied machte, und es bedeutete nichts.

Ein Beispiel: Auf Bens Party gestern hatte er mit Marlee, Bens bester Freundin von der Arbeit, geflirtet. Sie war die schönste Frau, die ich je getroffen hatte, mit glattem, honigfarbenem Haar und einem untrüglichen Sinn für Mode. Aber sie war vergeben, und Mateo wusste das. Trotzdem hatte ich ihn ein paar Mal dabei erwischt, wie er über ihren Kopf hinweg zu mir blickte. Als ob er wollte, dass ich bemerkte, dass Marlee die Art von Person war, mit der er Zeit verbrachte. Niemals jemand wie ich. Mit mir war er schweigsam und distanziert.

Tatsächlich, warum war er heute Morgen hierhergekommen? Er war noch nie bei mir gewesen, nicht einmal mit Ben.

»Was machst du hier?« Ich verschränkte die Arme. »Keine Badeanzugmodels mehr zum Verführen?«

Sein strahlendes Lächeln erlosch. Er sah … verletzt aus? »Ich kam, um nach dir zu sehen. Fühlst du dich heute Morgen gut?«

»Bestens«, sagte ich. »Obwohl ich eigentlich gerade in Eile bin – warte. Was weißt du über letzte Nacht?«

Seine dunkelblonden Augenbrauen zogen sich zusammen. »Erinnerst du dich nicht?«

Ich dachte an gestern zurück. Ich war schon angetrunken gewesen, als ich von Bens Verlobungsfeier zu Brees laufendem Junggesellinnenabschied geeilt war. Hatte Ben das bemerkt und Mateo geschickt, um auf mich aufzupassen? Das war die Art von Dingen, die mein kleiner Bruder tun würde.

Ich erinnerte mich nicht daran, Mateo in der ersten Bar gesehen zu haben. Oder in der zweiten. Ich erinnerte mich an die Sitzecke, den runden Tisch, der mit Schnapsgläsern übersät war, an Bree, die schnaubend lachte, an glitzernde Plastiktiaras, an Weihnachtsbeleuchtung, die im Fenster blinkte, und daran, wie sich der Raum um mich drehte, als die Drinks immer weiter flossen.

»Nein. Warum? Warst du da?«

Seine Mundwinkel zogen sich nach unten. »Du erinnerst dich nicht?«

»Sollte ich?« Ich hätte mich definitiv daran erinnert, wenn er in der Bar gewesen wäre. Brees Freundinnen hätten ihn zum König ihres Hofes gemacht. Sie hätten ihm geschmeichelt, ihn berührt, mit ihm auf eine Weise geflirtet, die mich kribbelig machte. Sie kannten Mateo nicht so wie ich. Er war vielleicht so umwerfend wie ein Fitnessmodel, aber sein Tiefgang glich dem einer Pfütze.

Er schien in sich zusammenzufallen. Dann setzte er einen Schatten seines üblichen spöttischen Lächelns auf und hielt eine weiße Bäckertüte hoch. »Ich habe dir Frühstück mitgebracht.«

Mein Magen rebellierte. »Nein, danke. Kater. Ich brauche Kaffee.«

»Nein.« Er drängte sich an mir vorbei. »Du brauchst Kohlenhydrate. Zucker. Hast du Ingwertee?«

Ich eilte, um mit ihm Schritt zu halten, aber seine breiten Schultern und der Gestank von Zigaretten füllten meine gesamte Pantryküche. Mein Hals brannte. Ich hatte keine Zeit für einen weiteren Besuch auf der Toilette. Ich wedelte mit der Hand vor meinem Gesicht. »Tut mir leid, aber du riechst nach Rauch und« – ich schluckte – »ich fürchte, mein Magen ist dafür nicht stabil genug. Danke fürs Vorbeikommen, aber …«

Sein Gesicht wurde blass, aber er legte die Tüte auf die Theke, bevor er das Küchenfenster aufriss. Huh. Ich hatte gedacht, es wäre zugemalt.

»Besser jetzt?« Er stand einen Moment lang daneben, als ob er sich selbst auslüften könnte.

Ich atmete tief die kalte, frische Luft ein. »Besser. Danke.«

»So, und nun zu deinem Magen.« Er öffnete einen Oberschrank. »Du brauchst etwas mit Ingwer. Oder Kaktusfeige?«

Kaktusfeige? »Nein. Ich lebe in der realen Welt, wo wir Kaffee trinken, wenn wir verkatert sind. Danke fürs Kommen, aber ich muss mich fertig machen.«

»Fertig machen?« Er schloss den Schrank und drehte sich zu mir um. »Du siehst perfekt aus.«

»Danke.« Die Worte kamen flach, automatisch. Solchen Scheiß sagte er zu jedem. In meinem übergroßen schwarzen Pullover und meinen Jeans war ich alles andere als perfekt, nicht im Vergleich zu einem Halbgott wie Mateo. Offensichtlich hielt er seinen Körper mit täglichen Workouts in Form. Er war die Art von Typ, der mit seiner ebenso heißen Unterwäschemodel-Partnerin Grünkohl-Smoothies trinken würde. Der über Nahrungsergänzungsmittel, Wiederholungen und das Umdrehen von Kaktusfeigen sprach.

Nicht, dass daran etwas auszusetzen wäre. Es war einfach anders. Ich zog es vor, mein Gehirn mit Tabellenkalkulationen zu trainieren, angetrieben von einer Tüte Salz-und-Essig-Chips. Auf Grünkohl konnte ich gut verzichten.

»Ich muss los. Zu einem Meeting. Ich esse dort.« Ich quetschte mich an ihm vorbei in die Küche, um ihn hinauszuscheuchen.

»Ja, dein Treffen mit Larissa und Jackson. Solltest du nicht zuerst essen?«

»Mein – mein was? Woher weißt du davon?«

Er blickte auf die Tüte hinunter und murmelte etwas.

Richtig. Ben musste es gestern auf der Party erwähnt haben. Gib ihm ein paar Drinks und nichts war mehr ein Geheimnis. Nicht, dass mein Stiftungstreffen ein Geheimnis war, aber es ging Mateo definitiv nichts an.

»Okay, also, nettes Gespräch, aber ich bin sicher, du hast ein paar Muskeln, die modelliert werden müssen.« Hatte er nicht. Sie waren absolut perfekt, aber sein Ego brauchte keine Streicheleinheiten von mir. »Und ich muss los.«

»Du wirst mit Larissas Scheiß besser umgehen können, wenn du nicht hangry auftauchst. Probier die hier. Die sind köstlich.« Er griff nach der Bäckertüte, aber als sein Arm meinen berührte, zuckte er zusammen. Die Tüte stieß gegen meine Kaffeetasse und kippte sie um. Dunkelbraune Flüssigkeit ergoss sich über die Theke, direkt auf meine Papiere.

»Nein!« Ich sprang auf, um sie aufzuheben, aber Mateos massiver Körper versperrte mir den Weg. Kaffee sickerte in die

Papiere, löste meine perfekten Tortendiagramme auf und verschmierte meine schönen Liniengraphen. »Scheiße, Mateo. Das ist meine Präsentation für« – ich überprüfte die Uhr an der Wand – »für mein Meeting, das in fünfzehn Minuten beginnt!«

»Kannst du neue ausdrucken?« Er griff nach dem Küchentuch und tupfte die Papiere ab, aber das bewirkte nur, dass der Fleck auf mein makelloses ecrufarbenes Handtuch überging. Panik schnürte mir die Kehle zu.

»Nicht! Hör auf!« Als ich seinen Arm packte, zuckte er zusammen. Das nasse Papier riss.

Selbst wenn ich das Papier auf magische Weise in fünfzehn Minuten trocknen könnte, würde ein mit Tesafilm zusammengehaltenes Tortendiagramm niemanden beeindrucken. Meine Präsentation und meine Chance, Jackson Jones zu beeindrucken, waren ruiniert.

»Es – es tut mir leid, Miriam.«

Mein Körper erhitzte sich und meine Wut kochte über. »Verdammt, Mateo. Ich komme zu spät, und jetzt habe ich keine Präsentation. Geh mir aus dem Weg.« Ich warf die Papiere in den Müll. Ich hatte keine Zeit, ins Büro zu gehen und sie neu auszudrucken. Ich müsste sie auf dem Bildschirm zeigen. Außer –

Mit aufkommendem Entsetzen blickte ich auf den Kaffee. Er war in meine Umhängetasche eingedrungen. In der mein Laptop war. Als ich ihn herauszog, tropfte Kaffee aus der Ecke.

»Scheiße!« Ich schnappte Mateo das ruinierte Handtuch weg und tupfte an der Kante. *Bitte, bitte*, bitte, *geh an.* Ich stellte meinen Laptop auf einen trockenen Teil der Theke, klappte ihn auf und drückte den Einschaltknopf. Ein paar Pixel leuchteten auf, dann wurde der Bildschirm schwarz.

Ich hämmerte auf den Einschaltknopf, aber diesmal passierte gar nichts. »Gottverdammt!«

Sein Gesicht war blasser als mein Küchentuch. »Kann ich irgendetwas tun?«

Ich knirschte mit den Backenzähnen. »Raus. Hier.«

»Ich – ich kann Lito fragen – ich meine Cooper –, ob er dir einen neuen Laptop besorgt—«

»Nein!« Er mochte Mateos Lieblingscousin Miguelito sein, aber für mich war er Cooper Fallon, der Chef vom Chef meines Chefs. Auf keinen Fall durfte er erfahren, dass ich meinen Synergy-Laptop ruiniert hatte. Sein Temperament war legendär, und selbst seine zukünftige Schwägerin wäre vor einer seiner berüchtigten Standpauken nicht sicher. »Geh einfach.«

»Aber ich—«

»Geh!«, schrie ich und zeigte auf die Tür.

Er fiel in sich zusammen und schlurfte davon. Die Tür zu meiner Wohnung klickte ins Schloss, während ich meinen verstorbenen Laptop in meine durchnässte Tasche stopfte.

Verzweifelt blickte ich wieder auf die Uhr. Ich würde definitiv zu spät kommen. Weder Larissa noch Jackson Jones würden beeindruckt sein. Und morgen müsste ich meinen Chef um einen neuen Laptop bitten.

Danke, Mateo.

———

Erinnerung gesucht ist als Taschenbuch bei deinem Lieblingshändler erhältlich.

Michelle McCraw liebt es, Liebesromane zu lesen und in der Tech-Branche zu arbeiten. Eines Tages beschloss sie, ihre beiden Interessen zu kombinieren, und jetzt schreibt sie heiße, nerdige Contemporary Romance, die dich vielleicht zum Lachen bringen wird. Ihre Bücher zeigen Charaktere, die ungeniert Wissenschaft, Ingenieurwesen und Technologie lieben.

Als gebürtige Texanerin hat Michelle während Schneestürmen in Neuengland Schnee geschaufelt und im Mittleren Westen auf eine Schneefräse aufgerüstet. Jetzt nennt sie Georgia ihr Zuhause, wo sie den Schnee ÜBERHAUPT NICHT vermisst. Sie liest gerne, reist, trinkt Bourbon und verwöhnt ihren außergewöhnlich schlecht erzogenen, aber bezaubernden Hund. Sie war Finalistin im RWA Vivian Contest, im Stiletto Contest der Contemporary Romance Writers und im Four Seasons Contest der Windy City Romance Writers.

BÜCHER VON MICHELLE MCCRAW

Synergy Series

Kollege gesucht

Scheinbeziehung gesucht

Umweg gesucht

Boss gesucht

Erinnerung gesucht

Versuchung gesucht

40 and Fabulous

Fashion and Passion

Frenemies and Lovers

Books and Hookups

Conspiracies and Chemistry

Advances and Retreats

Marriage and Trouble

Sugar and Spice